William Andrews
Das Schicksal der Drachentöchter

TINTE & FEDER

Das Buch

Die dramatische Geschichte einer starken Frau, ihren Mut und die Macht der Vergebung.

Die junge Anna Carlson macht sich in Korea auf die Suche nach ihrer leiblichen Mutter. Doch sie kommt zu spät, denn die Mutter lebt nicht mehr und Annas Suche nach ihren Wurzeln scheint zu Ende, bevor sie richtig begonnen hat.

Ein Hinweis führt Anna zu der eleganten Hong Jae-hee. Eine Begegnung, die ihr Leben für immer verändert, denn die Erzählungen der faszinierenden alten Dame führen tief hinein in die Zeit des Zweiten Weltkriegs und die Besatzung Koreas durch die Japaner. Über zweihunderttausend Koreanerinnen wurden damals gezwungen, den Soldaten als »Trostfrauen« zu dienen – ein schreckliches Stück koreanischer Geschichte, das mehr mit Annas Familie zu tun hat, als sie zunächst ahnt …

Der Autor

Über dreißig Jahre lang arbeitete William Andrews als Texter und Marketingleiter für verschiedene Konzerne und später als Chef seiner eigenen Werbeagentur. »Das Schicksal der Drachentöchter«, ein historischer Roman, zu dem Andrews durch seine in Korea geborene Tochter inspiriert wurde, ist sein dritter Roman und schließt an den Erfolg seines Thrillers »The Dirty Truth« an, der 2014 mit dem IPPY Award ausgezeichnet wurde. Mittlerweile ist Andrews in Rente gegangen und widmet sich nun in Vollzeit dem Schreiben. Er lebt mit seiner Frau in Minneapolis.

WILLIAM ANDREWS

Das SCHICKSAL *der* DRACHEN TÖCHTER

ROMAN

Aus dem Amerikanischen von Alice von Canstein

Die amerikanische Ausgabe erschien 2016 unter dem Titel »Daughters of the Dragon« bei Lake Union Publishing, Seattle.

Deutsche Erstveröffentlichung bei
Tinte & Feder, Amazon Media E.U. S.à r.l.
5 Rue Plaetis, L-2338 Luxembourg
April 2018
Copyright © der Originalausgabe 2016
By William Andrews
All rights reserved.
Copyright © der deutschsprachigen Ausgabe 2018
By Alice von Canstein

Die Übersetzung dieses Buches wurde durch AmazonCrossing ermöglicht.

Umschlaggestaltung: semper smile, München, www.sempersmile.de
Originaldesign: Suzanne Pfutzenreuter
Umschlagmotiv: © Phoebe Yu/Shutterstock; © iconogenic / istockphoto
Lektorat: Diana Schaumlöffel
Korrektorat: Manuela Tiller/DRSVS
Printed in Germany
By Amazon Distribution GmbH
Amazonstraße 1
04347 Leipzig, Germany

ISBN: 978-2-919-80002-5

www.tinte-feder.de

Für alle Frauen, die gezwungen wurden, als Trostfrauen zu arbeiten

KAPITEL 1

Mein Vorname ist ein Palindrom. Als Mutter noch lebte, sagte sie immer, wenn ich wieder einmal eine meiner Launen hatte: »Ah, wir haben heute also die Rückwärts-Anna. Ich hoffe, die Vorwärts-Anna kommt bald zurück.« Oft habe ich meinen Namen mit einem großen A am Ende geschrieben – und wenn jemand sagte, ich hätte ihn falsch herum geschrieben, erwiderte ich: »Nein, hab ich nicht. Das ist ein Palindrom.«

Weil also mein Name vorwärts und rückwärts gelesen genau gleich ist, habe ich mir einen Spaß daraus gemacht, die Namen von anderen rückwärts auszusprechen. Mutter war Nasus und Dad war Htennek, auch wenn jeder ihn Ken nannte. Mein Hund war Ydnas, und wir waren die Noslrac-Familie. Ich musste mir die Namen vorher immer rückwärts aufschreiben. Dad konnte das im Kopf. Es war wirklich erstaunlich. Man konnte ihm einen Namen nennen, und sofort konnte er ihn rückwärts sagen. Sogar lange Namen, wie den von Tante Elizabeth. »Htebazile Etnat« kam von ihm wie aus der Pistole geschossen.

Ich wurde vor zwanzig Jahren in Korea geboren und von Htennek und Nasus adoptiert, als ich fünf Monate alt war. Ich kenne nichts anderes als das Leben bei meinen Adoptiveltern.

Doch die Leute erinnerten mich ständig daran, dass ich nicht das leibliche Kind meiner Eltern war. Wir sahen uns natürlich nicht ähnlich – ich hatte nicht Mutters gewelltes, kastanienbraunes Haar oder Dads hellblaue Augen. Auch charakterlich unterschieden wir uns. Mutter war aufbrausend und impulsiv, Dad war ein stoischer Skandinavier, und ich war irgendwas dazwischen.

Manchmal schauten die Leute mich und meine weißen Eltern an und stellten dumme Fragen oder sagten etwas Dämliches, was meine Mutter fürchterlich ärgerte. Doch meistens ignorierte sie sie einfach und regte sich später über diese »unsensiblen, dummen Leute« auf. Aber einmal, als ein Kellner mich als ein »zuckersüßes Asia-Liefergericht« bezeichnete, rastete sie noch im Restaurant aus. Sie sagte ihm ins Gesicht, wie taktlos und dumm er sei. Es war mir so peinlich. Schließlich hatte er sich nichts dabei gedacht, auch wenn es wirklich eine dämliche Bemerkung gewesen war.

Während meiner Kindheit und Jugend spielte es keine große Rolle für mich, dass ich adoptiert war. Die meisten Menschen glauben, adoptierte Kinder, so wie ich eins bin, haben diesen starken Drang, ihre biologischen Wurzeln ausfindig zu machen, um zu ergründen, wer sie wirklich sind. Sie glauben, ein »Liefergericht« zu sein, sei etwas ganz anderes, als »selbst gemacht« zu sein. Aber wir sind überhaupt nicht anders. Von meinen leiblichen Eltern habe ich schließlich nur die Gene bekommen. Meine richtigen Eltern waren die, die mich großgezogen haben, die für mich da waren, wenn ich sie brauchte, die, die mich tatsächlich wollten. Und warum hätte ich mir überhaupt Gedanken über meine leibliche Mutter machen sollen? Ich hatte ein perfektes Leben, tolle Eltern, mein Studium an der Northwestern University, Chad Jenkins und sein umwerfendes Lächeln. Meine leibliche, koreanische Mutter war Tausende von

Kilometern entfernt und zog wahrscheinlich die Kinder groß, die sie behalten hatte. Es war mir egal.

Doch alles änderte sich, als Mutter starb. Dad war am Boden zerstört. Ich musste die Northwestern verlassen und wieder zu Hause einziehen. Dad sagte zwar, ich sollte an der Uni bleiben, aber es ergab für mich keinen Sinn. Ich war nicht mit dem Herzen dabei. Bald wäre ich schon ein Senior und wusste noch immer nicht, welches Hauptfach ich wählen sollte. Und Mutters Tod erschütterte mich. Zum ersten Mal im Leben fühlte ich mich verloren und hatte Angst, so zu werden wie viele Jugendliche, die ich kannte: junge Erwachsene mit einem Beruf ohne Zukunft, die bei ihren Eltern im Souterrain leben mussten. Solche, die von den reichen Studenten an der Northwestern als »Versager« bezeichnet wurden.

Zu Hause war nichts mehr so, wie es vorher gewesen war. Natürlich war Mutters Tod für Dad und mich traurig, aber es war mehr als das. Es war tragisch, wenn man so sagen will. Tagein, tagaus saß Dad bei geschlossenen Vorhängen und ohne das Licht einzuschalten allein im Wohnzimmer. Wenn ich vom Supermarkt oder vom Joggen zurückkam, fragte er mich dort im Dunkeln sitzend, wie es mir ging. Ich stand an die Küchentür gelehnt, und wir sprachen über Belangloses. Dann machte er das Abendessen, wobei er die Grillschürze trug, die Mom ihm irgendwann einmal zu Weihnachten geschenkt hatte. Ich lief nach oben, kam am Schlafzimmer meiner Eltern vorbei und erwartete manchmal, meine Mutter darin zu sehen, wie sie sich die Haare kämmte oder ausgehfertig machte. Manchmal glaubte ich, ihr Parfum riechen zu können. Es war alles so merkwürdig, und mir wurde bewusst, dass ich eines Tages mit der Tatsache zurechtkommen müsste, dass ich keine Mutter mehr hatte.

Nur dass ich eine hatte – in Korea.

Wir adoptierten Kinder nennen unsere Genspender »leibliche Eltern« und nicht »natürliche Eltern« oder – Gott

9

bewahre – »echte Eltern«, denn das würde ja bedeuten, dass wir unsere Adoptiveltern als unnatürlich oder nicht echt ansehen. Als ich ein Kind war, sagten die Leute immer, meine leibliche Mutter hätte mich zur Adoption freigegeben, weil sie mich liebte. Keiner verwendete den Ausdruck *weggegeben*. Und so klang es nach einer gründlich durchdachten Entscheidung zum Wohl des Babys.

Wer weiß? Vielleicht stimmt es sogar. Aber ehrlich gesagt, bin ich nicht davon überzeugt. Und aus dem Grund habe ich mich dazu entschlossen, nach Korea zu reisen und meine leibliche Mutter kennenzulernen.

Und hier bin ich also. Ich sitze im Flur des Waisenhauses mitten in Seoul und warte darauf, sie kennenzulernen. Hierhin hatte man mich gebracht, als ich drei Tage alt war. Das Waisenhaus liegt in einer heruntergekommenen Gegend von Seoul, die unser Reiseleiter während der ersten zehn Tage unseres Aufenthalts erfolgreich gemieden hat. Das Gebäude ist marode und wirkt traurig. Die Wand ist in einer Mischung aus Grün und Grau gestrichen. Jedes kleinste Geräusch im Raum hinterlässt ein Echo. Die Einrichtung ist heruntergekommen, kein Möbelstück passt zum anderen; der ganze Raum riecht muffig. Die fünfzehn anderen amerikanischen Familien unserer Gruppe mit koreanischen Adoptivkindern unserer Gruppe haben die Zusammenkunft mit ihren leiblichen Familien schon vor einer Stunde beendet und möchten diesen deprimierenden Ort jetzt unbedingt verlassen. Ich bin die Einzige, deren Treffen noch nicht stattfand, weshalb alle hier herumsitzen und auf mich warten müssen.

Da sitzen die Smiths mit ihren zuckersüchtigen, zehnjährigen Zwillingen Elsa und Elizabeth, die total aufgedreht im Flur im Kreis laufen. Dort drüben auf der Bank hockt Frau Dahl mit ihrer dreißigjährigen Tochter koreanischer Abstammung. Sie hat eine riesengroße Packung Kleenex in der Handtasche, weil sie bei jeder Kleinigkeit zu weinen anfängt. Und da ist Max Klein, der wie immer irgendein sinnloses Spiel auf seinem Handy spielt. Und dann gibt es noch Katherine Austin, die in meinem Alter ist. Steif wie ein Brett sitzt sie auf einem Stuhl mit gerader Rückenlehne, die Knie sittsam zusammen, ihre Hände im Schoß gefaltet. Hinter ihr stehen ihre Eltern, die keinen Schimmer haben, wie sie zu ihr durchdringen können. Alle werfen mir immer wieder Blicke zu, als sei es meine Schuld, dass sie warten müssen. Entschuldigung, aber ich weiß doch auch nicht, warum es so lange dauert. Ich möchte noch viel mehr als ihr, dass es weitergeht.

Auf meinem Schoß liegt das Fotoalbum, das ich für meine leibliche Mutter gemacht habe. Ich habe unheimlich viel Zeit darin investiert. Es zeigt die Geschichte meines Lebens – von dem Moment, in dem ich aus Korea kam und mit Dutzenden Familienmitgliedern und Freunden am Gate 33 der roten Abflughalle des Flughafens Minneapolis-Saint Paul zu sehen bin, bis hin zu dem Foto von Mutter und mir im Krankenhaus, am Tag bevor sie starb. Sie sieht furchtbar darauf aus, aber ich musste es einfach einkleben. Schließlich ist es das letzte Foto, das ich von ihr gemacht habe. Ich habe die Fotos in das Album geklebt und in meiner schönsten Handschrift Bildunterschriften daruntergesetzt.

Das Album ist perfekt. Muss es sein. Denn wenn meine leibliche Mutter mich wirklich aus Liebe zur Adoption freigegeben hat, dann möchte ich, dass sie sieht, dass ich gut geraten bin und sie das Richtige getan hat. Andererseits, wenn sie mich weggegeben hat, weil ich ihr einfach nur lästig war, dann möchte ich, dass ihr klar wird, welch großen Fehler sie gemacht hat. Schließlich werde ich irgendwann das College abschließen und vielleicht sogar ein Aufbaustudium absolvieren. Ich möchte sie glauben lassen, dass ihre kleine Unbequemlichkeit erwachsen wurde und auch ohne sie ein tolles Leben führt. Okay, vielleicht übertreibe ich, aber ich würde ein tolles Leben führen, wenn ich nur endlich in die Gänge käme. Das braucht sie natürlich nicht zu wissen.

Mir ist flau im Magen, während ich hier sitze und warte. Ich hasse es, dass die anderen Familien mich anstarren. Dad meint, wir sollten jemanden fragen, warum es so lange dauert. Aber ehe wir uns dazu durchringen, kommt eine amerikanische Sozialarbeiterin auf uns zu und bittet uns, ihr zu folgen. Ihr gezwungenes Lächeln ist kein gutes Zeichen. Ich nehme mein Fotoalbum, und wir begleiten sie in ein kleines, schlecht beleuchtetes Besprechungszimmer. Dort setzen wir uns an einen wackeligen Tisch. Die Sozialarbeiterin schüttelt den Kopf. Nun lächelt sie nicht mehr. »Anna«, setzt sie an, »es tut mir so leid, das sagen zu müssen. Du kannst deine leibliche Mutter nicht kennenlernen. Sie ist gestorben.«

Eine gefühlte Ewigkeit starre ich sie an. Ich bin mir nicht sicher, ob ich sie richtig verstanden habe. Ich bin mir nicht einmal sicher, ob all das hier wirklich geschieht. »Sie ist tot?«, frage ich.

Die Sozialarbeiterin nickt. »Ja, leider.«

Nachdem ich diese Nachricht einen Moment lang habe sacken lassen, frage ich, wie meine leibliche Mutter gestorben sei. Die Sozialarbeiterin, eine große Frau mit glatten, grauen Haaren, erklärt mir, sie sei vor zwanzig Jahren bei der Geburt gestorben – bei meiner Geburt. Bei meiner Geburt! Ich erkundige mich nach meinem leiblichen Vater.

Die Sozialarbeiterin öffnet eine Aktenmappe. Sie blättert in den Dokumenten und stoppt bei einer Seite. Sie erzählt mir, dass meine Mutter nicht verheiratet war, als ich geboren wurde, und dass der Vater unbekannt sei. Ich frage, ob ich Brüder oder Schwestern habe. Sie antwortet, dass sie das nicht wisse. »Wenn man die Umstände deiner Adoption bedenkt«, sagt sie, »ist es wohl unmöglich, das herauszufinden.«

Na toll. Jetzt ist mir nicht mehr nur flau im Magen, nein, mir ist, als habe ich einen Stein verschluckt. Ich fühle mich wie bei Mutters Tod. So als wäre dies irgendwie meine Schuld, auch wenn ich nicht weiß, warum. Ich möchte die Sozialarbeiterin anschreien, weil sie nichts über meine leibliche Mutter weiß. Stattdessen blicke ich auf mein Fotoalbum und fahre mit den Fingern über die Worte *Mein Leben*, die ich in meiner schönsten Handschrift geschrieben habe.

»Wie kann das sein?«, fragt Dad. »Warum hat man uns nichts davon gesagt? Ehe wir hierherkamen?«

»Mr Carlson, denen fehlen hier die finanziellen Mittel«, antwortet die Sozialarbeiterin. »Sie sind unterbesetzt und können nicht alle Fakten überprüfen.«

»Anna freut sich seit Monaten auf dieses Treffen«, meint Dad.

Die Sozialarbeiterin macht eine Kopfbewegung, die irgendwo zwischen Nicken und Kopfschütteln liegt. »Ich weiß. Wir haben es gerade erst herausgefunden. Es tut mir leid.«

Dad schaut mich an. »Vielleicht sollten wir mit dem Leiter des Waisenhauses sprechen.«

Ich möchte einfach nur hier raus, bevor alles noch schlimmer wird. »Lass uns gehen«, sage ich, schnappe mir das Fotoalbum und laufe hinaus.

Ich durchquere den Flur des Waisenhauses und presche in Richtung Ausgang. Als die Smith-Zwillinge mich sehen, hören sie auf, herumzurennen, und starren mich an. Frau Dahl holt eine Handvoll Kleenex aus ihrer Handtasche. Max schaut von seinem Spiel auf, und Katherine dreht den Kopf und blickt mich fragend an. Jeder möchte wissen, was los ist, warum das Treffen so lange verschoben wurde und warum es nur ein paar Minuten dauerte. Ich erwidere die Blicke nicht. Es geht sie nichts an. Ich presse das Fotoalbum an meine Brust und merke, dass dadurch ersichtlich ist, dass ich meine leibliche Mutter nicht getroffen habe. In einer Ecke sehe ich einen Mülleimer und steuere darauf zu. Doch dort angekommen, kann ich das Album nicht hinein-werfen. Ich habe so lange dafür gebraucht.

Ich gehe durch die Eingangstür und werde von der Hitze und Feuchtigkeit Seouls empfangen. Der grelle Dunst schmerzt in meinen Augen. Etwas abseits wartet unser Reisebus im Leerlauf, und der Dieselgeruch sticht mir in die Nase. Ich wende mich ab und schließe die Augen. Ich kann nicht glau-ben, was gerade passiert. Was für eine Katastrophe. Ich komme mir so dumm vor, dass ich extra hierhergereist bin.

Nach ein paar Minuten drehe ich mich wieder zum Bus hin. Vor mir steht eine alte Frau mit einem dicken Zopf aus grauen Haaren. Sie drückt mir ein Päckchen in die Hand. Sie beugt sich nah zu mir hin und flüstert: »Das ist für dich. Zeige es niemandem. Es ist wichtig, dass du dir meine Geschichte anhörst, damit du weißt, was es bedeutet. Darin findest du eine Adresse. Komm allein!«

Ich blicke auf das Päckchen, dann zu der Frau, die davon-eilt. »Warten Sie!«, rufe ich. Doch sie hält nicht an, sondern verschwindet im Inneren des Waisenhauses.

Ich schaue wieder auf das Päckchen in meiner Hand. Es ist etwas größer als eine Brieftasche und in ein verblasstes, braunes Tuch gewickelt und mit einer Schnur zusammenge-bunden. Als ich schon an der Schnur ziehen will, um es zu öffnen, kommt Dad aus dem Waisenhaus. Hinter ihm gehen die anderen Familien zum Bus und bemühen sich vergeblich, mich nicht anzustarren. Dad legt mir die Hand auf die Schulter und versucht mich mit einem Lächeln aufzumuntern. Ich lasse das Päckchen in meine Handtasche gleiten, und wir folgen den anderen Familien in den Bus. Auf dem Rückweg zu unserem Hotel kann ich an nichts anderes denken als an meine leib-liche Mutter. Ich hatte mit ihr sprechen, eine Verbindung zu ihr aufbauen wollen. Ich hatte sehen wollen, wie ich in dreißig

Jahren aussehe. Okay, zumindest wurde eine meiner Fragen beantwortet. Es gab keinen Entschluss zur Adoption – weder aus Liebe noch aus Gründen der Bequemlichkeit. Nein. Ich war zur Adoption freigegeben worden, weil ich meine Mutter getötet hatte.

Ich schaue aus dem Fenster auf Seoul. Es herrscht Feierabendverkehr, und alle sind auf dem Weg nach Hause. Ich frage mich, wie es gewesen wäre, wenn meine leibliche Mutter am Leben geblieben wäre. Ich wäre eine von ihnen – eine selbst gemachte Koreanerin und kein asiatisches Liefergericht, das in Amerika lebt. Ich würde ihre Sprache sprechen, ihre Musik hören und wie eine Koreanerin denken. Vielleicht würde ich mich dann weniger verflucht fühlen.

KAPITEL 2

Der Bus fährt in das belebte Myeongdong-Viertel, in dem unser Hotel liegt. Dad sitzt mit geschlossenen Augen, den Kopf gegen die Nackenstütze gelehnt. Der Arme. Meine kleine nervliche Zerreißprobe hier war für ihn wahrscheinlich auch schlimm. Seit Mutters Tod glaubt er, es sei seine Aufgabe, mir sowohl Vater als auch Mutter zu sein. Jeden Tag fragt er mich, ob es mir gut geht, und jeden Tag antworte ich mit Ja. Aber wem mache ich etwas vor? Ganz ehrlich, ich war es, die uns zu dieser Reise gedrängt hat, weil ich meine biologischen Wurzeln ergründen wollte. Ich war es, die so wild darauf war, ihre leibliche Mutter kennenzulernen. Das hat ihm wahrscheinlich wehgetan, aber er hat nie ein Wort darüber verloren.

Ich muss an das Päckchen denken, das mir die ältere Frau gegeben hat. »Zeige es niemandem«, hat sie gesagt. »Es ist wichtig, dass du dir meine Geschichte anhörst …« Genau das, was ich brauche – noch mehr Drama. Ich lasse meine Hand in die Tasche gleiten und ziehe das Päckchen heraus. Ich drehe es um und löse die Schnur. Darin finde ich einen Zettel mit einer Adresse in Seoul, die in wunderschön geschwungener Handschrift geschrieben wurde. Ich schlage eine weitere Stoffschicht zurück und entdecke einen Kamm.

Er hat die Größe einer Frauenhand, ist aus dunkelgrünem Schildpatt, leicht gebogen und hat lange Zinken. Im Griff ist mit winzigen Stücken aus Elfenbein ein Drache eingearbeitet. Der Kammrücken ist mit massivem Gold verziert. Größe und Form lassen den Kamm filigran wirken, aber in meiner Hand fühlt er sich schwer an.

Ich frage mich, warum die alte Frau möchte, dass ich ihn habe. Aber egal, was der Grund ist, ich kann mich gerade nicht damit befassen. Nicht nach dem, was heute passiert ist. Doch bevor ich den Kamm wieder einwickele, schaue ich ihn mir noch mal genauer an. Er ist fantastisch. Der schimmernde Drache hat zwei Köpfe mit sich kräuselnden Zungen und langen Klauen, die nach mir zu greifen scheinen. Ich lasse meine Finger über den goldenen Kammrücken gleiten. Er fühlt sich glatt und kalt an, und mir wird bewusst, dass ich in meinem ganzen Leben noch nie etwas so Wertvolles in den Händen gehalten habe. Plötzlich fühle ich mich nicht mehr ganz so fix und fertig.

Ich schaue mich um, ob mich jemand beobachtet. Alle sehen aus den Fenstern und betrachten die Gebäude und Straßen von Seoul oder reden leise miteinander. Sogar die Smith-Zwillinge haben sich endlich beruhigt. Schnell wickele ich den Kamm wieder in den Stoff und stecke ihn zurück in meine Tasche.

Wir erreichen das Sejong-Hotel inmitten von Seouls Finanzbezirk und schleppen uns vom Bus ins Hotel. In der Hotellobby aus Glas und Marmor kommt unser Reiseleiter, Doktor Kim, auf Dad und mich zu. Er fragt mich, ob er kurz mit mir unter vier Augen sprechen könnte. Ich möchte einfach nur in unser Zimmer, mich zusammenrollen und heulen. Aber Doktor Kim, ein kleiner, energischer Mann, war toll auf unserer Reise. Vielleicht weiß er etwas über meine leibliche Mutter. Ich sage Dad, dass ich nachkomme, und folge Doktor Kim in eine Ecke der Lobby. Dort erzählt er mir, dass er bemerkt hat, wie ich mir im Bus etwas angeschaut habe. »Etwas Wertvolles«, fügt er hinzu. Er erkundigt sich, worum es sich handelt.

Ich sage ihm, es sei nichts, aber er lässt nicht locker. »Anna, wir müssen das wissen. Die Regierung schreibt vor, dass wir alles protokollieren, was Einheimische den amerikanischen Kindern geben, die über unsere Agentur vermittelt wurden.«

»Es ist nur ein Kamm, Doktor Kim«, antworte ich.

Er schaut mich an, als wäre ich noch ein Kind. »Es ist gegen das Gesetz, wenn Erbstücke unser Land verlassen«, entgegnet er mit Nachdruck. »Aber wenn es nur ein Kamm ist, wirst du ihn mir ja bestimmt gern zeigen.«

Gegen das Gesetz? Ich brauche nicht noch mehr Schlamassel, darum hole ich das Päckchen heraus und zeige ihm den Kamm. Er beugt sich vor, und seine Augen hinter den dicken Brillengläsern werden groß.

»Das ist nicht nichts«, flüstert er. »Ich sollte ihn an mich nehmen und den richtigen Leuten übergeben.«

»Den richtigen Leuten?«

Er schüttelt langsam den Kopf. »Du kannst ihn nicht behalten, Anna.«

»Warum nicht?«, möchte ich wissen.

Er antwortet mir nicht. Stattdessen wiederholt er, dass ich ihm den Kamm geben soll. »Es ist wichtig«, meint er. »Du musst das Richtige tun. Gib ihn mir! Ich werde mich darum kümmern.«

Dort, in der Lobby des Sejong-Hotels, bin ich versucht, ihm den Kamm auszuhändigen. Doch dann fällt mir ein, dass die Frau etwas von einer Geschichte gesagt hat. Mit einem Mal habe ich das Gefühl, dass dieser Kamm etwas für mich bedeuten könnte. Und aufgrund von Doktor Kims Reaktion will ich plötzlich wissen, was es damit auf sich hat. Also wickele ich den Kamm wieder in den Stoff und schiebe ihn in meine Tasche zurück. Ich setze ein höfliches Lächeln auf und erkläre Doktor

Kim, dass ich kein Gesetz brechen, den Kamm aber zuerst meinem Dad zeigen möchte.

Daraufhin gehe ich durch die Lobby zum Aufzug und drücke auf den Knopf. Als sich die Türen öffnen, drehe ich mich um und sehe, dass Doktor Kim hinter mir herkommt. »Glaub mir, Anna«, sagt er und schaut mir in die Augen. »Du willst diesen Kamm nicht.«

Ich betrete den Aufzug und lasse die Türen zugleiten.

Als ich in unser Zimmer komme, das klein, modern und mit hellen Holzmöbeln ausgestattet ist, döst Dad ausgestreckt auf seinem Bett. Er liegt auf dem Rücken, die Hände über dem Bauch gefaltet, wie ein Toter. Ich lege meinen Rucksack und meine Handtasche auf den Schreibtisch und werfe einen Blick in den Spiegel über der Kommode. Eine asiatische Frau schaut mich an. Es ist die Rückwärts-Anna, und ich kenne sie nicht. Sie ist hübsch, schätze ich. Sie hat dunkle Haare, eine glatte Haut, ist schlank und hält sich sehr aufrecht. Ich möchte wissen, wer sie ist, aber ich bekomme keine Antworten.

Vom Bett aus fragt Dad, was Doktor Kim wollte. Die Frau im Spiegel sagt, er habe etwas sehen wollen, das ihr jemand beim Waisenhaus gegeben habe.

»Jemand hat dir etwas beim Waisenhaus gegeben?«, fragt er erstaunt.

»Ja. Draußen, nach dem Treffen, das kein Treffen war.«

Dad hebt den Kopf vom Kissen. »Und was?«

Ich wende mich vom Spiegel ab und zeige ihm den Kamm. Er klettert vom Bett, um ihn genauer betrachten zu können.

»O mein Gott«, stößt er hervor. »Wie wunderschön!«

»Die Frau meinte, ich solle zu dieser Adresse kommen, um mir ihre Geschichte anzuhören.« Ich reiche ihm den Zettel.

Er liest und schüttelt dann den Kopf. »Ich hab da so meine Zweifel, Anna. Seoul ist eine riesige Stadt, und du weißt nicht, wer die Frau ist. Wie sah sie aus?«

»Sie war schon älter, aber … Keine Ahnung. Ich konnte sie nicht richtig erkennen.«

»Was hat Doktor Kim dazu gemeint?«

Ich nehme den Zettel von ihm entgegen und wickele den Kamm wieder in den Stoff. »Er hat gesagt, ich solle ihm den Kamm aushändigen, damit er ihn den richtigen Leuten geben kann. Was auch immer das bedeuten soll.«

»Vielleicht solltest du das tun.«

»Ja, wahrscheinlich, aber ich möchte zuerst mehr darüber erfahren. Ich möchte zu dieser Adresse fahren.«

»Wann denn?«, fragt Dad. »Wir reisen morgen ab.«

»Aber erst um sieben Uhr abends.«

»Ja«, räumt Dad ein. »Aber der Bus zum Flughafen fährt um halb fünf ab. Und wir wollten tagsüber in Itaewon shoppen gehen. Ich muss meinen neuen Anzug abholen.«

»Und ich wollte die Seladon-Vase kaufen, die ich dort gesehen habe«, erwidere ich. »Aber das ist jetzt unwichtig geworden. Ich möchte stattdessen dorthin fahren.«

Er denkt kurz nach, dann sagt er: »Vielleicht sollte ich dich begleiten.«

»Die Frau meinte, ich solle allein kommen«, antworte ich.

Laut seufzend lässt er sich wieder aufs Bett fallen. Er sieht geschlagen aus, so wie immer, seit Mutter gestorben ist. Ich setze mich neben ihn und verspreche ihm, vorsichtig zu sein.

Er nickt. Schnell umarme ich ihn, dann gehe ich ins Badezimmer, um mich für das Abendessen fertig zu machen.

Als wir es uns am Abend in unserem Zimmer gemütlich machen – Dad ist schon im Pyjama –, fragt er mich endlich, ob ich über meine leibliche Mutter sprechen möchte. Ja, will ich. Ich möchte über vieles sprechen. Ich möchte so vieles herausfinden und wieder in die richtige Spur kommen. Aber aus irgendeinem Grund antworte ich, ich hätte keine Lust zu reden. Nicht jetzt. Er wirkt sowohl verletzt als auch erleichtert und legt sich ins Bett.

Es bricht mir das Herz, ihn so zu erleben. Ich hatte gedacht, diese Reise würde ihm helfen, aber dem war nicht so. Seit wir hier sind, hat er kaum mehr als ein Dutzend Wörter gesprochen. Er liest nicht in den Reiseführern oder blamiert mich, indem er dem Reiseleiter unzählige Fragen stellt, wie er es immer getan hat, wenn wir mit Mutter gereist sind. Ich denke, dass wir hier sind, erinnert uns beide an sie. Sie hätte es hier geliebt.

Ich liege auf meinem Bett und starre an die Decke, während ich versuche, mir die Höhepunkte unserer Reise ins Gedächtnis zu rufen – die Paläste und Museen, den beunruhigenden Ausflug in die entmilitarisierte Zone zwischen Nord- und Südkorea. Und heute der Besuch des Waisenhauses und die furchtbare Nachricht, dass ich meine leibliche Mutter getötet habe. Ich versuche, alles zu einem vollständigen Bild zusammenzufügen, aber es gelingt mir nicht. Es tut alles zu weh. Darum krabbele ich zwischen die Laken und frage mich, was mich morgen erwartet, wenn ich zu dieser Adresse fahre, die zusammen mit dem Kamm in dem Päckchen lag.

Kapitel 3

Die ganze Nacht verfolgen mich merkwürdige Träume. Mutter hat immer gesagt, solche Träume würden zeigen, wer man wirklich ist. Als Kind versuchte ich, mich an meine Träume zu erinnern. Aber sie waren vollkommen bizarr, und ich bekam Angst davon. Wenn ich heute wach werde, verdränge ich darum meine Träume sofort.

Ich bin noch immer müde und denke, es ist einer jener Tage, an denen man sich nur schwer aufraffen kann. Ich ziehe die Decke bis unters Kinn und wünschte, ich könnte im Bett bleiben. Doch dann fallen mir der Kamm mit dem zweiköpfigen Drachen ein und mein Plan, zu der beigefügten Adresse zu fahren. Ich zwinge mich dazu aufzustehen.

Doktor Kim hat gesagt, wir würden um 9.30 Uhr nach Itaewon fahren. Dad hat bereits geduscht und ist fast angezogen. Er steht vor dem Spiegel und rasiert sich. Ich sage »Guten Morgen«, und er grunzt eine Begrüßung zurück. Ich hoffe, dass er mir helfen wird. Als er aus dem Badezimmer kommt, sage ich ihm, dass ich immer noch entschlossen bin, zu der Adresse zu fahren, um mehr über den Kamm herauszufinden. Ich bitte ihn, Doktor Kim zu erzählen, ich sei krank und könne nicht mit nach Itaewon fahren.

»Bist du dir sicher, dass du das wirklich machen willst?«, vergewissert er sich und zieht sich sein Hemd über. »Vielleicht solltest du den Kamm doch besser Doktor Kim geben, wie er gesagt hat, und heute mit mir kommen.«

»Dad, bitte«, erwidere ich in einem Tonfall, der ihn daran erinnern soll, dass ich kein Kind mehr bin.

Er seufzt und erklärt sich damit einverstanden, bei meiner Schwindelei mitzumachen. »Versprich mir, dass du vorsichtig sein wirst«, bittet er.

Ich sage ihm, dass er sich keine Sorgen zu machen braucht und ich hier im Hotel sein werde, wenn er aus Itaewon zurückkommt. Er nimmt zweihundert Dollar aus seiner Brieftasche und schenkt mir ein trauriges Lächeln. Dann ist er schon aus der Tür.

Nachdem Dad und die anderen Familien gefahren sind, schleiche ich mich aus dem Hotel und rufe eins von Seouls allgegenwärtigen winzigen, weißen Taxis herbei. Ich nenne dem Fahrer die Adresse, die beim Kamm war. »Sie sicher, Frau?«, fragt er. An den X und Os in seinem Namen auf der Taxilizenz erkenne ich, dass er Chinese ist. Er ist unglaublich mager und strähniges Haar hängt über seine Ohren. Ich lese ihm die Adresse noch einmal vor. »Okay«, sagt er. »Fünfunddreißig amerikanische Dollar. Oder fünfunddreißigtausend koreanische Won.«

Der Fahrpreis erscheint mir sehr hoch, aber es ist mir egal, sodass ich zustimme. Wir fahren auf einer der Hauptstraßen nach Süden in Richtung Han-Fluss. Der Himmel ist von einem braunen Nebel verhangen, und es scheint ein weiterer drückend heißer Tag zu werden. Wir fahren durch Seouls Finanzbezirk und passieren die großen Kaufhäuser, wie Kosney und Hyundai, und zahlreiche Luxusboutiquen wie Bulgari, Gucci und Jimmy Choo.

Es gibt auch Hunderte kleinere Geschäfte mit Neontafeln in Hangul, Englisch, Japanisch, Chinesisch und ein paar anderen, mir vollkommen unbekannten Sprachen. Trendige Cafés wetteifern mit Edelrestaurants. Straßenverkäufer halten den Vorübergehenden ihre Waren hin. Menschen bevölkern die Bürgersteige und Autos verstopfen die Straßen.

Wir fahren auf der Mapo-Brücke über den Han-Fluss. Überall ragen Wolkenkratzer wie strammstehende Soldaten empor.

Anschließend überqueren wir noch eine Brücke und biegen in ein weiteres Einkaufsviertel ein. Ich bin mir sicher, dass der Fahrer extra einen Umweg fährt, um seinen Wucherpreis zu rechtfertigen. Okay, was soll's. Ich fühle mich besser und genieße diese kleine Reise sogar. Ich rutsche an den Rand des Sitzes und kurbele das Fenster herunter. Gerüche füllen das Taxi – Garküchen, Autoabgase und der Staub der großen Stadt. Überall sind Neonlichter und Schriftzeichen in Hangul, Menschen, die in den unterschiedlichsten Stilrichtungen gekleidet sind, winzige Autos und Taxis mit blauem Dach, laute Lastwagen mit noch mehr Schriftzeichen in Hangul auf der Seite. Überall thronen Apartmenthochhäuser über der Stadt. Autos hupen, die Motoren der Lastwagen heulen auf, Straßenverkäufer schreien, und die Luft ist voller Energie.

Das ist also Korea. Jetzt, wo ich mich aus der Reisegruppe ausgeklinkt habe, sehe ich, wie das Land wirklich ist. Da gibt es nicht nur die Paläste, Museen und Touristenfallen, die ich bisher auf unserer Reise gesehen habe. Korea ist hier, in diesen Straßen. Hier wurde ich geboren. Ich habe die gleiche DNA wie diese Menschen. Ich glaube, hier meine Antworten finden zu können.

Und ich habe den Kamm. Er muss etwas Wichtiges sein. Ich hole das Päckchen aus meiner Handtasche und öffne es, um ihn mir noch mal genau anzuschauen. Ich halte den Kamm gut fest und suche nach etwas, das ich vielleicht übersehen habe. Das fast schwarze Schildpatt passt perfekt zum weißen

Elfenbein des zweiköpfigen Drachens. Die eleganten Zinken und die Art, wie er sanft gebogen ist, sind erstaunlich. Der goldene Kammrücken sorgt für ein vollkommenes Gleichgewicht. Ich frage mich, wieso eine einfache ältere Frau einen so kostbaren Gegenstand besaß. Und ich frage mich, warum sie wollte, dass ich ihn bekam.

»Was da haben?«

Ich schrecke auf. Wir stehen an einer Ampel. Der Fahrer hat sich zu mir umgedreht und zeigt auf den Kamm. »Nur ein ... äh ... Geschenk«, stammle ich.

»Ein Geschenk?«, fragt er. »Du scherzen? Teure Sache! Wem es geben?«

»Nein, nein. Jemand hat ihn mir geschenkt.« Schnell wickele ich den Kamm wieder ein und schiebe ihn in meine Tasche.

Der Fahrer grinst und zeigt dabei seine schlechten Zähne. »Du Glück! Großes, großes Glück. Teure Sache. Teure Sache!«

Ich lehne mich zurück und frage ihn, wie weit es noch ist. Er antwortet, wir wären fast da, und wendet sich wieder dem Lenkrad zu. Die Ampel springt um, und wir fahren weiter.

Schon bald werden die Wohngegenden dreckiger, und die grellen Farben weichen einem schmutzigen Graubraun. Anscheinend ist dies hier das Slumviertel Seouls. Nur wenige Menschen sind auf der Straße, und ich sehe etwas, das ich vorher noch nicht in Korea gesehen habe: Abfall. Ich kurbele das Fenster wieder hoch und lümmele mich in meinen Sitz. Das Taxi biegt in eine schmale Straße ein, die von heruntergekommenen Apartmenthäusern gesäumt ist. Der Fahrer parkt am Bordstein und sagt, wir seien bei der Adresse angekommen.

Das Taxi hat vor einem hässlichen, achtstöckigen Gebäude angehalten. Vor der Hälfte der Fenster hängen rostige Klimageräte. Aus einem geöffneten Fenster starrt eine Frau mit leerem Blick auf die Straße unter ihr. Ein alter Mann schlurft über den Bürgersteig. Über einem bröckeligen Eingang steht etwas in Hangul und die Zahl 315. Ich frage den Fahrer, ob das auch wirklich die richtige Adresse ist, und er versichert es mir. »Ich warten?«, fragt er.

Meine Augen schweifen über die schmuddelige Straße, und mir wird klar, dass wenn mein Fahrer nicht wartet, ich einige Häuserblöcke in diesem gruseligen Viertel ablaufen muss, um ein anderes Taxi zu finden. »Ja, das ist eine gute Idee«, antworte ich.

»Ich warten«, meint er und stellt den Motor aus. »Fünfzehn amerikanische Dollar für fünfzehn Minuten. Aber erst du zahlen fünfunddreißig für hier.«

Ich hole fünfunddreißig Dollar aus meiner Handtasche und gebe sie ihm. Dann klettere ich aus dem Taxi und betrachte das Gebäude eingehend. Ich sage, ich wüsste nicht, wie lange ich bräuchte. Er antwortet, er würde so lange warten, wie es nötig wäre. »Fünfzehn Dollar alle fünfzehn Minuten«, wiederholt er.

Ich gehe zum Eingang. Ich sehe zahlreiche Knöpfe an einer alten Gegensprechanlage, die praktisch von der Wand fällt. Ich hole den Zettel aus meiner Tasche und lese die Wohnungsnummer 627. Ich suche die Knöpfe ab, bis ich die Nummer finde. Ich drücke nicht darauf.

Das hier fühlt sich überhaupt nicht richtig an. Es ist viel zu intensiv. Und Dad hatte recht – es ist nicht sicher. Ich drehe mich wieder zum Taxi um. Der Fahrer beobachtet mich. »Teure Sache«, hat er gesagt. Ich fasse in meine Tasche und lasse meine Finger über den Kamm gleiten. Ich denke daran, wie real sich der Drache fast angefühlt hat. Dann wende ich mich wieder der Gegensprechanlage zu und hole tief Luft. Ich drücke auf den Knopf. Mehrere Sekunden später ertönt eine weibliche Stimme aus dem Lautsprecher und sagt etwas auf Koreanisch.

Ich nenne meinen Namen. Es folgt eine unangenehme Pause, und ich frage mich, ob ich an der richtigen Adresse bin. Dann antwortet die Stimme in perfektem Englisch: »Willkommen. Ich bin so froh, dass du gekommen bist.« Sie sagt mir, ich solle durch die Sicherheitstür gehen und den Aufzug bis in den sechsten Stock nehmen. Ihre Apartmenttür sei die dritte auf der linken Seite.

Die Sicherheitstür summt, und ich gehe durch. Drinnen sieht es schäbig aus. Das Licht ist grell, sodass der verschmutzte Teppichboden und die beschmierten Wände zu gut zu sehen sind. In der Eingangshalle ist eine Nische für einen Münzfernsprecher, doch an der Stelle, an der sich einst ein Telefon befand, baumelt jetzt nur noch blanker Draht. Ich betrete den Aufzug und drücke auf den Knopf für den sechsten Stock. Der Aufzug ruckelt nach oben, und wenige Sekunden später hält er mit einem erneuten Ruckeln an. Ich steige aus, gehe einen dunklen Flur entlang bis zum Apartment 627. Ich muss schlucken, dann klopfe ich.

Die Tür öffnet sich, und ich werde von der alten Frau begrüßt.

KAPITEL 4

Sie trägt eine dunkelblaue Hose, die am Saum ausgefranst ist, und einen dünnen Baumwollpullover über einer sauberen, weißen Bluse. Ihr dickes, graues Haar fällt ihr über den Rücken. Ihre Augen sind ernst, aber gütig. Ihre Haut ist erstaunlich. Die einzigen Makel, die ich erkennen kann, sind eine kleine Narbe auf ihrer Oberlippe und eine weitere über dem Auge.

»Guten Morgen«, grüße ich sie mit einer leichten Verbeugung. Sie mustert mich mit einem seltsamen Lächeln. Dann tritt sie zur Seite und sagt: »Komm herein!«

Ich denke daran, meine Schuhe auszuziehen, und trete in ein kleines, sauberes Apartment, das nicht viel größer ist als unser Wohnzimmer zu Hause. Ich kann das süße, würzige Aroma von Kimchi riechen. Es gibt eine niedrige Kommode, ein rostiges Waschbecken, eine Doppelkochplatte aus Keramik und einen winzigen Kühlschrank. Auf einem billigen, niedrigen Tisch unter dem einzigen Fenster des Apartments steht ein einfacher Holzrahmen mit zwei Fotografien. Eine lilafarbene Blüte in einer Glasschale ziert die Fensterbank.

Sie zeigt auf den Tisch und fordert mich auf, mich zu setzen. Ihre Körperhaltung ist perfekt, so wie ich sie auf unserer Reise bei koreanischen Frauen der Oberschicht gesehen habe.

Sie wendet den Blick nicht von mir ab, und ich habe das Gefühl, dass sie mich abschätzt. Ich wünschte, ich hätte meinen Haaren mehr Zeit gewidmet und ein Kleid statt einer Jeans angezogen.

»Du warst bestimmt enttäuscht, dass du deine leibliche Mutter nicht kennenlernen konntest«, meint sie. Ihr Englisch ist perfekt. Sie hat überhaupt keinen Akzent.

»Ja«, antworte ich nickend. »Woher wissen Sie das?«

»Ich arbeite ehrenamtlich im Waisenhaus«, erklärt sie. »Seit zwanzig Jahren.«

Ich rechne im Kopf nach. Es ist ein wenig mehr als zwanzig Jahre her, dass ich ins Waisenhaus kam.

Okay, langsam wird es unheimlich. Ich bereue es schon, dass ich hergekommen bin. Vielleicht kann ich die Sache schnell hinter mich bringen. Ich sage ihr, dass ich den Kamm nicht haben möchte und gekommen bin, um ihn zurückzugeben.

»Möglicherweise änderst du deine Meinung, wenn du meine Geschichte gehört hast«, erwidert sie. Sie blickt mich noch immer unentwegt an. Unruhig zappele ich auf meinem Stuhl herum. Mir fällt auf, dass ich ihren Namen nicht kenne, und ich frage danach.

»Ich heiße Hong Jae-hee. Und bin deine leibliche Großmutter.«

»Wirklich?« Ich schnappe nach Luft. Ich schaue sie lange an, und da ist es. Wenn ein leibliches Kind in das Gesicht seiner Eltern oder Großeltern blickt, sieht es sich selbst. Es hat die Augen seiner Mutter oder das Kinn seines Vaters. Aber zwanzig Jahre lang hatte ich keine solche Verbindung zu einem Menschen. Bis jetzt. Obwohl sie sechzig Jahre älter ist als ich, ist die Ähnlichkeit eindeutig. Sie ist klein, so wie ich, und hat die gleichen hohen Wangenknochen. Ich bin davon überwältigt, dass ich zum ersten Mal in meinem Leben mich selbst in einem anderen Menschen erkenne. Plötzlich habe ich es nicht mehr eilig zu gehen.

Ich versuche, mir das richtige Benehmen gegenüber koreanischen Großeltern ins Gedächtnis zu rufen. »Ich freue mich, Sie kennenzulernen, gnädige Frau«, sage ich mit gesenktem Blick, so wie es uns während der Reiseeinführung beigebracht wurde. »Wie soll ich Sie ansprechen?«

»Da wir uns gerade erst begegnet sind«, antwortet sie, »ist es dir vielleicht am angenehmsten, mich Frau Hong zu nennen.«

»Natürlich, Frau Hong«, antworte ich.

»Ich habe erfahren, dass deine Adoptivmutter letztes Jahr gestorben ist.«

Das Bild meiner sterbenden Mutter steigt plötzlich in mir auf, und ich fühle mich schuldig, dass ich mich noch wenige Sekunden zuvor so egoistisch gefreut habe, jemanden aus meiner leiblichen Familie zu treffen. Ich schaue auf meine Hände und nicke.

»Es ist schwer, geliebte Menschen zu verlieren, nicht wahr?«, fragt sie.

»Sie hat mich geliebt«, antworte ich ihr. »Und ich habe sie auch geliebt. Es war ein furchtbarer Verlust. Ich schätze, ich bin deshalb nach Korea gekommen. Um meine leibliche Mutter kennenzulernen. Man hat mir erzählt, sie sei bei meiner Geburt gestorben. Was ist passiert? Wie war sie? Habe ich Geschwister? Wer ist mein leiblicher Vater?«

Frau Hong dreht sich zum Fenster. Ihr Kinn hält sie hoch, aber ihre Augen werden weich. »Du hast viele Fragen, Ja-young.«

»Ja-young? Oh, das ist mein Geburtsname. Meine Eltern haben mich Anna genannt.«

»Okay, Anna. Du meintest, du hättest den Kamm bei dir. Du kannst ihn mir jetzt geben.«

Ich hole das Päckchen mit dem Kamm aus meiner Tasche und lege es auf den Tisch. Sie blickt auf das Stoffbündel, streckt aber nicht die Hand danach aus. Sie wartet eine Minute, dann zwei, bis sie schließlich den Stoff vorsichtig auseinanderfaltet.

Als sie den Kamm sieht, schlägt sie sich mit der anderen Hand vor den Mund und kneift die Augen zusammen. Sie wirkt, als würde sie gleich weinen. »Ich hole ihn nicht mehr oft hervor«, erklärt sie. »Er bringt zu viele schmerzhafte Erinnerungen zurück.«

Ich lehne mich in meinem Stuhl vor. »Entschuldigen Sie, dass ich frage, Frau Hong, aber wenn Sie ihn nicht haben möchten, warum verkaufen Sie ihn dann nicht? Sie würden wahrscheinlich viel Geld dafür bekommen und könnten irgendwo hinziehen, wo es ... ähm, angemessener wäre.«

»Ich war oft versucht«, meint sie ohne aufzublicken. »Aber ich konnte es nicht. Er ist zu wichtig, um verkauft zu werden, Ja-young ... Anna. Und du sollst ihn haben.«

»Aber Doktor Kim – unser Reiseleiter – hat gesagt, ich solle ihn nicht annehmen. Er meinte, es gäbe ein Gesetz oder so, dass Erbstücke das Land nicht verlassen dürfen.«

Sie starrt mich mit weit geöffneten Augen an. »Hast du ihm den Kamm gezeigt?«

»Ich ... ich musste«, erkläre ich. »Er hat gesehen, dass ich ihn hatte.«

»Was hat er gesagt? Ich muss ganz genau wissen, was er gesagt hat.«

»Er meinte, ich solle ihm den Kamm aushändigen, damit er ihn den richtigen Leuten geben könnte.«

Frau Hong gluckst. »Das ist ein Problem. Er könnte wissen, worum es sich handelt.« Sie wickelt den Kamm wieder in den Stoff und legt ihn auf den Tisch.

»Anna«, sagt sie. »Ich habe dich gebeten, hierherzukommen, weil ich möchte, dass du zwei Dinge tust. Zuerst musst du dir meine Geschichte anhören. Und die des Kamms mit dem zweiköpfigen Drachen. Du wirst wissen, was das zweite ist, wenn du meine Geschichte kennst.«

»Natürlich möchte ich Ihre Geschichte hören«, erkläre ich. »Aber ich will keine Schwierigkeiten bekommen.«

»Hör dir meine Geschichte an, und du wirst wissen, was das Richtige ist.«

Ich atme seufzend aus und frage mich, in was ich da hineingeraten bin. Aber warum sollte ich nicht bleiben? Schließlich ist sie meine leibliche Großmutter, und der Rest der Reisegesellschaft wird erst am späten Nachmittag aus Itaewon zurück sein. Vielleicht hat sie ein paar Antworten für mich. Und welche Probleme kann ich schon bekommen? Wenn es mir zu viel wird, kann ich einfach gehen und den Kamm dalassen. Oder?

Draußen wirbelt der Wind auf der Straße etwas Dreck auf. Das Taxi! Ich habe das Taxi vergessen. »Fünfzehn amerikanische Dollar alle fünfzehn Minuten.« Ich schnappe meine Handtasche und erkläre Frau Hong, dass draußen ein Taxi auf mich wartet, das ich wegschicken sollte. Ich muss dem Fahrer eine Uhrzeit nennen, zu der er mich abholen soll. »Wie lange wird Ihre Geschichte dauern?«, möchte ich wissen.

»Es ist eine lange Geschichte«, sagt sie und nimmt den Rahmen mit den beiden Fotografien vom Tisch. »Eine sehr lange Geschichte.«

Ich sage, dass ich den Taxifahrer bitten werde, um drei Uhr zurück zu sein. Ich warte ab, ob sie antwortet, dass das in Ordnung sei, aber sie starrt nur auf die Fotos und schweigt. Also sage ich, dass ich gleich zurück bin, und gehe zur Tür, wo ich meine Schuhe anziehe. Dann renne ich zum Taxi. Dort angekommen, kurbelt der Fahrer das Fenster runter.

Er meint, er habe zwanzig Minuten gewartet und ich schulde ihm dreißig Dollar. »Fünfzehn amerikanische Dollar alle fünfzehn Minuten«, sagt er.

Ich hole dreißig Dollar aus meiner Handtasche, reiche sie ihm und erkläre, dass ich länger bleiben muss und er mich später abholen soll. Er ist einverstanden und fragt nach der Uhrzeit.

»Drei Uhr«, antworte ich ihm.

»Okay, drei Uhr«, wiederholt er. »Wenn ich warten, fünfzehn amerikanische Dollar ...«

»Jaja. Ich weiß. Fünfzehn amerikanische Dollar alle fünfzehn Minuten«, ergänze ich seinen Satz. Der Fahrer lacht amüsiert auf. Dann fährt er davon.

Frau Hongs Apartmenttür ist offen, als ich zurückkomme. Sie steht neben dem Tisch, umgeben vom Licht, das durch das Fenster fällt. Bluse und Hose hat sie gegen einen gelben *Hanbok* eingetauscht, der aus Seide zu sein scheint. Das traditionelle Gewand hat lange, weite Ärmel, und der fließende Rock reicht bis wenige Zentimeter über dem Boden. Sie hat ihre Haare geflochten und mit einer verzierten *Binyeo* hochgesteckt. Sie bittet mich herein.

»*Unlinahyi*, Enkeltochter. Bist du bereit, dir meine Geschichte anzuhören?«

Nickend sage ich: »Ja.« Alles fühlt sich wie ein Traum an.

»Komm«, meint sie. »Setz dich, hör zu und lerne.«

Ich nehme wieder an dem niedrigen Tisch Platz. Sie schiebt die Fotografien in die Mitte neben das Päckchen mit dem Kamm. Sie sitzt gerade, ihre Hände ruhen auf ihrem Schoß. Dann holt sie tief Luft und fängt mit klarer und fester Stimme an zu erzählen.

»Ein junger Soldat auf einem rostigen Motorrad überbrachte die Befehle des japanischen Militärkommandos in Sinuiju ...«

KAPITEL 5

September 1943. Provinz Nord-Pyongan, Nordkorea

Ein junger Soldat auf einem rostigen Motorrad überbrachte die Befehle des japanischen Militärkommandos in Sinuiju. Ich war die Erste, die sah, wie er den Hügel zu unserem Haus hochgefahren kam. Das Motorrad zog eine Staubwolke hinter sich her, die aussah wie der lange Leib einer Schlange, der sich wellenförmig den ganzen Weg über das Meer bis nach Japan wand. Als die Schlange näher kam, wollte ich nach draußen rennen und sie mit einem Stein bewerfen. Ich wünschte, ich wäre so stark wie ein Junge oder zumindest älter – ich war erst vierzehn –, um einen großen Stein zu werfen und die Schlange ein für alle Mal zu töten.

Ich hatte den Soldaten schon vorher gesehen. Er war im vergangenen Herbst gekommen und hatte einen Befehl für meinen Vater überbracht. Dieser besagte, dass mein Vater sich am nächsten Tag im Militärhauptquartier in Sinuiju einzufinden hatte, um in Pjöngjang im Stahlwerk zu arbeiten. Am nächsten Morgen war die Sonne noch nicht über die Espen geklettert und die Luft noch kalt, als mein Vater mir, meiner älteren Schwester Soo-hee und unserer Mutter Lebewohl sagte. Ich glaube, Mutter weinte ein wenig, als Vater mit hoch erhobenem Haupt und dem Befehl in der Tasche an unserem Kakibaum vorbeischritt.

Ich liebte meinen *Appa*. Er ließ mir Dinge durchgehen, die meine Mutter niemals zugelassen hätte. Aber nach jenem Tag habe ich ihn nie wiedergesehen.

Als der Soldat schon fast unser Haus erreicht hatte, sammelte ich schnell den Chinakohl auf, den ich gerade gewaschen hatte, wickelte ihn in ein großes Tuch und verstaute ihn unter dem Spülbecken. Ich rannte zur Hintertür.

»Soo-hee!«, rief ich meiner Schwester zu, die Onggi mit Reis und Gemüse ausgrub. Wir hatten diese Tontöpfe mit Vorräten hinter dem Haus versteckt. »Der Soldat auf dem Motorrad kommt!«

Soo-hee stand auf und blickte die Straße hinab. Als sie ihn sah, warf sie mir einen Blick zu, der mir bedeutete, dass wir vorsichtig sein mussten. »Halt ihn auf!«, rief sie mir zu. Sie ließ sich auf den Boden fallen und steckte die Onggi schnell wieder in die Erdlöcher zurück.

Ich rannte ins Haus und beobachtete die Schlange vom Küchenfenster aus. Ich hoffte, der Soldat würde vorbeifahren, zu einem anderen Haus die Straße hinauf, doch er hielt an und lehnte sein Motorrad gegen unseren Kakibaum. Die Nachmittagsbrise erwischte die Schlange, spielte und zog an ihr, bis sie verschwunden war und nur noch der Soldat übrig blieb, der neben seinem Motorrad stand. Er zog seine Handschuhe aus und schlug sie sich gegen die Oberschenkel, sodass Staubwolken in den Himmel stoben. Er griff in seine lederne Umhängetasche und holte einen gelben Umschlag heraus. Dann kam er auf unser Haus zu.

»Hallo!«, rief er auf Japanisch. »Ich habe Befehle vom Militärkommando. Herauskommen! Herauskommen!«

Ich schlug die graue Zeltplane beiseite, die nun dort hing, wo einst unsere wunderschön geschnitzte Eichentür gewesen war. Ich verschränkte die Arme vor der Brust. »Gehen Sie weg!«, rief ich auf Japanisch.

Die Uniform des Soldaten war braun und voller Staub. Auch sein Gesicht war braun, mit Ausnahme zweier sauberer Kreise, wo seine Motorradbrille gesessen hatte. Diese baumelte ihm um den Hals und war genauso dreckig wie seine Uniform. Ich fand, dass er lächerlich aussah, wie er dort von Schmutz bedeckt und mit Waschbäraugen dastand.

Doch scheinbar kam er sich selbst nicht lächerlich vor, denn er warf mir einen sehr herrischen Blick zu. »Ist das die richtige Art, mich zu behandeln?«, wollte er wissen. »Ich bin den ganzen Weg hierhergekommen, um euch die Befehle zu übergeben.« Er hielt den Umschlag in die Höhe. »Hier, nimm!«

»Sie sollten sie in den Yalu-Fluss werfen, statt uns damit zu belästigen«, erwiderte ich, ohne mich auch nur einen Zentimeter zu rühren. »Warum müssen wir immer tun, was ihr sagt?«

Der Soldat grinste, und seine Waschbäraugen wurden zu schmalen Schlitzen. Er lehnte sich an die Hauswand.

»Weil du eine Untertanin Japans bist. Wenn du unseren Befehlen nicht gehorchst, wirst du erschossen.«

»Es wäre besser, erschossen zu werden«, entgegnete ich.

Das Grinsen des Soldaten wich einem finsteren Blick, und er sah nicht mehr lächerlich aus. »Bald wirst du lernen, wie man Japan dient.«

Ich wollte ihm gerade sagen, was ich darüber dachte, Japan zu dienen, als Soo-hee hinter dem Haus hervorkam und sich die Hände am Kleid abwischte. »Ja? Was gibt's?«, fragte sie auf Koreanisch. Sie konnte nicht so gut Japanisch wie ich.

»*Konnichiwa*«, grüßte der Soldat. »Ich sehe, du hast noch immer kein Japanisch gelernt«, fügte er auf Koreanisch hinzu.

»Vielleicht solltest du bei deiner respektlosen kleinen Schwester Unterricht nehmen.«

Soo-hee senkte den Kopf. »Ich entschuldige mich für meine Schwester. Sie ist noch jung.«

»So jung nun auch wieder nicht«, entgegnete er und musterte mich.

Er richtete sich auf und hob das Kinn, wie die Japaner es tun. »Euer Verpächter ist mit der Ernte in diesem Jahr nicht zufrieden«, sagte er. »Ihr steht jetzt in seiner Schuld.« Er hielt den Umschlag in die Höhe. »Diese Befehle sind für dich und deine Schwester. Darin steht, was ihr tun müsst, um ihm die Schulden abzubezahlen. Nimm sie!«

Mit einer leichten Verbeugung nahm Soo-hee die Befehle entgegen.

Der Soldat warf mir einen Blick zu, bei dem ich froh war, dass ich ihm nicht gesagt hatte, was ich darüber dachte, Japan zu dienen. »Du solltest besser auf deine kleine Schwester aufpassen«, wandte er sich an Soo-hee. »Sie könnte euch alle in Schwierigkeiten bringen.« Er nickte kurz und ging zu seinem Motorrad. Dann wendete er es, trat es an und fuhr die Straße hinunter und davon; die Schlange erhob sich wieder hinter ihm.

»Was steht darin?«, wollte ich wissen. »Was steht in den Papieren?«

Soo-hee steckte den Umschlag in ihr Kleid. »Denk nicht daran, kleine Schwester«, antwortete sie. »Wir müssen das Gemüse bald wässern, sonst ist es am Morgen nicht fertig, um Kimchi zu machen.« Sie lief wieder zur Rückseite des Hauses.

»Aber, *Onni*, große Schwester, der Soldat hat gesagt, es wären Befehle für dich und mich. Was steht darin?«

»Still, Jae-hee!«, befahl Soo-hee und drehte sich zu mir um. »Du musst lernen, das Richtige zu tun. Mutter wird sie heute Abend lesen, wenn sie aus der Fabrik kommt. *Ummah* sollte sie zuerst sehen. Jetzt geh wieder an deine Arbeit!«

Soo-hee schalt mich immer wie Mutter, und ich mochte es nicht, wenn man mir sagte, was ich zu tun hatte. Darum stapfte ich ins Haus und holte den Chinakohl unter der Spüle hervor. Während ich ihn für das Kimchi vorbereitete, dachte ich über die Papiere nach, die in Soo-hees Kleid steckten. Ich ging davon aus, dass es sich um den Befehl handelte, in den Wintermonaten in einer Fabrik zu arbeiten. Als unser dünner, japanischer Verpächter mit den großen Augen gekommen war, um die diesjährige Ernte abzuholen, hatte er uns gesagt, dass die Japaner mehr Arbeiter bräuchten, um die Kriegsanstrengungen zu unterstützen. »Wir gewinnen glorreiche Schlachten gegen die Amerikaner!«, hatte er gerufen, als er in seinen alten Lastwagen voller Gemüse, dessen Anbau uns so viel Mühe gekostet hatte, kletterte. »Wenn ihr tut, was euch gesagt wird, werden die lausigen Amerikaner wieder zurück über den Ozean gedrängt und uns nie wieder belästigen.«

Er startete den Lastwagen mit einem lauten Ächzen und brauchte mehrere Versuche, bis er den richtigen Gang gefunden hatte. Als der Lastwagen über die Straße ruckelte, streckte er seinen Kopf aus dem Fenster, und ich dachte, seine Ohren würden im Wind flattern. »Dann werdet ihr für die Opfer belohnt, die ihr gebracht habt«, rief er. »Ihr werdet froh sein, dass ihr japanische Untertanen seid!«

Bis die Sonne über dem Tal im Westen unterging und der Abend kalt hereinbrach, hatten Soo-hee und ich zwei Töpfe mit Gemüse in Lake eingelegt. Unser Hof war der größte im Umkreis von Meilen. Als ich ein kleines Mädchen war, stellte ich mir unser großes, weißes Haus immer als Palast und die umliegenden Felder als Palastgarten vor. Vater war der Kaiser, Mutter die Kaiserin und ich ihre hübsche Prinzessin. Unsere Nachbarn in ihren kleinen, niedrigen Häusern mit ihren handtuchgroßen

Feldern waren die Bediensteten unseres Kaiserreichs. Und um ehrlich zu sein, behandelte ich sie oftmals genauso.

Doch jetzt war unser schönes Haus von Jahren der Vernachlässigung schmutzig, und einige Dachziegel fehlten. Gras hatte sich der Felder bemächtigt. Und obwohl wir im Sommer so hart arbeiteten, hatten wir nicht genug Essen, um durch den Winter zu kommen. In den kommenden Monaten würde Mutter um einen zusätzlichen Sack Reis betteln müssen, wie unsere Nachbarn es jedes Jahr taten.

Es schien ewig zu dauern, bis Mutter nach Hause kam. Soo-hee und ich saßen an einem niedrigen Tisch und aßen Chinakohl und eine Handvoll Reis zum Abendessen. Unser Haus hatte einen offenen Hauptraum mit Küche, Ess- und Wohnbereich. Dort brachte Mutter uns Lesen und Schreiben bei. Im hinteren Teil der Küche leitete ein riesiger Eisenherd Hitze in den *Ondol*, die Fußbodenheizung. Der Boden bestand aus Holzbohlen, die viele Generationen meiner Vorfahren mit ihren Füßen blank poliert hatten. In der Küche gab es zwei Holzstühle, und im Essbereich stand der niedrige Tisch. Schiebetüren trennten den Schlafraum vom Hauptraum. Im Schlafraum lagen Binsenmatten auf dem Boden, und es gab einen kunstvollen Schrank, den zu verkaufen Mutter sich geweigert hatte, obwohl Vater anderer Meinung gewesen war. Ich war froh, dass sie es nicht getan hatte.

Als wir aufgegessen hatten, stellte Soo-hee etwas Reis und Gemüse für Mutter auf den Tisch. Bald würde sie mit den anderen Frauen aus der Uniformfabrik, in der sie seit der Ernte jeden Tag arbeitete, die Straße heraufkommen. Mutter war sehr klug – zu klug, um in einer Uniformfabrik zu arbeiten. Sie liebte es zu lesen. In unserem Haus gab es viele Bücher, auf die sie und Appa sehr stolz waren. Wir hatten Bücher auf Chinesisch und Japanisch und auch ein paar in Hangul, obwohl die Japaner sie verboten hatten. Wir besaßen die klassischen Romane, die

Lehren des Konfuzius, chinesische Gedichte. Sogar westliche Literatur wie Shakespeare, Tolstoi und Dickens, die ins Hangul, Chinesische oder Japanische übersetzt worden war.

Mein Lieblingsautor war Dickens. Wenn ich ein Buch zu Ende gelesen hatte, saß ich mit geschlossenen Augen im Wohnbereich und versuchte mir, die exzentrische Miss Havisham und den verschlagenen Compeyson aus *Große Erwartungen* vorzustellen, oder die Kopfsteinstraßen Londons und Fagin und das listige Schlitzohr aus *Oliver Twist*. Es war wunderbar. Nach einem langen Arbeitstag auf den Feldern lasen wir vier, bis wir unsere Augen nicht mehr offen halten konnten. Durch diese Bücher habe ich so gut Japanisch und Chinesisch gelernt.

Als ich jung war, bestand die Provinzregierung darauf, dass alle Koreaner Japanisch sprachen. Ich mochte Japanisch nicht – die Japaner hörten sich immer an, als wären sie wütend, und vielleicht waren sie es auch. So wollte ich nicht klingen, und ich wollte nicht, dass man mir sagte, was ich zu tun hatte, darum sprach ich Koreanisch. Mutter bestand darauf, dass wir Japanisch redeten, wenn Japaner in der Nähe waren, aber Soo-hee fielen Sprachen nicht so leicht wie mir, und das stellte ein Problem dar.

Soo-hee wurde im Jahr des Hasen geboren, aber sie war nicht hübsch wie andere im Zeichen des Hasen Geborene. Sie war gewöhnlich und ungelenk, als hätten sich irgendwie die eleganten Eigenschaften von Vater und Mutter gegeneinander aufgehoben. Vom Wesen her war sie ruhig und sanft, außer wenn sie mich schalt. Ich glaubte, Mutter hätte sie am liebsten, und ebenso dachte ich, Vater hätte mich am liebsten, auch wenn ich merkte, dass er Soo-hee sehr liebte.

Soo-hee war auch nicht klug. Manchmal verstand sie einen Scherz nicht und schaute nur verwirrt, während alle anderen lachten. Mutter und Vater mussten ihr beim Lesen und

Schreiben mehr helfen als mir. Und sie sagten mir, ich müsse mit ihr Japanisch üben.

Um uns also die Zeit zu vertreiben, saßen Soo-hee und ich auf dem Boden des Hauptraums, und ich versuchte, ihr Japanisch beizubringen.

»Wie lautet das Wort für Schaf?«, fragte ich.

Soo-hee dachte kurz nach, dann schüttelte sie den Kopf.

Schnaubend sagte ich: »Warum lernst du das einfach nicht? *Hitsuji* ist das Wort für Schaf. Was ist mit Baum?«

»Das weiß ich«, antwortete Soo-hee. »Es heißt *Moku*.«

»Ja!«, rief ich. »Siehst du? Es ist ganz leicht! Du suchst nach Mustern, nach Dingen, die du schon weißt, sodass du das richtige Wort damit verbinden kannst. Und um die Wörter richtig auszusprechen, tust du so, als seist du Japanerin. Das ist wie Schauspielern.«

»Meinst du so?« Soo-hee erhob sich und drückte ihre Brust raus. »Du musst Japanisch sprechen!«, sagte sie auf Koreanisch.

Ich musste kichern, dann stand ich auch auf. »Ja, genau so!«, rief ich. »Aber auf Japanisch.« Wie Soo-hee streckte ich meine Brust raus. »Ihr seid jetzt Untertanen Japans!«, bellte ich auf Japanisch und wackelte mit dem Finger. »Ihr müsst lernen zu gehorchen!«

Wir lachten, wobei wir darauf achteten, unseren Mund zu bedecken. Doch schnell erstarb unser Lachen, und Soo-hee wurde melancholisch. »Du wirst für mich Japanisch sprechen müssen, kleine Schwester«, meinte sie. »Ich verstehe das meiste, was sie sagen, aber ich kriege kein Wort heraus, wenn ich muss.«

»Warum muss ich das tun?«, wollte ich wissen. »Warum kann ich es lernen und du nicht? Der weiße Kranich muss dich vor der Tür abgesetzt haben. Du bist nicht meine echte Schwester.«

Soo-hee lächelte mich an, aber es war ein verlegenes Lächeln. Ich hatte ihr *Kibun* verletzt – ihre Gefühle und ihre Ehre. Schnell entschuldigte ich mich: »Es tut mir leid, Onni.«

»Jae-hee«, meinte Soo-hee sanft. »Du bist klug wie Mutter und Vater. Du hast mehr Glück als ich, und hübscher bist du auch. Und du wurdest im Jahr des Drachen geboren. Du musst mit den Dingen, die dir geschenkt wurden, vorsichtig umgehen.«

Sie hatte recht. Ich achtete nicht immer darauf, was ich laut aussprach. Meine Worte brachten mir häufig Schwierigkeiten mit Mutter ein und manchmal sogar mit Vater. »Es macht mich einfach verrückt, dass wir immer tun müssen, was sie sagen«, erwiderte ich.

Soo-hee legte den Arm um mich. »Sei nicht stur, kleine Schwester. Wir müssen mit den Japanern vorsichtig sein.«

»Ich hasse sie«, entfuhr es mir.

Der Vollmond ging über den Espen auf, als Mutter mit schweren Schritten die Straße hinaufkam. Ihr Gesicht war von Ruß verschmutzt, und sie sah so aus, wie ich mir eine Figur bei Dickens nach einem langen Arbeitstag in einer Londoner Fabrik vorstellte. Soo-hee und ich schoben die Zeltplane beiseite und rannten hinaus, um sie zu begrüßen. Unsere Mutter – sie hieß Suh Bo-sun – trug ihren alten Wollmantel und einen zerschlissenen lilafarbenen Schal.

Sie lächelte, als sie uns sah. »Meine Babys, *ye deulah*«, rief sie. »Wie geht es meinen Babys heute?«

Mutter nannte uns immer ihre Babys.

»Ummah! Ummah!«, platzte ich heraus. »Der Soldat kam heute auf seinem Motorrad mit Befehlen. Er sagte, sie seien für Soo-hee und mich.«

»Jae-hee!«, schalt mich Soo-hee. »Zuerst müssen wir Mutter unseren Respekt erweisen!«

Ich seufzte, verbeugte mich aber mit Soo-hee vor unserer Mutter. Dann führte sie uns ins Haus. »Befehle?«, fragte sie. »Wie lauten sie?«

42

»Soo-hee meinte, wir dürften sie uns erst anschauen, wenn du zu Hause bist«, erklärte ich. »Dürfen wir sie jetzt lesen?«

»Kleine Schwester, du musst lernen, deine Zunge zu hüten!«, schimpfte Soo-hee. »Mutter ist hungrig. Lass sie essen.«

Langsam zog Mutter ihren Schal aus und setzte sich an den Tisch, ohne ihren Mantel abzulegen. Soo-hee stellte ihr den Reis und das Gemüse hin, das wir gemacht hatten.

»Lass mich die Befehle sehen, Soo-hee«, forderte Mutter sie auf, ohne dem Essen Beachtung zu schenken.

»Mutter«, sagte Soo-hee. »Du musst zuerst essen. Wir können sie später lesen.«

»Tochter!«, schimpfte Mutter. Dann fügte sie sanfter hinzu: »Zeig mir die Befehle.« Soo-hee verneigte sich. Sie war immer respektvoller als ich. Sie zog den gelben Umschlag aus ihrem Kleid und reichte ihn Mutter.

Leise las Mutter die Befehle und ließ die Schultern hängen. Dann gab sie sie mir. »Hier«, meinte sie. »Du kannst auch Japanisch lesen. Wir müssen sichergehen, dass wir sie richtig verstehen.«

Die Befehle waren vom gleichen Beamten unterzeichnet wie der Bescheid, den unser Vater vor einem Jahr bekommen hatte. Nachdem ich sie gelesen hatte, sagte ich laut: »Wir müssen uns morgen beim japanischen Militärhauptquartier in Sinuiju einfinden. Von dort aus werden wir zur Arbeit in eine Stiefelfabrik geschickt. Wir werden in einem Schlafsaal leben. Sie werden Miete und die Kosten für die Mahlzeiten von unserem Lohn abziehen. Das, was übrig bleibt, geht an unseren Verpächter.«

Ich schob die Papiere zu Mutter zurück. »Ich gehe nicht. Sie können mich nicht zwingen.«

Mutter starrte auf die Befehle in ihrer Hand. »Du musst«, erwiderte sie kopfschüttelnd. »Wir haben nicht genug Essen für den Winter. Und du musst immer tun, was die Japaner sagen.«

»Aber wie sollen wir im Frühling für die Ernte säen?«, fragte ich. Mutter konnte die Saat nicht selbst ausbringen, sie arbeitete in der Fabrik.

Sie antwortete nicht. Nach einer Weile meinte Soo-hee: »Still, Jae-hee! Du stellst zu viele Fragen.«

Schließlich schob Mutter die Befehle in den Umschlag zurück und legte ihn auf den Tisch. »Geht, Mädchen«, sagte sie sanft. »Macht euch bettfertig und kommt dann wieder zu mir. Heute Abend werde ich euer Haar mit dem Drachenkamm kämmen.«

KAPITEL 6

Soo-hee und ich gingen zum Brunnen, um uns zu waschen. Ich wollte unbedingt den Kamm mit dem zweiköpfigen Drachen sehen, darum beeilte ich mich mit dem Waschen. Soo-hee warf mir vom Waschbecken aus einen kritischen Blick zu. »Achte darauf, dich heute Abend besonders gründlich zu waschen, kleine Schwester«, ordnete sie an.

Normalerweise hätte ich gesagt, dass ich sauber genug war, aber ich merkte, dass ich jetzt besser nicht streiten sollte. Darum tauchte ich meinen Waschlappen wieder in das Wasser und rieb ihn mit Seife ein, bis es schäumte. Dann schrubbte ich mir damit das Gesicht und achtete darauf, keinen Bereich meines Kopfes auszulassen. Anschließend schrubbte ich Hals, Arme, Beine und Füße sowie jeden Zentimeter meines Oberkörpers. Ich pumpte sauberes Wasser in den Brunnen und spülte mich gründlich damit ab. Als ich endlich fertig war, nickte Soo-hee zustimmend.

Wir gingen ins Haus, um uns für das Bett umzuziehen. Als wir durch die Küche liefen, machte Mutter gerade Feuer im Eisenofen. Das überraschte mich, denn wir verbrannten nur an den kältesten Wintertagen Holz. Mutter hatte sich den Ruß der Fabrik aus dem Gesicht gewaschen und den seidenen

Hanbok angezogen, den sie, ehe die Japaner ihn verboten hatten, ausschließlich zu besonderen Anlässen getragen hatte. Das Oberteil, die *Jeogori*, bedeckte Schultern und Arme. Die Jeogori war elfenbeinfarben, mit Ausnahme des engen, weißen Kragens und der weiten, weißen Bündchen, welche die Hände bedeckten. Der lange Rock, der *Chima*, war reinweiß. Auf den Saum waren mit der Hand sanfte Bergszenen gemalt worden. Immer wenn ich Mutter mit ihren weichen Zügen und ihrem runden Gesicht im Hanbok sah, war sie für mich die schönste Frau der Welt.

Als ich sie dort auf dem Küchenboden knien sah, dachte ich es wieder. Sie hielt den Rücken gerade und die Augen nach vorne gerichtet, so wie sie es getan hatte, als Vater von zu Hause weggegangen war. Wenn sie zusammen waren, war sie wie die Erde und Vater wie der Himmel. Zusammen waren sie die ganze Welt für mich. Ich hatte zu meinem Vater aufgeblickt wie zu einem Falken hoch oben im Himmel und mich gefragt, wie es wohl sei zu fliegen. Mit einem einfachen Nicken oder einem ermunternden Wort hatte er mir das Gefühl gegeben, dass auch ich fliegen könnte. Häufig war ich in unseren Vorgarten gelaufen, hatte die Arme ausgebreitet und so getan, als würde ich wie ein Falke emporsteigen. Vater hatte an der Vordertür gelehnt und mir lachend zugeschaut.

Es war Mutter, die mich, wie die Wurzeln einer Eiche, erdete. Sie lehrte mich, dass harte Arbeit und Disziplin nötig sind, um so emporzusteigen, wie ich es immer spielte. Beides musste ich ihrer Meinung nach erst noch lernen. Doch seit die Japaner uns meinen Vater weggenommen hatten, gab es keinen Himmel mehr, der Mutters irdischen Tadel über die mir fehlenden Charakterzüge ausglich. Manchmal bemühte sie sich, mir das gleiche Gefühl zu vermitteln wie Vater; ich merkte, dass sie spürte, wie sehr ich ihn vermisste. Aber sie war die Erde, nicht

46

der Himmel, und ihre Ermutigungen hörten sich immer wie Vorträge an.

Ich wunderte mich, dass Mutter unsere Haare an dem Abend mit dem besonderen Kamm kämmen wollte. Ich dachte, sie würde uns bestimmt Anweisungen geben, wie wir uns in der Stiefelfabrik zu verhalten hätten. Ich ging in den Schlafraum und zog meine Nachtwäsche an. Als ich wieder in die Küche kam, brannte das Feuer lichterloh. Auf dem Tisch neben Mutter lag der Kamm mit dem zweiköpfigen Drachen. Ich hatte ihn zuvor nur ein paar Mal gesehen. Als ich ein Kind war, hatte Mutter unsere Haare damit in der koreanischen Neujahrsnacht gekämmt, ehe wir unseren Großeltern den Respekt zollten. Vater war dann immer unterwegs, besuchte einen Freund oder half den Männern im Dorf, ein Schwein für die Neujahrsfeier zu schlachten.

Ich hatte mich immer gefragt, woher Mutter den prächtigen Kamm mit dem goldenen Kammrücken und dem merkwürdigen zweiköpfigen Drachen hatte. Einmal hatte ich sie danach gefragt, während sie uns die Haare damit kämmte.

Soo-hee hatte mich dafür gescholten, dass ich zu viele Fragen stellte, aber ich wusste, dass sie es genauso wissen wollte. Mutter hatte gesagt, wir seien noch zu jung, um es zu verstehen.

Dann, als ich acht Jahre alt war, kamen japanische Soldaten in einem Lastwagen und zwangen Vater, unseren Hof dem dürren Verpächter mit den großen Ohren zu übergeben. Sie sagten, wir müssten Neujahr wie die Japaner feiern, ansonsten würden sie uns bestrafen. Mutter kämmte in jenem Jahr unsere Haare nicht mit dem besonderen Kamm, und ich sah ihn seither nie wieder. Ich dachte, sie hätte ihn längst zusammen mit unseren Möbeln verkauft, um Geld für Reis zu haben. Doch jetzt lag er vor mir auf dem Tisch.

Mutter bat uns, uns vor sie zu setzen, sodass sie uns die Haare kämmen konnte. Soo-hee war die Älteste, weshalb sie zuerst dran war. Sie kniete sich mit dem Gesicht zum Feuer vor Mutter, und ich saß neben ihr. Das Feuer tanzte auf dem Holz im offenen Herd, und Mutter rollte die Ärmel ihres Hanbok auf und kämmte vorsichtig Soo-hees Haare mit dem herrlichen Kamm. Sein goldener Rücken glänzte in Mutters Hand, und der Drache war so weiß wie Neuschnee. Ummah arbeitete langsam und entwirrte vorsichtig Soo-hees Haare.

»Du hast uns nie erzählt, woher du den Kamm hast, Ummah«, sagte ich, während ich dabei zusah, wie sie Soo-hee kämmte. »Damals hast du gesagt, wir seien zu jung. Kannst du es uns jetzt bitte erzählen?«

Mutter antwortete nicht, und ich dachte, Soo-hee würde wieder mit mir schimpfen, weil ich zu viele Fragen stellte, aber sie tat es nicht. Mutter kämmte Soo-hees Haar, bis es glatt und glänzend war. Dann war ich an der Reihe. Mit dem Rücken zu ihr kniete ich mich vor meine Mutter. Der Kamm drückte sich gegen meine Kopfhaut. Das Feuer warf schwarze Schatten an die Küchenwände. Unser Haus war angenehm warm und roch nach verbranntem Espenholz.

Dann fing Mutter mit einer fernen Stimme zu sprechen an: »Meine Großmutter gab mir den Kamm, nachdem Soo-hee geboren worden war«, erzählte sie. »Damals besaß unsere Familie alle Felder hinter dem Haus bis zu den hohen Bäumen. Wir hatten Schweine und Rinder. Wir pflanzten Kartoffeln und Chinakohl, Karotten, Rettich und Zwiebeln an. Als ich ein kleines Mädchen war, musste mein Vater zwanzig Männer anheuern, um die Ernte einzubringen.« Ich saß ganz still da, während Mutter meine Haare kämmte und ihre Geschichte erzählte. Soo-hee, deren Haare im Feuerschein glänzten, kniete sich neben mich, sodass sie Mutter anschauen konnte. Das Feuerholz knackte.

»Meine Großeltern hatten zwei Söhne«, fuhr Mutter fort. »Der jüngste, mein Onkel, ging in die Mandschurei, um sich den Truppen anzuschließen, die sich gegen die japanische Besatzung unseres Landes auflehnten. Die Japaner töteten ihn, also war mein Vater das einzige Kind und ich seine einzige Tochter. Meine Großmutter sagte, das sei der Grund, warum sie mir den Kamm gab – weil ich ihr einziger weiblicher Nachkomme war.«

»Woher hatte sie ihn, Ummah?«, wollte ich wissen. »Wer hat ihn deiner Großmutter gegeben?«

»Still, Jae-hee«, raunte Soo-hee. »Lass Ummah die Geschichte erzählen.«

Mutter fuhr fort. »Sie hat ihn von ihrer Mutter bekommen. Eure Ururgroßmutter hat ihn machen lassen. Sie war eine wichtige Frau, die in Seoul lebte. Als die Japaner so mächtig wurden, hat eure Ururgroßmutter ihre Kinder hierhergeschickt. Sie hat ihnen dieses Land gegeben und Leute mitgesandt, die auf sie Acht gaben. Wann immer sie konnte, kam sie aus Seoul zu Besuch. Und eines Tages überreichte sie ihrer Tochter diesen Kamm. Ihre Tochter war eure Urgroßmutter, meine Großmutter, die mir den Kamm gab.«

»Unsere Ururgroßmutter hat ihn machen lassen?«, fragte ich erstaunt. »Sie muss sehr reich gewesen sein. Eine *Yangban*! Eine Dame aus der Oberschicht! Warum schenkte sie ihrer Tochter den Kamm?«

»Sie meinte, der Drache hätte magische Kräfte, die ihr helfen würden«, erklärte Mutter. »Sie sagte mir, er müsse an die Töchter weitergegeben werden, damit er auch ihnen helfen kann.« Mutter hörte auf, meine Haare zu kämmen, und drehte mich zu sich herum. Das Feuer spiegelte sich orangefarben auf ihrem Hanbok, sodass es aussah, als stünde sie in Flammen. Sie schaute erst mich, dann Soo-hee an. »Er sollte mir helfen«, meinte sie.

»Wie sollte er dir helfen, Mutter?«, fragte ich sie.

49

Sie antworte nicht. Nach einer Weile fand Soo-hee: »Du kannst es uns erzählen, wenn wir aus der Stiefelfabrik zurück sind. Wir müssen jetzt ins Bett. Morgen haben wir eine lange Reise vor uns.« Soo-hee zog mich am Ärmel. Ich wollte noch mehr Fragen stellen, aber Mutter starrte nur ins Feuer. Soo-hee und ich verbeugten uns vor ihr und legten uns auf unseren Matten schlafen.

Ich lag auf meiner Schlafmatte neben Soo-hee und versuchte, mir meine Ururgroßmutter vorzustellen, die wichtige Dame, die Yangban, die es sich leisten konnte, einen so edlen Kamm für ihre Tochter machen zu lassen. Ich malte sie mir aus, wie sie in einem fließenden Seidenkleid einen von Bäumen gesäumten Boulevard in Seoul entlangschritt. Sie hatte lange, schwarze Haare, die oben auf dem Kopf gekonnt mit einer verzierten Binyeo festgesteckt waren. Jeder verbeugte sich respektvoll vor ihr, sogar die mächtigsten Männer.

Ich wünschte, meine Ururgroßmutter wäre noch am Leben, sodass sie verhindern könnte, dass die Japaner Soo-hee und mich zwangen, in der Stiefelfabrik zu arbeiten. Ich fragte mich, wie der Kamm Mutter hatte helfen sollen. Ich hoffte, er würde eines Tages mir helfen.

Lange lag ich wach und wartete darauf, dass Mutter ins Bett kam. Der Boden war von der Ondol-Heizung unseres Hauses heiß. Ich streckte ein Bein unter der Decke hervor, doch auch die Luft draußen war heiß. Ich spähte durch eine Öffnung in der Schiebetür und sah einen orangefarbenen Schein aus der Küche. Ich erhob mich von meiner Matte und ging in die Küche. Das Feuer brannte hoch, und der Raum war überhitzt. Mutter saß neben dem Feuer und trug noch immer ihren Hanbok. Neben ihr lag ein Stapel Holz. Ich fragte sie, warum sie alles Holz verbrannte. Doch sie starrte nur auf das Feuer und antwortete nicht.

Ich zupfte am Ärmel ihres Hanbok. »Ummah, Ummah, was ist los? Komm jetzt ins Bett. Du musst morgen arbeiten gehen.«

Mutter wandte sich zu mir und strich mir durch das Haar. »Nein«, antwortete sie traurig. »Mehr werde ich ihnen nicht geben.«

Es machte mir Angst, meine Mutter so traurig zu sehen, darum ging ich schnell wieder zu meiner Matte zurück. Als ich unter die Decke krabbelte, war Soo-hee wach. »Soo-hee«, flüsterte ich. »Ummah verbrennt das ganze Holz.«

Soo-hee legte ihre Hand auf meinen Arm. »Ich weiß. Schlaf jetzt, kleine Schwester.« Ich schloss die Augen und fiel schließlich in einen unruhigen Schlaf.

Am nächsten Morgen zog mich Soo-hee am Arm, damit ich aufstand. »Jae-hee, wach auf!«, rief sie. »Wir müssen das Kimchi machen, ehe wir gehen.«

Das Haus war kalt, und ich wollte nicht aufstehen. Ich wickelte mich in meine Decke, doch Soo-hee zog sie weg. Sie schimpfte wieder, dass ich aufstehen solle. »Wir haben nicht viel Zeit«, sagte sie.

Ich setzte mich auf und rieb mir die Augen. Draußen war es noch dunkel, und das ganze Haus lag im Schatten. Ich spähte in die Küche. Das Feuer war heruntergebrannt und das Holz verbraucht. Die Gestalt meiner Mutter, die noch immer ihren Hanbok trug, saß im kalten Raum und starrte ins Nichts. Ihre Augen sahen aus wie die des alten Herrn Lee, als Soo-hee und ich ihn hinter seinem Haus gefunden hatten – verhungert.

Als das Licht der aufgehenden Sonne die Espen in flammendes Orange tränkte, half ich Soo-hee, die Lake vom Chinakohl und dem *Daikon*-Rettich zu spülen. Soo-hee sagte mir, ich sollte darauf achten, das Gemüse gründlich abzuspülen, aber wir hatten nur Zeit, um es zweimal zu waschen, statt dreimal, wie wir es sonst immer taten. Wir machten eine rote Soße aus Knoblauch, Ingwer und Chili. Die Gewürze brannten an den Händen. Wir gaben das Gemüse dazu und füllten die Mischung in zwei große Onggi. Diese schleppten wir hinter das Haus und vergruben sie in tiefen Löchern. Als wir fertig waren, stand die Sonne über den Espen, und der Himmel war tiefblau. Soo-hee sagte, wir müssten nun gehen.

Am Brunnen wusch ich mir die Kimchisoße von den Händen. Dann ging ich in den Schlafraum und flocht meine Haare. Ich wickelte eine zusätzliche Garnitur Kleidung in einen Sack aus Tuch und stellte ihn neben den von Soo-hee in der Küche.

Während Mutter noch immer reglos dasaß, packte Soo-hee eine Handvoll Reis und Kimchi in einen Beutel. Dann brühte sie etwas Boricha auf.

Ich rutschte neben Soo-hee. »Was ist mit Mutter los?«, fragte ich sie. Es war so gar nicht Mutters Art, so still zu sein.

»Sie ist sehr müde«, antwortete Soo-hee und goss den Boricha in unsere Tassen. »Trink jetzt deinen Tee und iss etwas Reis.« Der Boricha, den Soo-hee gemacht hatte, war stark und bitter, so wie Mutter ihn immer für Vater gemacht hatte. Ich mochte ihn nicht so stark, und normalerweise weigerte ich mich, ihn so zu trinken. Doch an jenem Tag trank ich ihn, und obwohl ich keinen Hunger hatte, aß ich etwas Reis. Der Kamm lag auf dem Tisch, wo Mutter ihn am Abend zuvor liegen gelassen hatte. Er war das Schönste, das ich jemals gesehen hatte. Ich blickte auf den zweiköpfigen Drachen, und er blickte zurück. Ich ging mit meinem Gesicht ganz nah heran, und aus irgendeinem Grund drehte ich mein Ohr zu ihm hin. Einen Moment lang schien es mir so, als würde der Drache mit mir sprechen.

»Komm, kleine Schwester«, meinte Soo-hee. »Wir müssen Mutter Lebewohl sagen.«

Der Drache hatte mich hypnotisiert, und ich antwortete Soo-hee nicht. »Jae-hee!«, rief sie. »Wir haben nicht viel Zeit!«

»Ja, Onni, ich komme«, antwortete ich. Ich riss mich vom Kamm los und stellte mich neben Soo-hee vor Mutter.

Soo-hee machte eine tiefe Verbeugung. »Wir gehen jetzt, um in der Stiefelfabrik zu arbeiten, Mutter. Wir haben Kimchi gemacht und hinter dem Haus vergraben, wo die Japaner es nicht finden werden. Den Reis haben wir auch dort versteckt. Wir werden schreiben, wenn wir können.« Sie verbeugte sich erneut. Mutter starrte weiterhin ins Leere.

Ich stand vor Mutter, um mich zu verbeugen. Doch stattdessen fasste ich ihre Schultern und schüttelte sie kräftig. »Mutter, wach auf!«, beharrte ich. »Du musst zur Arbeit gehen!« Sie bewegte sich nicht, und ich wich einen Schritt zurück, aus Angst, dass Mutter für immer so erstarrt sitzen bleiben würde.

Soo-hee zog mich am Arm zur Tür aus Zeltplane. Wir nahmen unsere Säcke, gingen aus dem Haus und ließen unsere Mutter darin allein zurück.

Die Sonne war im Osten über die Hügel geklettert, und die Morgenluft war warm, als wir am Kakibaum vorbei auf die unbefestigte Straße liefen. Ich ließ meine Hand in Soo-hees gleiten, und wir gingen die Straße hinab in Richtung Sinuiju. Wir waren nicht sehr weit gekommen, als hinter uns ein Geräusch zu hören war.

Wir drehten uns um und sahen Mutter hinter uns herrennen. Sie war barfuß, und ihr weißer Hanbok bauschte sich auf. Als sie uns erreichte, hielt sie abrupt an. Ich war froh, dass sie anscheinend wieder normal war. Doch dann merkte ich, dass dem nicht so war. Ihr Blick war wild und furchterregend.

»Hier«, keuchte sie. »Nimm ihn!« In ihrer Hand lag der Kamm mit dem zweiköpfigen Drachen. Sie hielt ihn Soo-hee hin.

»Mutter, es tut mir leid«, meinte Soo-hee. »Ich kann nicht. Die Japaner werden ihn stehlen.«

»Ich will ihn nicht mehr«, zischte Mutter.

Als Soo-hee ihn nicht entgegennahm, packte Mutter Soo-hees Hand und drückte den Kamm hinein. »Lass ihn nicht aus den Augen«, sagte sie. »Mir hat er nicht geholfen. Vielleicht wird er dir helfen. Und dann musst du ihn eines Tages an deine Tochter weitergeben.« Sie nickte Soo-hee bekräftigend zu.

Mutter drehte sich zu mir und fasste mich an den Schultern. »Jae-hee, höre auf deine Onni«, befahl sie. »Tu, was sie sagt. Es ist wichtig, dass du ihr gehorchst.« Dann ließ sie mich los und richtete sich auf. Sie blickte von Soo-hee zu mir. Ihr Mund öffnete sich und sie zog die Augenbrauen zusammen. Ich fürchtete, sie würde zum ersten Mal in meinem Leben vor mir zu weinen anfangen. »Meine Babys«, sagte sie. »Ye deulah.« Dann hob sie ihren Hanbok hoch und ging zum Haus, ohne sich noch einmal umzublicken.

Soo-hee hielt den Kamm, als wäre er ein junger Vogel, von dem sie nicht wusste, was sie mit ihm machen sollte. Dann steckte sie den Kamm in ihren Sack und nahm wieder meine Hand.

»Komm, kleine Schwester«, sagte sie. »Wir haben eine lange Reise vor uns.«

Kapitel 7

»Wir sind gekommen, um in der Stiefelfabrik zu arbeiten«, erklärte ich dem Soldaten hinter dem Schreibtisch auf Japanisch. Um den Arm trug er eine weiße Armbinde mit japanischen Schriftzeichen, die ihn als Angehörigen der *Kempeitai*, der japanischen Militärpolizei, auswies. Soo-hee hielt ihm unsere Befehle hin. Wir befanden uns in einem großen Raum mit hoher Decke, Dielenboden und vielen Schreibtischen. Dutzende Koreaner standen Schlange und warteten darauf, mit den Soldaten hinter den Tischen zu sprechen. An der Wand hing die japanische Flagge mit ihrem großen runden Kreis, wie das Auge eines Riesen, das sich niemals schloss und alles sah, was wir taten.

Draußen vor dem Fenster verblasste das Tageslicht und tauchte alles in tiefes Grau.

Der *Kempei*, ein kleiner Mann mit Glatze, schaute von seiner Arbeit auf. »Sprich mich mit ›Herr‹ an! Ich bin ein Kempei, und du musst mir Respekt zollen.«

»Ja, Herr«, erwiderte Soo-hee auf Japanisch.

»Zeigt mir eure Befehle!«, sagte der Kempei mit ausgestreckter Hand. Er nahm sie entgegen, überflog sie und nickte. »Ja. Ihr seid am richtigen Ort. Der Lastwagen, der die Mädchen zur Stiefelfabrik bringt, fährt bald ab. Wartet hier mit den anderen.« Er zeigte auf eine freie Fläche auf dem Boden, wo bereits fünf Mädchen saßen. Soo-hee und ich setzten uns dazu.

Wir waren den ganzen Tag über die unbefestigte Straße nach Sinuiju gelaufen und erst angekommen, als die Sonne schon tief stand. Vater hatte gesagt, er würde mich eines Tages nach Sinuiju mitnehmen, hatte es aber nicht mehr geschafft, ehe er von zu Hause weggehen musste. Ich hatte mir die Stadt mit großen, schimmernden Gebäuden, glänzenden Autos, die die Pflasterstraßen entlangsausten, und eleganten Damen mit pinken Sonnenschirmen vorgestellt, genauso wie in den Büchern, die ich mit Vater und Mutter gelesen hatte. Doch als wir Sinuiju erreichten, sah ich nur niedrige, heruntergekommene Gebäude und laute Militärlaster, die Furchen in den unbefestigten Schotterstraßen hinterließen. Und ich bemerkte zahlreiche koreanische Arbeiter, die in meinen Augen wie verwahrloste Hunde aussahen, die nach einer Beißerei nach Hause schlichen.

Wir hatten bei einer Pension außerhalb der Stadt angehalten und einen alten Mann, der davor auf den Stufen saß, gefragt, wohin wir uns mit unseren Befehlen wenden sollten. Ohne aufzublicken, hatte er die Straße hinunter gezeigt.

»Militärkommando«, hatte er gesagt. »Das zweistöckige Gebäude mit der japanischen Flagge.«

Schließlich fanden wir das imposante Stuckgebäude, über dem die japanische Flagge wehte. Ich hasste diese Flagge. Sie erinnerte mich daran, dass wir alle Untertanen der Japaner waren. Wir gingen mit unseren Befehlen hinein, und ein Soldat führte uns zum Schreibtisch des Kempei.

Als wir auf dem harten Boden saßen und darauf warteten, dass der Lastwagen uns zur Stiefelfabrik brachte, schaute ich mir die anderen Mädchen an. Sie alle waren hübsch und jung, und ihre Augen blickten nervös umher. Es beunruhigte mich, dass ich die Jüngste war. Ich rutschte näher an Soo-hee heran. Sie beugte sich zum Kreis der Mädchen vor und fragte ganz leise auf Koreanisch: »Sollt ihr auch alle in die Stiefelfabrik?«

»Ja«, flüsterte ein älteres Mädchen mit heller Haut. »Das steht in unseren Befehlen.«

»Ich dachte, die Fabrik wäre hier in Sinuiju«, raunte Soo-hee. »Aber der Kempei sagte, wir würden mit einem Laster fahren.«

»Still da drüben!«, brüllte der Kempei von seinem Schreibtisch aus. »Keine Gespräche!«

Wir senkten die Köpfe und warteten schweigend auf den Lastwagen.

Eine Stunde später kam der glatzköpfige Kempei auf uns zu, gefolgt von einem normalen japanischen Armeesoldaten mit dunklen Augen und einem massigen Kinn. »Dieser Mann wird euch in die Stiefelfabrik bringen«, sagte der Kempei. »Folgt mir!«

Ich war froh, vom harten Boden aufstehen zu können. Außerdem war ich hungrig und wollte die Stiefelfabrik und den Ort, an dem wir leben würden, sehen. Wir folgten den Soldaten nach draußen. Die Sonne war untergegangen, und alles in Sinuiju schien tiefschwarz gefärbt. Vor uns stand ein großer, grüner Lastwagen mit Planenverdeck. Der Soldat mit dem dicken Kinn half uns hinein. Innen befanden sich Kisten mit Proviant und Säcke voll Reis. Es gab nur eine kleine freie Fläche, wo wir uns hinsetzen konnten. Der Soldat reichte einem der Mädchen einen Krug mit Wasser und schmiss die Lastwagenklappe zu, als der glatzköpfige Kempei ins Gebäude zurückging.

Wir saßen dicht zusammengedrängt und schauten einander aus weit aufgerissenen Augen an. Die Proviantkisten und Säcke mit Reis standen direkt neben uns. Der Motor heulte auf, und der Lastwagen fuhr abrupt an. Einige Mädchen kreischten auf.

Wir hielten einander an den Händen. Der Lastwagen ratterte die Straße hinab, und durch die Öffnung über der Klappe konnte ich sehen, dass wir aus der Stadt hinausfuhren. Schon bald waren wir auf dem Land und fuhren an Bauernhöfen und Reisfeldern vorbei. Die Lichter von Sinuiju wurden immer kleiner. »Soo-hee«, sagte ich. »Wohin fahren wir?«

»Ich weiß es nicht«, antwortete sie. »Aber ich glaube nicht, dass wir zur Stiefelfabrik in Sinuiju fahren.«

Das ältere Mädchen mit der hellen Haut schüttelte den Kopf. »Ich wusste, dass wir nicht dorthin fahren würden«, meinte sie. »Meine Mutter hat gesagt, Mädchen in unserem Alter würden nach Seoul geschickt, um in der Textilfabrik zu arbeiten. Zuerst wollte ich nicht gehen, aber sie meinte, ich müsste. Sie hat gesagt, es wäre leichte Arbeit und wir würden so viel Reis bekommen, wie wir wollen.«

Ich lehnte mich vor, weil ich mehr von dem älteren Mädchen wissen wollte. Ich freute mich, nach Seoul zu kommen. Seit ich ein kleines Kind war, hatte ich immer die große Stadt am Han-Fluss sehen wollen, über die ich in unseren Büchern gelesen hatte. Nicht einmal Vater war je in Seoul gewesen. Außerdem gefiel mir, was ich von dem älteren Mädchen über unsere künftige Arbeit erfahren hatte. Das Mädchen sagte, die Arbeit, die wir zu tun hätten, wäre leicht.

Soo-hee schien nicht hören zu wollen, was das ältere Mädchen zu sagen hatte, und zog mich wieder neben sich. Das ältere Mädchen fragte mich nach meinem Namen.

»Ich bin Jae-hee«, antwortete ich. »Und das ist meine Onni, Soo-hee.«

»Ich heiße Jin-sook«, sagte sie. »Meine Mutter hat gemeint, dass wir einfach nur den Japanern gehorchen müssen.«

Jin-sook wandte sich an alle Mädchen: »Hört mir zu und tut, was ich sage.« Jin-sook schien die Älteste zu sein, darum nickten alle, mit Ausnahme von Soo-hee. Niemand sprach mehr, nur das schaukelnde Geräusch der Kisten und Säcke neben uns war noch zu vernehmen.

Der Lastwagen rollte weiter, und wir drängten uns dicht aneinander. Draußen war der Himmel dunkel, und die Sterne funkelten. Vom Dieselgeruch und dem Schlingern des Lastwagens wurde ich schläfrig. Außerdem hatte ich Hunger und Durst, und mir war kalt. Ich lehnte mich gegen Soo-hee, die mich fest an sich heranzog. Jemand reichte den Krug mit Wasser herum. Als Soo-hee an der Reihe war, gab sie ihn an mich weiter, ohne zu trinken. »Nimm meinen Anteil, kleine Schwester«, flüsterte sie. »Ich habe keinen Durst.« Ich trank zwei Schlucke und gab den Krug weiter.

Irgendwann schlief ich ein.

Ich schreckte aus einem merkwürdigen Traum hoch, in dem der Drache von Mutters Kamm mich verfolgte. Der Lastwagen hatte angehalten, und draußen herrschte Totenstille. Es war dunkel, und nichts regte sich. Ich rieb mir den Schlaf aus den Augen. »Wo sind wir?«, fragte ich auf Koreanisch. »Was ist los?«

»Pst!«, flüsterte Jin-sook. »Deinetwegen werden wir noch alle erschossen.«

An der Seite des Lastwagens sahen wir ein Licht, das zu uns hineinleuchtete. Der Lichtschein erhellte das dicke Kinn des Fahrers und seine buschigen Augenbrauen. Seine Augen waren weit aufgerissen und sahen wie wild aus. Er erinnerte mich an den Schurken in einem chinesischen Puppenspiel. Mit lautem Geratter öffnete er die Klappe des Lastwagens und befahl: »Du, komm mit!«

Ich erschrak, weil ich dachte, er meinte mich, aber der Fahrer packte sich ein großes Mädchen, das die anderen Sun-hi genannt hatten. »Ihr anderen rührt euch nicht von der Stelle«, bellte der Fahrer. »Sonst schneide ich euch die Ohren ab.«

Sun-hi schrie auf: »Wohin bringen Sie mich?«

»Still!«, befahl der Fahrer. Dann waren ein Klaps und dumpfes Weinen zu hören. Das Licht verschwand in der Dunkelheit. Zitternd drängte ich mich dicht an Soo-hee. Ich spürte, dass auch sie zitterte.

Ein Stück vom Lastwagen entfernt schrie Sun-hi wieder auf. »Nein«, rief sie. »Bitte nicht!«

Das Geräusch eines weiteren Schlags war zu hören und dann, wie Stoff zerriss. »Still!«, blaffte der Fahrer. »Du gewöhnst dich besser dran, du koreanische Hure.«

Ich bemühte mich, Sun-his Weinen zu ignorieren, aber so wie das Heulen eines Kojoten mitten in der Nacht war es das einzige Geräusch, das ich wahrnehmen konnte. Nach ein paar Minuten hörte Sun-hi zu weinen auf, und der Fahrer grunzte. Sein Atem ging schnell, und er grunzte und grunzte immer wieder. Dann war er still.

Schließlich kam das Licht wieder auf uns zu. Ich hatte furchtbare Angst und schaute, ob ich mich im hinteren Teil des Lastwagens verstecken könnte, falls der Fahrer mich als Nächstes holen wollte. Doch dort war nur erdrückende Schwärze. Ich presste mich fest an Soo-hee und kämpfte mit den Tränen. Alle Mädchen saßen ganz still da. Der Fahrer schubste Sun-hi in den Lastwagen zurück, und sie plumpste neben mir auf den Boden und rollte sich ganz fest zusammen, so wie eine Katze, die sich vor der Kälte schützen möchte. Ihr Kleid war zerrissen, und die Haare hingen ihr in Strähnen ins Gesicht. Auf ihrem Kinn war eine Blutspur zu erkennen.

Der Fahrer warf die Klappe zu und ging wieder nach vorne. Er startete den Motor, und der Lastwagen ruckelte vorwärts.

Als der Lastwagen weiterfuhr und wir in der Dunkelheit saßen, fing ein Mädchen zu weinen an. »Du hast doch gesagt, uns würde es gut ergehen«, sagte sie zu Jin-sook. Jin-sook sah genauso erschrocken aus wie wir anderen und antwortete nicht. Zwei weitere Mädchen fingen zu weinen an. Auch ich wollte gerade anfangen, doch Soo-hee drehte mein Gesicht zu sich und flüsterte: »Nicht weinen, Jae-hee. Wir müssen stark sein. Wir müssen stark sein, denn sonst sterben wir.«

Und in dem Moment wusste ich, dass mein Leben sich für immer verändert hatte. Zum allerersten Mal musste ich stark sein. Bis jetzt hatten sich immer meine Eltern und Soo-hee um mich gekümmert. Ich hatte mir niemals um etwas Sorgen machen müssen. Aber jetzt war ich in einer Situation, die ich mir noch einen Tag zuvor niemals hätte vorstellen können. Ich würde tun, was mir Soo-hee gesagt hatte. Darum unterdrückte ich die Tränen und spürte, wie etwas in mir sich verhärtete. Ich zog die Knie an und rollte mich wie Sun-hi zu einer kleinen Kugel zusammen. Ich dachte an den Kamm mit dem zweiköpfigen Drachen. Ich hoffte, dass, wenn ich stark bliebe, der Drache mich beschützen und davor bewahren würde, das gleiche Schicksal wie Sun-hi zu erleiden.

Doch als der Lastwagen weiter in Richtung unseres Ziels tuckerte, erinnerte ich mich daran, dass Mutter gesagt hatte, er hätte sie nicht beschützt. Vielleicht war der Kamm nur ein billiges Schmuckstück, das sie in Sinuiju gekauft hatte, und die Geschichte über meine Ururgroßmutter war ein Märchen, das sie sich ausgedacht hatte, damit Soo-hee und ich weniger Angst hatten, von zu Hause fortzugehen.

Vielleicht war der Kamm mit dem zweiköpfigen Drachen, der in Soo-hees Sack versteckt war, überhaupt nichts Besonderes.

KAPITEL 8

Angst hielt mich den Rest der Nacht wach. Immer wenn ich zu schlafen versuchte, sah ich die wilden Augen des Fahrers und hörte Sun-his furchtbare Schreie. Es war wie ein grässlicher Albtraum, aus dem man nicht aufwachen konnte. Während ich mich dicht an Soo-hee drängte und darauf wartete, dass der Morgen anbrach, fragte ich mich, ob der Albtraum jemals aufhören würde.

Als die Sonne schließlich aufging, war ich weiter von zu Hause entfernt als jemals zuvor. Draußen erblickte ich eine Landschaft, wie ich sie zuvor noch nie gesehen hatte. Überall waren gelbe Weizenfelder, und nur wenige Bäume standen auf den niedrigen Hügeln. In der Ferne erkannte ich sehr viel höhere Hügel, die wie heranrollende Wellen am Horizont aussahen. Der Himmel über uns wirkte viel größer als daheim.

Ich frage Soo-hee, wo wir waren. »Ich glaube in China«, lautete ihre Antwort.

Gegen Mittag fuhren wir in eine Stadt mit niedrigen Stuckhäusern mit graugrünen Ziegeldächern. Männer in fremdartiger Kleidung zogen Karren durch die engen, staubigen Straßen. Der Lastwagen hielt vor einem langen, mit Schindeln verkleideten Gebäude am Rand des Ortes. Statt mit Ziegeln war das Gebäude mit Dachpappe gedeckt. Der Fahrer kam nach hinten gelaufen und ließ die Klappe des Lastwagens herunter. Ich versuchte, mich hinter Soo-hee zu verstecken.

Er befahl allen auszusteigen und sich mit dem Rücken zum Gebäude nebeneinander aufzustellen. Ich kletterte mit den anderen Mädchen hinaus; der Fahrer zog Sun-hi aus dem Lastwagen und befahl ihr, sich mit uns in eine Reihe zu stellen. Meine Beine schmerzten vom langen Sitzen, und die grelle Sonne tat mir in den Augen weh. Ich hielt mich dicht an Soo-hee. Als ich aufschaute, stand vor uns ein dünner japanischer Offizier mit durchdringenden, dunklen Augen und einer spitzen Nase. Seine Kappe hatte er bis knapp über die Augen ins Gesicht gezogen. Über dem Schirm prangte das Rangabzeichen eines Leutnants. Seine Uniform war armeegrün. Die Knöpfe seiner Jacke waren aus Messing. Um seine schmale Hüfte hatte er sich eng einen breiten Ledergürtel geschnallt. Er trug schwarze Stiefel, die ihm bis zu den Knien reichten. An seiner weißen Armbinde mit den roten japanischen Schriftzeichen erkannte ich, dass er zur Kempeitai, der Militärpolizei, gehörte.

Als wir uns nebeneinander aufstellten, klopfte er sich mit einem *Shinai* gegen die Stiefel. Bei jedem Schlag machte die Bambusklinge ein zischendes Geräusch. Seitlich von uns lehnte sich ein junger, gewöhnlicher Soldat gegen das schmale Gebäude. In den Händen hielt er ein Gewehr.

»Was ist mit der hier los?«, fragte der Leutnant und zeigte mit dem Shinai auf Sun-hi.

Der Fahrer nahm eine aufrechte Haltung ein. »Das ungeschickte Mädchen ist aus dem Lastwagen gefallen, als wir zum Pinkeln anhielten, Leutnant.«

»Wirklich? Ich hoffe, dass das alles ist, was ihr passiert ist, Korporal.« Ich wollte dem Kempei sagen, was der Fahrer Sun-hi angetan hatte, aber ich schwieg.

»Leutnant, Herr«, meinte der Fahrer. »Ich muss die Vorräte sofort ausladen und verletzte Soldaten in das Krankenhaus nach Pushun bringen.« Er verbeugte sich schnell und hetzte zu seinem Lastwagen zurück. Der Motor startete, und der Lastwagen rumpelte davon.

Aus den Augenwinkeln sah ich, wie Jin-sook mit gesenktem Kopf vortrat. »Ehrenwerter Herr«, sagte sie auf Japanisch. »Bitte vergebt einem Mädchen, dass es sich so unziemlich verhält, aber hier ist ein Fehler passiert! Unsere Befehle lauteten, dass wir in der Stiefelfabrik in Sinuiju arbeiten sollen.«

Der Leutnant blickte Jin-sook finster an. »Komm her!«, befahl er.

Mit gesenktem Kopf trat Jin-sook vor den Leutnant. Dieser hob mit der Spitze seines Shinai ihr Kinn an. »Es wurde ein Fehler gemacht?«

»Ja, Herr«, antwortete sie. »Wir sollten in der Stiefelfa…«

Plötzlich stieß er ihr mit einer schnellen Bewegung das stumpfe Ende seines Shinai in den Bauch. Ihr stockte der Atem, und sie fiel auf die Knie. »Ich habe dich bereits beim ersten Mal verstanden, Mädchen. Steh auf!«

Jin-sook hielt sich den Bauch und rappelte sich nach Luft schnappend auf. Der Leutnant zeigte mit dem Shinai auf sie. »Durch deine Respektlosigkeit hast du dir Schläge verdient. Aber ich kann dich doch jetzt nicht ruinieren, oder? Nicht bevor die Offiziere dich hatten. Geh zu den anderen in die Reihe zurück!«

Zu Hause hatte ich andere Mädchen darüber sprechen hören, dass Japaner Koreaner schlugen, die sich ihnen gegenüber respektlos verhielten, aber ich hatte ihnen nicht geglaubt. Ich dachte, es seien nur Gerüchte, die von den Japanern verbreitet wurden, damit wir gehorchten. Doch jetzt sah ich es mit meinen eigenen Augen. Es war furchtbar, und erschrocken dachte ich daran, wie respektlos ich mich schon Japanern gegenüber verhalten hatte. Und ich fragte mich, was ich sonst noch nicht über sie wusste.

Jin-sook, die sich noch immer den Bauch hielt, ging wieder in die Reihe zurück. Der Leutnant sog laut hörbar die Luft ein und streckte sein Kinn vor. Dann fing er an, die Mädchen zu inspizieren. Bei jedem Schritt schlug er sein Shinai gegen sein Bein. »Ich bin Leutnant Tanaka«, sagte er knapp und in autoritärem Tonfall.

»Ich bin der für diese Troststation verantwortliche Kempei. Ihr seid unsere neuen Freiwilligen. Ihr werdet nur mit mir reden, wenn ich euch etwas frage. Ihr werdet ausschließlich Japanisch sprechen.« Jetzt kam er zu mir. Ich senkte meine Augen und starrte auf die hohen, schwarzen Stiefel des Kempei.

Der Kempei hob mit einem Finger mein Kinn an. »Du bist noch jung. Und hübsch. Wie heißt du?«

»Hong Jae-hee, Sir«, antwortete ich.

Daraufhin packte der Kempei mein Kinn und presste mir fest die Finger in den Kiefer. Er zwang mich, ihn anzuschauen. »Das ist ein koreanischer Name«, meinte er. »Und du bist eine Untertanin Japans. Du hast einen japanischen Namen. Wie lautet er?«

»Namiko Iwata, Sir«, sagte ich schnell.

»Namiko Iwata. Ja.« Er ließ mein Kinn los, und ich senkte den Blick. Dann schritt der Kempei weiter.

»Ihr werdet meine Befehle befolgen, ohne Fragen zu stellen«, fuhr er an alle Mädchen gewandt fort. »Wenn nicht, bekommt ihr Schläge. Wenn ihr weglauft, werden wir euch schnappen, schlagen und dann erschießen. Aber hier gibt es sowie nichts, wohin ihr rennen könntet.«

Jin-sook trat wieder vor und ließ sich im gelben Schmutz auf die Knie fallen. Mit gesenktem Kopf flehte sie: »Verehrter Herr, bitte erhören Sie ein wertloses Mädchen. Wir sollten nicht hier sein! Wir sind keine Freiwilligen für Ihre Troststation.

Bitte, Herr, bitte schicken Sie uns mit dem Lastwagen zurück. Bitte!«

»Schütze Ishida!«, bellte Leutnant Tanaka.

Der junge Soldat, der sich auf sein Gewehr stützte, nahm Haltung an. »Ja, Herr Leutnant?«

»Bringen Sie die anderen Mädchen zur Untersuchung zum Arzt und anschließend in den Hof.« Er zeigte mit seinem Shinai auf Jin-sook. »Die hier nehme ich mit. Ich bin mir sicher, den Offizieren macht ein ruiniertes Mädchen nichts aus, wenn ich dafür allen anderen Disziplin beibringen kann.«

Leutnant Tanaka packte Jin-sook an den Haaren und zerrte sie zur anderen Seite des Gebäudes. Sie wand sich unter Schluchzern. »Es tut mir leid, Herr«, schrie sie. »Ich werde nichts mehr sagen. Bitte! Es tut mir leid.«

Schütze Ishida befahl uns anderen, unsere Sachen bei der Wand des Gebäudes abzulegen und ihm zu folgen. Ich stellte meinen Sack neben Soo-hees und ging mit den anderen Mädchen den schmalen Weg entlang, während Jin-sook weiter den Kempei um Gnade anflehte.

Als Kind war ich nie beim Arzt gewesen. Wenn zu Hause jemand krank geworden war, wurde eine Frau aus dem Dorf gerufen, die den Patienten untersuchte und dann spezielle Kräuter verschrieb. Ich hatte sie allerdings nie gebraucht. Darum wusste ich nicht, was zu tun war, als eine in Weiß gekleidete Krankenschwester mich in einen gekachelten Raum mit grellem Licht führte, während die anderen Mädchen still im Korridor der Krankenstation saßen. Die Schwester schob mich vor einen fetten, japanischen Arzt, der neben einem Feldbett auf einem Holzstuhl saß. Er trug einen grauen Leinenkittel, der ihm bis zu den Knien reichte und im Rücken gebunden war.

Die Krankenschwester verließ den Raum, und der Arzt sagte: »Zieh deine Kleider aus!«

Ich war mir nicht sicher, ob ich ihn richtig verstanden hatte. »Bitte?«, fragte ich mit gesenktem Blick.

»Ich sagte, du sollst deine Kleider ausziehen. Jetzt.«

»Sie möchten, dass ich meine Kleider ausziehe?«, fragte ich. Der Arzt lehnte sich vor und schlug mir hart ins Gesicht. Es war das erste Mal, dass mich jemand schlug. Der Schock nahm mir den Atem. »Ich bin ein Arzt. Ich muss dich untersuchen«, knurrte er. »Tu, was ich dir sage, oder ich schicke dich zu Leutnant Tanaka, damit er dir eine Tracht Prügel verabreicht.«

Ich wollte nicht, dass der Arzt mich noch einmal schlug, und erst recht wollte ich keine Tracht Prügel bekommen, darum knöpfte ich langsam mein Hemd und meine Hose auf. Ich band meine Unterwäsche auf und ließ sie auf den Boden fallen. Ich hatte noch nie nackt vor einem Mann gestanden und fing zu zittern an.

»Komm näher!«, befahl der Arzt. Ich machte einen Schritt auf ihn zu. Der Arzt ließ seine dicken Hände über meinen Oberkörper gleiten. Er drückte seine Finger in meinen Hals, meinen Magen und meine Brust. Er befühlte meine Brüste. Bei jeder Berührung zuckte ich zusammen. Er hieß mir, mich umzudrehen, und setzte mir das Stethoskop auf den Rücken. Dann sollte ich langsam einatmen. Ich tat, wie mir befohlen, konnte aber nicht aufhören zu zittern.

Der Arzt zeigte auf das Feldbett. Ich sollte mich dort auf den Rücken legen. »Zieh die Knie an und spreiz die Beine.«

Ich konnte nicht glauben, was er mir da befahl. »Was machen Sie mit mir?«, fragte ich.

»Ich muss gucken, ob du noch Jungfrau bist. Jetzt hör auf, Fragen zu stellen, und tu, was dir gesagt wird.«

Ich konnte die Ohrfeige des Arztes noch immer spüren, und der Kempei mit seinem Shinai war mir noch in frischer Erinnerung. Darum schloss ich die Augen und tat, was der Arzt mir gesagt hatte. Mein Körper war angespannt, als der Arzt mich mit seinen Fingern untersuchte. Ich presste meine Fingernägel in die Handflächen und unterdrückte ein Schluchzen.

Nach ein paar langen Sekunden hörte er auf. »Du bist Jungfrau«, sagte er. »Hatte ich erwartet, so jung, wie du bist, aber man kann nie sicher sein. Wie lange blutest du schon?«

»Bitte?«, fragte ich.

»Deine monatliche Blutung. Seit wann hast du sie?«

»Fünf Mal.«

»Gut. Du bist sauber«, meinte der Arzt und ging zu einem Keramikwaschbecken. »Du hast gute Haut und bist hübsch. Ich bin mir sicher, dass Oberst Matsumoto dich zuerst haben will, so jung und schön wie du bist. Jetzt zieh dich an und geh zu den anderen zurück.«

Schnell zog ich mich an, während der Arzt seine Hände wusch. »Doktor«, meinte ich. »Was wird der Oberst von mir verlangen?«

»Nichts, womit du nicht zurechtkommen würdest«, antwortete er, ohne aufzuschauen.

»Aber wenn ich es nicht machen möchte?«, wollte ich wissen.

Der Arzt drehte sich zu mir um. »Gib keine Widerworte, Mädchen. Und mach das, was der Oberst dir befiehlt, dann wirst du keine Probleme haben. Und jetzt geh!«

Ich rannte in den Korridor zurück und setzte mich auf die kalten Fliesen neben Soo-hee. Ich musste an das denken, was mit Sun-hi geschehen war und wie der Kempei Jin-sook in den Magen geschlagen hatte. Ich hatte furchtbare Angst, dass mir auch so etwas Grauenhaftes passieren würde. Und ich war mir nicht so sicher wie der Arzt, dass ich damit zurechtkommen würde.

Mit dem Gewehr in der Hand führte Schütze Ishida uns auf dem schmalen Pfad zu den Baracken zurück. »Hört mir zu«, sagte er.

»Verärgert den Leutnant nicht, sonst werdet ihr den Preis dafür bezahlen müssen! Sprecht nur Japanisch. Und enttäuscht auch die ranghohen Offiziere nicht. Habt ihr verstanden?«

»Ja, Herr«, antworteten wir wie aus einem Mund.

Bei den Baracken, wo der Lastwagen uns abgesetzt hatte, wartete Leutnant Tanaka schon auf uns. Jin-sook war nicht bei ihm. Er befahl uns, unsere Sachen zu holen und ihm zu folgen. Mit unseren Säcken gingen wir hinter ihm her, in die Richtung, in welche er Jin-sook gezerrt hatte. Wir kamen zu einem Innenhof, der von drei langen Baracken gesäumt wurde. Jede davon besaß zehn Türen, dicht nebeneinander, und zu jeder der Türen führten zwei Holzstufen. Die Baracken hatten keine Fenster. Der gelbe Staub im Innenhof war hart und trocken. Dennoch waren Hunderte Fußabdrücke im Staub zu erkennen.

In der Mitte des Hofes stand Jin-sook mit den Hand- und Fußgelenken an einen Pfahl gebunden. Sie war nackt und zitterte sichtlich. Sie schluchzte. Erschrocken hielten wir uns die Hand vor den Mund, als wir sie sahen. Sun-hi fing leise zu weinen an. Japanische Frauen, von denen manche farbenprächtige *Yukatas* trugen, saßen auf den Stufen der größten Baracken und fächelten sich selbst Luft zu. Andere lehnten an der Wand. Doch als wir den Hof betraten, verschwanden sie schnell in alle Richtungen.

Fünf Meter von dem Pfahl entfernt stellte sich Leutnant Tanaka vor uns, sein Shinai zeigte mit der Spitze zum Boden. Er befahl uns, eine Reihe zu bilden, mit den Augen auf Jin-sook gerichtet. Ich konnte meinen Blick nicht von ihr abwenden, als ich mich ans Ende der Reihe neben Soo-hee stellte.

Leutnant Tanaka schaute uns an. »Ihr habt großes Glück!«, sagte er mit einem dünnen Lächeln. »Ihr werdet lernen, was mit einem koreanischen Mädchen geschieht, das seinen Kempei nicht zufriedenstellt. Ihr werdet der Lektion zuschauen, ohne die Augen zu schließen. Wenn ihr weint, bekommt ihr eine

Tracht Prügel. Wenn ihr ohnmächtig werdet, bekommt ihr eine Tracht Prügel. Wenn ihr euch übergebt oder bepinkelt oder irgendetwas anderes tut, als dieser Lektion zuzusehen, bekommt ihr eine Tracht Prügel. Jetzt schaut zu und lernt von eurem Kempei.«

Die grelle Sonne brannte auf uns herab, und die Zeit stand still, als Leutnant Tanaka mit seinem Shinai auf Jin-sook zuging. Sie schluchzte und flehte ihn an, sie nicht zu schlagen. Sie sagte, es täte ihr leid und sie würde nie wieder frech sein. Er schien sie nicht zu hören.

Leutnant Tanaka stand vor Jin-sook und hob langsam sein Shinai. Dann ließ er es auf ihre Oberschenkel niedersausen. Bei dem Geräusch des Shinai auf Jin-sooks Haut zuckte ich zusammen. Es hörte sich an wie das Zischen einer Peitsche und der dumpfe Schlag eines Knüppels gleichzeitig. Jin-sooks Körper verkrampfte sich. Sie riss Augen und Mund auf, aber kein Geräusch kam heraus.

Leutnant Tanaka ließ das Shinai wieder auf die gleiche Stelle hinabsausen, und Jin-sook entfuhr ein langer Schrei. Sie wand sich wie wild am Pfahl. Leutnant Tanaka schlug ihr wieder auf die Oberschenkel. Und wieder und wieder und wieder. Bei jedem Schlag schrie und wand sich Jin-sook. Sie zerrte an den Seilen wie ein Wildschwein in einer Falle. Blutige, rote Striemen bildeten sich auf ihren Oberschenkeln, und Urin lief ihr die Beine hinab.

Bei jedem Hieb des Shinai zuckten meine eigenen Oberschenkel, als würde Leutnant Tanaka mich prügeln. Ich wollte verzweifelt meine Augen schließen und meine Hände über die Ohren legen, damit das Schlagen aufhörte. Doch ich war so geschockt und voller Abscheu darüber, was ich sah, dass ich nicht einmal das tun konnte. Galle stieg mir in den Hals, und ich fürchtete, mich übergeben zu müssen. Ich wollte weinen, aber ich beherrschte mich und bemühte mich, stark zu bleiben, wie Soo-hee es mir gesagt hatte. Dann schlug Leutnant Tanaka Jin-sook auf die Schienbeine. Jin-sooks Körper verkrampfte sich wieder, sie riss den Mund auf und holte kurz Luft. Dann schlug Leutnant Tanaka sie wieder auf die gleiche Stelle, und Jin-sook stieß einen langen, gequälten Schrei aus. Schleim lief ihr aus der Nase, und ihre Haare hingen ihr wild und verworren vom Kopf. Leutnant Tanaka schlug ihr wieder und wieder auf die Schienbeine, und bei jedem Schlag brüllte Jin-sook fürchterlich. Endlich sank sie bewusstlos neben den Pfahl, und ihre schwarzen Haare fielen ihr wie ein Vorhang vor das Gesicht. Leutnant Tanaka ließ sein Shinai sinken und schaute uns an.

Ich war unfähig zu atmen. Der Innenhof und die Baracken, die Sonne und der Himmel – alles drehte sich, und ich konnte nichts tun, damit es aufhörte. Ich dachte, ich würde das Bewusstsein verlieren. Aus den Augenwinkeln sah ich, wie Sun-hi ohnmächtig wurde. Leutnant Tanaka zeigte mit dem Shinai auf die am Boden liegende Sun-hi. »Das Mädchen bekommt eine Tracht Prügel«, meinte er. »Schütze, notieren Sie sich das. Wir machen das morgen.«

Mit dem Shinai in der Hand schritt Leutnant Tanaka die Reihe der Mädchen entlang. »Ich habe euch eine wertvolle Lektion erteilt. Was sagt ihr zu eurem Kempei für diese Lektion?«

Niemand antwortete.

»Ich habe eine Frage gestellt!«, kläffte Leutnant Tanaka und schlug sich mit dem Shinai fest gegen die Stiefel.

»Jemand wird mir antworten, sonst bekommt ihr alle eine Tracht Prügel.«

Mir fehlten die Worte, und ich hatte Angst, wie Jin-sook geschlagen zu werden.

Schließlich trat Soo-hee vor und verbeugte sich tief. »Kempei, Herr«, sagte sie in gebrochenem Japanisch. »Danke für diese Lektion.«

Leutnant Tanaka blickte auf Soo-hee herab. »Wie heißt du, Mädchen?«

»Okimi Iwata, Sir«, antwortete Soo-hee und machte eine weitere tiefe Verbeugung.

»Sehr schön, Okimi Iwata. Geh wieder in die Reihe zurück.« Soo-hee machte einen Schritt zurück. »Jetzt«, sagte Leutnant Tanaka, »wascht euch und zieht Yukatas an. Die Geishas werden euch eure Zimmer zeigen. Die hohen Offiziere kommen heute Abend von den Manövern zurück.«

Und während Leutnant Tanaka den Innenhof verließ, rief er über seine Schulter: »Seid für sie bereit.«

KAPITEL 9

Als Leutnant Tanaka den Innenhof verlassen hatte, packte ich Soo-hee fest an der Hand und fragte sie, was mit uns geschehen würde.

»Ruhe!«, brüllte Schütze Ishida und lief zu Jin-sook am Pfahl. »Keine Gespräche! Wenn Leutnant Tanaka euch hört, bekommt ihr Schläge!«

Ich senkte den Blick.

»Seiko! Maori!«, rief der Schütze. »Holt die anderen, und helft mit den neuen Mädchen.«

Die japanischen Frauen kamen wieder hinter den Baracken hervor. Alle, mit Ausnahme der beiden, die der Schütze gerufen hatte, nahmen wieder ihre Plätze auf den Stufen ein und fächelten sich Luft zu, als sei nichts gewesen. Sie schienen nicht zu bemerken, dass Jin-sook nackt und bewusstlos am Pfahl hing. Ich konnte nicht fassen, dass etwas so Furchtbares für sie normal zu sein schien.

Sun-hi, die auf dem Boden lag, stöhnte und fasste Soo-hee am Bein. Soo-hee half ihr auf. Als Sun-hi Jin-sook zusammengesunken am Pfahl sah, fing sie unkontrolliert zu schluchzen an. »Nein!«, zischte Soo-hee streng. »Nicht weinen!« Das große Mädchen atmete zitternd ein und war still.

Schütze Ishida befahl Maori, Wasser für Jin-sook zu holen. »Sie muss auf die Krankenstation«, meinte er. Er kniete sich neben das bewusstlose Mädchen und band es vom Pfahl los. Dann befahl er den anderen Geishas, uns unsere Räume und die Waschstellen zu zeigen. »Sie brauchen Yukatas für die Offiziere heute Abend«, sagte er.

Eine japanische Frau in einem dunkelblauen Yukata nahm mich beim Arm. »Ich bin Seiko«, sagte sie. »Komm mit.« Sie war mindestens sieben Jahre älter als Soo-hee. Sie hatte schulterlange Haare, lange Wimpern und eine winzige Nase. Sie trug Make-up, was ich sonst nur bei Schauspielern anlässlich der Neujahrsfeiern gesehen hatte. An den Füßen trug sie japanische *Zori*-Sandalen, und sie lief mit kurzen, bewussten Schritten.

Sie führte mich zu einer schmalen Tür am Ende einer der Baracken. »Hör mir zu«, sagte sie. »Hier wirst du arbeiten. Von ein Uhr bis fünf Uhr sind die gewöhnlichen Soldaten dran. Jeder hat zehn Minuten. Von fünf bis sieben sind die Unteroffiziere dran. Sie bekommen jeweils eine halbe Stunde. Um acht gehst du in das Quartier eines Offiziers und bleibst, solange er das möchte. Heute hast du Glück – es sind nur die Offiziere dran. Die Truppen kommen erst morgen vom Manöver zurück. Dann erwartet dich ein ganzer Arbeitstag.«

Seiko fuhr fort: »Du wäschst dich bei der Latrine neben der Krankenstation. Hol dir aus dem Raum daneben einen Yukata. Den musst du bei der Arbeit tragen. Wir kochen in der Küche neben den Baracken der Geishas. Morgen wirst du zum Saubermachen, Kochen und Waschen eingeteilt.«

»Und noch etwas«, sagte Seiko und stupste mir mit dem Finger gegen die Brust. »Denk immer daran, dass du Koreanerin bist. Tu, was wir dir sagen, ansonsten bekommst du eine Tracht Prügel wie deine Freundin da drüben. Jetzt bring deine Sachen in deinen Raum und folge mir zur Latrine.«

Ich betrat den Raum. Er war dunkel, klein und stank wie eine Toilette. Schmale Streifen Sonnenlicht fielen durch die Lücken zwischen den Brettern der Wände. Die Tür hing locker an Lederscharnieren. Auf dem Boden lag eine schmale, dünne Matte. In einer Ecke stand ein Nachttopf, in der anderen ein Stuhl. Auf einem kleinen Regal gab es eine Kerze. Noch nie hatte ich einen so widerwärtigen Raum gesehen, und hier sollte ich leben. Der Hühnerverschlag hinter unserem Haus war schöner als dieses Loch.

Ich legte meinen Sack auf die Matte und wandte mich an Seiko. »Was für eine Arbeit verrichten wir hier?«

Seiko antwortete spöttisch: »Du bist eine dumme Koreanerin. Du bist eine *Ianfu* – eine Trostfrau. Du bist hier, um den Soldaten zu Diensten zu sein.«

Ianfu. Ich hatte das Wort schon einmal gehört, vor Jahren, als ich einem Gespräch zwischen Mutter und Vater gelauscht hatte, die mit gedämpfter Stimme darüber gesprochen hatten, was einem älteren Mädchen aus unserer Nachbarschaft widerfahren war. Ich wollte wissen, was das Wort bedeutete, und hatte Soo-hee gefragt. Doch sie hatte nur gemeint, ich solle das Wort vergessen. Was ich aber nie tat.

Jetzt begann ich zu begreifen, und mir wurde flau im Magen. Ich war noch nie mit einem Mann zusammen gewesen. Ich hatte mir nie vorgestellt, wie es sein würde. Ich musste daran denken, was Sun-hi erst vor wenigen Stunden neben dem Lastwagen passiert war. Noch immer konnte ich ihre Schreie hören und sehen, wie sie zu einer Kugel zusammengerollt im Lastwagen lag, nachdem der Fahrer sie missbraucht hatte. Sie war seitdem nicht mehr die Gleiche wie vorher. Und ich wusste, dass ich das auch nicht mehr sein würde.

Ich blickte über die Baracken hinweg zu den gelben Weizenfeldern und den Hügeln, die viel größer waren als die bei Sinuiju. Und dahinter zeichneten sich am Horizont nur noch höhere Berge ab. Ich musste an Leutnant Tanakas Worte denken: »Hier gibt es nichts, wohin ihr rennen könnt.« Ich blickte auf den Pfahl in der Mitte des Innenhofs, und Schmerz durchzuckte meine Beine.

Dann sah ich wieder zu Seiko, die mich skeptisch anschaute. »Vielen Dank«, sagte ich mit einer respektvollen Verbeugung.

Eine Stunde später hatte ich mich gewaschen und, obwohl ich keinen Hunger gehabt hatte, eine kleine Schale Brühe mit ein paar breiigen Azukibohnen gegessen. In einem kleinen Raum neben der Latrine nahm ich mir ein Paar weiße *Tabi*-Socken und Zori-Sandalen aus Stroh. Ich sah einen grünen Yukata mit kleinen weißen und pinkfarbenen Blüten. Ich hatte in Grün schon immer gut ausgesehen, weshalb ich mich für diesen Yukata entschied. Er war zu groß für mich, und ich trat auf den Saum, als ich in den Innenhof zurücklief. Auf ihren Treppen fläzten sich die Japanerinnen und lachten über mich, ohne dabei ihren Mund zu bedecken.

»Guckt euch das arme, kleine Hühnchen an«, meinte eine von ihnen. »Was wird sie gackern, wenn die Offiziere sie rupfen.«

Die Frauen lachten wieder, nur Seiko nicht, die mich anstarrte und sagte: »Ja. Und die Offiziere werden bald hier sein.«

Als ich den Innenhof betrat, standen die anderen koreanischen Mädchen vor ihren Baracken. Sie sahen ungewohnt in ihren Yukatas aus, und in ihren Augen lag Panik.

Soo-hee, die einen gelben Yukata trug, stand auf einer Stufe am Ende der Baracken. Ich rannte zu ihr hin und sagte, dass ich furchtbare Angst hätte.

»Haben wir alle«, antwortete Soo-hee. Sie schaute die anderen Mädchen an und sagte, wir sollten ihr folgen.

Unter den Augen der Japanerinnen und des Schützen Ishida versammelte Soo-hee die Mädchen um sich. Dann sprach sie mit gesenkter Stimmte: »Wir sind an einem furchtbaren Ort. Wir müssen tun, was sie uns sagen, ansonsten sterben wir. Aber wir haben einander, und wir müssen stark bleiben.«

»Aber ich weiß nicht, was ich tun soll!«, weinte ein jüngeres Mädchen.

Soo-hee nickte. »Wie heißt du?«

»Midori Sato«, antwortete sie.

»Nein, nein. Wie lautet dein koreanischer Name?«

»Mee-su«, sagte das Mädchen.

»Ich weiß auch nicht, was ich tun soll, Mee-su«, erklärte Soo-hee. »Der Arzt hat gesagt, es würde uns allen gut ergehen, wenn wir tun, was sie sagen. Ich denke, das sollten wir beherzigen.«

»Aber ich weiß nicht, wie!«, erwiderte Mee-su.

Soo-hee legte Mee-su die Hand auf die Schulter. »Du musst es versuchen. Denk an meine Worte. Sei stark.«

Mee-su unterdrückte ein Schluchzen, und Soo-hee schaute jedem der Mädchen fest in die Augen. »Wir müssen stark sein. Wir müssen einander helfen.«

Soo-hees Worte nahmen mir ein wenig die Angst. Und in dem Moment wurde mir klar, dass sie vielleicht nicht so schön wie Mutter und auch nicht so klug wie Vater war, sie aber dennoch wie die beiden in einer Person war – der Himmel und die Erde. Wie Mutter sorgte sie dafür, dass ich mit beiden Beinen auf dem Boden blieb. Wir befanden uns an einem furchtbaren Ort, und ich würde Disziplin lernen müssen, um zu überleben. Doch wie Vater gab sie mir die Zuversicht, dass ich es konnte.

Mee-su wischte sich über die Augen und hörte zu weinen auf. Die Mädchen gingen zu ihren Stufen zurück, und ich merkte, dass es auch ihnen besser ging. Sun-hi zitterte allerdings immer noch.

Soo-hee brachte mich zu meiner Stufe zurück. Dann zog sie am Ärmel meines Yukata, damit ich näher kam. »Nimm du ihn«, flüsterte sie. Sie öffnete die Hand, und darin lag der Kamm mit dem zweiköpfigen Drachen. »Mutter meinte, er würde uns beschützen.«

»Aber Soo-hee, Mutter hat ihn dir gegeben!«

»Du wurdest im Jahr des Drachen geboren«, erwiderte Soo-hee. »Dieser Kamm mit dem Drachen ist ein Zeichen für dich. Nimm du ihn, kleine Schwester!«

Ich schloss meine Hand um den Kamm. Es war das erste Mal, dass ich ihn in der Hand hielt. Er war schwer und kalt und fühlte sich wichtig an. Doch nach dem, was Jin-sook geschehen war, bezweifelte ich, dass der Kamm mir helfen konnte.

»Wo soll ich ihn verstecken?«, fragte ich.

»In deinem Nachttopf«, antwortete Soo-hee. »Darin findet ihn niemand. Versteck ihn jetzt dort.«

Ich ließ den Kamm in meinen Yukata gleiten und ging in mein Zimmer. Dort verbarg ich ihn im Nachttopf, wie Soo-hee es mir gesagt hatte.

Wir warteten im Innenhof und tauschten nervöse Blicke aus, bis es anfing, dunkel zu werden. Dann kam Leutnant Tanaka, sein Shinai baumelte an seiner Seite. Schütze Ishida ergriff sein Gewehr und stellte sich gerade hin. Die Japanerinnen fläzten sich weiter auf ihren Treppenstufen. Jetzt, wo die Sonne untergegangen war, wurde es schnell kühl. Es wehte kein Lüftchen, und ich konnte das Rumpeln der Lastwagen im Ort hören. Wir drängten uns dicht aneinander, nur Sun-hi stand etwas abseits und starrte auf den Boden.

Leutnant Tanaka zeigte mit seinem Shinai auf den gelben Staub vor ihm. Er befahl uns, uns in einer Reihe aufzustellen und gerade zu stehen, mit den Händen an der Seite. Wir durften nicht sprechen. »Die Offiziere kommen«, sagte er.

Hinter den Baracken waren Stimmen und das Lachen von Männern zu hören. Die Stimmen wurden lauter, und eine Gruppe Männer betrat den Innenhof. Der Wind formte einen Staubwirbel in der Mitte des Innenhofes. Ich musste an den Soldaten auf dem Motorrad und seine Schlangenspur vor zwei Tagen denken. Ein Mann, der einen halben Kopf größer als die anderen war, führte die Gruppe an. Ich hatte schon früher rang-hohe japanische Offiziere gesehen, aber keinen wie ihn. Er hatte breite Schultern, eine glatte Haut und ein kräftiges Kinn, wie man es oftmals bei wichtigen Männern sieht. Schon bei seinem bloßen Anblick bekam ich Angst vor ihm.

»Achtung!«, brüllte Leutnant Tanaka. Er und Schütze Ishida nahmen Haltung an. Die Japanerinnen blieben auf ihren Treppenstufen sitzen.

Der breitschultrige Offizier ging auf Leutnant Tanaka zu. »Leutnant, wie ich sehe, haben wir neue Mädchen«, stellte er fest.

»Ja, Oberst«, bestätigte Leutnant Tanaka knapp und ver-beugte sich leicht. »Eine war respektlos und musste diszipliniert werden. Sie ist auf der Krankenstation. Der Arzt berichtet, dass alle anderen Jungfrauen sind, bis auf die eine dort am Ende.« Er zeigte auf Sun-hi.

»Dann wollen wir sie uns mal anschauen«, meinte der Oberst. Mit auf dem Rücken verschränkten Händen betrach-tete er jedes Mädchen ganz genau. Ich dachte, er würde über-prüfen, ob mit uns etwas nicht stimmte. Ich hatte Angst, dass er meine Fehler entdecken würde und mir dann irgendein furcht-bares Schicksal bevorstand. Als er schließlich bei mir angelangt war, hielt er inne. Ich senkte den Kopf tief und blickte auf seine Füße. Seine Stiefel waren poliert, sauber und fest zugebunden. Unter dem Yukata zitterten mir die Knie.

»Die hier ist ja noch ganz jung«, meinte er. »Ist sie sauber, Leutnant?«

»Ja, Herr Oberst. Sie ist die Jüngste. Sie heißt Namiko Iwata.«

Der Oberst hob mit einem Finger mein Kinn an und schaute sich mein Gesicht von beiden Seiten an. Das Zittern in meinen Knien breitete sich auf meine ganzen Beine aus. Um mich herum drehte sich der Innenhof, und ich dachte, ich würde in Ohnmacht fallen. Der Wind wirbelte im Innenhof Staub in Form einer Schlange auf. »Du hast ein hübsches Gesicht, Namiko Iwata«, sagte er und ließ den Blick nicht von mir ab. »Hübsch und feinzügig, wie das Gesicht einer Adligen.«

Er ließ mein Kinn los und wandte sich an Leutnant Tanaka: »Die hier.«

KAPITEL 10

August 2008. Seoul, Südkorea

»Er vergewaltigte mich«, sagt meine leibliche Großmutter und schaut mich über den Tisch hinweg an. Ich möchte wegucken, traue mich aber nicht. »Sie brachten mich in sein Quartier, wo er mich vergewaltigte. Ich war vierzehn Jahre alt. Ich wusste nichts von Sex. Ich hatte erst seit fünf Monaten meine Menstruation. Fünf Monate! Wie hätte ich da etwas wissen sollen? Wie hätte ich es wissen sollen?«

»Sie hätten es nicht wissen können«, erwidere ich. Es ist heiß und feucht in ihrem kleinen Apartment. Ich möchte mir Luft zufächeln, tue es aber nicht. Nicht jetzt. Nicht, wo Frau Hong von ihrer furchtbaren Vergewaltigung berichtet. Ihr schöner, gelber Hanbok kann ihr Schamgefühl nicht verdecken. Es steht ihr ins Gesicht geschrieben und spiegelt sich tief in ihren Augen wider.

»Er vergewaltigte mich auf die brutalste Art«, fährt sie fort. »Es tut mir leid, dir das zu erzählen, aber du musst es wissen. Zuerst sagte er mir, ich solle mich vor ihm ausziehen, während er mir dabei zusah. Ich wollte Nein sagen, aber ich hatte gerade erst gesehen, wie sie Jin-sook geschlagen hatten. Ich hatte

81

furchtbare Angst, also tat ich, was er sagte. Ich stand da, nackt und hilflos wie ein Baby. Ich zitterte vor Angst. Dann sagte er mir, ich solle ihn ausziehen. Ich musste mit den Stiefeln anfangen – diesen polierten, sauberen Stiefeln, die er so fest zugebunden hatte. Ich musste sein Hemd aufknöpfen, dann seine Hose. Er befahl mir, mich hinzuknien und ihm die Unterhose auszuziehen, während er über mir stand, nackt. Er sagte, ich solle ihn anschauen. Er dachte, ich würde beeindruckt sein. Ich hatte noch nie zuvor einen nackten Mann gesehen. Ich hatte es mir bis dahin nur vorgestellt. Ich wollte weglaufen, zurück zu den Hügeln, in denen unser Hof lag, wo Soo-hee und ich zwischen den Espen herumgerannt waren.«

Sie ballt beide Hände zu einer einzigen Faust und legt sie auf den Tisch. Dabei schaut sie mich unentwegt an, was mir das Gefühl gibt, sie würde mich für ihre Vergewaltigung verantwortlich machen. »Dann fasste er mich an. Überall. Er ließ seine Hände über meine Haare gleiten, über mein Gesicht, meinen Hals, meine Brüste, meinen Bauch, meine Beine, meine Genitalien. Er drückte mich runter und drängte sich in mich. Er drang in mich ein, und ich blutete. Er stieß in mich. Immer wieder. Jeder Stoß tat mehr weh als der vorige. Ich kann diese Qual nicht beschreiben. Es war schlimmer als Schmerz. Es waren Schmerz und Angst und Erniedrigung und Scham zugleich. Ich wollte sterben. Ich versuchte, mich zu widersetzen, aber er lachte nur über mich. Er war ein starker Mann. Ich war ein Mädchen. Und er war der japanische Oberst.«

Sie ballt die Hände jetzt so fest zusammen, dass ich denke, ihre Finger brechen. Unentwegt liegt der Schmerz auf ihrem Gesicht. Sie fährt fort: »Aber das Brutalste war, dass ich ihm in die Augen schauen musste, während er mich vergewaltigte. Als ich sie schloss, verlangte er von mir, sie offen zu lassen. ›Schau mich an, Mädchen‹, befahl er. ›Lass die Augen offen und schau mich an!‹ Also sah ich ihm in die Augen, während er mich vergewaltigte. Kannst du dir vorstellen, wie demütigend das ist? Kannst du das?«

»Nein«, antworte ich. »Das kann ich nicht.«

»Er benutzte kein Kondom«, berichtet sie. »Er musste es nicht. Ich war Jungfrau und er der Erste, der mich vergewaltigte. Als er dann also einen Orgasmus bekam, spürte ich, wie sein Schleim in jede Zelle meines Körpers kroch, wie Maden. Ich spürte, wie er mich verdarb, mich verfaulen ließ. Und ich wusste, er würde für immer in mir sein. Für immer. Weißt du, was das Schlimmste war?«

»Es tut mir leid«, antworte ich. »Ich weiß es nicht.«

»Das Schlimmste war, dass ich dachte, es sei meine Schuld. Ich war so stolz und stur gewesen, so sehr von mir selbst überzeugt. Doch als der Oberst mich vergewaltigte, verlor ich alles. Ich konnte nur an meine Großeltern denken, meine Mutter, meinen Vater und an Soo-hee. Ich gab mir selbst die Schuld dafür, dass ich nicht die Disziplin besaß, die ich, wie Mutter immer gesagt hatte, brauchte. Ich schämte mich so sehr, dabei habe ich nichts falsch gemacht. Das ergibt keinen Sinn, oder?«

»Nein«, sage ich zu ihr. »Es ergibt überhaupt keinen Sinn.«

Sie legt ihre Hände auf den niedrigen Tisch und wendet sich der lilafarbenen Blüte in der Glasschale zu. Tränen stehen in ihren Augen. »Weißt du, was ich gemacht habe, als er mit mir fertig war und mir sagte, ich solle gehen?«

»Nein, das weiß ich nicht.«

»Ich verbeugte mich und dankte ihm«, antwortet sie flüsternd. Dann sagt sie kopfschüttelnd: »Ich weiß nicht, warum. Ich wollte ihn anspucken, ihn anschreien, ihm sagen, wie sehr ich ihn und alle Japaner hasse. Doch ich musste das Richtige tun, wie Mutter gesagt hatte. Also dankte ich ihm. Es schien ihm zu gefallen.«

Wir schweigen eine lange Weile. Die Luft im Apartment regt sich nicht. Meine leibliche Großmutter, die vorher so stolz

gewesen war, sieht jetzt gedemütigt aus. Sie sitzt vornüberge-
beugt und schaut auf ihre Füße, so als hätte jemand sie dazu
gezwungen, ein schreckliches Verbrechen zu gestehen, das sie
begangen hat. Ich weiß nicht, was ich sagen soll. Ich habe noch
nie jemanden kennengelernt, der vergewaltigt wurde. Ich hatte
noch nie damit zu tun. Natürlich, manchmal werde ich nervös,
wenn ich nachts allein auf der Straße bin oder im Flur einen
dubiosen Typen sehe. Aber so etwas? Ich habe nicht gewusst,
wie furchtbar eine Vergewaltigung sein kann. Aber jetzt verstehe
ich es; und ich spüre es – bei meiner Großmutter.

Schließlich lässt der schmerzhafte Ausdruck in ihrem
Gesicht nach, und sie richtet sich auf. »Möchtest du etwas
Boricha, Ja-young?«, fragt sie mich.

»Boricha? Das kam in Ihrer Erzählung vor. Ich weiß nicht,
was das ist.«

Sie runzelt die Stirn. »Die Amerikaner glauben, alle
Koreaner würden den gleichen Tee trinken wie die Chinesen
und Japaner. Aber viele traditionsbewusste Koreaner, so wie ich,
trinken lieber Boricha. Das ist gerösteter Gerstentee. Den musst
du unbedingt probieren.«

»Klar«, sage ich. »Danke.«

Sie stellt einen Teekessel auf den Ofen und gibt ein paar
Handvoll Kräuter hinein, die wie schwarzer Tee aussehen.
Dann nimmt sie zwei Tassen aus dem Küchenschrank und
trägt sie zum Tisch. Sie bewegt sich anmutig in ihrem Hanbok.
»Ich trinke meinen Boricha gern stark«, erklärt sie. »Als Kind
mochte ich ihn nicht stark, aber jetzt. Unter den jungen Leuten
ist es Mode, Kaffee wie die Amerikaner zu trinken. Ich mag
keinen Kaffee. Er ist nicht koreanisch, und ich bin scheinbar
sehr traditionalistisch. Ich finde, Korea sollte seine Traditionen
pflegen, was meinst du?«

»Ja, klar.«

»Was weißt du über unsere Traditionen, Ja-young?«

»Nicht viel, fürchte ich«, gestehe ich ihr.

»Du solltest mehr über Korea wissen. Ja, du bist in Amerika aufgewachsen. Aber ein wichtiger Teil von dir ist hier«, erklärt sie und tippt mit dem Finger auf den Tisch. »Du kannst nicht davor fliehen.« Ich kann nicht davor fliehen? Aber ich möchte lieber Amerikanerin sein, wie meine Rucksack tragenden Vorstadt-Freunde. Wenn ich allerdings allein in meinem Zimmer bin und in den Spiegel schaue, sehe ich jemand anderen. Die Frau im Spiegel ist Koreanerin. Korea ist in ihrem Gesicht, ihren Augen, ihren Haaren. Sicher auch in ihrem Blut.

Der Teekessel fängt zu pfeifen an, und Frau Hong nimmt ihn vom Herd. Sie gießt den Tee durch ein Sieb in unsere Tassen. Sein Aroma zieht durch den Raum. Ich nehme einen kleinen Schluck, und er schmeckt wirklich stark und bitter. Er ähnelt überhaupt nicht dem schwachen Tee, den ich während unserer Reise zu trinken bekommen habe. Während ich trinke, werde ich ruhiger und entspannter.

»Verrat mir, was du bislang von meiner Geschichte hältst«, meint Frau Hong und blickt mich über ihre Tasse hinweg an. Sie sieht jetzt aus, als hätte sie mir gerade nur eine nette Episode aus ihrer Kindheit erzählt. Ich bin noch immer aufgewühlt, und ihr plötzlich so anderes Auftreten ist mir unheimlich. Sie wirkt auf mich so, als ob sie ein bisschen neben der Spur sei. Aber ganz ehrlich, wer wäre das nicht, nach dem, was sie durchmachen musste?

»Sie ist … furchtbar«, sage ich. Draußen weht der Wind und schickt eine Böe durch das Fenster, die ein wenig Erleichterung von der Hitze mit sich bringt. Oder vielleicht liegt es auch am Boricha.

Ihre Augen ruhen auf mir, und ich habe das Gefühl, sie überlegt, ob es die richtige Entscheidung war, mir den Kamm zu geben. Da ich sie nicht enttäuschen möchte, bitte ich: »Erzählen Sie bitte weiter. Erzählen Sie mir den Rest Ihrer Geschichte.«

Sie lächelt, aber ihre Augen nehmen einen harten Ausdruck an. »Ich habe gerade erst angefangen!«, erklärt sie. Sie stellt ihre Tasse auf den Tisch und legt die Hände in den Schoß.

Dann fährt sie fort. »Am Tag, nachdem der Oberst mich vergewaltigte, kamen die Truppen, und ich lernte schnell, was zu tun war. Sie hatten aus mir eine Ianfu gemacht – eine Trostfrau. Und ich lernte auch einen Trick. Ich schaute auf die Stiefel der Männer, ehe sie mich vergewaltigten. Wie schon gesagt, waren die Stiefel des Obersts fest zugeschnürt. Das war ein Warnsignal. Seine Art von Gewalt war am schlimmsten. Es war sowohl psychische als auch physische Gewalt. Immer, wenn ich jemanden mit fest zugeschnürten Stiefeln sah, wusste ich, dass ich erniedrigt werden würde. Aber es gab noch viele andere. Ein Soldat mit dreckigen, nicht zugeschnürten Stiefeln würde rücksichtslos und schnell sein. Ein Soldat, der seine Stiefel anbehielt, würde mir wehtun. Wenn die Stiefel sauber und poliert waren, handelte es sich um jemanden, der wollte, dass ich so tat, als ob es mir gefiel. Zwar betrachtete ich mir ihre Schuhe«, erzählt sie mit einer abwinkenden Handbewegung. »Aber zu wissen, was mit mir passieren würde, half nicht. Es machte es sogar noch schlimmer. Es war so, als ob einem der Peiniger sagt, was er als Nächstes mit einem macht. Indem ich mir ihre Stiefel anschaute, wusste ich, wie sie mich vergewaltigen würden. Und ich wurde Tausende Male vergewaltigt.«

KAPITEL 11

August 1945. Dongfeng, Mandschurei

Als der Soldat mit den dreckigen, nicht zugeschnürten Stiefeln mein Zimmer verließ, wartete noch ein weiterer auf meiner Treppenstufe. Vor meiner Tür bildete sich immer eine lange Schlange, ehe die Soldaten ins Manöver zogen. Der Kempei hatte uns gesagt, die Soldaten müssten sich selbst säubern, damit sie, sollten sie in der Schlacht sterben, voller Reinheit ins Jenseits gehen könnten. »Ihr leistet diesen Männern einen großen Dienst«, meinte er. »Und auch Japan und dem Kaiser.«

Ich hatte Japan und dem Kaiser ohne Unterbrechung seit Mittag gedient, und jetzt war es früher Abend. Sogar trotz der sechs neuen Koreanerinnen, die Leutnant Tanaka gebracht hatte, war meine Schlange immer die längste. Bei zehn Minuten pro Person – der Zeit, die den Soldaten zur Verfügung stand – hatte ich an dem Tag mehr als dreißig Männer bedient. Ich war wund und erschöpft und musste mich dazu zwingen, noch einen weiteren Soldaten zu bedienen.

Dieser Mann war Korporal Kaori. Er war ein großer Mann, dem es Vergnügen bereitete, mir wehzutun. Er behauptete, er wollte der Letzte in der Schlange sein, damit ihn niemand zur

Eile antreiben würde. Aber ich wusste, dass er in Wahrheit der Letzte sein wollte, damit er mit mir machen konnte, was er wollte.

Mit einer Verbeugung ließ ich Korporal Kaori hinein und schloss hinter ihm die Tür. Ich sah, dass seine Stiefel fest zugeschnürt waren und Härte in seinen Augen lag. Da wusste ich, dass ich vorsichtig sein musste.

Während er seine Hose aufknöpfte, kniete ich auf dem Boden und wusch das Kondom aus, das der letzte Soldat verwendet hatte. Ich reichte ihm das gereinigte Kondom, legte mich auf meine Matte und öffnete meinen Yukata. Meine Kerze war auf die übliche Nachmittagshöhe heruntergebrannt, und der schwache Schatten, den sie an die Wand warf, verriet mir, dass ich mit meiner Arbeit mit den gewöhnlichen Soldaten fast fertig war.

Ich hörte das sanfte Trippeln von Mäusen, die unter den Baracken hin und her huschten und mich daran erinnerten, am Abend Reis mitzubringen, damit ich ihre winzigen Pfötchen spüren konnte, wenn ich sie durch das Astloch im Boden fütterte. Ich schaute auf und konzentrierte mich auf die Lücke in der Decke, durch die im Frühling der schmelzende Schnee tropfte und der Wind im Sommer Staub hereinwehte. Tag für Tag, Monat für Monat träumte ich davon, mich wie ein Vogel durch diese Lücke zu zwängen und meine Schwingen zu erheben, damit ich befreit wäre von der Dunkelheit meines winzigen, stinkenden Raums, befreit von dem, was ich zu tun gezwungen wurde, frei wie ein Falke in der Luft – und ich dachte an meinen Vater, der mich immer darin bestärkt hatte, dass ich es dem Falken gleichtun könnte.

Ich wusste, dass ich es jetzt nicht könnte. Nicht, wenn Kaori in meinem Raum war. Als der Korporal seine Hose runterzog, ohne die Stiefel auszuziehen, versuchte ich, meine Nase vor dem Gestank nach Sperma zu schützen, der meinen Raum in der Sommerhitze unerträglich machte. Mein Schweiß tropfte auf die Matte, die bereits vom Schweiß Dutzender Männer durchtränkt war. Die schmutzige Bettwäsche klebte an meinem Rücken. Ich legte meine Hand an die Wand, die mich von den anderen Trostfrauen trennte, um mich daran zu erinnern, dass ich nicht allein litt.

Kaori holte seinen großen Penis aus der Unterhose hervor, und ich rieb ihn, damit er steif wurde. Es funktionierte nicht.

»Schneller, Mädchen!«, befahl er. »Weißt du nicht, wie es mir gefällt?« Er riss an meinen Haaren, und Schmerz durchfuhr meine Kopfhaut.

Ich wusste, was ich tun musste, damit er in Fahrt kam. »Na los, großer Mann«, knurrte ich. »Tu mir noch mal weh!«

Seine Augen blitzten auf, und er schlug mich hart.

»Ja, so ist's richtig«, sagte ich und biss die Zähne zusammen. »Das ist es, was du willst.« Ich massierte ihn schneller, und sein gewaltiger Penis wuchs. Er fingerte ungeschickt am Kondom herum. Ich nahm es ihm aus der Hand und streifte es ihm über. Er stieg über mich und versuchte, in mich einzudringen, aber er war nicht steif genug.

»Kneif mich«, meinte ich. Er kniff mich fest in die Brustwarzen und schlug mich wieder. Tränen stiegen mir in die Augen. Ich streichelte ihn weiter. Er wurde steif und konnte endlich in mich eindringen. Sein Gewicht erdrückte mich, und mein Körper zuckte bei jedem seiner Stöße zusammen. Korporal Kaori schlug mich erneut und legte seine Hände um meinen Hals. Er riss die Augen auf und grinste lüstern. Er würgte mich. Fest. Ich schnappte nach Luft und spürte, dass mein Kopf rot wurde. Ich versuchte ihm zu sagen, dass er loslassen sollte, aber sein Griff war so fest, dass ich nicht sprechen konnte. Ich packte seinen Arm und versuchte ihn abzuschütteln, aber sein Gewicht drückte mich auf die Matte nieder, und meine Bemühungen erregten ihn nur noch mehr. Ich sah Sterne, und alles fing an, schwarz zu werden.

Dann, mit einer Wucht, bei der mein Kopf gegen die Wand schlug, war er fertig. Er löste seine Hände von meinem Hals und stieg von mir runter. Ich drehte mich hustend auf die Seite und schnappte nach Luft. Endlich verschwanden die Sternchen wieder. Ich suchte an der Wand Halt und zwang mich dazu, mich in der Ecke hinzustellen.

Kaori zog das Kondom aus und warf es in meinen Nachttopf. Als er sich die Hose hochzog, verbeugte ich mich und dankte ihm schwach. Der Korporal grunzte kurz und ging hinaus.

Ich klammerte mich an den Kleiderhaken an der Rückseite meiner Tür, damit ich nicht hinfiel. Es brauchte mehrere Minuten, bis ich wieder normal atmen konnte. Dann hob ich meinen *Obi* auf und blickte auf den Kleiderhaken. Ich muss zugeben, dass ich darüber nachdachte. Das eine Ende des Gürtels um den Kleiderhaken, das andere um meinen Hals. Sun-hi hatte das gemacht, weniger als eine Woche nachdem wir zur Troststation gebracht worden waren. Sie hatte die Knoten festgebunden, die Beine locker gelassen und sich gehen lassen. Es muss sie große Anstrengung gekostet haben, sich selbst hängen zu lassen, bis der Obi ihr alles Leben herausgewürgt hatte. Ich fragte mich, ob ich es auch könnte.

Ich ließ den Kleiderhaken los, wischte mir den Schweiß von der Stirn und rieb mir den schmerzenden Hals. Ich wickelte mich in meinen Yukata und band ihn mit dem Obi zu. Dann griff ich in meinen Nachttopf und holte zwischen den gebrauchten Kondomen und dem Sperma den Drachenkamm heraus. Ich wischte ihn mit meinem Bettzeug sauber und betrachtete den zweiköpfigen Drachen. Mutter hatte gesagt, er würde uns beschützen. Ich hielt ihn vor den Japanern versteckt, aber bislang hatte er mich vor überhaupt nichts beschützt.

Ich schob den Kamm unter meine Matte, nahm das schweiß-
durchtränkte Bettzeug und den Nachttopf und trat vor die Tür.
Draußen schien hell die Sonne, es war heiß und der Himmel
blassblau. Schwärme großer, schwarzer Fliegen schwirrten um
die Baracken. Im Innenhof war der glitschige Schlamm des
Frühlings von der Sonne und den Stiefeln Tausender Männer
hart geworden. Und der Wind blies, wie er es jeden Tag in der
Troststation tat.

Seiko und die anderen Japanerinnen fläzten sich auf ihren
Stufen und fächelten sich Luft zu, als ich vorbeiging. »Du hast
wieder eine Nacht mit dem Oberst«, sagte mir Seiko. »Ich weiß
nicht, warum er eine koreanische Nutte haben will, wenn er
eine gute japanische Geisha wie mich haben könnte. Er mag
scheinbar die Art, wie du dein Gesicht bei ihm benutzt.« Die
anderen Japanerinnen lachten, ohne ihre Münder zu verdecken.

Seikos Spott trieb mir die Röte ins Gesicht. Der Oberst
hatte mich nur ein einziges Mal dazu gezwungen. Er war gerade
von einem Besuch bei seiner Familie in Japan zurückgekehrt
und über etwas sehr aufgebracht gewesen. Ich habe nie herausgefunden, was es war. Nachdem ich ihn wie gewöhnlich aus-
gezogen hatte, drückte er mein Gesicht gegen sich. Ich wollte
zurückweichen, doch er war so stark, und ich hatte Angst, er
würde mir das Genick brechen. Also tat ich es. Ich musste.

Danach wurde der Oberst ganz still, fast, als ob er sich schämen würde. Als ich aufstand und gehen wollte, bat er mich zu
bleiben. Es war das erste Mal, dass ich mich die ganze Nacht
beim Oberst aufhielt. Seitdem verbrachten wir mehr Zeit mit
Reden als mit Sex. Er gab mir japanische Bücher, die ich in
den langen Pausen, wenn die Soldaten weg waren, lesen konnte.
Ich glaube, die anderen koreanischen Mädchen und sogar die
Geishas waren neidisch auf mich.

Auf dem Weg zur Latrine sah ich Schütze Ishida, der sich
im Schatten ausruhte. Er nickte mir zu, und ich erwiderte

seinen Gruß mit einer leichten Verbeugung. Ich mochte den Schützen. Er war gut aussehend, benutzte die Mädchen aber nie. Die Geishas neckten ihn und versuchten, ihn in ihre Zimmer zu locken. Er spielte mit, biss aber niemals an. Er warnte die Koreanerinnen immer, wenn der Kempei kam, und half mir mit dem Japanischen. Sein Gewehr trug er immer bei sich, aber ich war mir sicher, er würde es nie benutzen.

In der Latrine leerte und säuberte ich meinen Nachttopf und wusch mir die Hände. Im Nachbarraum warf ich mein Bettzeug auf den Stapel mit der Schmutzwäsche und nahm mir saubere Bettwäsche. Dann lief ich zu den Baracken zurück, wobei mich Seiko und die anderen Japanerinnen musterten. Ich achtete darauf, den Blick gesenkt zu halten. In meinem Raum stellte ich den Nachttopf an das Fußende meiner Matte und breitete das saubere Bettzeug aus, damit alles für den nächsten Tag vorbereitet war. Ich holte den Kamm unter der Matte hervor und ließ ihn in den Nachttopf fallen.

Vor dem Abendessen ging ich noch mal zur Latrine, um mich zu waschen. Die Latrine war eine offene Außentoilette fünfzig Schritte hinter den Baracken. Sie bestand nur aus einer Plattform aus Holz mit drei Löchern, über die sich die Mädchen hockten. An der Seite waren an Holzplatten drei schmutzige Metallwaschbecken angeschlagen. Soo-hee, die ihren gelben Yukata trug, wusch in einem der Becken Wäsche, und ich stellte mich neben sie.

»Ich glaube, eines Tages bringt Kaori mich um«, meinte ich und starrte in das Waschbecken.

»Ich werde mit dem Kempei über ihn sprechen«, antwortete Soo-hee.

»Nein, tu das nicht«, erwiderte ich schnell, als ich daran denken musste, wie oft der Kempei Soo-hee einen Fausthieb verpasst hatte, weil sie ihn um etwas gebeten hatte. »So schlimm ist es nicht.« Ich konzentrierte mich darauf, die Wäsche im grauen Wasser zu waschen.

»Ich habe gehört, dass der Krieg langsam übel wird für die Japaner«, berichtete Soo-hee. »Die Amerikaner gewinnen im Osten. Vielleicht ist es bald vorbei.«

»Was machen wir dann?«, wollte ich wissen.

»Wir gehen nach Hause«, lautete Soo-hees Antwort.

»Ich will nicht nach Hause, nicht nach dem, was wir hier gemacht haben«, entgegnete ich. »Was werden Mutter und Vater denken? Wir haben sie entehrt.«

Soo-hee legte mir die Hand auf den Arm. »Mach dir keine Gedanken darüber, was Mutter und Vater denken werden. Du musst einfach noch eine Zeit lang stark bleiben.«

Stark bleiben? Wofür? Um noch einen weiteren Tag lang vergewaltigt zu werden? Als ich auf dem Hof aufwuchs, hielt ich mich für stark. Ich konnte den ganzen Tag lang neben Vater, Mutter und Soo-hee auf den Feldern arbeiten und tagelang ohne eine richtige Mahlzeit auskommen, wenn wir knapp an Reis waren. Aber in den vergangenen zwei Jahren hatte mir die Anstrengung, den Tag zu überstehen, alles abverlangt. Die Japaner benutzten mich wie eine Toilette, und genauso sah ich mich mittlerweile. Ich gab mein Bestes, stark zu bleiben, aber ich war mir nicht sicher, ob ich das noch lange konnte.

Soo-hee wandte sich wieder der Wäsche zu und schaute mich aus den Augenwinkeln an. »Das Schmutzwasser erinnert mich an den Tag, an dem das Schwein vor Vater und Herrn Lee, der die Straße hinauf wohnte, flüchtete. Sie hatten es für die Neujahrsfeier schlachten wollen. Weißt du noch?«

»Ja, ich glaube schon«, meinte ich.

Soo-hee fuhr fort: »Es war ein regnerischer Tag, und das Schwein glitt aus ihren feuchten Armen. Herr Lee meinte, sie sollten Kohl auslegen und das Schwein damit fangen. Aber Appa hatte keine Geduld und rannte dem Schwein hinterher.«

Soo-hee kicherte, und auch ich lächelte. Sie erzählte weiter: »Vater jagte dem Schwein hinterher, immer wieder um den Koben herum. Er rutschte aus und fiel zweimal in den Matsch, ehe er es endlich erwischte. Und Herr Lee weigerte sich, ihm zu helfen.«

Soo-hee lachte. »Appa war voller Matsch, als wir nach Hause kamen. Und Ummah war wütend auf ihn, weil er den ganzen Matsch ins Haus trug. Er musste alles ausziehen und sich draußen am Brunnen waschen. Er war so sauer, dass er an dem Abend gleich drei Portionen Schweinebraten verdrückte!«

Wir lachten beide, wobei wir darauf achteten, unseren Mund zu bedecken. Doch unser Lachen erstarb schnell. Während ich mir die Hände abtrocknete, betrachtete ich das Gesicht meiner Onni. »Wie geht es deiner Wange?«, fragte ich sie.

»Sie heilt«, antwortete sie und drehte sich wieder zum Waschbecken.

Beim Anblick des hässlichen lila-gelben Blutergusses auf Soo-hees Wange wurde mir das Herz schwer. Vor drei Tagen hatte Leutnant Tanaka Soo-hee geschlagen, als sie den Kempei darum bat, dass ein neues Mädchen wegen Bauchschmerzen den Arzt aufsuchen dürfe. Das war nur die neueste Gräueltat, die meine Onni durch die Hand von Leutnant Tanaka erlebt hatte.

»Entschuldigung«, sagte ich.

»Wofür?«

»Du hättest den Kamm behalten sollen. Dann hättest du mehr Glück, und der Kempei wäre nicht so schlimm zu dir.«

»Nein, es ist besser, dass du ihn hast. Er hat dir Glück gebracht. Du bist der Liebling des Obersts.«

»Ich bin nicht glücklich darüber, dass ich das bin«, entgegnete ich.

Soo-hee starrte abwesend in das Becken. »Kleine Schwester«, sagte sie. »Ich muss dir etwas sagen.«

»Ja? Was ist los?«, fragte ich.

Soo-hee holte tief Luft. »Meine monatliche Blutung ist ausgeblieben. Meine Brüste schmerzen. Morgens ist mir übel. Ich glaube, ich bin schwanger.«

Mein Herz setzte kurz aus. »Onni, bist du sicher?«

»Ja. Ich muss es Leutnant Tanaka sagen. Er ist der Einzige, der bei mir kein Kondom benutzt. Es ist ganz klar, was er tun wird.«

Ich fühlte mich, als würde sich der Boden unter mir auftun und mich verschlucken. »Soo-hee, sie werden eine Abtreibung machen, nur mit einem Draht, so wie sie es bei Maori und Yo-ee gemacht haben, bevor sie gestorben sind.«

»Nicht jede, die eine Abtreibung hat, stirbt, Jae-hee. Bo-yun und Mee-su ging es nach ihren Abtreibungen gut. Und Jin-sook war nur einen Monat krank, dann kam sie wieder zur Arbeit.«

Ich packte Soo-hee am Arm. »Du musst den Kamm nehmen! Er wird dir helfen.«

Soo-hee schüttelte den Kopf. »Nein. Du behältst ihn!«

»Aber Soo-hee, wenn du stirbst, sterbe ich auch. Ich erhänge mich mit meinem Obi so wie Sun-hi.«

»Sag so etwas nicht!«, fauchte Soo-hee. »Du wirst nichts dergleichen tun.«

Ich senkte meinen Blick und atmete ein paar Mal tief ein. »Wann wirst du es Leutnant Tanaka sagen?«, fragte ich.

»Ich soll heute die Nacht mit ihm verbringen. Ich sage es ihm vorher. Je länger ich warte, desto riskanter wird die Abtreibung. Ich sollte sie direkt morgen haben.«

»Ich bin heute Abend beim Oberst«, erklärte ich. »Ich werde ihn bitten, dich in das Krankenhaus in Pushun zu schicken.«

»Das wird er nicht tun. Doktor Watanabe wird die Abtreibung vornehmen.«

»Soo-hee, du darfst nicht sterben. Du darfst nicht!« Mir war nach Weinen zumute.

Soo-hee legte mir die Hand auf den Arm. »Mir wird nichts passieren, kleine Schwester. Ich lasse dich hier nicht allein. Und jetzt achte darauf, dich gründlich zu waschen, ehe du heute Abend zum Oberst gehst.«

Ich wusch mich mit dem dreckigen Wasser. Hinterher fühlte ich mich nicht sauber, aber Soo-hee nickte trotzdem billigend.

Während ich in der Dämmerung auf der Stufe vor meinem Raum saß und auf meinen Termin mit dem Oberst wartete, versuchte ich nicht daran zu denken, wie das Leben in der Troststation sein würde, falls Soo-hee bei der von Doktor Watanabe vorgenommenen Abtreibung sterben würde. Dann könnte ich nicht mehr. Ich könnte nicht mehr weitermachen wie bisher. So sehr wünschte ich mir, der Arzt würde sie für die Abtreibung in das Krankenhaus in Pushun schicken. Aber ich wusste, dass er das nicht tun würde. Nicht einmal die Geishas schickte er dorthin, wenn sie krank waren.

Plötzlich hörte ich Gebrüll aus den Baracken, aus Soo-hees Raum. Es war Leutnant Tanaka. Ich ging in den Innenhof und blickte zu ihrer Tür. Sie schwang auf, und Leutnant Tanaka stolperte rückwärts heraus und zog Soo-hee an den Haaren mit sich. Er stieß sie in den Dreck und trat ihr gegen die Brust. Soo-hee stützte sich schnell auf Hände und Knie und neigte ihren Kopf vor dem Leutnant. »Es tut mir leid, Kempei«, sagte sie. Ich hielt mir die Hand vor den Mund, um mein Schluchzen zu verbergen. Erschrocken sah ich, wie Leutnant Tanaka wieder auf Soo-hee eintrat und dabei brüllte: »Du Hure! Du musst dich darum kümmern.« Er hatte meine Onni an den Haaren gepackt und zog sie in Richtung Krankenstation. Soo-hee stand mühsam auf, stolperte und fiel und rappelte sich wieder auf. Leutnant Tanaka hielt nicht an, wenn sie zu Boden ging, sondern schleifte Soo-hee unerbittlich hinter sich her zur Krankenstation und zu Doktor Watanabe.

KAPITEL 12

Die Privaträume des Obersts befanden sich im Haus eines
reichen Kaufmanns nahe dem Zentrum von Dongfeng. Die
Troststation lag am Stadtrand in der Nähe der Weizenfelder.
Ich schätze, sie haben uns dorthin verfrachtet, damit sie, wenn
sie sich um ihre Kriegsangelegenheiten kümmerten, so tun
konnten, als gäbe es uns nicht. Um zur Unterkunft des Obersts
zu gelangen, musste ich fünfzehn Minuten die Straße entlang-
laufen, auf der die Soldaten in die Manöver zogen. Im Winter
und Frühling verwandelten die Lastwagen die Straße in eine
Schlammpiste. Wenn die Trostfrauen zu den Offizieren gingen,
mussten sie ihre Tabi und Zori ausziehen und die Yukatas anhe-
ben, um sie nicht zu verschmutzen. Im Sommer und Herbst
war der feine, gelbe Staub das Problem. Die anderen Mädchen
störten sich nicht am Staub, ich aber lief im Straßengraben, um
nicht mit ihm in Berührung zu kommen, denn ich musste für
den Oberst sauber sein.

Ich lag auf dem Tagesbett in der Unterkunft des Obersts.
Der Raum hatte eine Eichenvertäfelung, und ein großer chinesischer Teppich zierte den Boden. Es gab ein Himmelbett
und einen Schreibtisch mit geschnitzten Beinen. Neben dem
Schreibtisch standen noch ein kleiner Tisch und das Tagesbett,

auf dem ich lag. Auf dem Tisch war ein Foto der Familie des Obersts zu sehen – seine Frau mit einem Oberschicht-Lächeln, ein kampflustig dreinschauender Junge von ungefähr acht Jahren und ein Mädchen, das nur ein paar Jahre jünger war als ich, in einem hübschen, weißen Kimono. Neben dem Bild stand eine Schale mit zwei runden Amanatsus, deren Zitrusgeruch den Raum erfüllte.

Der Oberst lag neben mir auf dem Bett. Seine Männer sagten von ihm, er sei ein brillanter Stratege. Man tuschelte, er wäre sogar für einen noch höheren Rang vorgesehen. Er arbeitete viel, und immer wenn ich ihn sah, war er tief in Gedanken versunken. Es stimmt, dass er mir gegenüber brutal sein konnte, aber er konnte auch überraschend sanft sein. Er demütigte mich nicht mehr, wenn er mich vergewaltigte, und schien danach sogar fast beschämt zu sein. Aber trotzdem vergewaltigte er mich fast jede Nacht, wenn er in Dongfeng war.

Ich ließ meine Beine seinen muskulösen Körper entlanggleiten. Die weiche Haut seiner Brust glänzte noch vom Schweiß des Geschlechtsakts. Sein Kopf ruhte auf einem *Dakimakura*-Kissen, und er starrte an die Decke, wo sich langsam ein Ventilator mit Blättern aus geflochtenem Gras drehte.

Ich hatte darüber nachgedacht, wie ich ihn überzeugen konnte, Soo-hee für die Abtreibung in das Krankenhaus nach Pushun zu schicken. Mit dem Finger fuhr ich über den Tisch neben dem Bett. »Oberst, Herr, haben Sie in letzter Zeit einen Brief von Ihrer Familie in Nagasaki bekommen?«, fragte ich ihn.

»Ich habe gestern einen bekommen«, antwortete er mir.

»Das ist wunderbar. Was stand drin?«

»Nichts, was du wissen müsstest.«

Ich wickelte mich in meinen Yukata und ließ mich auf den seidenen Bettbezug sinken.

»Wann werden Sie Ihre Familie wiedersehen?«, fragte ich weiter.

»Keine Ahnung«, sagte er. »Ich kann nicht in die Zukunft schauen. Vielleicht dauert es nicht so lange. Warum interessiert dich das?«

»Ich habe gehört, der Krieg wäre bald vorbei.«

Der Oberst starrte mich an. »Wer hat dir das erzählt?«

»Es tut mir leid, Herr. Es ist nur ein dummes Gerücht.«

Der Oberst starrte wieder an die Decke. Mit vor der Brust verschränkten Armen befahl er mir: »Iss eine Amanatsu! Sie wurden für die ranghöheren Offiziere aus Kumamoto geliefert. Ich schätze, du bekommst in der Troststation nicht viel Obst.«

Ich legte dem Oberst die Hand auf das Bein. Es fühlte sich warm und feucht an. »Danke, dass Sie sich um mich kümmern.« Ich nahm eine der gelben Früchte. »Was wird passieren, wenn der Krieg vorbei ist? Ich meine, wenn Japan die Amerikaner besiegt hat?«

»Wir werden natürlich ganz Asien regieren«, antwortete er.

»Ja, natürlich. Aber ich meine, Herr, was geschieht mit den Trostfrauen, wenn die Truppen nach Japan zurückkehren?«

Der Oberst richtete sich auf. »Warum stellst du solche Fragen? Bin ich ein Prophet? Wie soll ich wissen, was mit irgendjemandem nach dem Krieg passiert?«

Er hatte recht. Ich fragte mal wieder zu viel. Ich senkte den Kopf. »Bitte vergeben Sie einem albernen Mädchen, dass es dumme Fragen stellt«, bat ich.

Der Oberst ließ sich auf das Dakimakura-Kissen sinken. »Du hast noch keine Amanatsu gegessen. Iss welche. Du bist zu dünn.«

»Danke, Herr.« Während ich die Frucht schälte, ließ ich meinen Yukata aufgleiten, sodass meine Brust entblößt war.

»Ich esse zu dieser Jahreszeit keine Amanatsus«, sagte er, während er auf meine Brust sah. »Sie sind sauer. Iss so viel du möchtest.« Dann blickte er wieder zur Decke.

Ich biss in die Frucht, die tatsächlich sauer war. Ich aß sie dennoch.

»Oberst, Herr«, setzte ich an. »Dürfte ich Sie um etwas bitten?«

»Worum?«

»Herr, meine Schwester ist schwanger. Doktor Watanabe wird eine Abtreibung vornehmen. Bitte, Herr, bitte sorgen Sie dafür, dass sie für die Abtreibung in das Krankenhaus nach Pushun gebracht wird. Da wird es ihr besser ergehen.«

Der Oberst schüttelte den Kopf. »Das werde ich nicht tun.«

»Bitte, Herr, bitte tun Sie es für mich.«

Mit einer kräftigen Bewegung seines Arms stieß er mich vom Bett. Ich fiel mit einem dumpfen Schlag auf den Boden, und die Überreste der Amanatsu rollten über den chinesischen Teppich. »Warum sollte es mich kümmern, was mit einem koreanischen Mädchen passiert?«, schrie er. »Ich diene nur dem Kaiser.«

Ich rappelte mich auf die Knie und krabbelte zu ihm. Mein Gesicht war über seinen Oberschenkeln, und ich fing an, ihm die Unterhose aufzuknöpfen. Er schaute zu mir herab, als ich seinen Penis aus der Unterhose zog und zu streicheln begann. Er reagierte nicht, weshalb ich mit meinem Gesicht näher rückte. Der muffige Geruch des Sex von kurz zuvor haftete noch stark an ihm.

Der Oberst lehnte sich zurück und nahm eine Flasche Sake vom Nachttisch. »Das wird nicht funktionieren«, sagte er emotionslos.

»Bitte, Herr«, flehte ich. »Ich würde alles dafür tun.«

Der Oberst entkorkte die Flasche und griff nach einem Glas, als wäre ich gar nicht da. »Geh! Jetzt«, befahl er.

Ich ließ die Hände von ihm und stand langsam auf. Der Oberst goss sich ein Glas Sake ein, und ich verbeugte mich und zog meine Tabi an. An der Tür schlüpfte ich in meine Zori und ließ den Oberst in seinen Räumen allein.

Mit gesenktem Kopf lief ich zwischen den niedrigen Stuckhäusern zur Troststation. Ich nahm den schmalen Pfad, der neben der Krankenstation verlief. Dann hielt ich an und berührte mit meiner Hand die Wand der Krankenstation. Dahinter war Soo-hee, die auf ihre Abtreibung wartete.

Ich hatte es versucht. Ich war bereit gewesen, alles dafür zu tun. Aber ich hatte versagt, und nun lag das Leben meiner Onni in den fetten Händen von Doktor Watanabe.

»Du bist sauber«, sagte mir Doktor Watanabe, als ich mit gespreizten Beinen auf der Liege im gekachelten Untersuchungsraum der Krankenstation lag. »Ich begreife nicht, wie du das schaffst. Alle Mädchen werden irgendwann schwanger oder bekommen irgendeine Krankheit, nur du nicht. Du hast Glück.«

Ich war beim Arzt wegen meiner monatlichen Untersuchung auf Geschlechtskrankheiten. Einmal im Monat zog der fette Arzt seinen Leinenkittel über und stocherte auf der Suche nach Anzeichen für eine Krankheit in mir herum. Die Soldaten sollten bei uns Kondome benutzen, aber den Japanern gingen die Vorräte aus, weshalb wir die Kondome wiederbenutzen mussten, bis sie kaputt waren. Meistens hielten sie nur zwei- oder dreimal, und alle Mädchen bekamen Geschlechtskrankheiten, mit Ausnahme von mir. Vielleicht brachte mir Mutters Kamm mit dem zweiköpfigen Drachen doch Glück.

»Doktor, Herr«, setzte ich an, als ich von der Liege aufstand und meine kurzen Hosen hochzog. »Dürfte ich meine Schwester sehen, bevor die Truppen morgen zurückkommen? Danach werde ich zu beschäftigt sein, um sie zu besuchen. Sie ist ja nur ein Stockwerk über uns. Bitte, Herr?«

»Nein. Sie ist zu krank für Besuche«, erwiderte der Arzt, der am Waschbecken stand.

»Herr, sie ist meine Schwester.«

»Gib keine Widerworte, Mädchen«, blaffte der Arzt mich an. »Ich habe Nein gesagt.«

Ich senkte den Blick. »Wird sie wieder in Ordnung kommen?«, fragte ich. »Wird sie sich von der Abtreibung erholen?«

»Sie hat innere Blutungen«, antwortete der Arzt und trocknete sich die Hände ab. »Ich habe keine Zeit für eine Operation. Wenn sie nicht von allein zu bluten aufhört, wird sie sterben.«

Die Worte des Arztes trafen mich wie ein Schlag in die Magengrube. Ich hörte auf, mein Hemd zuzuknöpfen. »Sie muss ins Krankenhaus nach Pushun!«, rief ich. »Bitte, Doktor, bitte schicken Sie sie dorthin.«

Der Arzt drehte seinen fetten Körper zu mir um. Seine Augen waren rot, und seine Wangen hingen schlaff herunter. »Glaubst du, sie würden ein Mädchen aufnehmen, wenn sie sich um so viele Soldaten zu kümmern haben? Sie würden mich auslachen, wenn ich deine Schwester dorthin schicken würde.«

»Können Sie ihr denn gar nicht helfen? Bitte, Doktor.«

Der Arzt gab der Krankenschwester ein Zeichen, das nächste Mädchen hereinzuschicken. Er befahl mir, zur Troststation zurückzugehen. »Ich kann nichts für deine Schwester tun«, sagte er.

KAPITEL 13

Der Kempei erlaubte uns nie, die Troststation zu verlassen, außer wenn wir die Offiziere in der Stadt aufsuchten oder zu unseren monatlichen Untersuchungen in die Krankenstation gingen. Die Strafe, die darauf stand, wenn wir außerhalb der Troststation aufgegriffen wurden, war eine Tracht Prügel von Leutnant Tanaka. Und wenn er glaubte, ein koreanisches Mädchen hätte zu fliehen versucht, ließ er sie erschießen. Während die Soldaten unterwegs waren, verbrachten wir Wochen damit, auf unseren Stufen zu sitzen und in den Innenhof zu schauen. Manchmal dachten wir uns Spiele aus, damit die Zeit schneller verging, aber das brachte nicht viel. Wir waren Sexsklavinnen für die Japaner, und ein lächerliches Spiel konnte uns nicht dabei helfen, diese Tatsache zu vergessen.

Weil sie Japanerinnen waren, durften die Geishas überall hingehen, wohin sie wollten, und wenn sie nicht arbeiteten, waren sie oft tagelang in der Stadt und ließen uns allein zurück. Was sie dort taten, weiß ich nicht. Ich war einfach nur froh, dass sie nicht da waren, denn ihnen bereitete es großes Vergnügen, uns zu ärgern oder zu beleidigen.

Meine einzige Abwechslung von der Langeweile waren die Bücher, die mir der Oberst ab und an gab. Ich musste sie in meinem Raum lesen, damit die anderen Mädchen nicht neidisch auf mich wurden. Um etwas sehen zu können, ließ ich die Tür einen Spalt offen, sodass Licht hineinfiel. Im Sommer, wenn ich die Tür fast geschlossen hielt, wurde es heiß in meinem Raum, und der Wind wehte Staub hinein. Ich konnte nur kurz lesen, dann musste ich die Tür wieder ganz öffnen, um frische Luft hineinzulassen. Im Winter blies der eisige Wind durch den Spalt, sodass ich auch nicht lange am Stück lesen konnte. Dennoch las ich so viel ich konnte.

Jeden Tag mussten wir kleine Aufgaben erledigen, weshalb ich nach meinem Besuch beim Arzt mein Bettzeug nahm und es zur Wäscherei trug. Die Wäscherei bestand aus vier Stangen mit einem Metalldach neben der Latrine. Auf niedrigen Holztischen standen drei Metallzuber. Hinter der Wäscherei hingen an Pfählen Wäscheleinen aus Draht. Dort trockneten mehrere Sets Bettwäsche in der warmen Sonne.

Als ich einen Stapel Wäsche wusch, kamen Jin-sook und Mee-su, und jede hatte den Arm voll mit Wäsche der Geishas. Jin-sook war groß und sehnig und schaute uns oft von oben herab an. Mee-su hingegen war klein und dünn. Sie sah einem niemals in die Augen. Häufig war sie die Letzte, die von den Offizieren ausgewählt wurde.

Mee-su wollte wissen, ob ich etwas von Soo-hee gehört hatte.

»Es geht ihr nicht besser«, antwortete ich.

»Sie ist eine Närrin«, meinte Jin-sook und tauchte schmutziges Bettzeug in den Zuber. »Sie bedrängt den Kempei zu sehr. Sie sollte es machen wie ich. Sich mit ihnen anfreunden.«

»Die Japaner sind nicht unsere Freunde, Jin-sook«, erinnerte ich sie.

»Du behauptest, das wären sie nicht«, erwiderte sie. »Aber du hast dich mit dem Oberst angefreundet. Er gibt dir Bücher, und du wirst nie geschlagen. Ich habe mich mit Leutnant

Tanaka gut gestellt und deshalb seit der Strafe am ersten Tag keine Prügel mehr bezogen. Ich komme auch mit den Geishas bestens aus.«

»Du bist ihre Sklavin«, entgegnete Mee-su, während sie die Wäsche im Seifenwasser durchknetete. »Du tust alles, was sie dir sagen.«

»Das stimmt nicht«, meinte Jin-sook. »Ich … respektiere sie nur.«

»Von mir aus. Ich bin froh, dass Soo-hee dem Kempei die Stirn bietet«, sagte Mee-su. »Wir alle haben ein Problem, wenn sie stirbt.«

»Sie wird nicht sterben«, erwiderte ich und blickte in den Waschzuber. »Ich habe einen Plan.«

»Einen Plan?«, fragte Jin-sook. »Welchen?«

Ja, ich hatte einen Plan, aber ich würde ihn niemandem verraten, insbesondere nicht Jin-sook. Ohne ihr zu antworten, nahm ich meine Wäsche und ging zur Wäscheleine. »Sei vorsichtig«, warnte mich Mee-su. »Der Kempei beobachtet dich.«

Ich hängte die nasse Bettwäsche auf die Leine und holte mir aus dem Schrank neben der Latrine ein neues Set. Dann lief ich zu den Baracken zurück. Im Innenhof saß Leutnant Tanaka auf einem Stuhl neben den Baracken der Geishas. Diese waren aus der Stadt zurückgekommen, was mir sagte, dass die Soldaten bald zurückkehren würden. Leutnant Tanakas Shinai lag auf seinem Schoß. Schütze Ishida, der gelangweilt schien, lehnte sich gegen eine Wand und hatte seine Kappe über die Augen gezogen. Als ich vorbeiging, beugte sich Tanaka vor.

»Komm her, Mädchen!«, befahl er.

Mit gesenktem Kopf ging ich zu ihm. Seine hohen, schwarzen Stiefel waren frisch poliert.

»Schau mich an«, sagte er. Ich blickte ihn an. Seine scharfen Augen waren zu Schlitzen zusammengezogen. »Du wirst mir keine Probleme bereiten, falls deine Schwester stirbt, oder, Namiko Iwata?« Er streichelte mit seinem Shinai meinen Oberschenkel.

»Nein, Kempei«, antwortete ich.

»Du wirst nichts Dummes machen, so wie wegrennen oder einen der Männer verletzen, oder?«

»Nein, Kempei.«

»Gut, denn Oberst Matsumoto kann dir nicht helfen, falls du es doch tust. Ich bin ein Kempei«, verkündete er und zeigte auf sein weißes Armband mit den roten Schriftzeichen. »Ich gehöre zur Militärpolizei. Der Oberst hat keine Autorität über mich. Also nimm dich in Acht, sonst wirst du eine Tracht Prügel bekommen.« Er tippte mit dem Shinai gegen meinen Oberschenkel. »Und ich werde dir eine ordentliche Tracht Prügel verpassen. Verstanden, Mädchen?«

»Ja, Kempei.«

»Jetzt geh weiter. Die Truppen kommen morgen zurück. Sie brauchen dich. Du leistest ihnen große Dienste.« Dann lehnte er sich wieder auf seinem Stuhl zurück.

Als ich die Wäsche in meinen Raum trug, warf ich Schütze Ishida einen Blick zu, doch er wandte sich ab.

Nachdem ich mein Bett bezogen hatte, ging ich in den Innenhof. Es war heiß und schwül. Im Westen formierten sich Sturmwolken. Die Mädchen hatten ihre Yukatas angelegt und warteten auf den Stufen auf die Soldaten.

Ich lief zu den Baracken der Geishas und schob Seikos Tür einen Spaltbreit auf. »Seiko«, sagte ich mit einer leichten Verbeugung. »Ich brauche deine Hilfe.« Seiko bereitete gerade ihren Raum vor. Dieser war zweimal so groß wie meiner und hatte ein kleines Fenster, das auf den Innenhof hinausging. Im Raum gab es einen Tisch mit einem Stuhl und eine Lampe. Statt einer Matte auf dem Boden stand dort ein niedriges Bett mit einer Matratze.

»Warum sollte ich dir helfen?«, wollte Seiko wissen.

»Bitte. Ich muss Soo-hee sehen. Sie stirbt.«

»Das ist mir egal«, meinte Seiko.

»Seiko, du und ich, wir sind gar nicht so verschieden. Ich habe dich in deinem Raum weinen gehört, in der Nacht, in der Maori starb.«

Seiko breitete saubere Bettwäsche auf ihrer Matratze aus. »Maori war eine gute Japanerin. Soo-hee ist Koreanerin.«

Ich brauchte unbedingt Seikos Hilfe, damit mein Plan funktionierte. Ich wusste keinen anderen Weg, um meine Schwester zu sehen. »Seiko«, flehte ich. »Wenn du mir hilfst, werde ich einen Monat lang deine Dienerin sein. Bitte.«

Seiko setzte sich auf den Stuhl und öffnete ihren Fächer. Ihr Blick ruhte auf mir, während sie sich mit kurzen, schnellen Bewegungen Luft zufächelte. »Ich mache nichts, womit ich mir Probleme einhandeln könnte.«

»Du bist Japanerin, und Doktor Watanabe ist regelmäßig bei dir Kunde. Sprich mit ihm. Sag ihm, dass wenn Soo-hee mich sieht, sie genesen und zurück zur Arbeit gehen wird. Auf dich wird er hören.«

»Und wenn ich das tue, bist du einen Monat lang meine Dienerin?«

»Ja, versprochen. Ich tue alles, was du sagst.«

»Was ist, wenn der Arzt Nein sagt?«

»Du bist seine Favoritin. Wenn du ihn fragst, wird er einverstanden sein.«

Seiko klappte ihren Fächer zu und widmete sich wieder dem Beziehen ihres Bettes. »Einverstanden. Ich werde mit ihm sprechen«, sagte sie über die Schulter hinweg. »Ich werde dich wissen lassen, was er gesagt hat.«

»Danke, Seiko.« Ich verneigte mich und ging rückwärts aus ihrem Raum.

Etwas später kam Seiko durch den Innenhof auf mich zu und meinte, sie hätte gute Neuigkeiten. Sie hätte mit Doktor Watanabe gesprochen und ihn überredet, dass ich Soo-hee sehen dürfte. Sie meinte, sie hätte das auch mit dem Kempei geklärt. »Und jetzt musst du einen Monat lang meine Dienerin sein«, sagte sie.

Mein Herz machte vor Freude einen Satz. »Ich danke dir, Seiko.«

»Leutnant Tanaka sagte, du solltest zu deiner Schwester gehen, ehe die Soldaten kommen. Du hast eine halbe Stunde. Dann musst du zurückkommen. Du kannst sofort für mich zu arbeiten anfangen.«

Ich verneigte mich und dankte Seiko abermals. Dann rannte ich in meinen Raum und schloss die Tür. Aus meinem Nachttopf holte ich den Kamm mit dem zweiköpfigen Drachen. Der Drache war so weiß und der goldene Rücken des Kamms so leuchtend, dass ich überzeugt davon war, dass er Soo-hee Glück bringen würde. Ich ließ ihn in eine Falte meines Yukata gleiten und machte mich schnell auf zur Krankenstation.

Im Hof fläzten sich die Trostfrauen auf ihren Stufen und fächelten sich gegen die Sommerhitze Luft zu. Mee-su und die anderen Mädchen beobachteten mich, als ich den Hof überquerte. Von ihrer Stufe aus sah mir Mee-su kopfschüttelnd nach.

Als ich bei der Krankenstation ankam, konnte ich weder Doktor Watanabe noch Leutnant Tanaka sehen. Ich hatte nicht mitbekommen, wie Seiko mit dem Arzt oder dem Kempei gesprochen hatte. Kurz überlegte ich, dass sie mich womöglich hereinlegte, aber es war mir egal. Ich war bereits in der Krankenstation, und Soo-hee lag in einem Bett im zweiten Stock. Ich musste ihr den Kamm geben.

Darum eilte ich die Treppe hinauf zur Bettenstation. Am Ende des Ganges saß eine japanische Krankenschwester an einem Tisch und schrieb etwas in ein Protokoll. Ich schlich mich durch die Halle bis zu einem großen, weißen Saal, in dem in einer langen Reihe Feldbetten gleichmäßig weit voneinander entfernt standen. Einige Feldbetten waren von Tüchern verdeckt, die an Metallstangen hingen. Hoch oben an der Wand gingen kleine Fenster auf die Stadt hinaus. Ich warf einen schnellen Blick auf die Feldbetten, konnte Soo-hee aber nicht entdecken.

Ein bandagierter Soldat, der neben seinem Feldbett auf dem Boden saß, hob den Kopf. Er fragte mich, ob ich seinetwegen gekommen sei, doch ich sagte ihm, ich sei hier, um meine Schwester zu besuchen.

»Wenn du fertig bist, komm zu mir«, meinte er grinsend. »Du kannst mir bei der Genesung helfen.«

Ich ging durch den langen Raum, und meine Zori klatschten auf den Kachelboden. Ein weiterer Soldat hob den Kopf vom Kissen und nickte mir zu. Ein dritter rollte sich herum und zog sich die Decke über die Schultern.

In einer Ecke, mit einem weißen Laken von den Soldaten abgetrennt, sah ich jemanden auf einer Matte auf dem Kachelboden liegen. Ich trat näher und erkannte Soo-hee. Das Gesicht meiner armen Onni war bleich, mit Ausnahme von dunklen Ringen um die Augen. Ihre Lippen waren rissig und ihre Haare fettig und verknotet. Ich kniete mich neben sie und nahm ihre Hand. Sie war feucht und kalt.

Soo-hee öffnete die Augen. »Kleine Schwester«, flüsterte sie schwach. »Warum bist du hier? Du wirst Probleme bekommen.«

»Seiko hat mit dem Arzt gesprochen, und er meinte, es sei in Ordnung.«

»Vertrau ihr nicht, Jae-hee.«

Ich strich ihr eine Haarsträhne aus dem Gesicht. »Onni, du siehst so krank aus.«

Soo-hees Blick wurde trübe, und sie drückte ihren Kopf in das Kissen. »Jae-hee, ich glaube nicht, dass ich wieder gesund werde. Dabei habe ich dir versprochen, dass ich dich nie verlassen würde. Es tut mir so leid.« Tränen stiegen ihr in die Augen.

Ich rückte ganz dicht an sie heran. »Nein, du wirst nicht sterben«, flüsterte ich. »Ich habe den Kamm mitgebracht.« Ich warf einen vorsichtigen Blick durch den Krankensaal, ob uns auch niemand beobachtete. Dann griff ich in meinen Yukata, zog den Kamm mit dem zweiköpfigen Drachen heraus und ließ ihn in Soo-hees Hand gleiten. »Hier«, sagte ich. »Nimm ihn.«

Soo-hee schüttelte den Kopf. »Nein. Wenn ich sterbe, werden sie ihn wegnehmen. Und dann kann der Drache dich nicht mehr beschützen.« Sie schob mir den Kamm wieder zu.

»Aber Soo-hee, Mutter hat ihn dir gegeben. Wenn du ihn hast, wird er dir helfen. Mir hat er nicht geholfen.«

»Er hat dir geholfen, kleine Schwester. Du musst daran glauben.«

Plötzlich riss Soo-hee die Augen weit auf.

»Was haben wir denn hier?«, ertönte hinter mir eine Stimme. Ich wirbelte herum und sah die hohen, schwarzen Stiefel des Kempei.

»Kempei, Herr«, sagte ich erschrocken. »Der Doktor hat mir erlaubt, meine Schwester zu besuchen.«

Leutnant Tanaka schritt an mir vorbei und schaute auf Soo-hee herab. »Was hast du da in der Hand?« Soo-hee schloss ihre Finger um den Kamm. Er beugte sich herunter und schlug sie fest. Dann entriss er ihr den Kamm.

»Nein!«, rief ich und wollte mich auf den Kamm stürzen. Mein Schrei hallte von den Wänden der Krankenstation wider.

Leutnant Tanaka packte mich an den Haaren und hielt mich so auf Abstand. Die Schmerzen ignorierend, kämpfte ich um den Kamm, aber der Kempei war stärker. Er hielt den Kamm hoch und betrachtete ihn genau. »Oh, oh«, machte er.

»Den hast du die ganze Zeit versteckt? Du hättest ihn deinem Kempei geben sollen.«

Ich hörte zu zappeln auf, aber Leutnant Tanaka hielt mich weiterhin an den Haaren fest. »Bitte, Herr, geben Sie ihn Soo-hee«, flehte ich ihn an. »Er wird ihr helfen, gesund zu werden.«

»Oh nein, das kann ich nicht machen. Oberst Matsumoto sollte ihn sehen, findest du nicht? Ich werde ihn ihm geben, wenn ich ihm sage, warum du heute Abend nicht zu ihm kommen wirst.«

»Kempei«, erwiderte ich. »Seiko hat den Arzt für mich um Erlaubnis gefragt. Er sagte, ich dürfte meine Schwester besuchen.«

»Das ist nicht das, was ich von Seiko erfahren habe. Mir hat sie gesagt, du hättest sie gebeten, für sie Wache zu halten, damit du dich entgegen der Anweisungen hier hereinschleichen könntest. Komm!«, sagte er und zog an meinen Haaren. »Wir werden jetzt zu Oberst Matsumoto gehen.«

Soo-hee stützte sich mühsam auf die Ellbogen und rief: »Kempei, Herr. Der Kamm gehört mir, nicht Jae-hee. Ich sollte dafür bestraft werden, dass ich ihn versteckt habe.«

Leutnant Tanaka schaute auf Soo-hee herab. »Wenn du stirbst, solltest du dich damit etwas beeilen«, meinte er emotionslos. »Und mach dir keine Gedanken um deine Schwester. Ich werde mich um sie kümmern.«

KAPITEL 14

Als der Leutnant mich in der Krankenstation erwischte, dachte ich, ich würde sofort meine erste Prügelstrafe bekommen. Seit ich gesehen hatte, wie Jin-sook an jenem ersten Tag in der Troststation schrie und sich selbst bepinkelte, hatte ich Angst vor einer Tracht Prügel vom Leutnant gehabt. Und alle drei Male, die der Kempei Soo-hee geschlagen hatte, konnte ich mich nur mit Mühe aufrecht halten. Der Leutnant hatte auch die meisten der anderen Mädchen geschlagen, und immer hatten wir dabei zusehen müssen. Man sollte meinen, wenn man so oft zugeschaut hat, wäre man an den Anblick gewöhnt. Aber es war immer das Gleiche: erschreckend und furchtbar.

Darum war ich erleichtert, dass der Leutnant mich zum Oberst brachte und nicht zum Pfahl im Innenhof der Troststation. Noch hoffte ich, der Oberst würde ihm befehlen, mich nicht zu disziplinieren.

Leutnant Tanaka hielt mich fest am Arm gepackt, als wir in Oberst Matsumotos Büro standen. Der Oberst war in Karten vertieft, die er auf seinem Schreibtisch ausgebreitet hatte. Dunkle, grob gezimmerte Balken liefen zickzackartig die hohe Decke entlang. Fenster mit chinesischem Gitterwerk gingen auf einen Hof im Zentrum von Dongfeng. Ein Foto von Kaiser

Hirohito hing an einer Wand, eine Karte der Mandschurei an einer anderen. In einer Ecke stand die weiß-rote Militärflagge Japans. Der Oberst hatte nach seiner Rückkehr vom Schlachtfeld noch nicht gebadet, weshalb seine grüne Felduniform von Staub bedeckt war. Dunkle Schatten lagen um seine Augen, und die Erschöpfung hinterließ Falten auf seinem sonst glatten Gesicht.

»Herr Oberst«, sagte Leutnant Tanaka und stand stramm. »Dieses Mädchen hat Befehle missachtet und muss bestraft werden.«

»Was hat sie getan?«, fragte der Oberst, ohne von seinen Karten aufzublicken.

»Sie hat sich entgegen meiner Anweisung an einem Ort aufgehalten, der für sie verboten war.«

»Wo?«

»Auf der Krankenstation, Herr Oberst.«

»Der Krankenstation?«

»Ja. Sie hat ihre Schwester besucht.«

»Das ist kein ernsthaftes Vergehen, Leutnant«, entgegnete der Oberst. »Warum belästigen Sie mich damit? Ich muss mich um wichtigere Dinge kümmern.«

»Herr, Sie haben sie für heute Abend angefragt. Ich hielt es für richtig, Ihnen mitzuteilen, warum sie nicht zur Verfügung stehen wird.«

»Ist das wirklich nötig, Herr Leutnant?«

»Da gibt es noch etwas, das Sie wissen sollten. Sie hat einen Kamm versteckt.« Er zog den Kamm mit dem zweiköpfigen Drachen aus seiner Jackentasche und legte ihn auf den Schreibtisch des Obersts.

Der Oberst schaute den Leutnant streng an. »Ein Kamm, Leutnant? Bei dem, was hier im Krieg passiert, machen Sie sich Gedanken darüber, dass ein Mädchen einen Kamm versteckt?«

»Herr Oberst, das ist ein Zeichen für mangelnde Disziplin.«

Der Oberst stieß sich vom Tisch ab und ging auf dem Holzboden auf und ab. Er sah aus wie ein Mann, der so viel im Kopf hat, dass ein Teil davon ausgesprochen werden muss. »Unser Heimatland wird angegriffen, Leutnant«, blaffte er. »Wir kämpfen gegen die Amerikaner im Osten, die Chinesen im Süden und jetzt gegen die Russen im Norden. Sie sind weniger als hundert Meilen entfernt und nähern sich mit zehn Divisionen.« Er stützte sich mit den Händen auf den Tisch und lehnte sich zu Tanaka vor. »Die Russen sind gut ausgerüstet und bestens ausgebildet. Wir haben weder die Truppen noch die Ausrüstung, um ...« Der Oberst ließ seinen Blick einen Moment auf dem Leutnant ruhen, ehe er kurz zu mir schaute. Er setzte sich und starrte vor sich auf den Tisch.

Dann bemerkte er den Kamm. Er nahm ihn hoch und betrachtete ihn. »Woher hast du den, Mädchen?«, wollte er wissen.

Ich verneigte mich vor ihm. »Von meiner Mutter, Herr. Er ist seit sehr langer Zeit im Besitz unserer Familie.«

Der Oberst hielt den Kamm nah vor seine Augen. »Er ... hat einen zweiköpfigen Drachen, und dessen Füße haben fünf Zehen«, flüsterte er.

»Herr?«, fragte ich.

»Zweiköpfiger Drache mit fünf Zehen.« Er schaute mich mit weit aufgerissenen Augen an, dann wandte er sich an Leutnant Tanaka. »Disziplinieren Sie dieses Mädchen nicht, Leutnant.«

Leutnant Tanaka versteifte sich und zeigte auf seine weiße Armbinde. »Herr, ich gehöre zur Kempeitai und bin für die Troststation zuständig. Ich bekomme Befehle von meinen eigenen Offizieren. Ich erzähle Ihnen dies nur, weil das Mädchen heute Abend für Sie eingeplant ist.«

»Ja, Sie gehören zur Kempeitai«, sagte der Oberst wütend. »Und ich bin ein Oberst, Leutnant.«

»Ja, Herr, aber ich muss für Disziplin sorgen. Für den Kaiser. Für Japan.«

»Für den Kaiser. Für Japan«, wiederholte der Oberst langsam. Er schaute auf den Kamm und strich mit dem Finger über dessen goldenen Rücken. Er steckte ihn sich in die Hemdtasche und schaute weg. Dann sagte er: »Also gut, ich nehme heute Abend Seiko, Leutnant.«

Leutnant Tanaka nickte kaum merklich. »Ja, Herr.« Er packte mich und grub seine Finger tief in meinen Arm. Als Leutnant Tanaka mich zur Tür zerrte, blickte ich über meine Schulter zum Oberst. Hinter seinem riesigen Schreibtisch und neben der japanischen Flagge war er nicht mehr der furchterregende Mann, den ich an meinem ersten Tag in der Troststation kennengelernt hatte.

Während er mich in den Hof schleifte, rief Leutnant Tanaka nach dem Schützen Ishida. »Hol die Seile«, befahl er. »Ich muss jemandem eine Lektion erteilen.« Der Schütze sprang auf die Füße. Unsere Blicke trafen sich, und er zögerte kurz. Dann verschwand er schnell hinter einer der Baracken.

Leutnant Tanaka stieß mich zum Pfahl. Ich fiel in den gelben Dreck, und er stellte sich über mich, wobei das Shinai an seiner Seite baumelte. Er befahl mir, mich auszuziehen. Ich band den Obi auf und ließ meinen Yukata zu Boden fallen. Als ich mich meiner Zori und Tabi entledigte, ließ ich meinen Blick durch den Innenhof, zu den goldenen Weizenfeldern, über die Hügel, nach Süden in Richtung Korea schweifen. Ich versuchte, an meine Heimat zu denken, daran, wie Soo-hee und ich in der Küche unseres Hauses Kimchi gemacht hatten, und an jenen letzten Abend zu Hause, als unsere Mutter uns vor dem Feuer die Haare gekämmt hatte. Ich versuchte, mich an unser großes, weißes Haus und die grünen Felder aus meiner Kindheit zu erinnern.

Aber es kamen keine Bilder, ich verspürte nur die Trostlosigkeit dieses Ortes, an dem ich in den vergangenen zwei Jahren jeden Tag gestorben war.

Schütze Ishida kam mit den Seilen zurück und übergab sie Leutnant Tanaka. Der Schütze schaute weg, als ich meine Unterwäsche öffnete und zu Boden fallen ließ.

Leutnant Tanaka befahl ihm, die anderen Koreanerinnen zu holen. Dann stieß er mich gegen den Pfahl. Ich drückte meinen Rücken an das Holz, das von der Sommersonne warm war. Ich leistete keinen Widerstand, als er mich an den Hand- und Fußknöcheln am Pfahl festband. Der Wind strich über meinen nackten Körper, was sich wirklich angenehm anfühlte. Die Nachmittagssonne wärmte mich. Der glatte Staub umschmeichelte meine Füße, und die Luft schmeckte süßlich. Ich schloss für eine Minute meine Augen und hörte im Norden ein leises, dröhnendes Geräusch. Ich fragte mich, ob das die russischen Kanonen waren.

Die anderen Mädchen hatten sich im Hof versammelt und standen in einer Reihe vor mir. Als Mee-su mich an den Pfahl gebunden sah, hielt sie sich die Hand vor den Mund, nahm aber schnell ihren Platz neben den anderen ein. Seiko und ein paar Japanerinnen saßen auf ihren Stufen und sahen dabei zu, wie Leutnant Tanaka die letzten Seile festband. Dann lief er vor den Mädchen auf und ab.

»Dieses Mädchen hat Schläge verdient«, sprach er und schlug mit seinem Shinai fester als gewöhnlich gegen seinen Stiefel. »Wann werdet ihr verstehen, dass ihr euren Kempei nicht verärgern dürft?« Er zeigte mit dem Shinai auf die Mädchen. »Glaubt ihr, mir macht das Spaß? Glaubt ihr, ich will euch schlagen? Nein! Ich erteile euch diese Lektionen zu eurem eigenen Wohl, damit ihr lernt, gute japanische Untertanen zu sein. Bald werden wir den Krieg gewinnen, und ihr werdet froh sein, auf unserer Seite zu stehen. Jetzt werdet ihr der Bestrafung zusehen, ohne eure Augen zu schließen.«

Leutnant Tanaka kam auf mich zu. Seine dünnen Lippen waren zu einem Grinsen verzogen, aber seine Augen waren kalt und leblos wie die einer Puppe. Ich holte tief Luft und lehnte mich ruhig gegen den Pfahl. Ich blickte gen Süden, nach Korea.

Dann hob er sein Shinai und ließ es mit dem üblichen Geräusch aus Zischen und dumpfem Schlag auf meine Oberschenkel herabsausen. Wie weiß glühende Flammen zuckte der Schlag durch meine Beine und meinen Rücken hinauf. Mein Magen zog sich zusammen, und es schnürte mir den Hals zu. Mein Kopf und meine Nase fühlten sich an, als würden sie von heißen, spitzen Nadeln durchstochen. Der Leutnant schlug mich erneut auf die gleiche Stelle, und jede Flamme des ersten Schlags explodierte in Tausenden weiterer Flammen. Ein gewaltiger, zittriger Schrei bildete sich in meinem Hals. Doch ehe er entweichen konnte, hielt ich ihn auf und schluckte ihn herunter. Und obwohl der Kempei mich schlug, behielt ich meine Schreie in meinem Inneren, wo alle meine Gefühle bereits abgestorben waren.

Ich konnte kaum das Gesicht des Schützen Ishida erkennen, als er mich in die Krankenstation trug. Er schaute strikt geradeaus und murmelte etwas über Leutnant Tanaka. Als er mich die Treppe hinauftrug, brannten meine Beine so sehr, dass ich stöhnen musste. Der Schütze hielt an und verlagerte sanft mein Gewicht auf seinen Armen, was meine Schmerzen ein wenig erleichterte. Dann ging er langsam bis ans Ende der Bettenstation, wo er mich direkt neben Soo-hee legte.

Ich konnte meine Beine nicht bewegen und meine Augen nicht fokussieren. Mein Kopf lag schwer auf der Matte.

»Onni«, ächzte ich. »Es tut mir leid.«

»Es muss dir nicht leidtun, Jae-hee«, antwortete meine Onni. »Du hast nichts falsch gemacht.«

»Ich war stark«, sagte ich. »Ich habe nicht geschrien.«

Soo-hee streckte die Hand aus und strich mir über das Haar. »Ich weiß«, sagte sie. Ihre Augen waren rot und ihr Gesicht bleich. Eine Träne rann ihr über die Wange. »Du warst stark und mutig. Du hast das Richtige getan.«

»Soo-hee«, stöhnte ich. »Sie haben mir den Kamm weggenommen.«

»Scht, kleine Schwester«, flüsterte Soo-hee. »Sei still und schlaf!«

Vier Tage später lag ich auf meiner Matte und starrte an die Decke meines stinkenden Raums, während Soldat um Soldat mich vergewaltigte. Die bis auf die Knochen reichenden Schmerzen in meinen Beinen von Leutnant Tanakas Schlägen, zusammen mit dem furchtbaren Brennen dazwischen, waren kaum auszuhalten. Um meine Oberschenkel zu schützen, musste ich meine Beine weit spreizen, was die Stöße der Soldaten noch schmerzhafter machte. Endlich fand ich eine Stellung, bei der sich die Schmerzen gleichmäßig auf meine verletzten Beine und die wunde Vagina verteilten, sodass ich weitermachen konnte. In den vergangenen zwei Tagen war eine endlose Reihe von Soldaten durch den Innenhof geströmt, während in der Ferne Kanonenfeuer dröhnte. Die Soldaten waren brutaler als sonst. Sie schlugen mich, zogen mich an den Haaren und bestiegen mich grob, um verzweifelt ihre Seelen zu reinigen, ehe sie in den Kampf zogen.

Als ein weiterer dreckiger Soldat auf mich kletterte, dachte ich an Soo-hee. Ich hatte nur eine Nacht bei ihr auf dem kalten Fliesenboden der Krankenstation verbringen können, bevor Leutnant Tanaka bemerkte, dass der Schütze uns nebeneinandergelegt hatte. Er befahl Doktor Watanabe, uns an das jeweils andere Ende der Bettenstation zu legen. Beim letzten Mal, als ich sie sah, war meine Onni blass und schwach, aber noch immer am Leben, um das sie sehr kämpfte.

Endlich warteten keine Soldaten mehr auf meiner Stufe. Ich hatte Mühe, mich auf meinen schmerzenden Beinen zu halten, als ich mich von der Matte hochdrückte. Ich wickelte meinen Yukata um mich und nahm den Nachttopf, in dem ich nun nicht mehr den Kamm mit dem zweiköpfigen Drachen versteckte. Als ich meine Tür öffnete, stand am Fuße der Treppenstufe Leutnant Tanaka mit dem Shinai an seiner Seite.

»Du bist heute Abend wieder beim Oberst, Namiko Iwata«, meinte er.

»Ja, Kempei«, gab ich zurück und versuchte, ihn nicht merken zu lassen, wie schwach ich war.

»Oh, und es tut mir leid dir sagen zu müssen, dass Doktor Watanabe meinte, dass es deiner Schwester nicht gut geht. Er sagt, sie hätte nur noch ein paar Tage zu leben. Und für den Fall, dass du daran denkst, dich noch einmal wegzuschleichen, um sie zu sehen, habe ich Schütze Ishida aufgetragen, dich im Auge zu behalten und zu erschießen.«

»Ja, Kempei.«

»Jetzt reinige dich für den Oberst!«, befahl Leutnant Tanaka im Weggehen. »Mach deine Arbeit gut. Er steht unter großem Druck und muss für Japan stark bleiben.«

Und plötzlich sah ich das Ende vor mir. Würde Soo-hee sterben, würde auch ich den Tod wählen. Ich würde mich mit dem Obi erhängen, so wie Sun-hi es getan hatte. Nach zwei Jahren voller Vergewaltigungen hatte ich noch genug Kraft dafür. Das Ende machte mich nicht traurig und bereitete mir keine Angst. Der Gedanke daran, dass mein Albtraum bald vorüber sein würde, erfüllte mich mit Freude. Als ich zur Latrine ging, sah ich, dass Seiko und die anderen Japanerinnen nicht da waren. Schütze Ishida stand gegen die Wand der Baracken gelehnt, als ich vorüberging. Er blickte in Richtung Leutnant Tanaka und dann zu mir. Ich hatte den Eindruck, er wollte etwas sagen, aber er schwieg. Auf der Straße hörte ich Lastwagen und Bewegung im Ort. Das Kanonenfeuer war lauter als am Morgen.

An dem Tag machte ich mich sorgsam für den Oberst fertig, genau wie an jenem letzten Tag zu Hause vor zwei Jahren. Ich wusch meinen Yukata, hing ihn zum Trocknen in die Sonne. Dann seifte ich meine Haare ein, spülte sie aus und bürstete sie, bis sie glatt waren. Das Schmutzwasser im Becken tauschte ich gegen sauberes Wasser aus dem Brunnen. Ich rieb den Waschlappen mit der groben Seife ein und schrubbte jeden Zentimeter meines Körpers, bis die Haut rot war. Dann holte ich noch mehr frisches Wasser und spülte mich damit ab. Ich kratzte einen Holzsplitter aus einem der Pfähle, auf denen die Latrine stand, und pikste mir damit in die Fingerkuppe. Ich drückte ein paar Tropfen Blut raus und schmierte es mir statt Rouge auf die Wangen, wie es mir Soo-hee gezeigt hatte, damit der Oberst immer mich auswählte. Anschließend nahm ich meinen Yukata von der Wäscheleine, zog ihn an und strich ihn mit den Händen glatt. Dann steckte ich meine Haare mit einer Lotosblütenspange zurück, die mir der Oberst geschenkt hatte.

Und als ich fertig war, lehnte ich am Becken, hielt meine Arme an der Seite und legte meine Finger auf die Oberschenkel. Mein Rücken war leicht nach hinten gebeugt – die Pose, welche die Geishas einnahmen. Ich schloss die Augen. Als ich dort stand, war ich nicht mehr das dumme, arrogante Mädchen, das auf einem großen Bauernhof außerhalb von Sinuiju lebte. Das hatten sie aus mir herausgeprügelt. Ich war keine Koreanerin mehr, nicht einmal mehr eine Frau. Nein, ich war eine Trostfrau – eine Hure für die Kaiserlich Japanische Armee. Und ich war die Favoritin des Obersts.

Ich war bereit für ihn.

KAPITEL 15

Ich denke, ich sah gut aus, als ich an jenem Abend zum Oberst ging. Ich war hübsch und jung und wusste, wie man einem Mann gefiel.

Als ich seine Unterkunft betrat, saß der Oberst in dem Stuhl mit den kurzen Beinen und der verzierten Rückenlehne. Er trug eine weiße Uniform mit einem hohen, steifen Kragen und den roten Schulterklappen eines Obersts. Auf seiner Brusttasche prangten mehrere Reihen polierter Medaillen, und um seine Hüfte trug er einen glänzenden, weißen Gürtel. Er hatte sein Gesicht gewaschen und die Haare gekämmt. Er schien sich wohlzufühlen mit all seinen Insignien.

Eine umgefallene, leere Flasche Sake lag auf dem Palisanderholztisch. Eine weitere volle Flasche und zwei Gläser standen daneben. Er hatte das Foto seiner Familie vom Schreibtisch genommen und auf den Tisch gestellt, an dem er saß. Die vergitterten Fenster zur Straße hin standen offen, und eine Brise wehte hinein.

Ich hatte den Oberst noch nie in Ausgehuniform gesehen. Ich fragte mich, ob es sich um ein Missverständnis handelte und ich an dem Abend bei jemand anderem hätte sein sollen. Doch als er mich sah, forderte er mich auf, näher zu kommen.

Er machte eine Kopfbewegung in Richtung des Tagesbettes, wo ich Platz nehmen sollte. Ich zog meine Zori aus und stellte sie neben die Tür. Dann setzte ich mich mit gesenktem Blick auf die Bettkante.

»Ich habe gesehen, dass du humpelst«, meinte der Oberst. »Leutnant Tanaka muss dich sehr verprügelt haben.«

»Ja, Herr«, antwortete ich.

Er schüttelte träge den Kopf. »Er behauptet, er würde seine Arbeit machen wie ein ehrenwerter japanischer Soldat. Aber er weiß nicht, was Ehre ist. Vielleicht werde ich es ihm eines Tages zeigen.« Er hob sein Glas vom Tisch und trank den sich darin befindenden Rest Sake. Dann nahm er die volle Flasche, entkorkte sie und goss sich das Glas voll.

Der Oberst lachte leise. »Trink etwas Sake mit mir. Das wird deine Schmerzen lindern.«

»Bitte?«, fragte ich. Er hatte mir noch nie welchen angeboten.

Er füllte das andere Glas und reichte es mir. »Hier«, sagte er. »Sake. Trink ihn.«

Ich nahm das Glas, hielt es aber auf dem Schoß. Vor dem Fenster wehte der Wind durch die Bäume.

»Trinken!«, befahl der Oberst. »Das ist weißer Sake aus Japan, nicht das gelbe Gesöff, das es hier gibt. Trink!«

Ich warf ihm ein flirtendes Lächeln zu und nahm einen Schluck. Ich hatte noch nie Alkohol getrunken. Er brannte auf der Zunge und im Hals. Gern hätte ich ihn ausgespuckt, aber für den Oberst schluckte ich ihn hinunter.

»Guter japanischer Sake«, murmelte der Oberst und hob sein Glas, um die klare Flüssigkeit darin zu bewundern. »Ich habe ihn für jemand Besonderes aufbewahrt, und das bist du! Trink mehr, Mädchen!«

Ich trank einen weiteren Schluck. Diesmal brannte der Sake nicht so stark, und mich überkam ein warmes Gefühl.

Der Oberst nahm das Foto seiner Familie hoch und betrachtete es. »Warst du jemals in Japan, Mädchen?«, wollte er wissen. Seine Sprache war undeutlich. »Nein, warst du natürlich nicht. Ich werde dir darüber erzählen. Es ist schön dort, nicht so wie in dieser gottverlassenen Gegend hier. In meinem Land gibt es schneebedeckte Berge, blaue Seen, wunderschöne grüne Inseln, moderne Städte, in denen es vor Menschen und Autos wimmelt. Wir waren das tollste Land der Welt!« Er stellte das Bild vorsichtig auf den Tisch zurück und lächelte traurig. »Trink auf Japan, Mädchen!«

Ich trank einen weiteren Schluck.

Er beugte sich schwankend zu mir vor. Das Glas Sake hielt er zwischen Mittelfinger und Daumen, mit dem Zeigefinger zeigte er auf mich. »Es war eine verlockende Idee – ein Kaiserreich vom Indischen Ozean bis zur Beringsee. Von den Pazifik-Inseln bis nach China und Indien. Stell dir vor, was wir alles gehabt hätten! Stell dir vor, was wir hätten tun können! Wir hätten tausend Jahre lang den ganzen Osten regiert!« Er lächelte bei der Vorstellung, lehnte sich zurück und stürzte den Inhalt seines Glases runter. Dann füllte er es erneut.

Mit der freien Hand machte er eine winkende Bewegung. »Allen wäre es besser gegangen. Nicht nur den Japanern, sondern allen Asiaten. Besonders euch Koreanern. Die Opfer, die wir von euch verlangt haben, waren nicht größer als unsere eigenen. Und ihr wärt belohnt worden!«, rief der Oberst zornig. »Aber ihr wusstet ja nicht zu schätzen, was wir für euch getan haben.«

»Es tut mir leid, Herr«, entgegnete ich. »Ich interessiere mich nicht für Politik.« So hatte ich noch nie mit dem Oberst gesprochen, aber mir war schummrig im Kopf. Ich hatte meinen Obi gelockert und den Yukata leicht geöffnet, aber der Oberst schien es nicht zu bemerken. Sein Gesicht war rot, und seine

Augen schimmerten glasig. Draußen fegte der Wind, sodass das Fenster gegen die Wand schlug.

Der Oberst schwankte, als ob der Wind auch an ihm zerrte. »Natürlich interessiert du dich nicht dafür«, raunzte er. »Du bist eine dumme Koreanerin! Lass uns einen Toast ausbringen. Lass uns auf Korea trinken! Einen richtig großen Schluck diesmal.« Er hob sein Glas, und wir tranken gemeinsam.

Er schnappte sich die Flasche und kam zum Bett. Er richtete sich vor mir auf, goss mir nach und sagte: »Hier, mehr Sake für dich.«

Der Raum fing an, sich zu drehen, und mir wurde übel. Ich konnte nicht klar denken. »Herr«, sagte ich. »Möchten Sie keinen Sex mit mir? Ich habe mich heute besonders sauber für Sie gemacht.«

Er machte einen Schritt auf mich zu und schlug mir fest mit dem Handrücken ins Gesicht. Ich fiel auf den Boden und verschüttete den Sake auf dem chinesischen Teppich. Der Schlag schmerzte, aber auf eine merkwürdige, dumpfe Art. In meinem Mund konnte ich Blut schmecken.

Der Oberst nahm mein Glas und füllte es bis obenhin. »Trink, habe ich gesagt!«, brüllte er mich an. »Ich werde auf Korea trinken und du auf Japan.« Ich hievte mich auf das Tagesbett, und er reichte mir das Glas. Ich führte es an den Mund und trank einen Schluck. Der Sake brannte nicht mehr.

Der Oberst beugte sich taumelnd zu mir und knöpfte seinen Kragen auf. »Leutnant Tanaka. Kempei«, nuschelte er. »Seine Aufgabe war, aus euch gute japanische Untergebene zu machen. Er hat seine Aufgabe nicht gut erledigt, oder?«

»Ja, Herr. Ich meine, nein, Herr«, stotterte ich.

»Ha, ha, ha!«, lachte der Oberst. Er stand schwankend vor mir. Oder vielleicht war ich es, die schwankte? Er sank auf einen Stuhl. »Für ihn ist es wirklich bedauerlich. Und für dich und für Japan. Nimm noch einen Schluck«, forderte er mich auf.

Wir tranken zusammen, und der Oberst leerte sein Glas.

»Korea hatte einiges, was Japan brauchte«, fuhr er fort. »Rohstoffe, Schutz vor den Chinesen und den verdammten Russen! Ihr seid ignorante Bauern und brauchtet uns auch. Hättet ihr getan, was wir gesagt haben, hätte es funktioniert. Es hätte funktioniert!« Er zeigte mit dem Finger auf mich. »Es ist deine Schuld. Deine und die deines verdammten Kamms.«

Ich war mir nicht sicher, ob ich richtig gehört hatte. »Mein Kamm, Herr?«, hörte ich mich selbst fragen. »Wenn Sie keinen Sex mit mir wünschen, sollte ich zur Troststation zurückgehen.«

»Du kannst nicht dorthin gehen«, sagte er. »Du musst heute Nacht hierbleiben. Hast du mich verstanden?«

Ich kapierte nicht, was los war. Wenn er mich nicht haben wollte, wollte ich nicht bei ihm sein. Es kümmerte mich nicht, wenn ich wegen meiner Frechheit erschossen würde. »Herr, ich gehe jetzt zur Troststation zurück.« Ich versuchte, gerade zu stehen.

Mit der Sakeflasche in der Hand und einem finsteren Blick stolperte er auf mich zu. Er packte mich am Kinn und drückte mich nieder. Dann öffnete er meinen Mund und schob die Flasche hinein. »Halt den Mund und trink mit mir, Mädchen!« Er leerte die Flasche in meinen Hals. Ich schluckte, was ich konnte, und verschluckte mich beim Rest. Als er die Flasche wegnahm, hustete ich und spuckte einen Teil aus. Sake tropfte mir über das Kinn und auf meinen Yukata.

»Bitte, Herr«, hörte ich mich sagen. »Bitte lassen Sie mich gehen.«

»Nein! Begreifst du nicht, was ich hier mache? Ich rette dich.«

»Ich will nicht gerettet werden«, entgegnete ich.

Er warf die Flasche zur Seite, sodass sie an der Wand zerbarst. Dann schlug er mir mit der Faust ins Gesicht.

Der Schmerz war stumpf, als ob etwas Hartes mich weich oder etwas Weiches mich hart getroffen hätte. Ich war mir nicht sicher. »Du Hure«, sagte er. »Ihr seid schuld! Ihr seid schuld, dass wir das getan haben! Du bist schuld, dass ich das getan habe.«

Dann schlug er mich erneut, und das Zimmer drehte sich.

Ich dachte, ich sollte mich entschuldigen – dafür, dass ich eine dumme Koreanerin war, dafür, dass ich keine gute japanische Untertanin war, dass ich ihm nicht gefiel. Draußen fegte der Wind durch die Bäume. Ich spürte einen weiteren Schlag im Gesicht. Vor meinen Augen erschienen Sternchen, und dann wurde es um mich herum dunkel.

Ich hörte, wie vor dem Fenster der Regen auf die Straße prasselte. Ich öffnete die Augen und drehte mich zur Seite. Es war Tag. In meinem Kopf hämmerte es, und mein Mund war wie ausgetrocknet. Ich presste einen Finger gegen die Lippe. Sie war empfindlich und geschwollen. Ich konnte kaum aus dem linken Auge schauen.

Mühsam hob ich den Kopf und sah mich um. Ich war mir nicht sicher, ob ich allein war. Starker Wind wehte durch das Fenster hinter dem Schreibtisch des Obersts. Unsicher stand ich auf und wickelte meinen Yukata um mich. Er stank nach Sake. Ich versuchte, meinen Blick auf die Tür zu konzentrieren, aber der Raum bewegte sich. Mein Magen krümmte sich, und ich sank würgend neben dem Bett auf die Knie. Grüne Galle ergoss sich auf den chinesischen Teppich. Ich würgte noch dreimal. Bei jedem Mal hämmerte mein Kopf so sehr, dass ich Angst hatte, ich würde wieder bewusstlos werden. Saure Galle lief mir aus dem Mund. Endlich konnte ich Atem holen, und das Zimmer hörte auf, sich zu drehen.

Ich schaute auf und bemerkte etwas auf dem Bett. Meine Augen mussten sich anstrengen, um es zu erkennen. Auf dem weißen Bettzeug, wo ich ihn nicht übersehen konnte, lag der Kamm mit dem zweiköpfigen Drachen.

Ängstlich stand ich auf und blickte mich im Raum um. Ich dachte, ich würde träumen. Der Schreibtischstuhl lag auf der Seite. Leere Schubladen waren im Raum verteilt. Die Militärflagge Japans lag auf dem Boden, in zwei Teile zerrissen.

Das Hämmern in meinem Kopf ließ etwas nach. Ich blickte wieder zum Kamm. Der goldene Kammrücken funkelte, und der Drache zog mich in seinen Bann. Ich hob ihn auf und ließ ihn in meinen Yukata gleiten.

Ich stolperte zur Tür. Dort schlüpfte ich in meine Zori und trat in den Regen hinaus. Der kalte Regen, der auf mich niederprasselte, lichtete den Nebel in meinem Kopf, und ich sah, dass der ganze Ort auf den Beinen war. Militärlaster rumpelten langsam über die engen Straßen. Reihen von Soldaten liefen mit gesenkten Köpfen neben den Lastwagen her, und Regen tropfte von ihren Helmen. Alle liefen in Richtung Osten.

Ich schleppte mich durch die matschigen Straßen zur Troststation. Als ich hinter der Latrine ankam, nahm ich den Geruch von Rauch wahr. Ich spähte um die Ecke zur Troststation. Eine der Baracken stand in Flammen, und Schütze Ishida setzte gerade eine weitere in Brand. Leutnant Tanaka lief im Innenhof auf und ab. Die koreanischen Mädchen standen in einer Reihe im Regen, mit dem Gesicht zur Rückseite eines grünen Lastwagens mit Planenverdeck. Haare und Kleider klebten ihnen am Körper.

»Wo ist Namiko Iwata?«, brüllte der Leutnant durch den Regen. »Wo ist Jae-hee? Ich will das sofort wissen!«

Jin-sook trat vor und verneigte sich. »Sie ist letzte Nacht nicht zurückgekommen, Herr.«

Leutnant Tanaka ging einen Schritt auf Jin-sook zu. Mit der Spitze seines Shinai hob er ihren Kopf. »Du würdest mich nicht anlügen, oder, Mädchen?«

»Nein, Herr«, antwortete sie. »Niemals.«

Der Kempei ließ das Shinai sinken. »Jae-hee war beim Oberst letzte Nacht«, sagte er. »Nun gut. Ich schätze, unser Anführer ist weich geworden. Ich sollte mich wohl besser darum kümmern. Machen Sie weiter, Schütze«, wandte er sich an Schütze Ishida. Im Weggehen warf er sein Shinai in die brennenden Baracken.

Schütze Ishida zögerte einen Moment, ging dann aber zum Lastwagen und hob die Plane hoch. Er trat zur Seite und drinnen, aus der Dunkelheit, eröffnete ein Maschinengewehr das Feuer.

KAPITEL 16

Sie töteten fünf meiner Ianfu-Schwestern auf der Stelle. Drei Mädchen standen noch vor Schreck erstarrt da, aber schon bald fand das donnernde Schwerkalibergewehr sie und streckte sie wie die ersten fünf nieder.

Jin-sook fiel auf die Knie. »Nein!«, schrie sie. »Warum ich?« Ein Schütze durchlöcherte sie vom Lastwagen aus mit mehreren Kugeln, und ihr Körper wurde in den Matsch geworfen. Ihre Beine waren seltsam unter ihr verdreht. Mee-su rannte schreiend zur Latrine und hielt sich die Ohren zu. Schütze Ishida hob sein Gewehr und schoss ihr in den Rücken. Sie plumpste in den Matsch, die Arme weit ausgestreckt, schlaff wie eine Stoffpuppe. Dann war das Maschinengewehr still, und es blieb nur noch der Geruch nach Schießpulver und das Platschen des Regens auf den Matsch. Schütze Ishida ließ sein Gewehr sinken und starrte auf den leblosen Körper von Mee-su. Sein Mund stand offen, und sein Kopf war zur Seite gelegt, als ob er zu begreifen versuchte, was er gerade getan hatte. Mehrere Sekunden lang starrte er sie an. Dann blickte er mir direkt in die Augen. Ich hielt seinem Blick stand und trat hinter der Latrine hervor. Ohne Furcht schaute ich ihn an. Er hob sein Gewehr, schoss aber nicht. Ich griff in meinen Yukata und holte

129

den Kamm hervor. Ich hielt ihn in der Hand, und die Augen auf Schütze Ishidas Gewehrlauf geheftet, sah ich vor mir all die Frauen in meiner Familie, die wie ich einst den Kamm in ihren Händen gehalten hatten. Ich sah sie alle, bis hin zu meiner Ururgroßmutter, die Yangban, die den Kamm hatte machen lassen. Und sie befahlen mir zu laufen.

Also rannte ich. So schnell, wie meine schmerzenden Beine mich trugen, rannte ich hinter die Latrine und in Richtung der Stadt. Zu meiner Linken war die Wäscherei, und vor mir erhoben sich die weißen Mauern der Krankenstation. Ich rutschte im Schlamm aus, rappelte mich auf und rannte in die Krankenstation. Ich nahm die Treppen zur Bettenstation hinauf. Sie war leer, mit Ausnahme von Soo-hee. Meine Zori klatschten auf dem Fliesenboden, und das Geräusch hallte von der Wand wider, als ich zu ihr lief. Ich packte ihren Arm. »Soo-hee«, keuchte ich. »Sie erschießen uns! Wir müssen fliehen!«

Soo-hees Augen waren eingesunken, und ihre Haut war schneeweiß. »Ich kann nicht«, hauchte sie schwach.

Ich versuchte, sie hochzuziehen. »Du musst. Sie werden uns töten!« Soo-hee zuckte vor Schmerz zusammen, also ließ ich ihren Arm los.

Mit dem Kamm in der Hand stand ich über Soo-hee und sah, dass sie zu schwach war, um sich zu bewegen. Und da wusste ich, dass es wirklich vorbei war. Ich legte mich neben meine Onni auf die Fliesen und schmiegte meinen Kopf an ihren.

»Okay«, sagte ich. »Wir werden zusammen sterben.«

Soo-hee holte schmerzerfüllt Luft. »Jae-hee«, meinte sie. »Du musst ohne mich gehen.«

Ich schüttelte den Kopf. »Nein, Soo-hee. Ich kann nicht.« Ich hatte endlich meinen Frieden gefunden. Ich war bereit zu sterben.

Mühevoll hievte sich Soo-hee auf den Ellbogen. »Doch, du kannst, Jae-hee. Du hast den Kamm mit dem Drachen da in deiner Hand. Du wurdest im Jahr des Drachen geboren. Du kannst das hier überleben. Der Kamm wird dich beschützen.«

Ich öffnete meine Hand und schaute auf den Kamm. »Ich glaube nicht an den Kamm«, entgegnete ich. »Er hat Mutter nicht geholfen und uns nicht vor dem hier bewahrt.«

»Du kannst immer noch gerettet werden«, erwiderte Soo-hee. »Und dann kannst du ihnen erzählen, was hier geschehen ist.«

»Ich möchte nicht, dass irgendjemand weiß, was hier passiert ist«, meinte ich.

»Dann ...«, sagte meine Onni. »Dann kommen sie damit davon.«

Ich hörte Schritte vom Treppenhaus am anderen Ende der Bettenstation. Männer sprachen in schneidendem Tonfall miteinander. Soo-hee berührte mich am Arm. »Du musst jetzt gehen«, flüsterte sie. »Bitte, tu es für mich. Tu es für uns alle.«

Ich blickte den Flur hinunter, dann wieder zu meiner Onni. Ihre Augen waren eingesunken und traurig. Ich wollte so sehr bei Soo-hee bleiben, ich wollte so sehr, dass alles vorbei sei.

Die Schritte wurden lauter. »Oh, Soo-hee«, wisperte ich.

»Leb wohl, kleine Schwester«, sagte Soo-hee und sank wieder auf die Matte. »Geh jetzt. Beeil dich!«

Ich strich Soo-hee über das Haar. Ein letztes Mal schaute ich sie an und unterdrückte ein Schluchzen.

Dann rannte ich, mit dem Kamm in der Hand, zur Tür.

Meine Beine taten nicht länger weh, und mein Herz klopfte nicht. Ich eilte die Treppe hinab und auf die Straße.

Der Regen prasselte auf die farblose Prozession von Soldaten nieder. Ich sah weder Schütze Ishida noch Leutnant Tanaka. Ich lief zwischen zwei Gebäuden hindurch, und Regenwasser tropfte von den Dächern auf mich hinab. Ich rannte durch einen Innenhof und zwischen zwei weiteren Gebäuden hindurch. Ich gelangte zu einem Grünstreifen, der die Stadt von einem Weizenfeld trennte. Ich schaute nach links, dann nach rechts, dann floh ich in Richtung Feld.

Irgendwo hinter mir konnte ich Leutnant Tanaka schreien hören. »Da ist sie! Erschieß sie! Erschieß sie!«

Ein Gewehrschuss ertönte, und neben meinen Füßen spritzte Matsch in die Höhe. Ich rannte, so schnell ich konnte, und erreichte das Weizenfeld. Ein weiterer Schuss fiel. Die Kugel schlug neben mir ein. Ich rannte in das Feld hinein. Meine Zori blieben im Matsch stecken, also zog ich sie aus. Ich rannte und rannte, aber die harten, scharfen Weizenhalme schnitten mir in die Füße. Ich ließ mich auf Hände und Knie sinken und krabbelte und ließ dabei den Kamm nicht los.

Hinter mir klatschten Stiefel im Matsch. Mit aller Kraft robbte ich weiter, doch ich rutschte immer wieder aus. Die Schritte kamen näher. Über meine Schulter hinweg konnte ich Schütze Ishida sehen, der das Weizenfeld nach mir absuchte. Das Gewehr hielt er mit beiden Händen. Er entdeckte mich und kam auf mich zu. Ich ließ mich im kalten Matsch auf den Rücken rollen. Der Schütze zielte mit dem Gewehr auf mich.

Ich hielt den Kamm vor mich. Regen platschte mir ins Gesicht und lief mir in die Augen. Ich blinzelte ihn weg und schaute Schütze Ishida in die Augen. »Schütze«, sagte ich. »Ihre Leute haben mich schon viele Male getötet. Lassen Sie mich dieses Mal am Leben.«

Er zielte weiterhin auf mich. Regen tropfte von seinem Gewehrlauf und dem Schirm seiner Kappe. Nervös schaute er mich ein paar Sekunden lang an. Dann flüsterte er: »Sie werden mich erschießen, wenn sie es herausfinden. Bleib hier, bis wir weg sind.« Er führte den Gewehrlauf ein paar Zentimeter nach links und feuerte zweimal auf den Boden. Dann rannte er zur Troststation zurück.

Ich konnte nicht atmen. In meinen Ohren dröhnte es von den Gewehrschüssen, und ich fragte mich, ob ich noch am

Leben war. Schließlich verebbte das Dröhnen, und das Einzige, was ich noch hörte, war das Prasseln des Regens. Ich zog Arme und Beine an die Brust. Ich wollte weinen, aber ich hatte mir das so lange nicht erlaubt, dass ich nicht mehr wusste, wie. Und so kamen die Tränen nie.

Dunkelheit. Der Regen hatte aufgehört, die Luft stand still. Ich lag auf der Seite, die Knie immer noch angezogen, und zitterte im kalten, klebrigen Matsch. Tiefschwarze Wolken zogen über mich hinweg und gaben den Blick auf helle Sterne an einem mondlosen Himmel frei.

Das einzige Geräusch, das ich vernehmen konnte, war ein Hund, der irgendwo im Ort bellte.

Ich rappelte mich zuerst auf die Knie, dann unsicher auf die Beine. Keine Bewegung war im Ort auszumachen, und auch kein Licht. Ich hielt den Kamm mit dem zweiköpfigen Drachen fest in der Faust.

Barfuß lief ich über das Weizenfeld und das Gras zur Stadt. Das Brennen in meinen Oberschenkeln von Leutnant Tanakas Schlägen war zurückgekehrt, was mir das Laufen erschwerte. Die Prellungen in meinem Gesicht von Oberst Matsumotos Hieben verursachten einen beißenden Schmerz. Ich stolperte die leeren Straßen Dongfengs entlang zur Krankenstation. Ich hievte mich die dunkle Treppe hinauf zum Krankensaal, ging zu der Stelle, wo Soo-hee gelegen hatte. Dort zog ich den weißen Vorhang beiseite. Sie war nicht mehr da.

Ich verließ die Krankenstation und ging zur Troststation. Sie hatten die Baracken vollständig niedergebrannt. Ein paar einsame Flammen tanzten in den schwelenden Überresten. Und da sah ich sie, die Körper von elf Mädchen, die in unregelmäßigen Abständen leblos im Schmutz nebeneinanderlagen.

Ich stand im Innenhof, und all die Schreie, die ich so lange unterdrückt hatte, rasten und wüteten in mir. Der Stein in meinem Magen zerbarst. Ich schloss die Augen, fiel auf die Knie, warf meinen Kopf zurück, und der Knoten in meiner Kehle löste sich. Und alle Schreie brachen aus mir heraus.

Ich kniete im Schlamm, mein Gesicht war zum Himmel gewandt, und tausend Schreie trafen auf tausend Sterne am mondlosen Nachthimmel der Mandschurei. Ich weinte um meine Unschuld und jedes Mal, das man mich eine Hure genannt hatte. Ich weinte um die toten Mädchen, die meine Schwestern gewesen waren. Ich weinte um meine Mutter und meinen Vater. Und ich weinte um Soo-hee. Die Schreie rissen mir die Lunge heraus, den Magen, mein Herz, bis nichts mehr in mir war. Dann brach ich zusammen, leer, im Matsch.

Tageslicht. Der Geruch nach verbranntem Holz. Die klebrige Feuchtigkeit von Matsch unter mir. Eine Krähe, die in der Nähe krächzte. Die Stille des Todes.

Ich holte Luft und öffnete die Augen. Die Sonne stand am Himmel, es war Vormittag. Die Luft war ruhig. Hier und da stiegen dünne Rauchschwaden aus den verkohlten Überresten der Baracken auf. Eine Krähe saß auf der Leiche von Mee-su und pickte ihr die Augen aus. Hinter mir erklang das Geräusch eines Lastwagens. Eine Fahrzeugtür öffnete sich, und ich hörte Schritte im Matsch. Die Krähe krächzte und schlug mit den Flügeln, um davonzufliegen. Ich hörte Stimmen in einer mir fremden Sprache.

Ein Stiefel, wie ich ihn noch nie zuvor gesehen hatte – schmutzig und abgetragen –, trat mich. Eine Stimme sagte etwas, das ich nicht verstand. Der Stiefel trat mich erneut, und der Schmerz durchbohrte meine Rippen. Ich hob den Kopf und schaute, wo die Stimme herkam. Ich sah das Gesicht eines Mannes.

Seine Augen waren blau.

KAPITEL 17

August 2008. Seoul, Südkorea

Frau Hong guckt mich mit einem Blick an, der ausdrückt: »Siehst du, ich habe es dir ja gesagt.« Ich schaue in meine leere Teetasse. Ich weiß nicht, was ich erwartet hatte, als ich sie aufforderte, mir den Rest ihrer Geschichte zu erzählen. Vielleicht etwas über einen reichen Vorfahren oder einen gefundenen Schatz. Ich hatte auf etwas gehofft, das mir helfen könnte. Aber ich hatte definitiv keine Geschichte wie diese erwartet. »Ich habe das von den Trostfrauen nicht gewusst«, sage ich. Nachdem ich es ausgesprochen habe, bemerke ich, wie unglaublich blöd sich das anhört.

»Ich erzähle dir das, weil du es wissen musst«, erwidert sie.

»Um Ihr Versprechen Ihrer Schwester gegenüber zu erfüllen«, sage ich. »Zu erzählen, was Ihnen passiert ist.«

»Ja, aber auch, weil du eine Koreanerin bist. Du solltest wissen, was mit deinem Land geschehen ist. Du musst deine Leute kennen. Aber du hast ja erst einen Teil meiner Geschichte gehört. Da ist noch mehr, viel mehr, was ich dir erzählen muss.«

Noch mehr? Sie trägt noch immer ihren gelben Hanbok und sitzt aufrecht auf dem Stuhl, bereit, weiterzuerzählen. Und ich? Ich brauche eine Pause. Ich bin müde und verwirrt. Jetzt habe ich mehr Fragen als vorher, bevor ich herkam. Es ergibt einfach keinen Sinn – der kostbare Kamm in den Händen dieser armen Frau, ihre unglaubliche Geschichte. Ich brauche Zeit zum Verarbeiten.

Eine Brise weht durch das Fenster, und draußen formieren sich die Wolken. Es riecht wie kurz vor einem Regenschauer. Ich schaue die Straße hinunter und werfe einen Blick auf meine Uhr. Es ist 12.45. Das Taxi wird erst in mehr als zwei Stunden hier sein und es gibt für mich keine andere Möglichkeit, ins Hotel zurückzukommen.

Ich schaue mich in Frau Hongs Apartment um. Es ist das genaue Gegenteil meines Zimmers in Minnesota. Nichts steht am falschen Platz. Die Bettdecke ist straff unter die Matratze gesteckt. Die Wände und der kleine Kühlschrank sind völlig fleckenlos. Das Fenster ist von innen und außen sauber. Der Boden sieht aus, als würde er jeden Morgen gewischt, auch wenn ich mir sicher bin, dass er das nicht nötig hätte.

Ich schaue sie an. In ihrem Gesicht sehe ich die Falten, die Narben ihrer Geschichte. In ihren Augen ist ihr Schmerz zu lesen. Ihre gestrafften Schultern, die von der Jeogori ihres Hanboks bedeckt werden, zeugen von Würde und Anmut. Mir wird klar, dass ihre Geschichte tatsächlich noch mehr enthält. Und plötzlich möchte ich sie weiterhören.

»Frau Hong«, sage ich. »Ich möchte gern den Rest Ihrer Geschichte erfahren. Was hat es wirklich mit dem Kamm auf sich? Er ist doch schließlich nur ein Erbstück, oder?«

Frau Hong schüttelt den Kopf. »Du musst dir die Zeit nehmen, um zu begreifen, worum es sich handelt. Dann wirst du auch verstehen, was er für dich bedeutet.«

»Es tut mir leid, aber ich weiß immer noch nicht, ob ich ihn wirklich haben will«, entgegne ich. »Ich möchte auch nicht gegen irgendein Gesetz verstoßen.«

Plötzlich klopft es laut an der Tür. Eine Männerstimme ruft etwas auf Koreanisch. Fragend schaue ich zu Frau Hong. »Die Polizei«, flüstert sie. Ihr merkwürdiges Lächeln verwirrt mich ebenso sehr wie das Klopfen an der Tür. »Sie kommen wegen des Kamms!«

Ich schaue auf den Tisch, wo Frau Hong das Päckchen mit dem Kamm hingelegt hatte. Es ist weg. Das Klopfen an der Tür wird zu einem Hämmern. Mein Herz rast. »Anna«, sagt Frau Hong mit ernstem Blick. »Hör gut zu. Sag ihnen, dass du zu einer Adresse gegangen bist, die beim Kamm dabei war, und ihn der Person zurückgegeben hast, die ihn dir zugesteckt hat. Dann bist du zu mir gekommen. Verstehst du?«

»Warum?«, will ich wissen.

»Sie dürfen den Kamm nicht kriegen«, erklärt sie.

Frau Hong öffnet die Tür. Im Flur stehen zwei Männer. Frau Hong verneigt sich, doch die Männer drängen sich an ihr vorbei in die Wohnung. Der größere der beiden trägt einen feinen Anzug und sieht aus wie einer dieser Regierungsmenschen aus dem Fernsehen. Der andere hat eine Glatze und wirkt wie die asiatische Version von Bruce Willis. Er trägt ein Sakko, das ihm eine Nummer zu klein ist, wodurch sein beeindruckender Bizeps zur Geltung kommt. Zwei Polizisten folgen ihnen durch die Tür. Schnell stehe ich auf, als der Regierungsmann auf mich zukommt.

»Sind Sie Anna Carlson?«, will er wissen. Sein Englisch ist sehr geübt, und er hat nur einen ganz leichten Akzent. Nervös schaue ich zu Frau Hong. »Ja«, antworte ich.

»Und das ist Ihre Großmutter, Hong Jae-hee?«, fragt er und zeigt auf Frau Hong.

»Ja, das ist sie. Und wer sind Sie?«

»Ich bin Herr Kwan«, antwortet er. »Ich komme wegen des Kamms, den Sie gestern Doktor Kim gezeigt haben. Es handelt sich dabei möglicherweise um einen wertvollen koreanischen

Kunstgegenstand. Ich wollte heute Morgen im Hotel mit Ihnen sprechen, aber Ihr Vater sagte, Sie seien krank und müssten im Bett bleiben. Und nun treffen wir Sie hier an. Sie haben gelogen. Also, wo ist der Kamm?«

»Ich … ich habe ihn nicht mehr. Ich habe ihn zurückgegeben. Sind Sie von der Polizei?«

Herr Kwan zückt seinen Ausweis und hält ihn mir hin. Er ist in Hangul geschrieben, also kann ich ihn nicht lesen, aber er sieht sehr offiziell aus. Herr Kwan sagt, er sei von der koreanischen Nationalpolizei und wolle wissen, wem ich den Kamm gegeben habe. Langsam frage ich mich, ob es eine gute Idee ist, ihm Frau Hongs Lüge zu erzählen.

»Da war eine Adresse dabei«, sage ich dennoch schnell. »Da bin ich hingegangen und habe ihn zurückgegeben. Danach bin ich hierhergekommen, um meine Großmutter zu besuchen.« Meine Knie zittern, und damit Herr Kwan das nicht sieht, rücke ich näher an den Tisch heran.

»Ich glaube Ihnen nicht«, antwortet Herr Kwan, der mitbekommen hat, dass ich meine zitternden Knie zu verbergen versuche. »Aber das ist auch egal. Wenn der Kamm hier ist, werden wir ihn finden.« Mit einer Handbewegung signalisiert er Bruce Willis, dass er sich neben mich stellen soll. Und als die Polizisten die Wohnung durchsuchen, macht Bruce mir ein Zeichen, dass ich die Arme hochheben soll.

»Werden Sie mich etwa durchsuchen?«, frage ich zögernd.

»Ja, werden wir«, antwortet Herr Kwan. Ich kann es nicht fassen. Ich bin Zehntausende Kilometer von zu Hause entfernt in einem Land, dessen Sprache ich nicht spreche. Ich fürchte, dass ich in ernsthaften Schwierigkeiten stecke. Ich sehe, dass Bruce einen Metalldetektor in der Hand hat, also wird er mich zum Glück nicht anfassen müssen. Er bewegt das Ding über meinen ganzen Körper. Als er überzeugt ist, dass ich den Kamm nicht habe, wendet er sich an Frau Hong. Ihr schiefes Grinsen macht mich noch nervöser. Bruce sagt irgendwas auf Koreanisch zu ihr und führt dann den Detektor über ihren Körper. Auch bei ihr findet er nichts.

Herr Kwan zeigt auf den Tisch. »Beide hinsetzen«, befiehlt er.

Wir setzen uns, und Herr Kwan steht mit verschränkten Armen daneben, während die Polizisten das Apartment durchsuchen. Sie sind erstaunlich gründlich. Sie bauen Teile des Ofens auseinander, gießen den Boricha in den Ausguss und schauen in den Topf, entfernen den Siphon im Waschbecken, gehen mit dem Metalldetektor über jeden Zentimeter der Matratze. Die gesamte Kleidung von Frau Hong wird mit dem Gerät untersucht, sie schütten den Reis aus dem Leinensack im Schrank aus, untersuchen die Deckenlampen, drehen Tisch und Stühle um. Sie schauen überall, doch sie finden den Kamm nicht. Ich frage mich selbst schon, wo er ist.

Endlich sind die Polizisten fertig, und Bruce Willis zuckt mit den Achseln. Herr Kwan fragt mich, ob ich mich an die Adresse erinnern kann, zu der ich den Kamm gebracht habe. Ich sage, ich wüsste nicht mehr, wo es war. Er bittet mich, den Kamm zu beschreiben, und ich liefere ihm eine allgemeine Beschreibung davon. Alles, was ich sage, schreibt er auf seinen Block.

Dann fragt er. »Hatte der Drache fünf Zehen? Versuchen Sie, sich zu erinnern. Das ist wichtig.«

Ich erinnere mich aus Frau Hongs Geschichte daran, dass Oberst Matsumoto erstaunt war, dass der Drache fünf Zehen hatte, aber mir selbst war das nicht aufgefallen. »Ich kann mich nicht daran erinnern, das gesehen zu haben«, antworte ich und bin dankbar, endlich einmal die Wahrheit sagen zu können.

»Sie haben also den Kamm zurückgegeben und sind hierhergekommen?«, fragt er. »Warum?«

»Um meine Großmutter zu sehen. Ihre Geschichte zu hören.«

»Ihre Geschichte«, äfft er mich nach. »Ich kann mir vorstellen, was sie Ihnen erzählt. Aber Sie sollten eins wissen: Wäre Ihre Großmutter eine ehrbare Frau, würde sie im Heim für Trostfrauen in Gwangju leben und nicht hier.« Dann wendet er sich an Frau Hong. »Ich habe mir Ihre Unterlagen angeschaut, Hong Jae-hee«, sagt er auf Englisch, wahrscheinlich, um sie vor mir bloßzustellen. »Was verstecken Sie? Warum leben Sie hier und nicht im House of Sharing? Dort würden Sie mit den anderen Trostfrauen geehrt.«

Frau Hong schaut ihn an, sagt aber nichts. Herr Kwan fährt fort: »Vielleicht, weil Sie eine *Chinilpa* waren?«

Ich weiß zu dem Zeitpunkt nicht, dass Chinilpa Kollaborateurin bedeutet, aber so verächtlich, wie Herr Kwan es ausgesprochen hat, ist mir sofort klar, dass es sich um eine schlimme Beleidigung handelt. Dann wendet er sich wieder an mich, und ich muss schlucken. »Hat sie Ihnen den Kamm gegeben?«, will er wissen. »Antworten Sie mir!«

Panik steigt in mir auf. Ich möchte ihm nicht die Wahrheit sagen, aber lügen will ich auch nicht. Herr Kwan macht eine Handbewegung zu Bruce, der sich daraufhin hinter mich stellt. Herr Kwan stützt sich mit den Händen auf den Tisch und schaut mir direkt in die Augen. Er starrt mich so finster an, dass ich wünschte, ich wäre niemals hierhergekommen. Er erzählt mir, dass seit Tausenden von Jahren die Leute die Nationalschätze Koreas stehlen würden. Er erklärt mir, es sei illegal, Kunstgegenstände aus Korea auszuführen, und dass ich große Schwierigkeiten bekäme, wenn ich es täte. Und er betont, dass der Kamm sehr wichtig für Korea sein könnte. »Ich will jetzt Antworten haben!«, fährt er mich an. »Ich frage Sie noch einmal: Ist das die Person, die Ihnen den Kamm gegeben hat?«

Ich spüre, wie sich Bruce hinter mir aufbaut, und bin den Tränen nahe. »Ich … ich …«, stammele ich.

Herr Kwan schlägt mit der Faust auf den Tisch, sodass sowohl ich als auch die Teetassen in die Höhe springen. »Antworten Sie mir!«, bellt er. »Sie wissen, wo er ist, und ich will, dass Sie es mir sagen. Jetzt!«

Tränen steigen mir in die Augen. Ich kann nicht atmen. Wenn diese Männer mir wehtun wollen, kann ich mich nicht dagegen wehren. Ich hole tief Luft, bereit, alles zu sagen, was sie wissen wollen.

Plötzlich springt Frau Hong auf und drängt Herrn Kwan zur Tür. »Raus!«, brüllt sie. »Sofort raus aus meiner Wohnung!«

Erstaunt über ihre Wut weicht Herr Kwan zurück. »Frau Hong, stellen Sie sich uns nicht in den Weg. Das ist eine offizielle Angelegenheit.« Wütend geht sie auf ihn zu. »Glauben Sie, ich hätte Angst vor Ihnen?«, knurrt sie. »Glauben Sie, Sie könnten mir etwas antun, was man mir nicht schon angetan hat? Sie sind nichts! Mein ganzes Leben lang habe ich für Korea gelitten. Ich kann noch weitaus mehr leiden.« Sie geht weiter auf Herrn Kwan zu, bis sie nur noch wenige Zentimeter vor seinem Gesicht ist. »Sie hat den Kamm nicht, und Sie haben mein Apartment durchsucht. Gehen Sie jetzt und finden Sie heraus, wer ihn hat, statt mich und meine Enkelin zu bedrohen!«

Herr Kwan und Frau Hong starren einander an. Dann blinzelt er. Nach ein paar langen Sekunden wendet er sich an mich und fragt mich nach meinen Plänen für den Rest des Tages. Ich sage ihm, dass ich hiernach eine Seladon-Vase kaufen und dann zum Hotel zurückkehren möchte, um mit dem Bus zum Flughafen zu fahren.

»Gut«, sagt er. »Sitzen Sie unbedingt heute Abend im Flugzeug, sonst werden Sie verhaftet. Habe ich mich klar ausgedrückt?«

Ich versichere ihm, dass ich ihn sehr gut verstanden habe, und bin erleichtert, dass ich noch mal davongekommen bin. Dann wirft er Frau Hong noch einen Blick zu, die keinen

Zentimeter zurückgewichen ist. Er wendet sich schon um, hält aber noch mal inne. »Oh, und übrigens kaufen Sie die Seladon-Vase am besten im Kosney, das ist ein Kaufhaus, und nicht in einem der Läden auf der Straße. Die Qualität ist viel besser. Und der höhere Preis gerechtfertigt.«

»Ich … äh … Danke für den Tipp«, antworte ich. Er schenkt mir ein diplomatisches Lächeln, dann verschwinden er und die anderen.

Frau Hong kommt zum Tisch zurück. All die Wut, die sie noch vor wenigen Sekunden gezeigt hat, ist verraucht. Sie fragt mich, ob es mir gut geht.

Ich schüttele den Kopf. Mein Herz rast. Das Apartment scheint um mich herum zu schrumpfen, und ich bekomme keine Luft mehr. »Sie … sie hätten mir wehgetan«, keuche ich. »Ich muss gehen.« Ich schnappe mir meine Tasche und springe auf.

»Nein, bleib«, sagt sie. »Alles ist gut.«

»Nein, nichts ist gut!«, schreie ich. »Ich muss hier raus.« Ich stürme zur Tür.

»Wenn du jetzt gehst, Ja-young, beweist du, dass ich mich in dir geirrt habe«, meint sie.

In mir geirrt? Sie weiß doch überhaupt nichts über mich. Und, ehrlich gesagt, weiß ich über sie auch nichts mit Sicherheit. Ich drehe mich zu ihr um. »Hören Sie, ich heiße Anna, und es tut mir leid, aber ich kann das hier nicht.« Ich kämpfe mit den Tränen, während ich zur Tür gehe und meine Schuhe anziehe.

Als meine Hand schon fast am Türknauf ist, sagt sie: »Es ist deine Angst, die verhindert, dass du zu dem Menschen wirst, der du in Wirklichkeit sein solltest.« Meine Hand liegt auf dem Knauf, aber ich drehe ihn nicht.

»Möchtest du es nicht wissen, Anna?«, fragt sie mit sanfter Stimme.

KAPITEL 18

Wer soll ich wirklich sein? Gute Frage, Frau Hong. Bin ich die Rückwärts-Anna oder die Vorwärts-Anna? Bin ich mein amerikanisches Ich oder die Koreanerin, die ich im Spiegel sehe?

Sie bittet mich, wieder am Tisch Platz zu nehmen. »Du bist hier in Sicherheit«, sagt sie.

Ich lasse den Türknauf los und streife langsam meine Schuhe ab. Dann setze ich mich wieder zu ihr. Ihre Sitzhaltung ist perfekt, was nur wenig beruhigend wirkt. Sie zeigt auf die Blüte in der Schale auf der Fensterbank. »Sie ist schön im Sonnenlicht, findest du nicht?«, fragt sie.

»Ja, wahrscheinlich«, antworte ich.

»Alle zwei, drei Tage kaufe ich eine neue auf dem Markt, auch wenn ich es mir eigentlich nicht leisten kann. Guck mal, wie die Sonne ihre Farben hervorhebt. Man kann die Adern in jedem Blatt erkennen.« So genau schaue ich sie mir nicht an.

»Die Blüte war am Anfang nur ein Samen«, fährt sie fort. »Er war tief unten in der kalten, dunklen Erde vergraben. Eines Tages, als der Boden warm und feucht war, brach dieser kleine Samen auf und kletterte in eine Welt hinauf, die er zuvor nicht sehen konnte. Stell dir vor, welchen Mut er hatte! Er wusste nicht, was er oben an der Oberfläche vorfinden würde. Die sengende Sonne? Die Klinge des Gärtners? Den zermalmenden Huf einer Kuh? Doch der Samen wuchs tapfer weiter, damit er eines Tages zu einer wunderschönen Blume werden konnte.«

Sie zeigt mit dem Finger auf mich. »Du musst den Mut des Samens haben, Anna. Ansonsten bleibst du für immer begraben. Du wirst verrotten und sterben. Es ist egal, wie klug du bist oder wie hübsch, oder ob du Geld hast und viele Freunde. Wenn du keinen Mut hast, wirst du niemals zu der Blume werden, die du eigentlich sein sollst.«

»Ich habe nicht viel Mut«, entgegne ich.

Sie hebt die Augenbrauen. »Du hast mehr Mut, als du glaubst. Es hat viel Mut erfordert, heute zu mir zu kommen. Und du hast dem furchtbaren Mann nicht verraten, was er wissen wollte.«

»Ich war aber kurz davor, ihm alles zu sagen«, gebe ich zu.

»Vielleicht. Aber du hast es nicht.« Sie geht zur Küchenzeile und fängt an, die Unordnung aufzuräumen, die die Polizei gemacht hat. »Sag mal, Anna«, fährt sie fort, während sie die Dinge an ihren Platz zurückstellt. »Weißt du, was für eine Blume das ist?«

Ich werfe einen Blick drauf. »Sieht wie Hibiskus aus«, finde ich. »Wir haben einen Busch bei uns im Garten.«

»Sehr gut. Das stimmt. Sie gehört zur Hibiskus-Familie.« Sie holt einen Lappen und wischt damit vorsichtig über die Küchenablage. »In Korea nennen wir sie *Mugunghwa*. Hast du jemals davon gehört?«

»Ich glaube, unser Reiseführer hat erwähnt, dass sie in der koreanischen Architektur verwendet wird. Irgendwas mit Haus der Yi.«

Frau Hong ist jetzt mit dem Herd beschäftigt, den die Polizisten auseinandergenommen haben. Zwar haben sie ihn größtenteils wieder zusammengebaut, aber sie stellt alles nach und reinigt gleichzeitig alles gründlich, was die meisten

Menschen nur alle ein bis zwei Jahre tun. »Hat der Reiseführer euch noch mehr erzählt?«, fragt sie mich.

»Ich kann mich nicht erinnern«, antworte ich. Ich verliere den Kampf gegen meine Nerven. Ich möchte nicht über die Mugunghwa-Blüte oder das Haus der Yi sprechen. Ich habe Angst, dass Herr Kwan und Bruce Willis wieder hereingestürmt kommen und mich verhaften. Ich will einfach nur weg.

Frau Hong schaut mich stirnrunzelnd an. »Du musst besser zuhören«, meint sie. »Die Mugunghwa war das Symbol der Chosŏn-Dynastie in Korea. Das Haus der Yi war vom vierzehnten Jahrhundert an unsere Herrscherfamilie. Bis 1910, als die Japaner unser Land annektierten und in einen Sklavenstaat verwandelten.«

»Ja, es war furchtbar, was die Japaner gemacht haben«, sage ich.

»Die Amerikaner auch«, sagt Frau Hong.

»Die Amerikaner?«

Sie schaut sich in ihrer Wohnung um und ringt die Hände. »Ich muss später noch gründlicher sauber machen«, meint sie.

»Wirklich?«, sage ich. »Für mich sieht es gut aus. Perfekt sogar.«

Sie seufzt. Dann stellt sie einen neuen Topf Boricha auf den Herd.

Anschließend setzt sie sich mir gegenüber an den Tisch. »Ja-young, unsere ganze Geschichte lang haben uns die Weltmächte, einschließlich Amerika, ausgenutzt. Erinnerst du dich an das Ende des Russisch-Japanischen Krieges?«

»Nein. Ich befasse mich nicht mit Geschichte.«

»Du solltest es dennoch wissen«, erwidert sie. »Die USA haben 1905 einen Vertrag ausgehandelt. Doch um die Japaner dazu zu bringen, ihn zu unterschreiben, und damit Tokio Amerika nicht auf den Philippinen herausforderte, hat euer Präsident Roosevelt im Geheimen zugestimmt, dass Japan Korea besetzte. Und genau das haben die Japaner getan. Sie haben sich unser Land genommen und gesagt, Korea sei nun ein Teil von Japan. Natürlich unternahm Amerika aufgrund des geheimen Abkommens gar nichts. Das Ergebnis waren fünfunddreißig Jahre furchtbare Unterdrückung meiner Landsleute – wie zum Beispiel Vergewaltigungen durch Soldaten.«

»Aber Amerikaner haben Sie nicht vergewaltigt«, argumentiere ich.

»Nein«, schnauzt sie zurück. »Aber sie ließen es geschehen, um ihre eigenen Interessen zu wahren.«

Sie wartet, damit das von ihr Gesagte in mein Bewusstsein dringen kann. Dann geht sie zum Herd und kommt mit zwei Tassen Boricha zurück. Das Aroma füllt den Raum. Ich nehme einen Schluck und sofort beruhigt die starke, bittere Flüssigkeit meine Nerven. Frau Hong sitzt entspannt und souverän auf ihrem Stuhl.

Dann widmet sie ihre Aufmerksamkeit wieder der Blüte. »Die Mugunghwa ist nicht nur hübsch, sie hat auch einen angenehmen Duft. Riech mal.«

»Was? Ich soll daran riechen?«

»Ja«, antwortet sie.

Ich beuge mich vor und schnüffele kurz.

»Nein, nein«, meint sie. »Nimm die Schale in beide Hände und rieche an der Blüte.«

Ich nehme das Gefäß von der Fensterbank und führe es an meine Nase. Der Duft ist erdig und süß. »Ich verstehe, was Sie meinen«, sage ich.

Ehe ich die Schale zurückstellen kann, hebt sie die Fensterbank an einem Ende hoch. Darunter ist ein kleines Fach. Sie greift hinein und holt das Päckchen mit dem groben, braunen Stoff hervor. Ich habe keine Ahnung, wann sie es da hineingetan hat. Es muss irgendwann während ihrer Geschichte über die Troststation gewesen sein, als ich gerade nicht hinsah.

Sprachlos halte ich die Schale mit der Mugunghwa-Blüte in der Hand. Sie kichert wie ein Kind, das gerade jemandem einen Streich gespielt hat und ungestraft davongekommen ist. »Ich lebe seit fünfundvierzig Jahren in diesem Apartment«, erzählt sie. »Fast seit es gebaut wurde. Ich habe den Kamm all die Zeit über hier versteckt. Ich wusste, dass sie ihn nicht finden würden.«

Sie legt das Päckchen auf den Tisch und zieht an der Kordel. Der Stoff fällt zur Seite, und darin liegt der Kamm mit dem zweiköpfigen Drachen.

Während ich die Schale mit der Blüte auf die Fensterbank zurückstelle, sage ich: »Sie wollten, dass ich zwei Dinge tue. Das eine war, mir Ihre Geschichte anzuhören. Und was ist das andere? Das haben Sie noch nicht erwähnt.«

Sie nimmt die Schale mit der Mugunghwa-Blüte wieder von der Fensterbank und platziert sie auf dem Tisch neben dem Kamm und den beiden Fotografien. »Hör dir zuerst den Rest meiner Geschichte an.«

Ich bin noch immer etwas aufgewühlt, aber ihre Zuversicht macht mir Mut. Ich lehne mich zurück und bin bereit, wieder zuzuhören.

»Wo waren wir, bevor wir so unhöflich unterbrochen wurden?«, fragt sie.

»Die Japaner gingen, und die Russen kamen.«

»Ah ja.« Sie nickt und hält ihre Teetasse mit beiden Händen. »Die Kommunisten. Welch eine Enttäuschung.«

KAPITEL 19

September 1945. Dongfeng, Mandschurei

Wenn ich es während der zwei Jahre in Dongfeng gewagt hatte zu träumen, hatte ich immer von dem Tag geträumt, an dem ich frei sein würde und nach Hause gehen könnte. Ich hatte gedacht, es würde der glücklichste Tag meines Lebens sein. Doch als dieser Tag endlich kam, war ich allein und verloren. Bei den Japanern hatte ich immer gewusst, was ich zu tun hatte – Wäsche am Morgen, ehe die Soldaten kamen, Kochen an den Tagen, an denen die Geishas mich dazu eingeteilt hatten, den Soldaten den ganzen Nachmittag und die ganze Nacht zu Diensten sein. Ich durfte die Troststation nicht verlassen, es sei denn, ich musste für meine monatliche Untersuchung zur Krankenstation oder abends in die Unterkunft eines Offiziers. Meine Routine war simpel und meine Welt klein. Aber jetzt war sie weg, und ich wusste nicht, was ich tun sollte.

Und ich hatte Angst. Ich hatte Angst vor den Russen mit ihrer fremdartigen, gutturalen Sprache. Ich hatte Angst, dass die Japaner zurückkehren und mich töten würden. Ich hatte Angst, dass irgendjemand herausfinden würde, was ich in den vergangenen zwei Jahren gemacht hatte.

Deshalb verbarg ich mich seit Tagen zwischen den niedrigen Stuckgebäuden von Dongfeng und trug noch immer meinen grünen Yukata. Ich schlich von einem leeren Haus zum nächsten und hielt mich von der Troststation fern. Ich aß das Essen, das ich finden konnte, und jede Nacht suchte ich in einem der verlassenen Häuser Zuflucht, rollte mich in einer dunklen Ecke zusammen und versuchte zu schlafen. Niemals schlief ich wirklich gut. Immer wenn ich wegdämmerte, sah ich das Maschinengewehr, das meine koreanischen Schwestern niederstreckte, oder das Gesicht von Soo-hee, als sie mir Lebewohl sagte. Bei jedem lauten Geräusch versteckte ich mich stundenlang.

An einem Tag betrat ich ein Haus, in dem ein Spiegel hing, und erblickte mein eigenes Spiegelbild. Zuerst erkannte ich mich selbst nicht. Doch nach und nach stellte ich fest, dass ich es war, die einen grünen Yukata trug. Ich war geschockt. Sofort zog ich ihn aus und suchte das Haus ab, bis ich normale Kleidung fand.

Ich weiß nicht, wie viele Tage lang ich so lebte. Es können Wochen gewesen sein. Doch irgendwann wurde ich von Russen aufgegriffen und in ihr Hauptquartier in das ehemalige Büro von Oberst Matsumoto gebracht. Als sie mich vor einen russischen Offizier mit buschigen Augenbrauen stießen, der an Oberst Matsumotos Schreibtisch saß, dachte ich, sie würden mich beschuldigen, den Japanern geholfen zu haben. Ich dachte, sie würden mich erschießen. Auf Japanisch fragte mich der Offizier, was ich in Dongfeng machte. Ich konnte seine Frage nicht beantworten. Ich wusste wirklich nicht, was ich ihm sagen sollte. Er fragte mich, woher ich kam.

»Vom Hof meiner Familie außerhalb von Sinuiju«, antwortete ich.

»Korea«, sagte er. »Warst du eins der koreanischen Mädchen?«

»Ja«, antwortete ich und schaute auf meine Füße.

»Was hast du hier gemacht?«

Ich war zu benommen und verwirrt, um ihm zu erzählen, was hier in der Troststation passiert war. Und ich bin mir nicht sicher, ob ich die richtigen Worte dafür gefunden hätte, selbst wenn ich nicht so durcheinander gewesen wäre. »Haben Sie Soo-hee gefunden?«, war alles, was ich herausbrachte. »Sie ist zwei Jahre älter als ich.«

»Du bist die Einzige, die wir lebend gefunden haben«, erklärte der Offizier. »Die Japaner haben kapituliert. Sie sind weg. Geh nach Hause! Hier kannst du nicht bleiben.«

Ich wusste nicht genau, wo mein Zuhause von Dongfeng aus lag, darum fragte ich den russischen Offizier. Er sagte, es seien vierhundertfünfzig Kilometer bis Sinuiju und dass es keinerlei Transportmittel gebe. Anscheinend musste ich den ganzen Weg zu Fuß laufen. Der Offizier befahl seinen Soldaten, mir etwas Reis zu geben, dann schickte er mich fort.

Den Reis wickelte ich zusammen mit dem Kamm in eine Wolldecke. Ich schaute nach Süden in Richtung Korea. Ich hatte Angst, nach Hause zurückzukehren, wo ich Mutter und Vater gestehen müsste, dass ich eine Ianfu gewesen war. Würden sie es verstehen? Doch ich sehnte mich danach, sie wiederzusehen, und dass alles wieder so würde wie vorher. Also hievte ich den Wollsack auf meine Schultern und fragte einen alten chinesischen Bauern nach dem Weg nach Korea. Der Bauer zeigte eine staubige Straße entlang, die an der Troststation vorbeiführte, und ich marschierte los.

Nach rund zwei Kilometern bog ich auf eine zweispurige Straße. Ich schaute auf die niedrigen Ziegeldächer von Dongfeng zurück und dachte an die elf Mädchen, mit denen ich dort gewesen war, meine Ianfu-Schwestern. Ich dachte an meine Onni, Soo-hee. Irgendwie hatte ich überlebt, und ich fragte mich, warum. Vielleicht, weil ich im Jahr des Drachen geboren worden war. Vielleicht hatte mir der Kamm doch Glück gebracht. Doch egal, was der Grund war, ich musste weitermachen. Ich musste für sie weitermachen. Darum schloss ich mich einer grauen Reihe von Flüchtlingen an, die Bündel, Töpfe und Utensilien auf dem Rücken und auf der Hüfte trugen und Kinder im Schlepptau hatten. Sie waren jung und alt, Chinesen und Koreaner, und gebeugt unter ihrer Last gingen sie nach Osten, gingen sie nach Süden – gingen sie heim.

Jeden Tag lief ich viele Kilometer. Dann, am dritten Tag, bot mir ein russischer Soldat an, mich hinten auf seinem Pritschenwagen mitzunehmen. Ich war müde, und meine Füße waren wund, also kletterte ich hinauf und hielt mich fest. Nach ein paar Kilometern hielt der Fahrer an einer einsamen Stelle an. Niemand außer uns war auf der Straße. Er zog mich vom Wagen und führte mich zum Straßengraben. Ich lag im taufeuchten Gras und schaute in den Himmel, so wie ich immer an die Decke meines Raums in der Troststation geguckt hatte. Ich wusste, was ich zu tun hatte. Also öffnete ich mein Kleid, als der Soldat seine Hose aufknöpfte. Er wollte in mich eindringen, aber er war nicht steif genug.

»Schlag mich«, sagte ich auf Japanisch.

Verwirrt schaute er mich an. »Schlag mich fest!«, brüllte ich. Ich nahm seine Hand und schlug mir damit ins Gesicht. »Kneif mich!«, befahl ich. Ich führte seine Finger an meine Brüste und kniff mich damit. »Na los!«, schrie ich ihn an. »Ich weiß, was du magst. Bist du etwa kein Mann?«

Verwirrt wich er zurück und knöpfte seine Hose zu. Er lehnte mich ab. Ja, ich konnte mich nicht für ihn waschen, aber vor meinem Raum in der Troststation hatte doch immer die längste Schlange gestanden. Und ich war die Favoritin des Obersts gewesen. Wusste er das denn nicht? Ich wurde wütend. Ich sprang auf ihn. Ich zerkratzte sein Gesicht und spuckte ihn an. Dann schrie ich ihm Beleidigungen zu, die ich von den japanischen Geishas gelernt hatte. Ich schlug ihn auf die Nase, sodass sie blutete. Er schlug zurück, und ich fiel hart auf den Boden.

»Was ist los?«, fragte ich und schaute zu ihm hoch. »Willst du mich nicht?« Etwas auf Russisch murmelnd ging er zu seinem Pritschenwagen zurück und fuhr davon. Mich ließ er allein im Straßengraben zurück.

Ich rappelte mich auf und schaute dem Wagen nach, der die Straße hinunter verschwand. Und dann lachte ich. Ich lachte laut über den dummen, russischen Fahrer, der gedacht hatte, ich wüsste nicht, was ich tun sollte. Ich schaute in Richtung Dongfeng und lachte über die Tausenden japanischen Männer, die mich gehabt hatten. Ich lachte über die arroganten Geishas, die genau das Gleiche wie wir getan hatten, nur für Geld. Ich lachte über sie alle, ohne meinen Mund zu bedecken. Und dann stand ich auf und schrie. Ich schrie so laut, dass es mir im Hals wehtat. Meine Schreie wurden von den Hügeln zurückgeworfen, und ich lachte wieder über das Echo meiner Schreie. Diesmal achtete ich darauf, meinen Mund zu bedecken.

Nach einer Weile, die ich dort in dem Straßengraben mit weit geöffnetem Kleid stand, wollte ich weinen. Doch stattdessen knöpfte ich mein Kleid zu, hob meinen Sack auf die Schultern und marschierte los.

Am achten Tag hatte ich kein Essen mehr. Meine Beine schmerzten vom Laufen. Meine Füße waren voller Blasen und bluteten. Mein Magen knurrte ununterbrochen. Ich war schwach vor Müdigkeit. Am Abend rastete ich neben zwei älteren chinesischen Frauen, die mir erzählten, sie würden ins chinesische Dandong gehen. Sinuiju lag direkt gegenüber auf der anderen Seite des Flusses Yalu. Ich sprach Chinesisch mit ihnen, und es war das erste Mal seit zwei Jahren, dass außer meinen koreanischen Schwestern jemand nett zu mir war. Sie gaben mir etwas Reis und ein Paar Tabi für meine wunden Füße. Sie sagten, ich könnte mit ihnen weiterreisen. Als wir uns nachts schlafen legten, fragte mich eine der Frauen: »Was hast du in Dongfeng gemacht?«

Ich wusste nicht, was ich antworten sollte. Ich war erschöpft und verwirrt, und nichts der vergangenen zwei Jahre ergab einen Sinn. Nach einer Weile sagte ich: »Meine Schwester und ich haben für die Japaner gearbeitet.«

»Was habt ihr für sie gemacht?«, bohrte sie nach.

»Ich … ich …«, stotterte ich. »Wir sollten in der Stiefelfabrik arbeiten«, sagte ich schließlich.

Die andere Frau sah mich kritisch an. »Du hast für die Japaner in einer Stiefelfabrik gearbeitet?«

»Wir haben das nicht freiwillig gemacht«, warf ich schnell ein. »Wir waren keine Chinilpa. Sie haben uns dazu gezwungen.«

Die Frauen tauschten untereinander Blicke aus und sagten nichts mehr. Dann krabbelten sie unter ihre Decken, um zu schlafen. Als ich am nächsten Morgen aufwachte, waren sie verschwunden.

Am Mittag des vierzehnten Tages erreichte ich den Stadtrand von Sinuiju. Wieder hatte ich weder Essen noch Wasser. Mein Magen hatte am Tag zuvor zu knurren aufgehört, und meine Zunge war dick und ausgetrocknet. Obwohl es so große Anstrengung bereitet hatte, bis hierhin zu kommen, wäre ich am liebsten weitergelaufen, noch weiter weg von Dongfeng. Ich zwang mich, die lange Straße zu unserem Bauernhof hinaufzugehen, denn gleichzeitig sehnte ich mich danach, nach Hause zu kommen. Ich wollte meine Mutter und meinen Vater wiedersehen. Ich wünschte mir, dass auch Soo-hee dort wäre. Doch das letzte Mal, als ich meine Onni gesehen hatte, war sie dem Tode nahe gewesen. Es war unmöglich, dass sie sich erholt und ihren Weg nach Hause gefunden hatte. Nein, es war vollkommen unmöglich.

Mein Herz fing zu rasen an, als ich unser großes Stuckhaus mit der Tür aus Zeltplane sah. Der ganze Hof schien vernachlässigt. Das graugrüne Ziegeldach war schief und kaputt. Jemand hatte den Kakibaum gefällt, und Gras wuchs im Hof. Das Frontfenster war zerbrochen. Lange stand ich auf der Straße und schaute auf unser Haus. Ich versuchte mir zu überlegen, was ich zu Mutter und Vater sagen würde, wenn sie im Haus wären. Wie könnte ich ihnen all die furchtbaren Dinge erzählen, die ich gemacht hatte? Ich dachte daran, umzudrehen und nach Sinuiju zurückzugehen.

Doch schließlich ging ich zum Haus und trat ein. Es war staubig und dunkel. »Ummah?«, rief ich zögernd. »Appa?« Meine Rufe hallten von den Wänden wider. Niemand antwortete. Spinnweben klebten mir im Gesicht. »Soo-hee?«

Ich lief hinter das Haus. Auf dem Feld warf hohes Gras lange Schatten in der untergehenden Sonne. Ich ging zum Brunnen und trank einen großen Schluck Wasser. Dann zog ich meine Kleider aus und wusch mich. Ich schrubbte und schrubbte, bis meine Haut wund war, aber dennoch fühlte ich mich nicht sauber. Ich wusch meine Kleider und legte sie zum Trocknen hin. Dann ging ich zurück ins Haus und wickelte mich in eine Decke, legte mich auf den Boden des Hauptraums, rollte mich zusammen und schlief ein, allein.

Am nächsten Morgen zog sich mein Magen vor Hunger zusammen. Ich zog mich an und grub draußen die Onggi mit Reis und Gemüse aus, die Soo-hee und ich vor zwei Jahren verbuddelt hatten. Sie waren unangetastet. Ich öffnete einen, doch Lake und Gewürze hatten das Gemüse nicht konserviert, und es war verdorben. Bei dem Gestank musste ich fast würgen.

Ich öffnete den anderen Onggi. Der Reis war noch essbar, also zog ich ihn ins Haus. Mit trockenem Gras entzündete ich ein Feuer und brachte in einem Topf, den ich im Herd gefunden hatte, Wasser zum Kochen und gab etwas Reis hinein. Während der Reis köchelte, ging ich hinaus und fand ein paar Karotten und Kartoffeln, die wild auf dem Feld wuchsen. Ich grub sie aus und brachte sie ins Haus, wo ich sie säuberte und mit einem rostigen Messer aus dem Küchenschrank klein schnitt. Als der Reis fertig war, aß ich ihn zu den rohen Karotten und Kartoffeln. Endlich ließ mein Hungerschmerz nach.

Ich schaute mich im Haus um. Auf dem Boden lag eine dicke Staubschicht, und Spinnweben hingen an der Decke. Im Hauptraum standen nur noch ein Stuhl und der niedrige Tisch. Im Schlafbereich stellte ich fest, dass Mutters Schrank weg war. An der Stelle, an der er früher gestanden hatte, sah ich nun ein Foto meiner Familie, das bei den Neujahrsfeiern aufgenommen worden war, als ich erst vier Jahre alt gewesen war. Meine Familie, die Hanboks trug, blickte mich vom Foto aus an. Vater stand aufrecht mit seiner wunderhübschen, jungen Frau an der Seite. Soo-hee und ich, junge, unschuldige Mädchen, standen Händchen haltend vor unseren Eltern. Ich war so glücklich, das Foto gefunden zu haben, doch aus irgendeinem Grund musste ich weinen.

Ich steckte das Foto in mein Kleid und lief hinaus, um noch mehr Kartoffeln und Karotten auszubuddeln. Ich fand auch etwas Knoblauch, den ich ebenfalls ausgrub. Ich sammelte trockene Gräser und Stöcke, brachte alles ins Haus und machte im Herd ein Feuer. Schon bald erwärmte die Ondol-Heizung den Boden. Neben dem Herd fand ich etwas gemahlenen Boricha und Vaters Zinntasse, die ich mit Wasser und einer Handvoll Tee füllte und dann auf dem Herd ziehen ließ. Kurz darauf hatte ich einen Boricha, bitter und stark.

Anschließend machte ich mich daran, das Haus zu putzen. Ich wischte den Boden und scheuerte eine Stunde lang die Küchenspüle, fegte die Spinnweben von der Decke und verbrachte eine weitere Stunde damit, den Herd von Ruß zu befreien. Mehrmals lief ich zum Feld, den ganzen Weg zu den Espen, und sammelte Holz, das ich ins Haus trug. Dort stapelte ich es sorgsam neben dem Ofen.

Hinterher schrubbte ich mich wieder, bis meine Haut wund war, wie ich es schon am Tag zuvor getan hatte. Ich flocht meine Haare und wusch erneut meine Kleidung. Als die Nacht hereinbrach, setzte ich mich an den Tisch, trank Boricha und starrte aus dem Fenster. Verzweifelt versuchte ich mich daran zu erinnern, wie es gewesen war, als Vater, Mutter und Soo-hee noch hier gewesen waren und wir im Schein des Feuers Bücher gelesen hatten. Doch die Bilder dazu kamen nie.

Kapitel 20

Am nächsten Tag arbeitete ich außerhalb des Hauses. Im Innenhof jätete ich Unkraut. Ich kletterte auf das Dach, um einige Dachziegel zu richten. Ich säuberte die verputzten Wände, bis meine Fingerknöchel bluteten. Den Garten harkte ich mit einem gekrümmten Ast.

Die darauffolgenden Tage und Wochen suchte ich das Haus auf Händen und Knien nach den winzigsten Schmutzflecken ab, und wenn ich einen gefunden hatte, putzte ich wieder das gesamte Haus. Mutter hatte immer ein sauberes Haus haben wollen. Und Vater war stolz auf seine Felder gewesen, deshalb rodete ich das Gras auf dem Feld hinter dem Haus und hob Steine auf, bis kein einziger Kiesel mehr am falschen Fleck war.

Ich sammelte Holz und Gemüse, bis ich so viel hatte, wie wir früher für den Winter zusammengetragen hatten. Jeden Abend schrubbte ich mich wund, wusch meine Kleidung und flocht sorgfältig meine Haare, wie ich es als kleines Mädchen getan hatte. Dann wartete ich am Feuer darauf, dass sie nach Hause kamen. Und ich versuchte, mich daran zu erinnern, wie mein Leben zuvor gewesen war.

Und dann, eines Abends, als die Sonne bereits untergegangen war, kam eine alte Frau die Straße hinauf und blieb dort stehen, wo der Kakibaum gestanden hatte. »*Anyohaseyo*«, grüßte die Frau. »Bist du das Mädchen, das hier früher gelebt hat?«

»Anyohaseyo«, antwortete ich mit einer Verbeugung. »Ja, das bin ich. Wissen Sie, wo meine Familie ist?«

»Mir ist kalt, und ich muss mich ausruhen«, meinte sie. »Darf ich eintreten?« Sie war gebeugt vom Alter und der harten Arbeit. Ihre Kleidung war abgewetzt und verschlissen. Ihre Augen lagen tief in den Höhlen. Sie sah wie eine Erscheinung aus, und ich dachte, ich würde halluzinieren. Ich forderte sie auf, einzutreten und am Tisch Platz zu nehmen. Sie hustete mehrmals und ließ sich schwerfällig auf den Stuhl fallen. Ich entzündete ein Feuer im Herd, das dunkle Schatten an die Wände warf.

Ich bot ihr Reis und Karotten an, die sie verschlang, als hätte sie seit Jahren nichts mehr gegessen. Anschließend saß sie eine Weile nur da, als ob sie ihre Kräfte sammeln müsste. Dann blickte sie mich durch die grauen Strähnen ihres Haares an. »Ich lebe ein Stück weiter die Straße hinunter«, sagte sie mit leiser Stimme. »Wie heißt du?«

»Ich bin Hong Jae-hee«, antwortete ich. »Mein Vater ist Hong Kwan-bae und meine Mutter Suh Bo-sun. Die Japaner schickten mich und meine Schwester fort, um in der Stiefelfabrik zu arbeiten. Die Russen haben mir gesagt, ich solle nach Hause gehen und hier warten. Bitte sagen Sie mir, was Sie über meine Familie wissen.«

Die Frau hatte einen weiteren Hustenanfall, der sie so sehr schüttelte, dass der Staub aus ihrer abgetragenen Kleidung im Schein des Feuers tanzte. Sie brauchte eine ganze Weile, um sich davon zu erholen. »Ich kannte deine Mutter«, sagte sie endlich. »Wir haben zusammen in der Uniformfabrik gearbeitet.«

»Sie kennen meine Mutter?« Mein Herz schlug schnell, und ich rückte näher an die Frau heran. »Wo ist sie? Bitte sagen Sie es mir.«

»Es tut mir leid, meine Kleine, aber als du und deine Schwester weg wart, hat eure Mutter ...« Die Frau senkte den Blick. Lange und mühsam atmete sie ein. Dann kamen die Worte aus ihr heraus, als wäre sie von einem Geist besessen: »Eure Mutter wusste, ehe ihr von zu Hause weggingt, dass euer Vater auf den Philippinen getötet worden war. Die Japaner haben ihn nie nach Pjöngjang geschickt, wie sie behauptet hatten. Sie haben ihn gezwungen, als Soldat für sie zu kämpfen. Sie hat euch nie gesagt, dass er gestorben ist.«

»Und«, fuhr die Frau fort, »eure Mutter ist auch tot.«

Ich hörte deutlich das Wort *tot*, aber es war nur ein Geräusch, das durch die Abendluft schwirrte. »Tot«, wiederholte ich und versuchte, die Bedeutung des Wortes zu begreifen.

»Ja«, sagte die Frau. »An einem sehr kalten Tag vor zwei Jahren war eure Mutter seit vielen Tagen nicht mehr zur Arbeit gekommen. Die Frauen aus der Fabrik fanden sie unter dem Kakibaum sitzend, erfroren.« Sie zeigte mit ihrem knöchernen Finger aus dem Fenster. »Wir haben sie im hohen Gras nördlich eures Hauses beerdigt.«

»Nein«, hörte ich mich sagen. »Sie müssen sich irren. Das kann nicht meine Mutter gewesen sein, die Sie beerdigt haben.« Dann fiel mir ein, dass Mutter alles Holz verbrannt hatte, am Abend, ehe Soo-hee und ich nach Sinuiju aufgebrochen waren. Ich erinnerte mich daran, dass sie gesagt hatte, sie würde sich weigern, den Japanern noch mehr zu geben.

Die Frau stand auf, um zu gehen. Ihre Kleidung hing schwer an ihr herunter. »Geh nach Sinuiju«, riet sie mir. »Die neue Regierung macht eine Volkszählung. Du musst ihnen deine Daten geben. Vielleicht kannst du dort Arbeit finden.« Sie dankte mir für den Reis und die Karotten und trat hinaus durch die Tür aus Zeltplane.

Lange saß ich allein da und wollte glauben, dass die Begegnung mit der alten Frau nur ein schlechter Traum gewesen war. Das Feuer warf seine Schatten in mein sauberes Haus, und durch das Fenster konnte ich den Vollmond aufgehen sehen. Die Zeltplane vor der Tür flatterte im Abendwind.

Schließlich begriff ich die Worte der alten Frau. Es war kein Traum. Meine Mutter und mein Vater waren tot. Zuerst war ich froh, dass sie gegangen waren, weil ich ihnen so nichts von Dongfeng erzählen musste. Dann wurde ich vom Verlust übermannt. Jeder, den ich je geliebt hatte, war tot, und ich wusste, mein Leben würde nie wieder wie früher sein. Und ich weinte. Unter Tränen versuchte ich, mir meine Zukunft ohne Soo-hee an meiner Seite und ohne die sanfte Liebe meiner Eltern vorzustellen. Doch alles, was ich sehen konnte, war die Dunkelheit der Einsamkeit. Ich fragte mich, wie ich weiterleben sollte, wofür ich weiterleben sollte. Ich wünschte mir, ich wäre tot wie der Rest meiner Familie.

Und während ich dort am Tisch saß, konnte ich mich endlich erinnern. Ich erinnerte mich an die gemeinsamen Mahlzeiten als Familie nach einem anstrengenden Tag auf den Feldern. Ich erinnerte mich an die Freude, die ich empfand, wenn meine Großeltern über Neujahr zu Besuch kamen. Ich erinnerte mich daran, wie Soo-hee und ich im Vorgarten spielten, und wie Mutter uns im Hauptzimmer Lesen beigebracht hatte. Ich erinnerte mich daran, wie ich mich bemühte, Soo-hee Japanisch beizubringen, und wie ich mich über sie aufregte. Und ich war traurig, aber auch dankbar, dass ich mich endlich wieder erinnern konnte. Und nachdem ich mich an alles erinnert hatte, holte ich den Kamm unter meiner Decke hervor und ging mit ihm zum Feuer. Ich betrachtete den Drachen mit seinen Klauen und den zwei Köpfen. Ich dachte an meine Ururgroßmutter und meine Vorfahrinnen, die den Kamm an ihre Töchter weitergegeben hatten. Ihre Geister hatten ihn zu mir geführt, und nun war ich all jenen verpflichtet, die ihn vor mir gehabt hatten.

Ich saß vor dem Feuer und löste mein Haar. Und ich kämmte es mit dem Kamm mit dem zweiköpfigen Drachen.

Als Kind hatte ich mir nie viele Gedanken über die koreanischen Traditionen gemacht. Natürlich nahm ich an den Zeremonien teil, weil meine Familie es tat. Doch damals sah ich sie nur als etwas an, das wir tun mussten, weil wir Koreaner waren. Aber jetzt, wo es meine Familie nicht mehr gab, waren unsere Traditionen wichtig für mich.

Darum stand ich am nächsten Tag vor Sonnenaufgang auf und putzte zum ersten Mal seit Wochen nicht das Haus, denn Koreaner arbeiten in der Zeit der Trauer nicht. Ich kochte weder Reis noch aß ich. Ich trug meine Haare offen, wie ich es getan hatte, als meine Großeltern gestorben waren.

Ich nahm eine Handvoll Reis und Karotten und die Zinntasse meines Vaters mit auf das Feld mit dem hohen Gras. Dort fand ich den Erdhügel, wo man meine Mutter begraben hatte. Ich warf drei Handvoll Erde auf das Grab meiner Mutter, das *Chwit'o*-Ritual, das ich als Kind bei Beerdigungen beobachtet hatte. Ich glättete den Untergrund und entfernte alle Steinchen. Mit gesenktem Blick legte ich den Reis und die Karotten auf das Grab, um den Geist meiner Mutter auf seiner langen Reise zu ernähren.

Ich berührte die kalte Erde und hob meinen Blick. Und in den Espen hinter dem Feld, das ich so sorgfältig gesäubert hatte, sah ich die Gesichter meines Vaters und meiner Großeltern und all meiner Vorfahren. Und vor ihnen allen erkannte ich das Gesicht meiner Mutter.

»Danke dir, Mutter«, sagte ich zärtlich. »Danke für alles, was du für mich getan hast, und dass du mir Lesen und Schreiben beigebracht hast. Es tut mir leid, was ich in Dongfeng gemacht habe, und es tut mir leid, dass ich Soo-hee nicht retten konnte. Ich habe den Drachenkamm. Ich werde auf ihn aufpassen, wie du es uns befohlen hast.« Ich stellte die Tasse meines Vaters auf den Erdhügel. »Ich lasse Vaters Tasse hier, damit du sie ihm geben kannst, wenn sich eure Geister treffen. Bitte sag ihm, dass ich ihn sehr vermisse.« Ich nahm eine Handvoll Erde und ließ sie durch meine Finger rieseln. Leise und respektvoll, wie ich es als Kind hätte sein sollen, blieb ich noch eine Weile dort stehen. Dann kehrte ich zum Haus zurück, schnürte meine Decke zu einem Sack und füllte ihn mit Reis, Karotten, Kartoffeln, dem Foto meiner Familie und dem Kamm. Die Onggi mit Reis zerrte ich vor die Haustür, wo die alte Frau sie finden würde. Und dann brach ich auf.

Die Sonne ging gerade über den Hügeln im Osten auf, und ihre ersten Strahlen erwärmten die Morgenluft, als ich an der Stelle vorbeikam, an der der Kakibaum gestanden hatte. Ich wandte mich gen Sinuiju. Nachdem ich wochenlang gegessen und hart gearbeitet hatte, war ich stark und lief schnell. Am frühen Nachmittag war ich in Sinuiju.

Ich ging zum zweigeschossigen Militärhauptquartier, wo vor zwei Jahren die Japaner stationiert waren. Dort hing nun die koreanische Flagge statt dem weißen Banner mit dem roten Kreis. Im Gebäude betrat ich den großen, offenen Raum mit den Holzdielen. Ein paar uniformierte Russen arbeiteten an Schreibtischen, aber die meisten Menschen dort waren Koreaner. Ich war froh, dass die Japaner weg waren. Doch ehrlich gesagt fühlte es sich auch merkwürdig an.

Ich ging zu einem Schreibtisch, hinter dem eine Angestellte mittleren Alters saß. Über ihr hing ein Schild mit der Aufschrift *Registrierung*. Es war das erste Mal seit meiner Kindheit, dass ich ein Schild in Hangul sah. »Mein Name ist Hong Jae-hee«, sagte ich auf Japanisch. »Ich bin hier für die Volkszählung.«

Die Angestellte schaute mich über ihre Brillengläser hinweg an. »Warum reden Sie auf Japanisch?«, fragte sie.

Ich senkte den Blick. »Es tut mir leid«, antwortete ich auf Koreanisch.

Sie wandte sich wieder ihren Papieren auf dem Schreibtisch zu. »Die Volkszählung machen wir nur am Vormittag«, entgegnete sie emotionslos. »Sie müssen morgen wiederkommen.«

»Bitte entschuldigen Sie«, sagte ich. »Wenn ich bis morgen warten muss, wissen Sie, wo ich dann heute Nacht bleiben könnte? Ich habe hier niemanden.«

»Weiß ich nicht«, erwiderte die Angestellte nur. Als ich mich schon zum Gehen wandte, stand an einem Schreibtisch hinter der Angestellten ein Mann auf. »Warten Sie«, rief er. »Vielleicht kann ich helfen.«

Die Angestellte senkte den Kopf, als der Mann herbeikam.

»Ich bin für die Volkszählung zuständig«, sagte er. »Kommen Sie an meinen Schreibtisch. Ich nehme Ihre Daten auf.« Er lächelte mir zu. Es war das erste Mal seit über zwei Jahren, dass ein Mann mich freundlich anlächelte.

KAPITEL 21

Dieser Mann war anders als alle, die ich jemals kennengelernt hatte. Seine Haut war glatt und sein Haar lang und glänzend. Er war von mittelgroßer Statur und trug ein ungewöhnliches, lockeres Baumwollhemd und lederne Slipper, wie ich sie noch nie gesehen hatte.

Ich fragte mich, warum er gerade mich herausgegriffen hatte. Ich hatte keine Gelegenheit gehabt, mich zurechtzumachen, und sah bestimmt unordentlich aus. Er wies auf einen Stuhl vor seinem Schreibtisch. Während er ein Blatt und einen Stift aus einer Schublade holte, fragte er mich nach meinem Namen. Ich saß mit geradem Rücken und den Händen auf dem Schoß. Ich nannte ihm meinen Namen, und er schrieb ihn auf.

Dann fragte er mich nach meinem Alter. »Es tut mir leid«, antwortete ich. »Ich weiß es nicht. Welchen Monat haben wir?«

»September«, sagte er mit einem Lächeln, das mich an Vater erinnerte, wenn er über etwas Lustiges schmunzelte, das ich gesagt hatte. »Fast schon Oktober.«

»Dann bin ich erst siebzehn.«

»Wo lebst du?«

»Auf dem Hof meines Vaters, die Straße hinauf, im Osten, ungefähr dreißig Kilometer von hier.«

164

»Name des Vaters und der Mutter?«

»Sie sind tot, Herr«, sagte ich.

Er schaute mich an, und in seinen Augen entdeckte ich Güte, aber ich war mir nicht sicher, ob ich ihm vertrauen konnte. »Das tut mir leid«, meinte er. »Die Japaner haben viele Menschen getötet. Meine Aufgabe ist es, Informationen darüber zu sammeln, was sie hier in Sinuiju getan haben. Bitte nenne mir die Namen deiner Eltern und erzähle, wie sie gestorben sind.«

Das tat ich, und der Mann schrieb alles sorgsam nieder, um nichts zu vergessen. Dann fragte er mich: »Hast du Geschwister?«

»Ja, eine Schwester, Soo-hee. Sie ist … war meine Onni. Sie war zwei Jahre älter als ich.«

»Wo ist sie?«

»Ich glaube, sie ist auch tot, Herr.«

»Das tut mir leid. Wie ist sie gestorben?«

»Die Japaner haben sie mitgenommen«, antwortete ich. »Nach China.«

»Ich verstehe.« Er nickte, als ob er es tatsächlich verstünde, und notierte sich wieder etwas auf dem Blatt Papier. »Was hast du in der Zeit gemacht?«

Ich zögerte. Ich wollte nicht lügen, aber ich konnte ihm auch nicht sagen, dass ich eine Trostfrau gewesen war. Darum antwortete ich: »Ich habe in der Stiefelfabrik gearbeitet.«

»In der Stiefelfabrik?«, fragte er.

»Ja, Herr«, antwortete ich.

»Ich verstehe.« Der Mann lächelte wieder, und diesmal schrieb er nichts auf. Er legte das Blatt Papier auf einen hohen Stapel und stellte den Stift in den Stifthalter auf dem Schreibtisch. »Ich habe gehört, dass du niemanden hast, bei dem du hier in Sinuiju unterkommen kannst«, meinte er.

»Ja, Herr. Ich bin wegen der Volkszählung hierhergekommen, und weil man mir gesagt hat, ich könnte hier Arbeit finden.«

Der Mann lehnte sich zurück und verschränkte die Arme vor der Brust. »Die Stadt ist voll von Leuten, die nicht wissen, wo sie hinsollen. Und viel Arbeit gibt es auch nicht.«

Lange schaute er mich an, sodass ich mich fühlte, als hätte ich etwas falsch gemacht. Ich überlegte, ob er mich auf sexuelle Art und Weise anschaute, wie die Soldaten in der Troststation. Endlich sagte er: »Vielleicht kannst du mir helfen und ich dir. Meine Frau ist schwanger. Es ist eine schwere Zeit für sie. Sie wird schnell müde. Wir teilen uns eine Wohnung mit einem Freund in der Nähe des Flusses. Wenn du möchtest, kannst du für uns arbeiten, für Essen und einen Platz zum Schlafen.«

Ich dachte an all die Männer, die ich in den letzten zwei Jahren kennengelernt hatte – Oberst Matsumoto, Korporal Kaori, Leutnant Tanaka. Ich fragte mich, ob dieser Mann wie sie war. Aber ich konnte nicht nach Hause laufen, nicht so spät am Tag. Und etwas Ehrliches haftete ihm an. Oder vielleicht wollte ich ihm auch einfach nur glauben. »Ich wäre für Arbeit dankbar«, erwiderte ich mit einer Verbeugung.

»Gut. Ich heiße Pak Jin-mo. Warte da drüben auf der Bank. Ich bin bald hier fertig.«

Dreißig Minuten später stopfte Jin-mo ein paar Bücher in eine Umhängetasche aus Leinen und warf sie sich über die Schulter. Er führte mich vom Militärhauptquartier zu einem Stadtteil bei der Werft des Flusses Yalu. Eine leichte Abendbrise kam aus dem Süden, und es war angenehm warm. Auf der Werft tummelten sich Männer, die Vorräte und militärische Ausrüstungen von großen, grauen Schiffen luden. Auf den Schiffen wehte die gleiche russische Flagge wie in Dongfeng, nachdem die Japaner geflohen waren. Russische Soldaten waren in diesem

Teil von Sinuiju und, zu meiner Überraschung, Koreaner in Militäruniformen. Die Stadt und insbesondere die Menschen waren nicht mehr die gleichen wie damals, als Soo-hee und ich vor zwei Jahren hierherkamen. Es lag etwas in der Luft, so wie vor den Neujahrsfeiern, als ich ein kleines Mädchen gewesen war. Es war erwartungsvolle Begeisterung.

Dann erreichten wir Jin-mos Wohnung. Als wir durch die Tür gingen, die zu einer Treppe führte, hielt Jin-mo an und flüsterte: »Sag niemandem, dass du in der Stiefelfabrik gearbeitet hast. Sag einfach, dass du auf dem Hof deiner Eltern gelebt hast. Verstanden?«

Ich nickte. Als ich die Treppe hinaufschaute, fragte ich mich, was mich hinter der Tür wohl erwarten würde. Ich dachte daran, nach Hause zu den Hügeln zu laufen. Doch Jin-mo blickte mich an und beruhigte mich: »Es ist in Ordnung. Hab keine Angst.« Ich beschloss, dass ich ihm trauen musste.

Er führte mich die Treppe hinauf zu einer Zweizimmerwohnung, die den Fluss überblickte. Als wir durch die Wohnungstür traten, war ich erleichtert, eine Frau am Herd zu sehen. Ein Mann, der ungefähr so alt wie Jin-mo war, saß auf dem Boden vor einem alten Radio.

»Hallo Genossen«, grüßte Jin-mo und schleuderte seine Lederslipper von sich. Als sie mich sahen, hievte sich der Mann auf eine Krücke, und die Frau am Herd drehte sich zu mir. Ihr Schwangerschaftsbauch ragte unter ihrer blauen Bluse hervor.

»Das ist Hong Jae-hee. Die Japaner haben ihre Familie getötet, und jetzt hat sie niemanden, zu dem sie gehen könnte. Sie kann Ki-soo helfen.« Jin-mo zeigte auf die schwangere Frau. »Das ist meine Frau, Choi Ki-soo. Und das ist mein Genosse, Park Seung-yo.«

Ich verneigte mich vor ihnen. Choi Ki-soo war groß und hübsch mit Haaren, die ihr bis zur Mitte des Rückens reichten. Sie begrüßte mich mit ausdrucksloser Miene: »Anyohaseyo.«

Choi Ki-soo hatte einfache, pyjamaähnliche Hosen an, die bis knapp über ihre Knöchel reichten. An den Füßen trug sie Zori ohne Tabi. In ihrem Gesicht erkannte ich die verbitterte Härte, die ich auch bei den Trostfrauen in Dongfeng gesehen hatte.

Park Seung-yo stand vor dem Radio und nickte zur Begrüßung. Er hatte nur ein Bein, und die hölzerne Krücke, auf die er sich stützte, war vom häufigen Gebrauch glatt und glänzend. Er war klein und quadratisch gebaut. Nachdem ich mich vor ihm verbeugt hatte, setzte er sich wieder auf den Boden. Dann fummelte er an den Knöpfen und der Antenne des Radios herum. Schwache Pfeifgeräusche und Rauschen kamen aus dem Lautsprecher.

Jin-mo zeigte auf den Boden neben Seung-yo. »Du musst hier mit Seung-yo in diesem Zimmer schlafen«, sagte er. »Ki und ich haben das andere Zimmer. Nach dem Abendessen holen wir dir eine Matte.« Jin-mo ging zu Ki-soo und legte ihr den Arm um den gewölbten Bauch. Ich war überrascht und peinlich berührt aufgrund der offenen Zurschaustellung von Zuneigung. So benahmen sich anständige Koreaner nicht.

Während Ki-soo weiter den Reis umrührte, verschwand Jin-mo durch eine Tür im Nachbarraum. Ich zog meine Tabi aus und stellte meinen Leinensack auf den Boden gegen die Wand. Die Wohnung war sauber und ordentlich, und die Fenster gingen auf die Straße und den dahinter liegenden Hafen hinaus. Die Einrichtung war einfach und aus Holz. An einer Wand stand ein Schrank mit vielen Büchern so wie bei uns zu Hause.

Ich ging zu Ki-soo. »Kann ich helfen?«, fragte ich.

Sie schaute nicht auf. »Es ist fast fertig«, entgegnete sie. »Ich konnte am Kai ein Hühnchen kaufen und Zwiebeln für Bulgogi. Ich muss Fleisch essen, für das Baby. Woher kommst du?«

»Ich habe auf dem Hof meiner Eltern gelebt, östlich von hier.«

»Jin-mo meinte, deine Familie sei tot.«

»Ja, ist sie.«

Ki-soo drückte sich mit der Hand ins Kreuz. »Wie sind sie gestorben?«

»Mein Vater musste für die Japaner kämpfen und ist im Krieg gefallen. Meine Schwester haben sie nach China geschickt, und sie ist dort gestorben. Meine Mutter wurde von den Japanern getötet.«

»Diese japanischen Schweine«, meinte Ki-soo. Dann legte sie den Kopf schief und sah mich an, wodurch ich mich unwohl fühlte. »Und du, so jung und so hübsch, du bist auf dem Hof geblieben, nachdem deine Mutter gestorben ist?«

»Ja«, antwortete ich.

Ki-soo schwieg kurz, dann sagte sie: »Hol Stäbchen und Schalen aus dem Schrank. Jin möchte immer sofort essen, wenn er nach Hause kommt.«

Beim Essen verfielen Jin-mo, Seung-yo und Ki-soo in eine leidenschaftliche Diskussion über die Reichen und Armen, über Besitz und Arbeiter. Mutter sagte immer, es sei eine Beleidigung für die Köchin, wenn junge Menschen sprachen, während die Älteren aßen. Häufig zwickte Soo-hee mich unter dem Tisch, wenn ich es trotzdem tat. Also sagte ich nichts, sondern konzentrierte mich auf mein Essen. In den letzten Jahren hatte ich vergessen, wie gutes Essen schmeckte. In Dongfeng hatten die Trostfrauen selten Fleisch bekommen. Und wenn doch, war es häufig zähes, gekochtes Pferdefleisch gewesen. Doch dieses Hühnchen-Bulgogi war köstlich. Es schmeckte wie die Gerichte, die ich mit meiner Familie genoss, als ich noch ein kleines Mädchen war.

Jin-mo saß neben Ki-soo an dem niedrigen Tisch. Er sprach mehr, als dass er aß, und wirbelte mit den Stäbchen durch die Luft, wenn er etwas unterstreichen wollte. Die Mahlzeit dauerte sehr lang. Ki-soo beobachtete mich aus den Augenwinkeln, was mich nervös machte. Seung-yo, der sein gesundes Bein unter sich geschoben und seinen Stumpf ausgestreckt hatte, verschlang sein Essen und sprach mit vollem Mund. Dann, als Jin-mo, der älteste Mann, fertig war, hörten alle auf zu essen. Ich half den Tisch abzudecken, während Jin-mo und Seung-yo an der Radioantenne herumbastelten. Plötzlich rief Jin-mo: »Ich hab's!« Ein schwaches Geräusch drang aus dem Lautsprecher.

Dann sagte eine hohe Stimme etwas auf Koreanisch. Ki-soo ließ sich auf dem Boden neben Jin-mo nieder, und ich setzte mich hinter Seung-yo. Durch das Rauschen konnte ich nur ein paar Worte verstehen, doch die anderen hörten aufmerksam zu, vor allem Jin-mo. Ab und an nickte er zustimmend zu dem, was die Person im Radio sagte. Schließlich meldete sich die Stimme ab, und stattdessen wurde blecherne Musik gespielt.

Jin-mo schaltete das Radio aus. »Wir müssen bald nach Pjöngjang«, meinte er und sah zufrieden aus. »Die Partei versammelt sich dort. Die Russen unterstützen uns. Wir werden die neue Regierung von Korea sein.«

»Ich werde nicht gehen«, meinte Seung-yo und zündete sich eine Zigarette an.

Jin-mo beugte sich vor. »Seung-yo«, sagte er. »Warum nicht?«

»Ich kann nicht mit einem Bein bis Pjöngjang. Ich würde es gerade mal bis Sinuiju schaffen. Und außerdem ist hier mein Zuhause. Hier bin ich aufgewachsen. Vielleicht kommt meine Familie eines Tages zurück.« Er zog an seiner Zigarette und blies den Rauch an die Decke.

Ausdruckslos erhob sich Ki-soo vom Boden. Sie ging in den anderen Raum und schloss die Tür. Jin-mo starrte weiterhin Seung-yo an. »Ich kann ein Auto bekommen, um nach Pjöngjang zu fahren. Du musst mit. Die Partei braucht dich. Korea braucht dich.«

Seung-yo erwiderte Jin-mos Blick. »Ich habe Korea schon genug gegeben«, meinte er. »Ich möchte einfach eine Weile ausruhen. Ich werde schon was finden, was ich hier tun kann. Ich bleibe in der Wohnung.« Er nahm einen weiteren Zug von seiner Zigarette.

»Aber Seung-yo, das ist unsere Gelegenheit!«, rief Jin-mo und hob die Hände in die Höhe. »Dafür haben wir doch gekämpft. All die Jahre in den Bergen, und jetzt wird Korea frei sein, und wir werden die Anführer sein. Du kannst doch jetzt nicht aufhören.«

»Ich bleibe«, sagte Seung-yo schlicht und einfach. Er hievte sich in die Ecke und rollte sich auf seiner Matte zusammen. Unter der Matte holte er ein Buch hervor und fing zu lesen an. Die Zigarette baumelte zwischen seinen Lippen.

Jin-mo und ich saßen vor dem Radio. Er seufzte und betrachtete mich mit einfühlsamem Blick. »Was mache ich nur mit dir?«, fragte er.

Ich senkte den Kopf. »Vielleicht sollte ich gehen.«

»Und wohin?«

Er hatte recht. Ich konnte nirgendwohin. Alle, die ich gekannt hatte, ehe ich von zu Hause fortgegangen war, gab es nicht mehr. Es war so, als ob das Schicksal mich aus meinem alten Leben gerissen und hier fallen gelassen hätte. Obwohl ich diese Menschen und ihre Absichten nicht kannte, musste ich mich auf sie verlassen, wie ein streunender Hund, der Schutz vor der Kälte suchte.

Es folgte ein langes, ungemütliches Schweigen. Dann fragte Jin-mo: »Kannst du lesen?«

»Ja, Herr«, antwortete ich. »Meine Mutter hat mir Hangul und Chinesisch lesen beigebracht. Ich kann auch Japanisch. Mutter meinte immer, ich hätte ein gutes Gehör für Sprachen.«

»Oh? Kannst du sie auch gut sprechen?«

»Ich spreche Japanisch und Chinesisch fließend«, erwiderte ich und schaute ihm in die Augen. »Ich habe auch schon etwas Russisch gelernt.«

Jin-mo lächelte verschmitzt. »Okay«, sagte er auf Chinesisch. »Wie war unser heutiges Abendessen?«

Meine Mundwinkel gingen nach oben. »Ich fand es köstlich«, antwortete ich auf Chinesisch, wobei ich darauf achtete, die Worte richtig auszusprechen. »Ich hatte lange kein Hühnchen mehr gegessen.«

Auf Jin-mos Gesicht zeichnete sich nun ein breites Lächeln ab. Auf Japanisch fragte er mich: »Was hältst du von unserer Wohnung? Ist sie ... äh ...« Er fuhr auf Koreanisch fort: »Wie lautet das japanische Wort für *ausreichend*?«

Ich setzte mich auf und schob das Kinn vor. »*Juubun* ist das Wort.« Auf Japanisch fügte ich hinzu: »Und ich finde, dass Ihre Wohnung ausreichend ist. Ich mag den Blick über den Fluss.«

Jin-mo lachte, und mein Herz setzte kurz aus. »Und Russisch lernst du auch?«, fragte er weiter auf Koreanisch.

Ich nickte. »Ich habe es noch nicht oft gehört, aber ich kann schon viele Wörter. Ihre Sätze sind merkwürdig zusammengestellt. Wenn ich es öfter höre, lerne ich es schnell.«

Jin-mo schüttelte den Kopf. »Du hast wirklich ein erstaunliches Talent. Vielleicht kannst du mit uns nach Pjöngjang kommen. Wir könnten deine Hilfe gebrauchen.«

»Warum wollen Sie nach Pjöngjang? Warum bleiben Sie nicht hier?«

»Weil jetzt, wo die Japaner endlich weg sind, Korea zum ersten Mal, seit sie uns unser Land weggenommen haben, frei und unabhängig sein wird. Wir können das mit einer neuen Art von Regierung schaffen, mit einer, die alle Koreaner repräsentiert – nicht nur die Reichen, nicht nur die Grundbesitzer, sondern auch die Arbeiter.«

»Ich weiß nichts über Regierungen«, erklärte ich.

Die Tür des anderen Raums öffnete sich, und Ki-soo lehnte sich heraus. »Jin, kommst du?« Sie hielt sich die Hand über den Bauch.

»In einer Minute«, antwortete Jin-mo. Ki-soo verzog missbilligend das Gesicht. Sie warf mir einen Blick zu, der mir das Gefühl gab, ich sollte nicht hier sein. Dann schlüpfte sie wieder ins Zimmer zurück und schloss die Tür.

Bevor ich sagen konnte, dass ich gehen wollte, kam mir Jin-mo zuvor: »Ich habe etwas für dich.« Aus dem Bücherregal holte er ein kleines, abgegriffenes Buch. »Das ist mein wertvollster Besitz. Es ist eins der wenigen Exemplare des *Kommunistischen Manifests* auf Hangul. Es ist von einem Mann namens Karl Marx. Lies es, dann können wir weitersprechen.« Er gab mir das Buch.

»Danke«, sagte ich.

Jin-mo ging zum Raum, in dem Ki-soo war. »Wir werden erst in ein paar Wochen nach Pjöngjang reisen. In der Zwischenzeit hilf Ki-soo in der Wohnung und lies das Buch. Dann kannst du entscheiden, ob du mit uns nach Pjöngjang gehen und dich der Kommunistischen Partei anschließen möchtest.«

Mit dem Buch und der Decke, die Jin-mo mir gegeben hatte, legte ich mich in die Ecke. Seung-yo lag zusammengerollt auf seiner Matte. Schon bald schnarchte er leise. Ich wickelte mich in die Decke, blickte mich in der Wohnung um und seufzte. Dies würde nun eine Zeit lang mein Zuhause sein. Ich war dankbar für einen warmen Platz, an dem ich mich hinlegen konnte, und für Menschen, mit denen ich reden konnte. Jin-mo schien nett zu sein, und Ki-soo – bei ihr würde ich vorsichtig sein müssen.

Ich schlug das Buch auf, das Jin-mo mir gegeben hatte. Ich hatte kein Buch in Hangul mehr gesehen, seit ich vor zwei Jahren mein Zuhause verlassen musste. Ich ließ meine Finger über die Buchstaben und Wörter gleiten. An den Rändern waren handschriftliche Notizen, und viele Sätze waren unterstrichen. Ich war froh, dass ich ein Buch zum Lesen hatte, um meine Albträume von Dongfeng zu vertreiben.

Und ich betete, dass diese Menschen niemals herausfanden, was ich dort getan hatte.

KAPITEL 22

Zwei Wochen später fuhren Jin-mo, Ki-soo und ich in einem winzigen, kaputten Fiat, den Jin-mo sich von einem Regierungsbeamten ausgeliehen hatte, den er in Sinuiju kannte, nach Pjöngjang. Er hatte mit einem russischen Soldaten irgendein Tauschgeschäft abgeschlossen, damit er gerade genug Benzin für die Reise von zweihundertfünfzig Kilometern hatte. Ich weiß nicht, was Jin-mo ihm geben musste, aber es muss etwas sehr Wertvolles gewesen sein, denn Benzin war schwer zu bekommen.

Wir beluden das Auto, verabschiedeten uns herzlich von Seung-yo und machten uns auf den Weg. Jin-mo fuhr und Ki-soo saß auf dem Beifahrersitz und hielt sich mit der Hand den Bauch. Ich saß auf der Rückbank, festgekeilt zwischen mehreren alten Koffern, zusammengerolltem Bettzeug, Töpfen und Pfannen und Jin-mos Seesack mit seinen Büchern. Auf meinem Schoß hielt ich einen muffigen Koffer, den mir Jin-mo gegeben hatte. Darin waren ein paar alte Kleider von Ki-soo, Jin-mos Ausgabe des *Kommunistischen Manifests*, das Foto meiner Familie und, in Leinen eingeschlagen, damit niemand ihn sehen konnte, der Kamm mit dem zweiköpfigen Drachen.

Es war meine erste Fahrt in einem Auto. Natürlich war ich schon auf Lastwagen mitgefahren – man kann schlecht auf einem Bauernhof aufwachsen, ohne ab und an auf einem Lastwagen mitzufahren –, aber noch nie in einem Auto. Der Fiat roch nach Abgasen, und die Fahrt war sehr holprig. Der Motor hörte sich an, als würde er sich ständig beschweren, und ich hatte Sorge, dass wir es nicht bis Pjöngjang schaffen würden.

Zuerst hatte ich Angst davor, wieder so weit von zu Hause entfernt zu sein, und dazu noch mit diesen Menschen, die ich kaum kannte. Aber je südlicher wir kamen, desto besser fühlte ich mich. Jeder Kilometer brachte mich weiter von Dongfeng und der Troststation weg.

Und dann, viele Kilometer von Sinuiju entfernt, erblickte ich zum ersten Mal das Gelbe Meer. Ich hatte durch die Bücher meiner Eltern und die Geschichten meines Vaters vom Meer gehört. Ich hatte versucht, mir Wasser vorzustellen, das so weit reicht, dass es aussieht, als würde es über den Rand der Erde schwappen. Und jetzt lag es direkt vor mir, draußen vor dem Autofenster. Ich presste mein Gesicht an die Scheibe, um besser sehen zu können.

Es war wunderbar. Die blaugrüne See glitzerte in der Morgensonne, und die Meeresluft roch frisch und sauber. Ein großer Frachter, dessen Schornsteine dichten, schwarzen Rauch ausstießen, zog am Horizont vorbei. Näher am Ufer dümpelten Dutzende Fischerboote, auf denen Fischer ihre Netze einzogen. Große Wellen griffen nach dem Ufer, wie schaumige, weiße Raubtierklauen, und krachten mit donnerndem Gebrüll gegen die Klippen, nur um sich dann wieder zurückzuziehen und sich für die nächste große Welle zu sammeln. Ich konnte meinen Blick nicht abwenden.

Nach einiger Zeit führte die Straße gen Süden. Der kleine Fiat schien seine Aufgabe akzeptiert zu haben und beschwerte sich nicht mehr so lautstark. Wir fuhren über eine große Ebene mit Reisfeldern, die sogar die Hügel hinaufreichten. Dutzende Arbeiter mit spitzen Strohhüten hatten ihre schwarzen Hosen bis über die Knie hochgerollt und schwangen lange Bambusstangen, mit denen sie die Reiskörner in Körbe verfrachteten. Andere balancierten Körbe voll Reis auf den Schultern und trugen sie zu den Karren, die am Rand der Felder warteten.

Irgendwann ließen wir die Reisfelder hinter uns, und die Straße führte durch solche Felder, wie es sie hinter meinem Haus gab. Ein Geruch nach Zwiebeln und Knoblauch lag in der Luft, und ich fühlte mich wieder wie ein kleines Mädchen. Arbeiter füllten Säcke mit Karotten und Rüben. Das erinnerte mich an die Erntezeit auf unserem Hof, als ich noch ein Kind gewesen war. Es schien so viele Jahre her zu sein.

Auf einem anderen Feld grasten Kühe träge auf der Herbstweide. Plötzlich empfand ich Stolz auf meine Heimat und erkannte, dass Oberst Matsumoto recht gehabt hatte. Korea war wirklich großartig. Jetzt verstand ich, warum die Japaner das Land für sich hatten haben wollen und man sie hatte zwingen müssen, es zu verlassen. Und jetzt, wo sie weg waren, dachte ich, dass Korea eines Tages vielleicht wirklich wieder ein erfolgreiches Land sein könnte.

»Wie viel von Marx hast du gelesen?«, riss mich Jin-mo, der den Arm über die Rückenlehne des Beifahrersitzes gelehnt hatte und sich zu mir umdrehte, aus meinen Tagträumen. Das *Kommunistische Manifest* war schwer zu verstehen gewesen. Der Text war zäh und voller Wörter, die ich nicht kannte. Jin-mo und sogar Ki-soo hatten mir mit den neuen Wörtern geholfen. Allerdings hatte ich in meiner Kindheit so viel gelesen, dass ich nun in der Lage war, es zu Ende zu lesen und die meisten der darin beschriebenen Konzepte zu begreifen. Doch ich hatte Angst, zu viel von mir selbst preiszugeben, darum ließ ich sie das nicht wissen.

»Es ist sehr schwierig«, antwortete ich deshalb.

»Keine Sorge«, meinte Jin-mo. »Mir fiel es auch schwer, als ich es zum ersten Mal gelesen habe. Ich habe mich durchgearbeitet, und das wirst du auch.«

Ki-soo schnaubte verächtlich. »Warum kümmert dich das? Sie ist zu jung.«

Jin-mo ließ seinen Arm vom Sitz gleiten und ergriff mit beiden Händen das Lenkrad. »Ich war so alt wie sie, als ich es zum ersten Mal gelesen habe. Du warst nur ein Jahr älter. Aber egal, wir werden die Partei auf den Schultern der jungen Menschen aufbauen. Sie sind die Zukunft Koreas.«

Ki-soo drehte ihr hübsches Gesicht zum Seitenfenster und schwieg.

In den zwei Wochen in Sinuiju hatten Jin-mo, Ki-soo und Seung-yo abends leidenschaftliche Diskussionen über Regierungen, Arbeiter und die Zukunft geführt. Sie benutzten jeweils den abgekürzten Namen des anderen – Ki, Seung und Jin –, was sich für mich merkwürdig und unhöflich anhörte. So redeten sich anständige Koreaner nicht an. Sie diskutierten, was jetzt, wo die Japaner weg waren, mit Korea passieren würde. Jin-mo versuchte, mich in ihre Diskussionen einzubeziehen, und ich bemühte mich, so gut ich konnte daran teilzunehmen. Die Ideen waren neu, schienen aber Sinn zu ergeben. Die Diskussionen erinnerten mich an die, die meine Familie nach einem harten Tag auf dem Feld über Bücher geführt hatten.

Ich erfuhr, dass Jin-mo, Ki-soo und Seung-yo Rebellen gewesen waren und zusammen mit anderen Koreanern im Norden Chinas gegen die Japaner gekämpft hatten. Es war ein gefährliches, ärmliches Leben gewesen, das Seung-yo sein linkes Bein und viele ihrer Freunde das Leben gekostet hatte. Sie hatten einer Gruppe angehört, die von einem Mann namens Kim Il-sung angeführt worden war, der sich laut ihren Worten tapfer geschlagen und die Russen davon überzeugt hatte, in den Krieg gegen die Japaner einzutreten. Durch das Radio in der

Wohnung hatten sie erfahren, dass Kim Il-sung mit Russlands Unterstützung eine Interimsregierung in Pjöngjang ins Leben gerufen hatte. Jin-mo war mit seinem Kameraden Kim gut befreundet und fuhr nach Pjöngjang, um dort in der neuen Regierung eine wichtige Rolle zu übernehmen. Er hatte gesagt, er würde auch für mich eine gute Arbeit finden.

Jin-mo wandte sich an mich: »Es herrscht eine aufregende Zeit in Korea, Jae-hee. Ein Neuanfang. Schon bald wird die Partei übernehmen, und Korea wird ein modernes Land werden. Wart's nur ab.«

Ki-soo verschränkte die Arme über ihrem dicken Bauch und starrte weiterhin aus dem Fenster. »Da wäre ich mir nicht so sicher«, murmelte sie.

Jin-mo fragte angespannt: »Warum musst du so sein, Ki? Warum bist du immer so zynisch?«

»Weil ich ihnen nicht traue«, erwiderte sie und schaute ihn unverwandt an. »Ich glaube einfach nicht alles, was sie sagen.«

Ich versank in meinem Sitz. Nie hatte ich gehört, dass eine Frau einem Mann solche Widerworte gegeben hatte, wie Ki-soo es bei Jin-mo tat. Mutter hatte nie so mit Vater gesprochen. Doch Jin-mo und Ki-soo stritten sich häufig, was meistens so endete, dass Ki-soo die Tür zu ihrem Zimmer zuknallte und Jin-mo ausdruckslos zu Seung-yo und mir schaute.

»Weißt du, Ki, das wird nicht einfach werden«, meinte Jin-mo. »Wir müssen zusammenarbeiten, sonst werden uns die anderen Länder herumschubsen, wie sie es schon immer getan haben. Der Kommunismus ist unsere Chance. Keine Japaner mehr, keine Chinesen mehr. Und die Russen und die Amerikaner haben sich einverstanden erklärt zu gehen, sobald wir eine Regierung aufgebaut haben.«

»Ich bin mir nicht sicher, ob es funktionieren wird«, entgegnete Ki-soo.

»Was wäre die Alternative?«, fragte Jin-mo kopfschüttelnd. »Kapitalismus? Geld und Macht in den Händen einiger weniger gieriger Männer? Das hat die Welt in eine zehnjährige Depression gestürzt, von der die Japaner und die Deutschen profitiert haben. Das hat zum Krieg geführt. Wir müssen einen besseren Weg finden. Und das ist der Kommunismus.«

»Eine klassenlose Gesellschaft, die darauf basiert, dass die Produktionsmittel Kollektiveigentum sind«, sagte Ki-soo, als würde sie aus Marx vorlesen.

»Genau«, gab ihr Jin-mo recht. »Genau das hat Russland so mächtig gemacht. Und es gibt kommunistische Bewegungen in Dutzenden anderen Ländern. China kommt als Nächstes. Und dann folgen Länder in Asien und Europa. Sogar in Amerika existiert eine kommunistische Bewegung. Und jetzt, hier in Korea, können wir das ohne einen Bürgerkrieg schaffen.«

»Solche Veränderungen gehen nie ohne Blutvergießen vonstatten, Jin. Und wer soll diese neue Regierung anführen? Dein Freund Kim Il-sung? Ich vertraue dem Genossen Kim nicht«, entgegnete Ki-soo und betonte dabei das Wort *Genosse*.

»Er hat gegen die Japaner gekämpft, Ki, als die anderen wegrannten und nach Amerika oder Europa flohen.«

Ki-soo schaute wieder aus dem Fenster und sagte lange Zeit nichts. Das Auto erklomm Hügel, auf denen noch mehr Reisfelder angelegt waren.

Schließlich fragte Ki-soo mit einer Kopfbewegung in meine Richtung: »Was machst du mit ihr, wenn wir in Pjöngjang sind?«

»Sie kann dir mit dem Baby helfen.«

»Ich brauche keine Hilfe mit dem Baby.«

»Dann kann sie in der neuen Regierung helfen. Sie ist sehr gut in Sprachen. Sie spricht besser Japanisch als ich. Und Chinesisch.«

»Wird sie bei uns wohnen?«, fragte Ki-soo, und ihre Augen sprühten Funken.

»Sie hat ihre Familie verloren, Ki.«

»Halb Korea hat während der japanischen Besatzung seine Familie verloren. Du wirst denen nicht allen sagen, dass sie bei uns leben können, oder?«

Jin-mo umklammerte fest das Lenkrad, während das Auto über die Straße holperte und einen weiteren Hügel erklomm.

Ich ließ mich tief in den Sitz sinken, als Pjöngjang in der Ferne auftauchte. Ich hoffte, wir würden die Stadt bald erreichen, sodass ich aussteigen und von Ki-soo weglaufen könnte.

Irgendwann sagte Ki-soo: »Ich muss schon wieder pinkeln. Dieses Reisen ist nicht gut für das Baby.«

Kommentarlos lenkte Jin-mo das Auto an den Straßenrand und ließ es laufen, während Ki-soo ausstieg und sich in den Straßengraben hockte.

Pjöngjang. Ich hatte von der großen Stadt mit den hohen Gebäuden am Fluss Taedong gehört. Vater war einmal dort gewesen und hatte uns davon erzählt. Aber nach meiner Enttäuschung, als ich Sinuiju zum ersten Mal gesehen hatte, waren meine Erwartungen gering. Doch Pjöngjang war anders. Es war eine fantastische Stadt, in der es vor Menschen wimmelte – auf Fahrrädern, zu Fuß, in Autos, Rikschas, auf den Bürgersteigen, den Straßen –, sie alle eilten irgendwohin. Ich fragte mich, wohin sie wohl alle gingen und warum sie sich so beeilten. Hunderte elektrische Drähte hingen an hohen Pfosten über den Straßen. Auf unserem Hof hatte es keinen Strom gegeben. Den Bedarf dafür hatte ich nie gesehen, darum konnte ich mir auch nicht vorstellen, wofür all diese Elektrizität gut sein sollte. Überall standen Gebäude. Manche von ihnen waren so groß, dass sie wie Paläste aussahen. Die Geräusche,

Eindrücke, Gerüche, die Energie waren so anders als alles, was ich mir jemals ausgemalt hatte.

Jin-mo holte eine Karte aus dem Handschuhfach und reichte sie Ki-soo. Sie gab ihr Bestes, Jin-mo auf den überfüllten Straßen an Autos und Fahrrädern vorbei zu navigieren. Der Fiat rollte durch den starken Verkehr, bis er schließlich vor einem viergeschossigen Steingebäude stehen blieb. Treppen führten zum Eingang hinauf, der von hohen Säulen gesäumt war. Noch nie zuvor hatte ich ein so massives Gebäude gesehen. Für mich war es das größte Gebäude der Welt.

»Das ist es!«, rief Jin-mo aufgeregt. »Ihr beide wartet hier, während ich Bescheid gebe, dass wir da sind.«

Er wechselte das Hemd, bürstete sich die Haare und schlüpfte in seine Lederslipper. Dann verschwand er im Gebäude, während Ki-soo und ich im Auto blieben. Ki-soo drehte mir den Rücken zu und starrte aus dem Fenster auf die Menschen auf der Straße. Nach einer Weile sagte sie, immer noch zum Fenster gewandt: »Ich werde nicht zulassen, dass Jin-mo mich und mein Baby zerstört.« Ich wusste nicht, was sie meinte, womit Jin-mo sie zerstören würde. Doch ihr Tonfall war ernster als für gewöhnlich. Ich drückte mich neben den Koffern und dem Bettzeug in meinen Sitz und betete, dass Jin-mo bald zurückkäme.

Eine Stunde später kam er aus dem Gebäude gerannt und sprang mit Papieren in der Hand ins Auto. »Es ist alles arrangiert«, sagte er nickend. »Wir haben ein möbliertes Apartment hier in der Nähe. Ich melde mich übermorgen zur Arbeit. Ich bin mir sicher, dass wir für dich auch eine Arbeit finden, Jae-hee.«

Er ließ das Auto an und drehte sich erst zu Ki-soo, dann zu mir. Bei der Freude, die in seinem Lächeln lag, schlug mein Herz ganz schnell. »Willkommen im neuen Korea«, sagte er.

KAPITEL 23

Jin-mo hielt sein Wort und beschaffte mir eine Arbeit für die Interimsregierung in dem massiven Gebäude, in dem auch er arbeitete. Er sagte, bei der Arbeit handele es sich um die Übersetzung wichtiger Dokumente aus der japanischen Besatzungszeit ins Hangul. Obwohl ich Japanisch und Hangul gut lesen und auch schreiben konnte, hatte ich noch nie Übersetzungen angefertigt. Ich hielt mich nicht für qualifiziert. Aber Jin-mo war so enthusiastisch und freute sich so sehr für mich, dass ich diese Arbeit annehmen musste, auch wenn ich sehr nervös war.

Jin-mo war scheinbar ein wichtiger Mann, denn die Regierung hatte ihm eine in westlichem Stil eingerichtete Wohnung gegenüber von einem Park mit riesigen Weidenbäumen gegeben. Es gab fünf Zimmer – einen großen Hauptraum mit europäischen Polstermöbeln, ein Schlafzimmer, in dem Jin-mo und Ki-soo schliefen, eine Küche mit einem gusseisernen Ofen, ein Badezimmer mit Porzellanwaschbecken und Badewanne sowie hinten ein winziges Zimmer, in dem ich auf einem kleinen, niedrigen Bett schlief. Die Wohnung lag ebenerdig, und die Fenster im Hauptraum überblickten den Park. Statt mit einer Ondul-Heizung wurden die Räume von

Heizkörpern mit heißem Wasser aus einem Boiler irgendwo im Gebäude beheizt. Es gab elektrisches Licht und eine elektronische Uhr auf dem Kaminsims. Seit wir angekommen waren, war der Strom mehrfach weg gewesen. Und immer, wenn er zurückkam, stellte Jin-mo als Erstes die Uhr wieder richtig ein.

Es war mein erster Arbeitstag. Ich hatte in der Nacht zuvor nicht gut geschlafen und mir Gedanken gemacht, wie ich mich bei meiner neuen Arbeit anstellen würde. Ich stand auf und ging ins Badezimmer. Jin-mo, der unglaublich viel arbeitete, hatte die Wohnung bereits verlassen. Ich musste vor Ki-soo im Badezimmer sein. Wenn sie erst mal darin war, musste ich sehr lange warten, bis sie fertig war. Auch wenn ich zuerst drin war, musste ich rausgehen, wenn sie ins Bad wollte. Ich war dankbar dafür, dass ihre Schwangerschaft sehr weit fortgeschritten war und sie meistens lange schlief.

Im Bad wusch ich mich so gründlich, wie ich es immer für Oberst Matsumoto getan hatte. Es gab heißes Wasser, aber ich musste aufpassen, dass ich nicht zu viel verbrauchte, sonst war nicht mehr genug für Ki-soo übrig. Ich überlegte, ob ich mir mit einer Nadel in die Fingerkuppe stechen sollte, um das Blut als Rouge und Lippenstift zu benutzen, aber ich wusste nicht, ob die Frauen in Pjöngjang Make-up trugen, und ich wollte nicht wie eine Prostituierte aussehen. Ich zog ein abgelegtes Kleid von Ki-soo an. Ich musste es an Brust und Hüfte enger machen und den Saum kürzen. Trotzdem war es mir noch zu groß, aber es war das einzige angemessene Kleid, das ich besaß.

Ich war mir nicht sicher, was ich mit meinen Haaren machen sollte. Ich wollte nicht lächerlich aussehen, indem ich sie zu schick frisierte, aber ich wollte auch nicht wie ein liebes Mädchen wirken. Ki-soo steckte manchmal ihre Haare hoch, wenn sie sich nur in der Wohnung aufhielt, aber für die Arbeit hielt ich das nicht für angemessen. Ich erwog, meine Haare offen zu tragen oder nur hinten zusammenzubinden. Ich hatte

Frauen auf den Straßen von Pjöngjang gesehen, die ihre Haare so trugen. Aber ich fand, dass ich dann unecht aussehen würde. Am Ende flocht ich die Haare, so wie ich es immer für die Arbeit auf den Feldern zu Hause getan hatte.

Ich betrachtete mich im Spiegel über dem Waschbecken. Ich war unsicher, ob ich noch hübsch war, und fürchtete, unter den großstädtischen Arbeitern in dem großen Gebäude völlig fehl am Platz zu sein.

Vor ein paar Tagen hatte Ki-soo über eine Gegend Pjöngjangs gesprochen, wo Mädchen als Prostituierte arbeiteten. Ich weiß nicht, warum sie mir davon erzählte, und sie hat auch nur einmal darüber geredet. Jetzt, wo ich mein Spiegelbild betrachtete, dachte ich, ich sollte den Ort finden. Das war etwas, das ich kannte, etwas, worin ich gut war. Ich würde dorthin passen. Aber Jin-mo hatte mir diese Arbeit besorgt. Und ich wollte ihn nicht enttäuschen.

Es klopfte an der Tür. »Ich muss ins Bad«, rief Ki-soo. Schnell öffnete ich die Tür und verneigte mich. Als ich an ihr vorbeiging, hielt sie kurz inne und schaute mich an. Ich dachte, sie würde über meine Frisur lachen, doch stattdessen sagte sie: »Du siehst gut aus. Viel Glück.« Dann ging sie ins Badezimmer und schloss die Tür.

Als ich die Zentrale der Interimsregierung betrat, musste ich kurz innehalten, um alles ganz genau zu betrachten. Unser ganzes Bauernhaus hätte in den Empfangsbereich gepasst, und dann wäre immer noch genug Platz gewesen. Der Fußboden war aus Marmor. Elektrisch betriebene Messingleuchter hingen von der Decke. Menschen hasteten in alle Richtungen, manche von ihnen mit Akten und Ordnern beladen. Alle wirkten sehr ernst. Ich ging zu einer jungen Frau hinter einem Schreibtisch. Sie trug eine Bluse und einen Rock, und es sah wie eine Uniform aus. Erleichtert stellte ich fest, dass sie ihre Haare genauso geflochten hatte wie ich. Ich fragte, wo ich Herrn Chee finden würde, den Mann, für den ich laut Jin-mo arbeiten sollte. »Im dritten Stock«, antwortete sie und zeigte zum Treppenhaus. Sie wandte sich wieder ihrer Arbeit zu und schien nicht zu bemerken, dass mir mein Kleid viel zu groß war.

Ich stieg die Treppe hinauf, die breiter war als jedes Treppenhaus, das ich mir je hätte vorstellen können. Im dritten Stock gab es ein Großraumbüro, in dem Menschen geschäftig hinter Schreibtischen arbeiteten und noch mehr Personen umhereilten. Am Rand des Großraumbüros waren kleinere Büros mit Fenstern, welche die Straße überblickten. Überall standen Aktenschränke. Ich konnte mir nicht vorstellen, wofür.

Ich verneigte mich vor einem Mann an einem Schreibtisch und fragte, wo ich Herrn Chee finden könnte. Er zeigte auf einen kleinen, belesen aussehenden Mann, der hinter mehreren Männern an Schreibtischen auf und ab lief. »Das ist Herr Chee«, meinte er.

Ich ging zu Herrn Chee. Er trug einen westlichen Wollpullover über einem weißen Hemd und eine graue Krawatte. »Ich bin Hong Jae-hee«, stellte ich mich mit einer tiefen Verbeugung vor. »Herr Pak meinte, ich solle heute Morgen herkommen und für Sie arbeiten. Es ist mir eine Ehre, Herr.«

Als die anderen mich anschauten, beobachtete auch er mich über den Rand seiner Lesebrille hinweg. »Sie sind die, die angeblich so gut in Sprachen ist«, erwiderte er. »Japanisch und Chinesisch, hieß es. Gut, in den Sprachen haben wir hier nicht so viel. Englisch ist jetzt wichtig. Können Sie das?«

»Nein, Herr, kann ich nicht«, antwortete ich mit gesenktem Blick. »Aber Mutter meinte immer, ich hätte ein Gehör für Sprachen.« Die Männer an den Schreibtischen tauschten Blicke aus, und meine Antwort kam mir plötzlich dumm vor.

Herr Chee setzte seine Lesebrille ab. »Englisch ist sehr schwer, also denke ich nicht, dass Sie das schon bald können werden. Aber man hat mir gesagt, ich solle eine Verwendung für Sie finden, also werde ich Ihnen ein Englisch-Wörterbuch und ein paar andere Bücher geben, damit Sie loslegen können. Vielleicht sind Sie mir in ein paar Jahren nützlich, sofern Sie hart arbeiten. Bis dahin werden Sie sich mit den japanischen Akten beschäftigen müssen.«

Er deutete auf einen Schreibtisch fast am Ende des Großraumbüros. »Auf dem Schreibtisch liegen Unterlagen auf Japanisch. Übersetzen Sie sie ins Hangul, und geben Sie mir Bescheid, wenn Sie fertig sind. Wenn Sie so klug sind, wie sie mir beschrieben wurden, sollten Sie weniger als drei Stunden brauchen. Dann können Sie gehen.«

»Vielen Dank, Herr«, sagte ich und verbeugte mich abermals. Herr Chee setzte seine Lesebrille wieder auf und widmete sich erneut den Männern, womit er mir zu verstehen gab, dass er mit mir fertig war. Ich setzte mich an den Tisch, auf den er gezeigt hatte. Dann guckte ich mir die anderen Menschen im Großraumbüro an. Ich hatte gedacht, sie alle würden mich anstarren und darauf achten, wie ich gekleidet war und mich frisiert hatte. Aber niemand schien sich für mich zu interessieren.

Ich nahm eines der Dokumente hoch, die ich übersetzen sollte. Es handelte sich um Regierungsunterlagen, nicht um Bücher, wie wir sie zu Hause gelesen hatten oder Oberst Matsumoto mir gegeben hatte. Die Sprache war blumig und bedeutend, und ich war beunruhigt, dass ich so wichtige Dokumente übersetzen sollte. Ich nahm Zettel und Stift und fing an. Ich wollte unbedingt mein Bestes geben. Manche Wörter kannte ich nicht und kreiste sie in der Übersetzung ein. Ich machte mir eine Liste dieser Wörter, damit ich sie später nachschlagen konnte.

Trotz der gehobenen Sprache und der Wörter, die ich nicht kannte, waren die Übersetzungen einfach, und ich war in weniger als zwei Stunden fertig. Ich wollte sie Herrn Chee überreichen, doch er sagte, ich sollte sie auf dem Schreibtisch liegen lassen. Dann wandte er sich wieder seiner Arbeit zu. Ich schätzte, ich war für diesen Tag fertig, und lief die Treppe hinab, um nach Hause zu gehen.

Es war kurz nach Mittag, als ich durch den großen Empfangsbereich schritt und nach draußen ins Zentrum von Pjöngjang trat. Ich fühlte mich schuldig, dass ich schon freihatte, und dachte, ich sollte sofort zurück zur Wohnung eilen, wie ich es immer in Dongfeng nach den Besuchen beim Oberst getan hatte. Doch hier war ich nicht auf einen einzigen Ort beschränkt. Hier konnte ich überall hingehen, wohin ich wollte. Es war ein angenehmer Herbsttag, und Pjöngjang war so groß und neu für mich, dass ich beschloss, einen Spaziergang zu machen, um mir alles anzuschauen. Die Freiheit war aufregend, aber auch ein wenig Furcht einflößend.

Ich spazierte den Boulevard entlang, der überfüllt war mit Autos, Lastwagen, Fahrrädern und Rikschas, die mit Kisten, Säcken und allen möglichen Dingen, die ich noch nie gesehen hatte, beladen waren. Der Verkehr ratterte und dröhnte auf beiden Spuren der Fahrbahn entlang. Die Lastwagen stießen Rauch aus, und die Luft war erfüllt vom Gestank der Abgase. Die Bürgersteige waren voller Menschen, die in alle Richtungen eilten. Es gab Männer in Anzügen, wie Herr Chee einen trug, und manche Frauen hatten schicke Mäntel und Kleider an. Jeder schien in Eile zu sein, genau wie im Gebäude der Interimsregierung. Ich fragte mich, was so wichtig war, dass sie praktisch rennen mussten, um dorthin zu gelangen, wo sie hinwollten. Sie erinnerten mich an die Ameisen, die ich immer im gelben Staub der Troststation beobachtet hatte.

Entlang des Boulevards gab es Geschäfte mit großen Schaufenstern, auf denen Schriftzeichen prangten. Auf manchen Fenstern standen die Wörter in Hangul, auf anderen waren die japanischen Schriftzeichen abgekratzt und durch solche in Hangul ersetzt worden.

Es gab eine Bäckerei mit mehr Brotsorten, als ich je im Leben gesehen hatte. Ich erblickte einen Bekleidungsladen und starrte auf Kleider und Schuhe, von denen ich mir sicher war, dass ich sie mir niemals würde leisten können. Ich kam zu einer Buchhandlung, in der es Hunderte von Büchern gab. Bei dem Gedanken daran, sie alle zu lesen, musste ich lächeln.

Ich bog um eine Ecke und blieb wie angewurzelt stehen. Vor mir erhob sich ein Gebäude mit mehr elektrischen Lichtern, als ich es in ganz Pjöngjang für möglich gehalten hätte. Das Gebäude nahm den halben Block ein und hatte ein Pagodendach. Ich dachte, es müsse sich um einen Palast handeln. Über dem Eingang befand sich eine Markise, auf der in großen Buchstaben auf Hangul stand: *Vom Winde verweht.* Viele Menschen warteten in einer Schlange davor. Ich ging auf das Gebäude zu. An einer Wand hing ein Poster, das einen Mann zeigte, der eine Frau in seinen Armen hielt. Und da begriff ich, dass ich vor einem Kino stand.

Natürlich hatte ich schon von Filmen gehört, aber da, wo ich aufgewachsen war, hatte ich nie einen anschauen können. Vater hatte einmal einen Film in Sinuiju gesehen und uns davon Unglaubliches erzählt. Damals wollte ich mir sofort auch einen ansehen. Oberst Matsumoto hatte ebenfalls über Filme gesprochen, aber in der Troststation hatte ich nicht gewagt, davon zu träumen, jemals einen sehen zu können.

Und nun stand ich hier vor einem Kino. Es war sogar noch spektakulärer, als ich es mir erträumt hatte. Bei dem Anblick verschlug es mir den Atem. Ich versuchte mir all die Wunder und neuen Welten vorzustellen, die ich im Inneren entdecken könnte. Dann erblickte ich ein Schild, auf dem stand, dass der Eintrittspreis zehn Won betrug. Genauso gut hätte der Eintritt eine Million kosten können, denn ich hatte überhaupt kein

Geld. Wieder schaute ich auf das Poster. Da stand, der Film sei auf Englisch mit Untertiteln in Hangul. Mir fiel ein, dass Herr Chee gesagt hatte, ich müsse Englisch lernen. Ich schwor mir, das Geld zusammenzubekommen, um irgendwann meinen ersten Film sehen zu können.

Ich riss mich vom Kino los und ging wieder die Straße hinunter. Ich wollte noch mehr von Pjöngjang erkunden und lief einen Block weit, dann zwei und dann drei. Ich guckte in Schaufenster und beobachtete die vorbeieilenden Menschen und die vielen Autos. Ich war mir sicher, dass dies die schönste Stadt der Welt war.

Plötzlich gab es ein Stück die Straße hinunter ein Handgemenge auf dem Bürgersteig, und ich sah koreanische Soldaten mit roten Armbinden und weißen Sternen, die einen Mann durch eine Tür auf die Straße trieben. Der Mann hielt seine Arme hoch über den Kopf. Ein Soldat hob einen Gummiknüppel und ließ ihn kräftig auf den Mann niedersausen, der aufschrie und zu Boden ging. Die Menschen um mich herum hielten sich die Ohren zu und rannten weg. Aber ich nicht. Ich blieb, wo ich war, und schaute den Schlägen zu, wie Leutnant Tanaka es mir beigebracht hatte. Wieder und wieder schlug der Soldat den Mann. Das Geräusch des Gummiknüppels, der auf Fleisch traf, die Angst in den Augen des Mannes und seine fürchterlichen Schreie ließen die Stadt Pjöngjang um mich herum verschwimmen, und ich war wieder im Innenhof der Troststation. Schließlich packte der Soldat den Mann am Arm und zwang ihn aufzustehen. Sein Gesicht war blutverschmiert, und er stand unsicher auf den Beinen. Die Soldaten eskortierten ihn die Straße hinauf an mir vorbei. Als sie an mir vorüberschritten, sah mir der Soldat mit dem Gummiknüppel in die Augen, und einen Moment lang hatte ich das Gefühl, ich würde wieder Leutnant Tanaka anschauen.

Und als sie weg waren, rannte ich durch die Straßen von Pjöngjang den ganzen Weg nach Hause.

KAPITEL 24

Zwei Jahre später

Es war wieder einmal spät am Abend, und ich war noch in der Zentrale der Interimsregierung. Ich saß an meinem Schreibtisch und half dabei, englische Unterlagen für das Treffen zwei Stockwerke über uns ins Hangul zu übersetzen. Das Treffen fand zwischen Delegationen aus dem von Amerika kontrollierten Süden und dem von Russland kontrollierten Norden statt. Die beiden Seiten versuchten, ihre Meinungsverschiedenheiten beizulegen und Korea unter einer gemeinsamen Regierung zu vereinen. Das Treffen dauerte nun schon drei Tage, und laut Jin-mo, der zu einem der Delegierten für den Norden bestimmt worden war, lief es nicht gut. Mein Schreibtisch stand in der Mitte der Übersetzungsabteilung. Überall war es dunkel, nur über meinem Tisch brannte noch Licht. Herr Chee lief hinter mir auf und ab und las die Übersetzungen laut vor.

Herr Chee war auf einem College in England gewesen und hatte vor dem Krieg in London gelebt. Als der Zweite Weltkrieg ausbrach, konnte er nicht nach Korea zurück und saß dort fest, während London bombardiert wurde. Als der Krieg vorüber war, kehrte er zu seiner Familie in Pjöngjang zurück.

Weil er so gut Englisch sprach und ein gebildeter Mann war, hatte die Interimsregierung ihm die Verantwortung für die Übersetzungen übertragen.

Als ich in der Abteilung anfing, war Herr Chee sauer gewesen, dass Jin-mos Freunde von ihm verlangten, mit jemandem zu arbeiten, der noch so jung war. In den ersten sechs Monaten ließ er mich nur unwichtige Dokumente von Japanisch auf Hangul übersetzen. Ich wurde sehr gut darin, und schon bald erkannte Herr Chee, dass ich nicht so unnütz war, wie er gedacht hatte. Er gab mir einige Englischbücher und ermunterte mich, die Sprache zu lernen. Und das tat ich. Ich wollte die Schande von Dongfeng hinter mir lassen. Ich wollte unbedingt beweisen, dass ich mehr konnte, als mich auf den Rücken zu legen und mich von Männern vergewaltigen zu lassen. Und ich wollte Jin-mo nicht enttäuschen. Darum arbeitete ich sehr hart daran, Englisch zu lernen.

Ich lernte jeden Tag und spät in der Nacht, wenn ich eigentlich schon hätte schlafen sollen. Niemals nahm ich mir einen Tag frei. Täglich lernte ich Dutzende neuer Wörter, recherchierte ihre Bedeutung und übte die genaue Aussprache. Ich war besessen von englischer Grammatik. Ich las alles, was ich auf Englisch in die Hände kriegen konnte. Kaum eine Mahlzeit nahm ich zu mir, ohne dabei ein Buch vor mir liegen zu haben. Zwei- oder dreimal die Woche schlich ich mich fort und ging ins Kino, um mir Filme auf Englisch mit Untertiteln in Hangul anzuschauen. *Vom Winde verweht* sah ich viermal, das Buch las ich dreimal auf Englisch und machte mir dabei auf fast jeder Seite Notizen am Rand. Ein englisches Grammatikbuch, das Jin-mo mir schenkte, lernte ich praktisch auswendig. Ich benutzte meine Wörterbücher und den Thesaurus so oft, dass sie auseinanderfielen. Ich hörte Herrn Chee und den anderen Übersetzern aufmerksam zu, wenn sie Englisch sprachen.

Und ich hatte eine Gabe. Es ist schwer zu beschreiben, aber ich musste ein Wort nur ein einziges Mal hören und schon konnte ich mich an die Bedeutung, den Kontext und die richtige Aussprache erinnern. Die Menschen sagten, ich sei ein Sprachgenie. Und ich schätze, das stimmt. Aber sie sahen nicht, wie hart ich dafür arbeitete.

Und darum wurde ich besser in Englisch als alle anderen in der Übersetzungsabteilung. Ich wurde sogar so gut, dass Herr Chee mich zu seiner obersten Übersetzerin ernannte.

Doch mein Erfolg half nicht gegen die Albträume von der Troststation. Häufig wachte ich mitten in der Nacht schweißgebadet auf. Noch immer sah ich das Maschinengewehr deutlich vor mir, das meine koreanischen Schwestern an jenem letzten, furchtbaren Tag niedergestreckt hatte. Noch immer spürte ich das Stechen in meinen Oberschenkeln, wo Leutnant Tanaka mich geschlagen hatte, und den Schmerz zwischen meinen Beinen, wo Oberst Matsumoto und Tausende andere Männer mich vergewaltigt hatten. Und jeden Tag sehnte ich mich nach meiner Schwester Soo-hee. Ich konnte Dongfeng nur vergessen, wenn ich im Kino war oder Englisch lernte. Ich schätze, das war der Grund, warum ich so hart arbeitete.

Ich saß an meinem Schreibtisch, und Herr Chee ging hinter mir auf und ab. Er las unsere Übersetzung eines Dokuments vor, das oben gebraucht wurde. »Was meinen Sie damit?«, fragte er und hielt sich seine Lesebrille vor die Augen. »*Eine Diktatur des Proletariats, durch die die Vergesellschaftung der Produktionsmittel erreicht werden kann.*«

»Das ist die Grundlage für eine kommunistische Regierung«, erklärte ich. »Es bedeutet, dass die Arbeiter eine Regierung aufbauen, die die wirtschaftliche Produktion zum Nutzen aller kontrollieren wird.«

»Warum nennen Sie es Diktatur?«, wollte er wissen.

»Das ist eine marxistische Idee«, antwortete ich. »Marx war der Ansicht, dass die Arbeiter für eine gerechtere Wirtschaft die vollständige Kontrolle über die Produktionsmittel haben sollten.«

»Woher wissen Sie das alles?«, fragte Herr Chee kopfschüttelnd. »Aber egal«, fügte er schnell abwinkend hinzu. »Wir müssen die Übersetzung fertig bekommen. Oben warten sie schon darauf.«

Wir arbeiteten noch eine Zeit lang und feilten an Sätzen und Wörtern. Als wir uns endlich über die richtige Übersetzung einig waren, schrieb ich sie auf und gab sie Herrn Chee. Während er sie las, meinte er: »Sie müssen bleiben. Es kann noch die ganze Nacht dauern.« Ich verneigte mich und sagte, dass ich das täte. Müde lächelte er mich an und eilte dann rasch die Treppe hinauf, um der Delegation die Übersetzungen zu geben.

Ich legte meine Arme verschränkt auf meinen Schreibtisch und ließ den Kopf darauf sinken. Ich schloss die Augen, und Worte in Hangul und Englisch schwirrten in meinem Kopf herum. Bald fiel ich in einen unruhigen Schlaf.

»Jae-hee!«, rief jemand über die unglaublich lange Reihe japanischer Soldaten in meinen Träumen hinweg. »Wach auf! Wir müssen gehen.« Ich zwang mich, die Augen zu öffnen, und hob den Kopf. Jin-mos attraktives Gesicht ersetzte die Gesichter der japanischen Soldaten in der Troststation. »Du bist schon wieder eingeschlafen«, meinte er. »Komm, wir müssen los. Ki macht sich sonst Sorgen um uns.«

Jin-mo und ich liefen durch die menschenleeren Straßen bis zu seiner Wohnung sechs Blöcke von der Zentrale der Interimsregierung entfernt. Seit wir dort angefangen hatten zu arbeiten, waren wir diesen Weg fast jede Nacht zusammen gegangen. Anfangs hatte ich mich unwohl dabei gefühlt, allein mit einem männlichen Begleiter zu sein, der nicht mein Ehemann war. Aber im Laufe der Zeit hatte ich gemerkt, dass Jin-mo ein netter, sanfter Mann war. Er hatte eine Art zu sprechen, die mich an Vater erinnerte. Und seine Leidenschaft für Korea und seine Ideen für eine neue Art von Regierung waren ansteckend. In seiner Gegenwart fühlte ich mich lebendig, und ich hatte Gefühle für ihn, wie ich sie noch nie zuvor empfunden hatte. Als wir durch die kühle Frühlingsluft liefen, fragte ich: »Wie ist das Treffen heute gelaufen?«

Jin-mo seufzte. Es beunruhigte mich, wie eingesunken seine Augen waren und dass sein Rücken sich immer mehr beugte. »Nicht gut«, sagte er sanft. »Beide Seiten sind der Meinung, sie hätten das legitime Recht, die ganze Halbinsel zu regieren. Keine von beiden möchte nachgeben.«

»Was wird passieren?«

»Wenn uns die Amerikaner und Russen in Ruhe lassen würden, könnten wir etwas vereinbaren«, erwiderte er. »Beide haben sich einverstanden erklärt, dieses Jahr das Land zu verlassen, damit wir eine gemeinsame Regierung gründen können. Aber die Russen möchten eine kommunistische Regierung, und die Amerikaner werden das nicht zulassen. Sie sind gegen Kommunismus hier in Korea. Es ist eine Pattsituation.«

Eine Zeit lang gingen wir schweigend weiter. Der Park lag zu unserer Rechten, und auf der Straße war wenig Verkehr. Es wehte eine sanfte Nachtbrise.

»Was meinst du, welche Seite hat recht?«, wollte ich von ihm wissen. Sobald ich die Frage gestellt hatte, bereute ich sie auch schon. Ich fragte schon wieder zu viel, und das in Pjöngjang, wo Fragen wie meine nicht ratsam waren. Doch Jin-mo schien das nicht zu stören.

»Früher dachte ich immer, das sei der Norden«, antwortete er. »Hier ist die Wiege Koreas. Wir haben mehr Industrie als die dort im Süden. Und wie du weißt, glaube ich, dass eine sozialistische Regierung das Richtige für uns wäre. Aber viel wichtiger ist, dass wir unter einer gemeinsamen Regierung zusammenkommen. Unsere ganze Geschichte lang waren wir getrennt – der Norden verbündete sich mit China, der Süden mit den Japanern. Dies ist unsere Gelegenheit, eine Nation zu werden, sofern die Russen und die Amerikaner uns nicht trennen.«

»Was müssen wir tun?«

»Ich habe Ideen präsentiert, aber meine Genossen wollten nicht zuhören. Sie sind unflexibel. Sie wollen keinen Kompromiss eingehen, und ich glaube, dass sie damit einen Fehler machen.« Jin-mo zog die Augenbrauen hoch. »Natürlich bleibt das, was ich dir hier sage, unter uns.«

Ich nickte und freute mich darüber, dass er mich ins Vertrauen gezogen hatte. »Selbstverständlich«, sagte ich.

Als wir zur Wohnung kamen, parkte davor ein schwarzes Auto, in dem ein Fahrer wartete. Jin-mo schaute das Auto besorgt an. Schnell öffnete er die Wohnungstür, und ich folgte ihm hinein.

Wir zogen unsere Schuhe aus und betraten den Hauptraum. Ki-soo saß auf dem Sofa und hatte die Beine untergeschlagen. Ihre Augen waren rot. Neben ihr lag ihr Wintermantel und vor ihr auf dem Boden stand ein Koffer. Ihr zweijähriger Sohn, Suk-ju, schlief gegen seine Mutter gelehnt. Er trug einen Reisemantel.

Jin-mo sah den Koffer und blieb stehen. »Was soll das?«, fragte er.

Ki-soo sagte: »Ich kann das nicht länger riskieren, Jin. Ich gehe, und Suk-ju nehme ich mit.«

»Was meinst du damit?«, wollte Jin-mo wissen. »Was kannst du nicht länger riskieren?«

Der kleine Suk-ju drückte sein Gesicht in die Seite seiner Mutter und wimmerte leise.

Ki-soo sagte: »Ich möchte nicht darüber reden. Du weckst sonst Suk-ju.«

»Wenn du gehst, wann sollen wir dann darüber sprechen?«, fragte Jin-mo mit leiser Stimme.

Suk-ju öffnete die Augen und streckte seine kleinen Händchen nach seiner Mutter aus. »Ummah?«, fragte er.

Ich trat vor und sagte: »Ich nehme ihn, damit ihr reden könnt.« Ki-soo schaute mich wütend an, gab mir aber den Jungen.

Suk-ju legte mir die Arme um den Hals, als ich ihn in mein Zimmer trug und die Tür schloss. Mein Zimmer, so klein es auch war, war immer noch zweimal so groß wie mein Raum in der Troststation. Es hatte kein Fenster, aber im Winter war es warm und in den heißen Sommermonaten kühl. Es gab ein niedriges Bett, einen Holzstuhl, einen kleinen Tisch mit einer Lampe und darüber einen Spiegel. Die Wände waren hellbraun verputzt, und ein einfacher Läufer lag auf dem Holzboden. Ich verbrachte viel Zeit in meinem Zimmer, las Bücher, lernte Englisch und schlief, wenn ich nicht mehr lernen konnte. Ich kannte den Raum gut – mit Ausnahme der Decke. Ich konnte nicht sagen, ob sie verputzt, aus Holz oder massivem Gold war. Ich weigerte mich hochzuschauen, weil der Blick an die Decke all die Gräuel zurückbrachte, die sie mir in meinem Raum in der Troststation angetan hatten.

Ich saß auf dem Bett und hielt Suk-ju fest im Arm. Das Kind fühlte sich warm an meiner Brust an. In den letzten anderthalb Jahren hatte ich den Jungen so zu lieben gelernt, als sei er mein eigener. Ich hatte große Freude an allem, was er tat – die Art und Weise, wie er sich an meine Finger klammerte, als er erst ein paar Tage alt gewesen war, seine ersten Schritte, seiner ersten Worte, sein schelmisches Kleinkindgrinsen, seine Augen, die so weich und intelligent waren wie die seines Vaters.

Es zerriss mir das Herz, dass ich ihn nie wiedersehen würde, wenn Ki-soo ihn mitnahm. Ich presste ihn fest an mich.

Suk-ju schlief wieder ein, während die Stimmen von Jin-mo und Ki-soo – leise zuerst – im Wohnzimmer stritten. Ich versuchte wegzuhören, aber die beiden wurden lauter. Jin-mo und Ki-soo zankten sich oft. Manchmal wurden ihre Streitereien sehr hitzig. Immer ging ich in mein Zimmer, schloss die Tür und ignorierte sie.

Doch jetzt sagte Ki-soo, sie würde gehen, und ich spürte, dass es sich um einen schlimmen Streit handelte.

»Ich habe dir gesagt, dass du mit diesen Leuten nicht vernünftig reden kannst, Jin-mo!«, hörte ich Ki-soo sagen. »Es wird eine blutige Diktatur, genau wie in Russland unter Stalin.«

»Ich bin vorsichtig, Ki. Wir müssen es probieren.«

»Du bist schon zu viele Kompromisse eingegangen.«

»Schau, die Russen haben eingewilligt, in ein paar Monaten zu gehen. Dann wird es anders.«

»Anders? Dein Anführer ermordet Menschen, Jin-mo! Wenn die Russen weg sind, wird es nur noch schlimmer.«

»Der Süden ermordet seine Dissidenten auch, Ki.«

»Und das rechtfertigt es etwa? Was ist, wenn das Morden hierherkommt, bis zu uns nach Hause? Was ist, wenn sie der Meinung sind, dass du ein Dissident bist?«

»Ich arbeite für sie. Sie werden uns nichts tun.«

»Sei dir da mal nicht so sicher. Du hast Feinde. Du stehst auf der falschen Seite.«

»Ich bin nicht der Einzige. Und ich werde nicht aufhören, es zu versuchen. Es ist der einzige Weg, unsere Leute zusammenzubringen. Wir dürfen nicht aufgeben. Es kann immer noch funktionieren.«

Eine Weile war es still, und ich dachte, der Streit sei vorüber. Doch dann hörte ich, wie Porzellan zerbrach. In meinen Armen zuckte Suk-ju zusammen, wachte aber nicht auf.

»Du und deine Ideale!«, schrie Ki-soo.

»Nicht so laut, Ki.«

»Oh doch! Du hast vor einem Jahr versprochen, du würdest sie wegschicken.«

»Sie kann doch nirgends hin. Und außerdem liebt sie Suk-ju, und er liebt sie. Ich werde sie nicht einfach rauswerfen.«

»Ich habe dir gesagt, dass ich das nicht erlauben werde!«

»Ki-soo, es ist nichts zwischen uns gewesen.«

»Das ist mir egal. Mach ruhig weiter so. Leb mit deiner hübschen, kleinen Chinilpa zusammen, deiner Trostfrau, deiner Hure.«

Und da waren sie, die Worte *Trostfrau* und *Chinilpa*. Jede Faser meines Körpers spannte sich an. All die Bilder von der Troststation – der Pfahl im Innenhof, mein winziger, stinkender Raum, das Maschinengewehr an dem letzten, furchtbaren Tag – prasselten wieder auf mich ein. Ich fühlte mich unsauber. Ich hatte niemandem verraten, was ich in Dongfeng gemacht hatte. Wie hatte das Geheimnis, das ich seit fast zwei Jahren bewahrt hatte, herauskommen können? Wie konnten sie es wissen?

Ich presste Suk-ju ganz fest gegen meinen Körper, als ob ich dadurch, dass ich ihn festhielt, wieder hier in Pjöngjang sein konnte statt in der Troststation. Er gab ein stöhnendes Geräusch von sich, und ich lockerte meinen Griff. Aus dem Wohnzimmer war zu hören, wie noch etwas zu Bruch ging. Suk-ju drehte seinen kleinen Kopf und wurde langsam wach.

»Sei still, Ki!«, rief Jin-mo im Hauptraum. »Wir helfen einander.«

»Das ist nicht der Grund, warum du sie nicht fortschickst.«

»Was meinst du damit?«

»Du weißt, was ich meine.«

»Okay, na los. Geh!«

»Ich nehme Suk-ju mit.«

Ich hörte Schritte, die sich meiner Tür näherten. Ich drückte Suk-ju fest an mich. Die Tür flog auf, Suk-ju zuckte zusammen und war schlagartig wach. Ki-soo riss mir ihren Sohn aus den Armen. Dann marschierte sie ins Wohnzimmer, schnappte sich Mantel und Koffer und stapfte mit ihrem Sohn aus der Wohnung.

Lange saß ich mit angezogenen Knien da. Ich fühlte mich schmutzig und wollte ins Badezimmer, um mich zu waschen. Ki-soos Worte, *Trostfrau* und *Hure*, klangen in meinen Ohren nach. Seit mehr als zwei Jahren hatte ich sie nicht mehr gehört. Ich presste meine Hände gegen den Kopf und wollte sie vertreiben, aber sie blieben, genauso wie die Beleidigungen, die sie mir in der Troststation jeden Tag an den Kopf geworfen hatten.

Irgendwann stand ich auf, öffnete die Tür einen Spalt und spähte ins Wohnzimmer. Jin-mo saß im Dunkeln auf einem Stuhl und schaute ins Leere. Draußen vor dem Fenster wogte die Weide sanft in der nächtlichen Brise.

Ich ging in die Küche und holte den Besen und die Kehrrichtschaufel und fegte die Scherben der zerbrochenen Seladon-Vase auf. »Lass das!«, sagte Jin-mo aus der Dunkelheit. »Das ist meine Aufgabe.«

Ich legte den Besen hin und ging wieder in mein Zimmer. Ich schloss die Tür und setzte mich auf mein Bett, als mich die Schrecken von Dongfeng wieder umgaben.

KAPITEL 25

»Sie bringen das schnell nach oben, und wir fangen mit dem anderen Text an«, sagte Herr Chee. »Beeilung!«

Ich schnappte mir die Bekanntmachung, die das Übersetzerteam gerade fertiggestellt hatte, und rannte die Treppe zum vierten Stock der Zentrale der Interimsregierung hinauf. Es war Mittag, und im Gebäude herrschte emsiges Treiben. Die Mitarbeiter der Übersetzungsabteilung lasen Dokumente oder sprachen am Telefon. Andere flitzten mit Aktenordnern von Tisch zu Tisch. Alle unterbrachen ihre Arbeit und blickten auf, als ich mit den Papieren vorbeilief.

Während ich die Treppen hinaufeilte, spürte ich das Unheil, das sich über dem Treffen im vierten Stock zusammenbraute. Ich ahnte, dass die Vereinigung Koreas zum Scheitern verurteilt war. Das Dokument in meiner Hand war die offizielle Erklärung der Delegation des Südens, dass sie, wie von den Vereinten Nationen vorgeschlagen, mit den nationalen Wahlen fortfahren würden. Und das würden sie mit oder ohne Zustimmung des Nordens machen. Außerdem wurde in dem Dokument erklärt, dass, was den Süden anbelangte, diese Wahlen entscheiden würden, wer ganz Korea regiert, sowohl den Norden als auch den Süden. Die Übersetzungsabteilung arbeitete fieberhaft an einer ähnlichen Erklärung des Nordens. Darin hieß es, der Norden würde die Wahlen im Süden nicht anerkennen, die seiner Meinung nach von den Amerikanern manipuliert würden, damit die proamerikanische Marionette, Rhee Syng-man, gewählt würde. Weiterhin stand darin, der Norden würde unter Aufsicht der Sowjetunion eigene Wahlen abhalten. Und genau wie der Süden beschloss der Norden, dass seine Wahl darüber entscheiden würde, wer die gesamte Halbinsel regierte. Es war, wie Jin-mo befürchtet hatte, eine Pattsituation.

Im vierten Stock rannte ich in das große, zweigeschossige, mahagonigetäfelte Vorzimmer des großen Sitzungssaals. Auf der anderen Seite der gigantisch großen Holztür hörte ich Stimmen, die sich stritten. Eine Schar von Verwaltungsangestellten saß an Schreibtischen und schob sich untereinander Papiere zu oder sprach leise miteinander. Sie schauten auf, als ich kam. Ich ging zu einem Schreibtisch nahe der Tür, verbeugte mich vor dem Mann, der dort saß, und reichte ihm die Übersetzungen. Mit ernstem Gesicht nahm er die Erklärung entgegen, las sie und meinte: »Wo ist die vom Norden?«

»Herr«, sagte ich mit einer weiteren Verbeugung. »Wir sind noch nicht so weit. Sie wird bald fertig sein.«

Plötzlich schwang die riesige Doppeltür auf, und eine Gruppe Männer mit Aktentaschen marschierte heraus. Ihre Augen waren starr geradeaus gerichtet. Schnell wich ich zur Seite, um sie durchzulassen. Die Hälfte der Verwaltungsangestellten im Vorzimmer sprang auf die Füße, packte eilig Papiere in ihre Aktentaschen und lief der Gruppe hinterher.

Im großen Sitzungssaal standen Jin-mo und die anderen Delegierten aus dem Norden da und starrten auf die Rücken der Männer, die gerade gingen. Jin-mo fuhr sich mit den Händen durchs Haar. Einer der Verwaltungsangestellten fragte laut: »Was machen wir jetzt?«

Jin-mo und die anderen schauten ihren Hauptdelegierten an. Dieser sagte: »Gebt unsere Erklärung bekannt.«

Daraufhin ging Jin-mo zu seinem Schreibtisch und stopfte Papiere in seine Aktentasche. Dann stürmte er aus dem Sitzungssaal. Als er an mir vorbeikam, sagte er: »Lass uns nach Hause gehen.«

»Es ist vorbei«, meinte Jin-mo, als wir auf der Bank im Park vor unserer Wohnung saßen. Neue Falten waren in seinem Gesicht zu sehen, und die Ringe unter seinen Augen waren dunkler als zuvor. Ich machte mir Sorgen um seine Gesundheit. »Es wird keine Versöhnung geben«, sagte er. »Korea ist offiziell eine geteilte Nation.«

Es war ein herrlicher Frühlingstag. Pjöngjangs berühmte riesengroße Weidenbäume hatten ausgeschlagen. Sie sahen aus wie gewaltige Trolle mit dünnen Ärmchen, die bis zum Boden reichten. Die Sonne stand hoch am Himmel, und es war warm, doch durch die Traurigkeit auf Jin-mos Gesicht fühlte ich mich wie mitten im Winter.

»Du hast dein Bestes gegeben«, versuchte ich ihn zu trösten und blickte ihn an.

Er machte ein verächtliches Geräusch. »Mein Bestes war nicht gut genug. Jetzt ist der einzige Weg, Korea zu vereinen, ein Bürgerkrieg. Durch die Beteiligung der Amerikaner und Russen kann dieser zu einem weiteren Weltkrieg führen. Und beide besitzen nukleare Waffen. Idioten! Warum hören sie nicht auf mich?« Kopfschüttelnd schloss er die Augen.

Wie sollte ich wissen, was ich darauf erwidern sollte? Ich hatte über den globalen Konflikt namens Kalter Krieg gelesen. Ich wusste, dass Korea ein wichtiges Schlachtfeld war. Ich wusste auch von Atombomben und dass sie ganze Städte zerstören konnten. Aber konnte Korea der Grund für einen weiteren Weltkrieg sein? Sicher übertrieb Jin-mo.

Jin-mo starrte auf seine Hände. Er war so gut aussehend mit seiner glatten Haut und dem seidigen, schwarzen Haar. Es machte mich traurig, dass er nie mehr lächelte. Ich fragte mich, ob seine Traurigkeit daher kam, dass der Kampf um ein vereintes Korea verloren war, oder weil er Ki-soo und Suk-ju verloren hatte.

»Hast du etwas von Ki-soo gehört?«, erkundigte ich mich. Vielleicht hätte ich das nicht tun sollen – ich stellte noch immer zu viele Fragen –, aber ich wollte es wissen.

»Nein. Sie wird ihre Meinung nicht ändern«, erwiderte er.

»Es tut mir leid, Jin-mo.«

Er drehte sich zu mir. »Ich wollte dich eigentlich nicht danach fragen, Jae-hee. Aber wie viel von unserem Streit hast du gehört, in der Nacht als Ki wegging?«

Ich blickte auf den Park und die Weiden. »Alles«, antwortete ich.

»Dann hast du mitbekommen, wie sie dich genannt hat.«

In dem Moment wusste ich, dass ich Ki-soo vor zwei Wochen richtig verstanden hatte. Sie hatte mich eine Trostfrau und Chinilpa genannt. Anscheinend hatten sie das Geheimnis, das ich unbedingt hatte bewahren wollen, die ganze Zeit über gekannt.

Ich ließ die Schultern hängen und blickte zu Boden. Zu gern hätte ich mich irgendwo versteckt. »Woher weißt du es?«, flüsterte ich.

»Ich wusste es von Anfang an«, gestand er. »Du sagtest, du hättest in der Stiefelfabrik in Sinuiju gearbeitet. Jae-hee, es gab da keine Stiefelfabrik. Das war ein brutaler Witz der Japaner. Wenn sie sagten, sie würden Mädchen in die Stiefelfabrik schicken, meinten sie, sie würden sie in eine Troststation schicken. Als du mir erzähltest, du hättest dort gearbeitet, wusste ich, dass du eine Trostfrau gewesen warst.«

Ich kam mir so dumm vor, dass ich das nicht geahnt hatte. Stiefelfabrik. Wie passend. Es war, als würden die Japaner mich schon wieder erniedrigen. Schluchzend atmete ich aus. »Es tut mir leid, dass ich gelogen habe«, sagte ich. »Ich wollte nicht, dass jemand davon erfährt.«

Jin-mo drehte sein Gesicht zu mir. »Ich habe es Ki nur gesagt, weil sie wollte, dass ich dich rauswarf. Sie sagte, sie wollte keine solche altmodische Ehe. Ich dachte, sie hätte Mitleid mit dir, wenn ich ihr erzählte, was du durchgemacht hast, aber es machte sie nur noch wütender.«

»Ich wurde hereingelegt«, warf ich schnell ein. »Die Japaner schickten mir und meiner Schwester den Befehl, uns für die Arbeit in der Stiefelfabrik zu melden. Wir wussten nicht, dass sie uns in eine Troststation schicken würden. Wir waren keine Chinilpa. Wir wollten das nicht tun. Sie haben uns gezwungen. Wir wären sonst erschossen worden.«

»Ich weiß«, sagte Jin-mo. »Ich weiß. Sie haben Zehntausende Mädchen zur Arbeit in Troststationen gezwungen. Du musst dich für nichts schämen.«

Ich musste mich für nichts schämen? Jetzt, wo ich wusste, dass Jin-mo mein Geheimnis die ganze Zeit gekannt hatte, fühlte ich nichts anderes als Scham. All die Arbeit, die ich in den vergangenen zwei Jahren verrichtet hatte, war umsonst gewesen. Ich war keine wertvolle Mitarbeiterin der Interimsregierung. Ich war keine ehrenwerte Bürgerin Koreas. Ich war eine Chinilpa, eine Trostfrau, eine Hure, die zugelassen hatte, dass die Japaner sie wie eine Toilette benutzten.

Und Jin-mo wusste, was ich getan hatte! Ich konnte es nicht ertragen, ihn anzuschauen. »Ich sollte gehen«, sagte ich. »Ich sollte einen anderen Ort zum Leben finden. Das wäre das Richtige.« Ich stand auf und wollte so schnell ich konnte wegrennen, irgendwohin, wo niemand wusste, wer ich war.

»Ich will nicht, dass du gehst«, sagte Jin-mo. Er streckte die Hand aus und berührte mich sanft am Arm. Bei seiner Berührung tauchten vor mir all die Bilder von Männern auf, die mich zwei Jahre lang geschlagen, misshandelt und vergewaltigt hatten, und ich wich zurück.

Er zog seine Hand weg. »Es tut mir leid«, sagte er. »Bitte, Jae-hee, du sollst wissen, dass ich dich niemals verletzen würde.«

Ich wusste, dass er das nie täte. Meine Reaktion war instinktiv gewesen, und ich wünschte, ich wäre nicht zurückgewichen. Seine Worte, *Ich will nicht, dass du gehst*, gaben mir etwas, woran ich mich festhalten konnte. Ich wollte nicht länger weglaufen. Ich wollte mit meiner Arbeit weitermachen und eine ehrbare Bürgerin sein. Und ich wollte Jin-mo.

Ich setzte mich wieder auf die Bank. »Es tut mir leid, dass Ki-soo meinetwegen gegangen ist«, sagte ich.

»Du bist nicht der Grund, warum sie mich verlassen hat«, erwiderte er. »Ich bin es. Wir waren nicht füreinander bestimmt. Ich bin ein Idealist, sie ist eine Zynikerin. Ich wollte Korea vereinen und habe das über alles andere gestellt, sogar über meine Familie. Ich werde mich nicht ändern, Jae-hee. Und sie genauso wenig.«

Jin-mo schaute auf seine Füße. Ich konnte noch immer die Stelle an meinem Arm spüren, an der er mich berührt hatte. Ich hoffte, er würde mich wieder berühren, denn dann würde ich nicht zurückzucken. Nach ein paar Sekunden fragte ich: »Soll ich bleiben?«

»Ja«, antwortete er. »Das möchte ich. Sehr.«

Wir sagten nichts weiter, als wir unter den riesigen Weiden von Pjöngjang nach Hause liefen. Seit vielen Monaten hatte ich davon geträumt, Jin-mo zu heiraten.

Ich malte mir aus, wie wir zwei den großen Boulevard in Pjöngjang entlangschlenderten oder zusammen ins Kino gingen, wie andere Paare. Ich sah uns schon mit einem gemeinsamen

Kind, vielleicht sogar zwei Kindern. In meinen Tagträumen lebten wir glücklich in der Wohnung beim Park zusammen, so wie es Mutter und Vater auf unserem Hof getan hatten. Ja, ich dachte oft daran, aber niemals hatte ich geglaubt, dass es wahr werden würde.

Doch an jenem Abend, als ich mich für das Bett fertig machte, spürte ich eine Veränderung in der Wohnung. Seltsamerweise war ich froh, dass Jin-mo mein furchtbares Geheimnis kannte. Er hatte gesagt, ich bräuchte mich für nichts zu schämen, aber ich konnte mir nicht vorstellen, dass ein Mann wie Jin-mo dies tatsächlich glaubte. Aber er hatte mich gebeten zu bleiben …

Ich zog meine Nachtwäsche an und stand vor dem Spiegel und kämmte mir die Haare mit dem Drachenkamm. Die Tür zum Hauptraum hatte ich offen gelassen. Jin-mo hatte im Kamin ein Feuer angezündet. Die Wohnung war angenehm warm.

Dann sah ich hinter meinem eigenen Bild im Spiegel, dass Jin-mo im Türrahmen lehnte und mich beobachtete.

Mein Herz hüpfte vor Freude. Die Schrecken der Troststation begannen, sich in meinem Kopf breitzumachen, doch ich wischte sie weg. Ich legte den Kamm auf den Tisch und drehte mich zu ihm um. Unsere Blicke trafen sich, und mein Herz schlug schneller. Er trat ein und stand direkt vor mir. Dann streckte er die Hand aus und strich mir über das Haar. Seine Berührung war so sanft, und diesmal wich ich nicht zurück. Ich drückte meine Wange gegen seine Hand und schloss die Augen. Er ließ seine Hand über meine Schulter und meinen Arm hinabgleiten. Und dann hörte er plötzlich auf. Ich öffnete die Augen und sah, dass er den Kamm anschaute.

»Er ist sehr schön«, meinte er. Er nahm die Hand von meinem Körper und hob den Kamm hoch. Als er ihn sich genauer anschaute, fiel ihm die Kinnlade herunter. »Der Drache«, flüsterte er. »Er hat zwei Köpfe und seine Pfoten haben fünf Zehen.«

»Ja«, sagte ich. »Er ist schon sehr lange in unserer Familie.«

»Wie lange?«, wollte er wissen.

»Seit Generationen.«

Er schaute wieder auf den Kamm und gab ihn mir mit einem schwachen Lächeln zurück. Dann ging er zurück ins Wohnzimmer.

Ich verstand nicht, warum er nicht in meinem Zimmer blieb. Ich wollte, dass er mich wieder berührte, dass er mit mir schlief. Mit dem Kamm in der Hand folgte ich ihm.

»Was ist los?«, fragte ich. »Was hat der Kamm zu bedeuten?«

Er saß auf einem Stuhl, und ich setzte mich ihm gegenüber auf das Sofa. Das Feuer im Kamin knackte. Er fragte, was ich über den Kamm wusste. Ich erzählte ihm die Geschichte, die Mutter mir und Soo-hee vor Jahren erzählt hatte. Ich sagte ihm, dass die Frauen in meiner Familie den Kamm seit Generationen an ihre Töchter weitergaben. Ich erzählte ihm, wie Mutter ihn Soo-hee gegeben hatte und wie Soo-hee mich in der Troststation beschworen hatte, ihn zu nehmen.

»Du hattest ihn die ganze Zeit über?«, fragte Jin-mo erstaunt.

»Ja. Warum? Bitte sag es mir.«

Er antwortete nicht sofort, und ich dachte, er sei böse auf mich, weil ich ihm nichts von dem Kamm erzählt hatte. Schließlich sagte er: »Ein Drache ist ein mächtiges Symbol, wie du weißt. Aber in Korea ist ein zweiköpfiger Drache etwas Außergewöhnliches. Du siehst, dass die zwei Köpfe in entgegengesetzte Richtungen schauen, nach Osten und nach Westen. Der Kopf, der nach Osten schaut, schützt Korea vor Japan. Der Kopf, der nach Westen blickt, schützt uns vor China. Und der Drache beschützt diejenigen, die ihn besitzen, damit sie Korea dienen können.«

Ich rückte näher an Jin-mo. Ich wollte Fragen stellen, doch ich blieb still und ließ ihn fortfahren.

»Als die Japaner uns annektierten, verboten sie jedem, solch einen Drachen zu haben«, erzählte er. »Sie sagten, wir seien nun Japaner und bräuchten keinen Schutz vor ihnen. Wenn sie etwas mit einem zweiköpfigen Drachen fanden, zerstörten sie es und steckten denjenigen, der den Gegenstand besaß, ins Gefängnis. Angeblich existiert nichts mehr, worauf dieser Drache abgebildet ist.«

»Das wusste ich nicht. Er muss sehr wertvoll sein.«

»Wertvoll?«, machte er. »Er ist mehr als wertvoll.« Jin-mo starrte auf den Kamm, als wäre er von ihm verzaubert worden.

Auch ich starrte darauf. »Glaubst du das?«, fragte ich. »Glaubst du, dass der Drache jemanden beschützen kann?«

Er schüttelte den Kopf und zuckte dann mit den Schultern. »Ich bin ein gebildeter Mann«, meinte er. »Ich vertraue auf die Wissenschaft, auf die Kenntnis der Geschichte und auf Beobachtungen und sorgfältige Analysen. Ich bin nicht abergläubisch. Normalerweise würde ich so etwas nicht glauben. Aber ehrlich gesagt weiß ich nicht mehr, was ich glauben soll.«

Dann schaute er mich mit leicht geöffnetem Mund an, so als ob er noch etwas sagen wollte. Stattdessen zwang er sich zu einem Lächeln. »Ich sollte ins Bett gehen«, meinte er. »Ich bin sehr müde.«

Enttäuschung machte sich in mir breit. Ich wollte so sehr, dass er mit mir in mein Zimmer kam, aber ich wusste, dass er das nicht tun würde, nicht heute Nacht. Vielleicht niemals. Ich kam mir dumm vor, es mir zu wünschen. »Ja«, sagte ich. »Ich bin auch müde.«

Ich schloss meine Hand um den Kamm, verbeugte mich und sagte: »Gute Nacht.« Dann ging ich in mein Zimmer und schloss die Tür. Den Kamm versteckte ich im Futter des alten Koffers, den mir Jin-mo gegeben hatte. Ich rollte mich in meinem Bett zusammen und zog mir die Decke bis zum Kinn. Das altbekannte Schuldgefühl, das ich mit mir trug seit dem ersten Tag, an dem Oberst Matsumoto mich vergewaltigt hatte, überwältigte mich.

»Der Drache beschützt diejenigen, die ihn besitzen, damit sie Korea dienen können«, hatte Jin-mo gesagt. Ich schloss meine Augen. Genau wie Mutter hatte dieser Drache mich nicht beschützt. Ich war eine Trostfrau gewesen. Und so jemand wie ich würde ganz sicher nicht von jemandem wie Jin-mo geliebt.

KAPITEL 26

Monate später

Ich kochte Reismehl auf dem gusseisernen Herd, um für Jin-mo *Dduk* mit *Jujube*-Datteln zu machen. Ich hoffte, ihn mit diesem Reiskuchen mit Gelee dazu zu bringen, etwas zu essen. Es war Morgen, und im Park vor unserer Wohnung fiel Schnee.

Jin-mo saß am niedrigen Tisch in der Küche und starrte geistesabwesend in seinen Boricha. Seine Haare waren unordentlich, und seine zerknitterten, ungewaschenen Kleider hingen ihm am immer dünner werdenden Körper. Er war die ganze Nacht über wach gewesen, hatte in seinen Büchern gelesen, Notizen auf Papier gekritzelt, war im Wohnzimmer auf und ab gelaufen und hatte laut zu sich selbst gesprochen. Er machte mir Angst, wenn er das tat. Und mittlerweile tat er es fast jede Nacht.

»Jin-mo, du musst zur Arbeit gehen«, sagte ich. »Du warst schon zu lange nicht mehr dort.«

»Ich fühle mich nicht gut«, entgegnete er.

»Sie fragen nach dir. Mir fallen keine Ausreden mehr ein.«

»Warum kümmert es sie?«, spottete Jin-mo. »Sie hören ja sowieso nicht auf mich.«

»Was soll ich ihnen sagen, wenn sie nach dir fragen?«

Jin-mo seufzte. »Sag ihnen, dass du nichts weißt. Sag ihnen, dass wir nie miteinander sprechen. Dass du hier nur ein Zimmer hast. Das solltest du ihnen sagen.«

Ich wusste nicht, wie ich seine düstere Stimmung vertreiben konnte. Also kochte ich weiter den Dduk, und Jin-mo starrte wieder in seinen Boricha. Nachdem wir lange geschwiegen hatten, meinte Jin-mo: »Erzähl mir von deiner Schwester.«

»Was möchtest du wissen?«, fragte ich.

»Sie war deine Onni, richtig?«

»Ja. Zwei Jahre älter als ich.«

»Und das letzte Mal, als du sie gesehen hast, war sie noch am Leben?«

Ich legte den Löffel neben den Herd. »Das hast du mich diese Woche schon dreimal gefragt, Jin-mo. Ja, sie war noch am Leben, aber so gut wie tot. Und die japanische Kempeitai tötete alle koreanischen Mädchen. Ich bin mir sicher, dass die Japaner auch sie ermordet haben. Warum? Warum willst du das wissen?«

Jin-mo drehte sich weg.

Ich widmete mich wieder dem Reiskuchen. »Ich mache Dduk für dich. Du solltest etwas essen.«

»Ich habe keinen Hunger.«

»Jin-mo, du musst essen«, flehte ich.

»Nein!«, entgegnete er wütend. Er stapfte ins Wohnzimmer, nahm sich ein Buch und ließ sich in den Sessel fallen.

Ich nahm den Reiskuchen vom Herd. Er war noch nicht fertig, aber das war egal. Jin-mo würde nichts essen. Ich goss mir eine Tasse Boricha ein, setzte mich an den Tisch und schaute aus dem Fenster auf die schneebedeckten Weiden. Vor Monaten hatte mich Jin-mo gebeten, bei ihm zu bleiben, und ich hatte gehofft, wir würden ein Paar. Das ist nie geschehen. Nachdem er den Kamm mit dem zweiköpfigen Drachen gesehen hatte, behandelte er mich mit Vorsicht, so als wäre ich etwas Zerbrechliches, das nicht kaputtgehen dürfte. Ich sehnte mich danach, von ihm berührt zu werden, geküsst zu werden, dass er mit mir Liebe machte, so wie jemand es hätte tun sollen, ehe die Japaner mich vergewaltigt hatten. Stattdessen war er in Depressionen verfallen und hatte sich in seine Bücher versenkt. Ich umwarb ihn und kam mir dabei dumm vor.

Ich trank meinen Boricha aus und ging ins Wohnzimmer. Jin-mo hatte es sich im Sessel gemütlich gemacht und las. Seine Bücher und Papiere waren um ihn herum gestapelt. Obwohl die Sonne aufgegangen war, war es dunkel im Zimmer, mit Ausnahme einer Lampe neben Jin-mo. Er ließ die Rollläden den ganzen Tag über geschlossen. Ich ging zur elektronischen Uhr auf dem Kaminsims und stellte sie neu, denn vor zwei Tagen war der Strom weg gewesen. Jin-mo hatte die Uhr seit Monaten nicht angerührt. Ich schaute auf den Papierstapel, nahm etwas, das Jin-mo geschrieben hatte, und las es im Licht der Lampe.

»Was machst du?«, fragte Jin-mo hinter seinem Buch versteckt.

»Ich lese das hier.«

»Lass das!«, meinte er. »Leg es genau dahin wieder zurück, wo es war.«

»Ich möchte lesen, woran du arbeitest.« Ich behielt das Papier in meinen Händen.

Jin-mo schlug sein Buch zu. »Leg das zurück!«, brüllte er. »Du bringst meine Ordnung durcheinander.«

Sein Tonfall erschreckte mich. So hatte er noch nie mit mir gesprochen. »Ich bringe die Ordnung durcheinander?«, fragte ich. »Welche Ordnung, Jin-mo? Ich kann hier überhaupt keine Ordnung erkennen.«

Jin-mo blickte sich im Raum um und ließ die Schultern sinken. »Du hältst mich für verrückt, oder?«, fragte er mich.

Ich setzte mich ihm gegenüber auf die Couch. »Ich mache mir Sorgen um dich.«

Er biss die Zähne zusammen. Seine sanften Augen sahen so traurig aus. »Ich habe mich nicht geirrt«, meinte er. »Die Kompromisse, die ich vorgeschlagen habe, wären das Richtige für Korea gewesen. Nur auf diesem Weg hätten wir eine gemeinsame Regierung bilden können.«

»Mit einer Diktatur kann man keine Kompromisse eingehen«, argumentierte ich.

»Diktatur?«

Ich rutschte an den Rand des Sofas vor. »Meiner Meinung nach ist die Revolution des Proletariats, so wie Marx sie sich vorstellt, nicht möglich. So viel Macht wandelt sich immer in eine unterdrückende Diktatur. Das liegt in der menschlichen Natur. In Korea wird der Diktator Kim Il-sung sein, genau wie Stalin in Russland.«

»Ja«, sagte er. »Das ist ein Problem, oder?« Er nahm sich wieder sein Buch und vertiefte sich darin.

Als ich aufstand, um in die Küche zu gehen, sagte er: »Es tut mir leid.«

»Was tut dir leid?«

»Das mit mir … das mit dir und mir.«

»Dir und mir?« Ich ließ mich wieder auf das Sofa sinken.

»Ja«, meinte er. »Ich denke, du wolltest mehr. Mehr von unserer Beziehung, meine ich.«

Ich ließ seine Worte sacken. Er hatte recht, ich hatte auf mehr gehofft. Doch als die Wochen und Monate vergingen und nichts zwischen uns passierte, war meine Hoffnung gesunken. Und als seine Depressionen kamen und mit der Zeit schlimmer wurden, schwand meine Hoffnung vollständig. Ich hatte alles versucht, konnte aber nicht zu ihm durchdringen. Ich hatte ihn verloren, ehe ich ihn überhaupt gehabt hatte.

»Ja, wollte ich«, gestand ich. »Aber ich verstehe, warum du mich nicht lieben kannst.«

»Nein, tust du nicht«, widersprach Jin-mo und ließ sein Buch sinken. »Du glaubst, es wäre wegen dem, was du getan hast ... wegen dem, zu dem dich die Japaner gezwungen haben.«

Mir schnürte sich der Hals zu, und ich musste mich wegdrehen.

»Das ist nicht der Grund, Jae-hee«, erklärte er. »Du warst noch ein Mädchen, als die Japaner dich in diese Falle lockten. Wie hättest du es wissen können?«

»Ich konnte es nicht wissen«, antwortete ich schnell.

»Die Japaner haben uns unaussprechliche Dinge angetan. Sie haben unsere Kinder und die Alten umgebracht. Sie haben unsere Frauen gezwungen, viele Stunden in ihren Fabriken zu arbeiten, und unsere Männer, in ihrem Krieg zu kämpfen. Sie haben Mädchen wie dich vergewaltigt. Verstehst du? Es ist nicht deine Schuld.«

Ich schaute Jin-mo an. »Warum willst du mich dann nicht?«, fragte ich.

»Tue ich doch«, antwortete er.

Noch nie hatte ein Mann zu mir gesagt, dass er mich wollte. Nicht auf diese Art. Und der Mann, der es sagte, war mein geliebter Jin-mo.

»Ich will dich auch«, hörte ich mich sagen.

»Es tut mir leid. Aber ich kann nicht«, sagte er kopfschüttelnd. »Ich kann mich nicht in dich verlieben.«

Aber ich liebte ihn bereits und konnte nicht länger warten. Ich ging zu ihm und nahm seine Hand. Dann hob ich sein Kinn an, sodass wir uns in die Augen schauten. »Ich liebe dich, Jin-mo.«

»Jae-hee. Nein.«

Ich beugte mich zu ihm, und wir küssten uns. Die unglaubliche Zärtlichkeit von Jin-mos Lippen auf meinen vertrieb die

Dämonen der Tausenden von Männern, die mich vergewaltigt hatten. Und da, wo die Dämonen gewesen waren, stieg Wärme in mir auf. Jin-mo legte mir eine Hand auf den Rücken und zog mich sanft an sich. Ich ließ meine Finger über die Muskeln seines weichen Rückens gleiten, und die Wärme in mir verwandelte sich in ein Feuer. Ich presste mich fest an ihn und küsste ihn heftiger. Er schlang seine Arme um mich, und unsere Körper trafen sich, Brust an Brust. Ich ließ mich fallen und gab mich seiner Umarmung hin. Er hob mich hoch und trug mich in sein Zimmer.

Und dort machte ich zum ersten Mal in meinem Leben Liebe.

Ich lag neben Jin-mo und ließ meine Finger über seine nackte Brust gleiten. So hatte ich mich noch nie gefühlt. So hatte ich es mir noch nicht einmal vorgestellt. Ich hatte Tausende Male Sex mit unzähligen Männern gehabt, doch dies war das erste Mal, dass ich etwas anderes als Schmerz und Scham empfunden hatte. Jahrelang hatte ich befürchtet, dass, wenn mir die wahre Liebe begegnete, die Dämonen meiner Vergewaltiger mich verfolgen würden, sodass es mir nicht möglich wäre, Liebe zu machen. Doch in Jin-mos Armen kamen die Dämonen nie, und ich wusste, dass es meine Bestimmung war, ihn zu lieben.

Und er liebte mich auch. Ich konnte es fühlen. Ich spürte es in seiner Umarmung, in der Art und Weise, wie er meinen Namen sagte, wenn wir Liebe machten. Ich spürte es daran, wie zärtlich er mich berührte, küsste und festhielt. Vielleicht war das, was ich in Dongfeng getan hatte, so beschämend es auch war, tatsächlich nicht meine Schuld. In seinen Armen konnte ich wirklich daran glauben.

Ich dachte an meine Schwester. Die arme Soo-hee hatte nie erfahren, welche Freude es bereitete, Liebe zu machen. Sie hatte nur den Schmerz des erzwungenen Sexes und die Herabsetzung von Vergewaltigungen gekannt. Vielleicht lag es daran, dass Soo-hee mir den Kamm gegeben hatte. In der Troststation hatte ich nicht an den Kamm geglaubt. Aber jetzt lebte ich in einer tollen Stadt, verrichtete eine wichtige Arbeit und lag in den Armen des Mannes, den ich liebte. Vielleicht war der Kamm, den Soo-hee mir gegeben hatte, doch mein großes Glück. Es tut mir leid, Soo-hee, sagte ich zu mir selbst. Du hättest an meiner Stelle sein sollen.

»Jin-mo«, sagte ich. »Warum stellst du mir so viele Fragen über meine Schwester?«

»Ich möchte einfach mehr über sie erfahren.«

»Jin-mo«, meinte ich. »Sie ist tot.«

»Das weißt du nicht mit Sicherheit«, entgegnete er.

Ich dachte kurz nach. Er hatte recht. Natürlich hatte ich mich oft gefragt, was wohl mit Soo-hee passiert war, nachdem ich sie auf der Krankenstation dem Tod überlassen hatte. Ich wusste, dass es ein Wunder gewesen wäre, wenn sie überlebt hätte. Und es war am besten, nicht auf Wunder zu hoffen.

»Ich halte es nicht für möglich, dass sie noch am Leben ist«, sagte ich.

»Es *ist* möglich«, entgegnete er. »Und ich kann es herausfinden. Ich bin ein Beamter der Interimsregierung. Ich habe Zugang zu den Akten.«

Ich stützte mich auf die Ellbogen. »Du hast Nachforschungen angestellt? Was hast du herausgefunden?«

»Nichts bislang.«

»Warum möchtest du es wissen? Sag es mir.«

Jin-mo seufzte. »Falls sie noch am Leben ist, möchte ich sie finden, damit du nicht allein bist.«

»Allein? Aber ich habe doch dich«, erwiderte ich und legte ihm die Hand auf die Schulter.

Jin-mo drückte mich weg. Er setzte sich an den Rand des Bettes, sodass ich nur seinen nackten Rücken sah. »Hör zu,

Jae-hee«, sagte er. »Das … das hier war ein Fehler. Wir hätten das nicht tun sollen. Ich hätte stärker sein müssen.«

Ich zog mir die Decke über die Schultern und spürte, wie die Freude, die ich noch Minuten zuvor empfunden hatte, verflog. »Also war alles, was du gesagt hast, dass es nicht meine Schuld war, gelogen?«

Er drehte sich zu mir. »Nein. Das, was ich gesagt habe, meinte ich auch so. Was wir getan haben, war wunderschön. Ich wollte dich schon so lange. Hast du das nicht gespürt?«

»Doch, habe ich«, antwortete ich ihm. »Warum war es dann ein Fehler?«

Er schüttelte den Kopf. »Weil ich ein gezeichneter Mann bin. Diese Idioten halten mich für ihren Feind. Sie wollen mich töten. Aber du, Jae-hee, du musst weitermachen. Das ist der Grund, warum ich deine Schwester finden möchte.«

Zwar wusste ich, dass Jin-mo sich mit Leuten in seiner Partei überworfen hatte, aber ich hatte nicht gewusst, dass sie ihn vielleicht dafür töten würden. Ich war geschockt und hatte Angst um ihn. »Wenn sie dich töten, müssen sie auch mich töten!«, rief ich. Und ich meinte es.

»Ich glaube dir, dass du das willst, aber ich lasse das nicht zu.«

Ich setzte mich aufrecht hin. »Dann sollten wir wegrennen, Jin-mo, in den Süden fliehen. Das machen Tausende von Menschen.«

»Sie werden niemals zulassen, dass ich fliehe, Jae-hee. Wenn du mit mir gehst, werden sie dich auch umbringen. Und dann bekommen sie deinen Kamm.«

»Meinen Kamm?«, fragte ich überrascht. »Was hat mein Kamm damit zu tun?«

»Er darf nicht in ihre Hände fallen. Ich will nicht, dass der Drache sie beschützt.«

»Der Drache? Sie beschützen? Glaubst du tatsächlich an den Drachen?«, fragte ich.

»Ich weiß es wirklich nicht«, meinte Jin-mo. »Es könnte stimmen. Denk mal nach. Du hast überlebt, Jae-hee. Als deine Familie und die anderen Trostfrauen starben, bist du mit dem Leben davongekommen. Und jetzt musst du weitermachen.«

»Aber du hast gesagt, der Drache würde die beschützen, die ihn besitzen, damit sie Korea dienen können. Ich habe nichts für Korea getan.«

»Doch, hast du«, meinte er schlicht und einfach. »Du hast etwas sehr Wichtiges getan. Du hast überlebt.« Dann schaute er mir direkt in die Augen. »Und wir sollten das hier nie wieder tun.«

Er fing an, sich anzuziehen. In dem Moment spürte ich, wie mir Jin-mo entglitt, so wie vor Jahren meine Familie. Ich konnte mir nicht vorstellen, nicht mehr neben ihm zu liegen, nicht mehr seine Berührungen zu spüren, nicht mehr Liebe mit ihm zu machen. Ohne Jin-mo würde meine furchtbare Einsamkeit zurückkehren, und ich war davon überzeugt, dass sie mich dieses Mal umbringen würde. »Mir ist der Kamm egal«, sagte ich. »Ich will ihn nicht mehr.«

Er drehte sich zu mir um, und in seinen Augen sah ich Wut. »Sag das nicht. Du musst ihn behalten, Jae-hee.«

»Aber warum ich? Warum bin ich für ihn verantwortlich? Warum kann ich ihn nicht wegwerfen und mit dir zusammen sein?«

Ohne mir eine Antwort zu geben, zog sich Jin-mo fertig an und ging ins Wohnzimmer. Ich lag auf dem Bett und zog mir die Decke bis zum Kinn. Ich liebte Jin-mo mehr als je einen Menschen zuvor. Wenn es nötig war, würde ich den Kamm mit dem zweiköpfigen Drachen zerstören, um bei dem Mann bleiben zu können, den ich liebte.

KAPITEL 27

Als ich die Wohnung verließ, um zur Arbeit zu gehen, wurde mir flau im Magen. Ich lief entlang der Bordsteinkante, falls ich mich übergeben musste. Es dauerte eine Weile, bis mein Magen sich beruhigt hatte.

Ich hatte beschlossen, Jin-mo nichts von meiner morgendlichen Übelkeit und den geschwollenen, empfindlichen Brüsten zu verraten. Ich wollte ihn nicht noch mit der Tatsache belasten, dass ich schwanger war. In den letzten Monaten hatten wir sporadisch Liebe gemacht. Und nach jedem Mal hatte Jin-mo über sich selbst geschimpft und gesagt, dass er zu weich sei. Es machte mir Angst, dabei zuzusehen, wie er immer tiefer in Depressionen versank. Oft ging er nicht zur Arbeit; am Tag schlief er, und nachts las er seine Bücher oder füllte viele Blätter mit seinen Notizen. Er aß selten und war blass und schwach geworden. Ich machte mir Sorgen um ihn.

Und ich fragte mich, was ich mit dem Baby machen sollte, das in mir heranwuchs. Jin-mo würde eindeutig nicht damit zurechtkommen, wieder Vater zu werden, und ich war mir nicht einmal sicher, ob er unser Baby in seinem jetzigen Gemütszustand haben wollte. Ich wusste, ich wäre mit einem Kind allein, um das ich mich kümmern müsste. Ich hatte von einem Ort gehört, wo ich die Schwangerschaft beenden könnte. Doch ich musste daran denken, dass Soo-hees Abtreibung sie umgebracht hatte, und befürchtete, dass es mir genauso ergehen könnte. Außerdem wollte ich nicht das Baby abtreiben, das ich mit Jin-mo gemacht hatte. Ich liebte ihn, und ich wollte sein Kind haben. Also wartete ich einfach ab und betete darum, dass es Jin-mo besser gehen würde.

An jenem Morgen wehte ein scharfer Märzwind. Ich wickelte mich fest in meinen Schal und zog die Schultern hoch, um mich vor den starken Böen zu schützen. Mir graute vor der Arbeit. Ich hatte Angst dort. Vor Monaten war Herr Chee verschwunden. Im Flüsterton erzählten manche in der Übersetzungsabteilung, die Kommunisten hätten ihn mitgenommen, weil er in England gelebt und kapitalistische Gedanken hätte. Andere wiederum behaupteten, er sei in den Süden geflüchtet. Nachdem er weg war, wurden die Dokumente und Verträge, an denen ich arbeitete, immer absurder. Ich wollte das nicht mehr machen. Ich wollte zu Hause bleiben und mich um Jin-mo kümmern. Aber so, wie die Dinge in Pjöngjang standen, erschien ich jeden Tag zur Arbeit und behielt meine wahren Gefühle für mich.

Als ich um eine Ecke auf den Boulevard bog, der zum Regierungsgebäude führte, rumpelte ein Konvoi aus graugrünen, schwarzen Rauch in die Luft ausstoßenden Militärlastwagen in Richtung Süden. Hinten auf den Lastwagen hielten junge Soldaten Gewehre in der Hand und schauten mit fatalistischem Blick auf die Fußgänger.

Vor dem Regierungsgebäude klammerte sich eine Gruppe Arbeiter an ein Gerüst um einen neu aufgebauten Granitsockel auf dem Boulevard. Daneben stand ein hoher Kran. In Pjöngjang wurde viel gebaut, und ich dachte, es handelte sich einfach nur um ein weiteres, neues Projekt. Doch dann sah ich einen Regierungsbeamten in einem schwarzen Wollmantel und mit einer Pelzmütze auf dem Kopf neben dem Gerüst. Die Fußgänger verbeugten sich im Vorübergehen. Hinter dem Gerüst hob der Kran die riesige Bronzestatue eines Mannes hoch. Ich sah nur den Rücken und seine nach unten, zur Straße hin ausgestreckten Arme. Als die Skulptur auf den Sockel gehievt wurde, drehte sie sich langsam zu mir um, und ich erkannte, dass eine weitere Statue von Kim Il-sung aufgestellt wurde. Die gewaltige Figur lächelte wohlwollend auf ihre Untertanen herab. Ich schnaubte verächtlich.

Ich hasste die Kommunisten. Sie waren genau wie die Japaner. Vor Monaten hatten sie das Kino in Brand gesetzt. Sie behaupteten, es hätte an schlechten Kabeln gelegen, aber jeder wusste, dass die Kommunisten nicht wollten, dass weiterhin amerikanische Filme gezeigt wurden. Also brannten sie es nieder und verhafteten jeden, der dort arbeitete.

Die Kommunisten waren arrogant und aggressiv, und es hatte gravierende Konsequenzen, wenn man nicht demütig ihre Befehle befolgte. Und sie waren Koreaner! Koreaner, die ihr eigenes Volk wie Vieh behandelten. Anscheinend hatten wir ein furchtbares Übel gegen ein noch heimtückischeres eingetauscht.

Ich betrat das Regierungsgebäude und stieg die Treppe in den dritten Stock hinauf. Im Großraumbüro saß in meinem Stuhl ein Mann, den ich noch nie zuvor gesehen hatte. Er trug eine Brille mit einem Drahtgestell und einen schwarzen Militärmantel mit einem Majorsabzeichen. Neben ihm stand ein Soldat in grüner Uniform. Als ich die Pistole in seinem Gürtel sah, musste ich schlucken.

Am liebsten wäre ich weggerannt, doch ich ging zu meinem Schreibtisch. Ich bemerkte, wie meine Kollegen mich mit nervösen Blicken bedachten. Ohne sich zu erheben, fragte der Mann, ob ich Hong Jae-hee sei. Ich bestätigte es, woraufhin er mir befahl, mitzukommen. Er nahm seine Aktentasche und stieg die Treppe hinab. Das Echo seiner Schritte hallte von den Wänden wider. Der Soldat mit der Pistole gab mir zu verstehen, dass ich dem Major folgen sollte. Sie brachten mich in einen fensterlosen Raum im zweiten Stock. Darin standen ein Metalltisch und zwei Stühle.

Der Soldat stellte sich mit dem Rücken zur Tür. Der Major forderte mich auf, mich zu setzen. Er zog seinen Mantel aus, legte ihn auf den Tisch und setzte sich in den Stuhl mir gegenüber. Dann holte er aus seiner Aktentasche Zettel und Stift. »Ich bin Major Lee«, sagte er. »Und ich habe ein paar Fragen. Ich erwarte, dass Sie sie wahrheitsgemäß beantworten.«

»Ja, Herr«, erwiderte ich.

Major Lee beobachtete mich kühl, und es lief mir eiskalt über den Rücken. Er gab mir ein Gefühl wie damals die japanischen Offiziere in Dongfeng – als ob er mich für die kleinste Unbedachtheit schlagen würde. Ich wusste, dass ich vorsichtig sein musste, aber ich hatte genug Erfahrungen in solchen Situationen gesammelt.

»Sie sind Hong Jae-hee aus der Nähe von Sinuiju, korrekt?«, fragte er.

»Ja, Herr«, antwortete ich.

Er schrieb etwas auf einen Zettel. »Ihr Vater starb im Krieg, als er für die Japaner kämpfte, und Ihre Mutter arbeitete in einer Uniformfabrik, korrekt?«

»Ja, Herr.«

»Und während dieser Zeit wurde Ihre Schwester, Soo-hee, in eine Troststation in Dongfeng, China, geschickt. Korrekt?«

Ich war perplex. Woher hatte dieser Mann diese Informationen über Soo-hee? Ich fragte mich, ob er auch das von mir wusste.

»Ja, Herr«, antwortete ich schnell.

»Was haben Sie in der Zeit gemacht?«

Mein Magen fing wieder zu rebellieren an. Ich wollte unbedingt geheim halten, dass ich auch als Trostfrau in Dongfeng gewesen war, aber seine Frage hing schwer in der Luft.

Der Major lehnte sich über den Tisch zu mir. »Ich habe eine Frage gestellt. Und Sie werden mir antworten.«

Das flaue Gefühl in meinem Magen verstärkte sich. Ich versuchte, klar zu denken. Seit die Russen Nordkorea verlassen hatten und Kim Il-sung die Macht übernommen hatte, waren Menschen, die das neue Regime angelogen hatten, verschwunden. Und es gab Gerüchte, dass die Funktionäre wussten, wenn jemand log. Darum beschloss ich, die Wahrheit zu sagen. »Ich habe auch in der Troststation in Dongfeng gearbeitet«, gab ich endlich zu. Dann senkte ich den Blick.

Major Lee nickte und machte sich eine Notiz. Der Soldat an der Tür starrte mich an, sodass ich mich wieder für das schämte, was ich in der Troststation getan hatte.

Der Major fuhr mit seinen Fragen fort. Er fragte mich über meine Beziehung zu Jin-mo aus. Ich sagte ihm, dass wir uns nur die Wohnung teilten und nicht verheiratet waren. »Wir sprechen selten miteinander«, erzählte ich wahrheitsgemäß. Er fragte, warum Jin-mo nicht mehr zur Arbeit kam, und ich sagte, er sei krank.

Und dann fragte der Major: »Wissen Sie, warum er Nachforschungen zu Ihrer Schwester angestellt hat?«

Mir drehte sich der Magen um, und meine Gedanken rasten. Mir fiel keine Erklärung dafür ein, dass dieser Mann es für wichtig hielt, dass Jin-mo Nachforschungen über Soo-hee betrieben hatte. »Herr«, meinte ich. »Ich habe ihn darum gebeten. Er hat nichts herausgefunden. Ich glaube nicht, dass die Möglichkeit besteht, dass meine Schwester noch am Leben ist.«

Der Major nickte. »Ja, ich denke auch nicht, dass er etwas über sie herausgefunden hat.« Er schrieb wieder etwas auf sein Blatt, faltete es und schob es in seine Aktentasche.

»Sehr gut«, meinte er dann. »Es gibt noch eine Sache, und dann sind wir fertig.«

Aus seiner Aktentasche zog er ein zweiseitiges Dokument, einen Füller sowie ein Tintenfass und stellte alles auf den Tisch. Er verzog die Lippen zu einem höflichen Lächeln, doch seine Augen hinter der Brille blieben kalt. »Es wurde beschlossen, dass Sie wertvoll für die Arbeiterpartei Koreas sind. Sie haben die körperlichen Eigenschaften einer idealen Koreanerin, und anscheinend verfügen Sie über sehr gute Fremdsprachenkenntnisse. Ihre Vorgesetzten berichten, dass Sie eine folgsame Arbeiterin sind. Wir brauchen jemanden mit Ihren Fähigkeiten im Bildungsministerium, wo Sie Literatur zum Ruhme unseres großen Führers übersetzen werden. Das ist eine wichtige Aufgabe, und Sie können sich glücklich schätzen, dass Sie dafür ausgewählt wurden.«

Er schob mir Dokument und Stift zu. »Zuerst müssen wir sichergehen, dass Sie qualifiziert sind. Das ist eine Unterstützungserklärung für den Vorsitzenden Kim. Darin steht, dass er allein der rechtmäßige Anführer von Korea ist, sowohl von Nord als auch von Süd. Außerdem unterschreiben Sie mit diesem Dokument, dass Sie ihm mit Hingabe dienen und sogar bereit sind, für ihn zu sterben, wenn Sie dazu aufgefordert werden.«

Major Lees dünnes Lächeln wurde noch dünner. »Die Partei ist gewillt, über die Vergangenheit einer Person hinwegzuschauen, sofern diese erklärt, den Vorsitzenden Kim zu unterstützen. Ich bin mir sicher, dass Sie mit dieser Erklärung einverstanden sind. Bitte unterzeichnen Sie an den markierten Stellen.« Er entkorkte das Tintenfass und hielt es mir hin.

Ich tunkte den Füller in die Tinte und unterschrieb das Dokument, ohne eine Zeile davon gelesen zu haben. Major Lee blies einmal auf die Tinte, damit sie trocknete, und steckte das Dokument in seine Aktentasche. »Sie haben eine weise Entscheidung getroffen«, meinte er. »Und jetzt wird dieser Mann Ihnen Ihren neuen Posten zeigen.«

Der Soldat mit der Waffe brachte mich zum Bildungsministerium im dritten Stock. Ich setzte mich neben eine ernste Frau mit dicken Knöcheln, die mich verächtlich anschaute. Ich verbrachte den ganzen Tag damit, Propaganda über Kim Il-sung ins Englische und Japanische zu übersetzen. In den Dokumenten wurde der unglaubliche Mut des geliebten Führers im Kampf gegen die japanische Okkupation hervorgehoben. Darin stand, dass er allein die Fähigkeit und Vision hätte, die Koreaner wieder zu einer einzigen Nation zu vereinen. Kim Il-sung wurde wie ein Gott gepriesen.

Ich hinterfragte nichts und übersetzte die Texte so sorgfältig, wie ich konnte.

Als ich an jenem Abend das Regierungsgebäude verließ und nach Hause ging, wehte noch immer ein kalter Wind. Ich wickelte meinen Schal fest um mich und lief schnell zur Wohnung, weil ich unbedingt mit Jin-mo über Major Lee und seine Fragen sprechen wollte.

Ich öffnete die Wohnungstür und schlüpfte aus meinen Schuhen. Zum ersten Mal seit Monaten hatte Jin-mo die Vorhänge der Fenster, die auf den Park gingen, aufgezogen. Die Bücher- und Papierstapel im Wohnzimmer waren verschwunden. Jin-mo hockte vor einem Feuer im Kamin. Die Bücher, die noch übrig waren, bildeten einen kleinen Stapel neben ihm. Die orangefarbenen Flammen warfen schimmernde Schatten an die Wand.

Während ich den Mantel auszog, fragte ich Jin-mo, was er da tat. In seinem Gesicht flackerte der Widerschein der züngelnden Flammen. Er hatte sich etwas Sauberes angezogen und seine Haare glatt gebürstet.

»Ich verbrenne sie«, sagte er mit einem merkwürdigen Tonfall. Er warf das nächste Buch ins Feuer.

»Warum?«

»Weil diese Bücher nichts mehr bedeuten.«

»Jin-mo«, sagte ich und ging zu ihm. »Heute hat jemand mit mir gesprochen. Sein Name ist Major Lee. Ich musste ihm erzählen, was ich in Dongfeng gemacht habe.«

Jin-mo starrte in den Kamin und sah dabei zu, wie die Flammen an den Seiten des Buches fraßen und hoch aufstiegen. »Es ist gut, dass du ihm die Wahrheit gesagt hast.« Er nickte. »Wahrscheinlich wussten sie es sowieso schon.«

Ich nahm seine Hand und betrachtete sein Gesicht, das trotz all des Elends noch immer attraktiv war. »Jin-mo, lass uns Pjöngjang verlassen. Lass uns wegrennen, in den Süden, wo niemand uns kennt. Lass uns noch heute Nacht aufbrechen.«

»Es ist zu spät für mich«, meinte er.

»Aber sie werden dich hier töten.«

»Ja, werden sie«, antwortete er sachlich. Er warf ein weiteres Buch ins Feuer.

Ich spürte die Hitze der Flammen auf meinem Gesicht. »Was sollen wir tun?«, fragte ich. »Was sollen wir nur tun?«

»Du musst ohne mich gehen.«

Ich stieß seine Hand weg. »Nein, ich gehe nicht allein«, rief ich. Ich merkte, wie mir eine Träne herablief. »Ich werde dich nicht verlassen!«

»Jae-hee«, meinte er. »Sie warten wahrscheinlich schon draußen auf mich. Sie werden mich keinen Häuserblock weit kommen lassen. Und wenn du dabei erwischt wirst, dass du mit mir zusammen fliehen willst, werden sie dich auch töten.«

»Das ist mir egal. Ich werde nicht ohne dich gehen.«

»Du musst. Sie werden dich hier zerstören. Erst deinen Geist, dann deine Seele. Am Ende wird es dir egal sein, wenn sie dich töten.«

Er hob ein Buch auf und schaute es an. Nachdem er es ins Feuer geworfen hatte, sagte ich: »Jin-mo, ich bin schwanger.«

Er blickte ins Feuer und lächelte traurig. »Wie lange schon?«, wollte er wissen.

»Drei Monate.«

»Es ist ein Mädchen«, sagte er nur.

»Woher willst du das wissen?«

»Du hast den Kamm.«

»Mich interessiert der Kamm nicht«, meinte ich. »Ich glaube nicht an den Drachen. Und ich werde dieses Kind nicht ohne dich bekommen.«

»Ja«, sagte er. »So werde ich es machen.«

Ich schüttelte den Kopf. »Jin-mo, wovon sprichst du?«

Plötzlich ergriff Jin-mo meine Schulter und schaute mich an. »Jae-hee, versprich mir, dass du das für mich tun wirst. Versprich mir, den Kamm zu behalten, sodass der Drache dich beschützen kann.«

»Nein, werde ich nicht«, entgegnete ich. »Nicht, wenn das bedeutet, dass ich dich verliere.«

Er packte mich fester. »Du musst es tun. Verstehst du das denn nicht? Du musst das hier überleben. Dann kannst du eines Tages erzählen, was wir hier versucht haben. Tu es für mich! Tu es für Korea!«

Anscheinend war ich bei seinem Griff zusammengezuckt, denn er ließ mich los. Er nickte merkwürdig und lächelte wieder traurig.

»Ich dachte, du glaubst nicht an den Drachen«, wandte ich ein.

»Ich sagte, ich sei mir nicht sicher«, antwortete er und nahm das letzte Buch hoch. »Aber jetzt habe ich nichts anderes mehr, woran ich glauben kann. Zumindest habe ich diese eine Sache. Und wer weiß? Es kann ja auch wahr sein.« Er warf das Buch ins Feuer.

Die Flammen verschlangen jede Seite, und alles, was von Jin-mos geliebten Büchern übrig blieb, war orange Glut. Er schaute dabei zu, wie die Glut zu Asche wurde. Dann blickte er auf seine Füße.

Ich wurde von düsteren Vorahnungen heimgesucht und war furchtbar durcheinander. Das Einzige, was ich mit Sicherheit wusste, war, dass ich Jin-mo mehr liebte, als ich je gedacht hätte, jemanden lieben zu können. Ich fasste ihn am Arm und führte ihn in sein Zimmer. Dort entkleidete ich ihn und legte ihn ins Bett. Dann zog ich mich ebenfalls aus und schlüpfte neben ihm zwischen die Laken. Er legte seinen Kopf auf meine Brust und weinte.

KAPITEL 28

Sie holten Jin-mo, als die Nacht am dunkelsten war. Sie waren im Schlafzimmer und über ihm, ehe ich begreifen konnte, was passierte. Zwei Soldaten zerrten ihn nackt aus dem Bett und befahlen ihm, sich anzuziehen. Er leistete keinen Widerstand.

»Was machen Sie da?«, schrie ich, während ich mir etwas überzog. Sie brachten Jin-mo zur Wohnungstür, und ich stolperte hinterher. »Wohin bringen Sie ihn? Nein! Er ist krank. Lassen Sie ihn los!«

»Halt!«, erklang ein Befehl aus Richtung des Kamins. In der Asche von Jin-mos Büchern stocherte Major Lee. Die Soldaten hielten an der Wohnungstür an und drehten Jin-mo so, dass er den Major anschaute.

Der Major trug einen schwarzen Mantel und eine Pelzmütze. Ich hasste es, wie er mich von der Seite her hinter seinem Brillengestell aus Draht anschaute. »Es wurde beschlossen, dass Herr Pak krank ist und eine Kur benötigt«, sagte er. »Gestern haben Sie gesagt, Sie seien mit diesem Mann nicht verheiratet. Sie haben ein Dokument unterzeichnet, dass Sie Kim Il-sung unterstützen und bereit sind, wenn nötig für den großen Führer zu sterben. Im Gegenzug haben wir Ihnen einen wichtigen Posten in der Arbeiterpartei Koreas gegeben. Sie haben hier eine schöne Wohnung. Sie haben sich gut gemacht für jemanden mit Ihrer ... Geschichte. Sicherlich möchten Sie das nicht für einen desillusionierten Mann aufgeben, oder?«

Ich war kurz davor zu sagen, dass ich alles für den Mann aufgeben würde, den ich liebte, als sich Jin-mo aus dem Griff der Soldaten befreite. »Jae-hee«, sagte er. »Denk an deine Pflicht Korea gegenüber.« Zum ersten Mal seit Monaten waren seine Augen klar. Er sah aus wie damals, als ich ihn das erste Mal getroffen hatte, als er für die Volkszählung in Sinuiju zuständig gewesen war. Er sah aus wie ein Mann, der an seine Ideen glaubte. »Du kannst es schaffen«, meinte er. »Tu es für Korea! Tu es für mich!« Er lächelte traurig. »Auf Wiedersehen, Jae-hee«, sagte er. Dann drehte er sich um und schritt durch die Tür, während die Soldaten ihm hinterhereilten.

Ich liebte Jin-mo, ich liebte ihn wirklich. Und ich hatte keine Angst davor, für ihn zu sterben. So gern wollte ich Major Lee beschimpfen und zu Jin-mo rennen. Doch als er zur Tür raus verschwand, verhärtete sich alles in mir, so wie es auch in der Troststation in Dongfeng immer gewesen war. Ich erstarrte so wie das Wasser der Brunnen von Pjöngjang im Winter. Ich fühlte nichts mehr und ich konnte mich nicht mehr bewegen. Und ich ließ zu, dass sie meinen geliebten Jin-mo mitnahmen.

Langsam stellte Major Lee den Schürhaken wieder in den Ständer zurück. »Sie haben die richtige Entscheidung getroffen«, sagte er mit einem gepressten Lächeln. »Unser großer Führer vergisst das nicht. Und jetzt muss ich dafür sorgen, dass man sich um Herrn Pak kümmert. Ich hoffe, der Rest der Nacht verläuft für Sie ruhig.« Major Lee wandte sich zur Tür und folgte den Soldaten.

Ich blieb in Jin-mos Wohnung zurück und konnte nicht fassen, was ich gerade zugelassen hatte. Ich schleppte mich zum Sofa und deckte mich zu. Regungslos starrte ich in den Kamin und wollte weinen. Doch mein Herz war wie aus Stein und hielt meine Schluchzer gefangen. Ich dachte darüber nach, was für ein Mensch ich geworden war. So sehr hatte ich versucht, Dongfeng hinter mir zu lassen und Jin-mo mit meiner Liebe zu heilen. Aber ich war eine Trostfrau und konnte niemals einen Mann wie Jin-mo haben.

Mein Magen rumorte, und mir wurde übel wie am Morgen. Meine Haut wurde feuchtkalt, und ich fröstelte. Ich warf die Decke von mir und stapelte Holz im Kamin. Als die Flammen nach dem Holz griffen, ging ich in mein Zimmer und zog meinen Koffer hervor. Ich griff unter das Futter und holte den Kamm mit dem zweiköpfigen Drachen heraus.

Ich ging damit zum Kamin. Im flackernden Licht des Feuers schimmerte der goldene Kammrücken, und der zweiköpfige Drache verspottete mich mit seinen Zungen und Klauen. Ich beschloss, ihn zu hassen. Der Kamm war nichts mehr als ein billiges Schmuckstück und die Macht des zweiköpfigen Drachen nur ein Mythos. Er hatte mir nur Kummer und Einsamkeit gebracht und den Tod derjenigen, die ich liebte. Wie hatte ich so naiv sein können zu glauben, er würde mich beschützen?

Durch das Baby in mir war mir schlecht. Ich beschloss, auch das Ungeborene zu hassen. Ich kniete vor dem Kamin und stocherte im Holz. Die Flammen schossen in die Höhe. Ich legte ein weiteres Holzscheit nach, dann noch eins. Bald standen die Flammen fast am Rauchfang. Ich hielt den Kamm nah ans Feuer. Die Hitze verbrannte mir die Hand und ließ meine Augen tränen.

»Du musst den Kamm weitergeben!«, hatte meine Mutter mir befohlen. »Tu es für mich!«, hatte Soo-hee mich gebeten. »Tu es für Korea!«, hatte Jin-mo gesagt. Ich sah ihre Gesichter in den Flammen tanzen. »Zur Hölle mit euch!«, schrie ich sie an. »Zur Hölle mit euch, dafür, dass ihr mir das antut. Ich bin nicht die Richtige dafür!«

Das Baby drückte gegen meine Organe, sodass ich meinte, mich übergeben zu müssen. Ich hob die Hand, um den Kamm ins Feuer zu werfen. Und dann wurden die Gesichter im Feuer zu denen von Oberst Matsumoto, Leutnant Tanaka und Major Lee. Sie lachten und verhöhnten mich. Ich ließ meinen Arm sinken, und die Gesichter verwandelten sich wieder in Flammen. Mit dem Kamm ging ich zur Couch und wickelte mich wieder in die Decke. Ich wusste nicht, warum die Geister meiner Ahnen mich an diesen Ort geführt hatten. Und ich hatte keine Ahnung, was ich jetzt tun sollte oder wie ich ohne Jin-mo weitermachen konnte. Plötzlich merkte ich, dass meine Übelkeit verflogen war. Das Baby ruhte gemütlich in meinem Bauch. Lange schaute ich auf das Feuer und versuchte, all das zu begreifen, was mir passiert war seit dem Tag, an dem ich mit Soo-hee von zu Hause fortgegangen war.

Bald war mir warm, und eine tiefe Müdigkeit, die sich wie der Tod anfühlte, übermannte mich. Ich legte mich auf der Couch zum Schlafen hin. Kurz bevor ich meine Augen schloss, entdeckte ich etwas auf dem untersten Brett des Bücherregals. Es war ein letztes Buch, das Jin-mo nicht verbrannt hatte. Ich stand auf und nahm das Buch in die Hand. Es war Jin-mos Ausgabe von *Das Kommunistische Manifest* in Hangul.

Ich setzte mich damit auf die Couch und schlug es auf. Ziemlich weit hinten steckte ein Briefumschlag. Darin fand ich Geld und einen Zettel. Ich zog ihn heraus und las.

Meine geliebte Jae-hee,
du musst so schnell du kannst den Norden verlassen.
Geh ins Hotel Gimhae am Taedong-Fluss südlich
des großen Platzes. Frag nach Herrn Gah. Sag ihm,
dass du die Welt sehen möchtest. Benutz genau diese
Worte. Zahl ihm, was er verlangt, und er wird sich
um dich kümmern.
Bitte vergib mir, dass ich dich liebe.
Jin-mo

Ich blätterte durch die Geldscheine. Es war eine ziemlich hohe Summe. Ich las den Zettel noch einmal und prägte mir den Namen des Hotels und den Satz, den ich sagen sollte, ein. Dann steckte ich das Geld ein und warf den Zettel und das Buch ins Feuer. Anschließend ging ich mit dem Kamm in die Küche, wickelte ihn in ein Geschirrtuch und band eine Schnur darum. Hinterher legte ich in meinem Zimmer mein Kleid für die Arbeit am nächsten Tag bereit. In die Tasche des Kleides steckte ich den Kamm, das Geld und das Foto meiner Familie. Dann legte ich mich in mein Bett und wartete auf den nächsten Morgen.

Am nächsten Tag verspürte ich zum ersten Mal seit einem Monat keine morgendliche Übelkeit. Ich wusch mich gründlich und zog mich an. Anschließend ging ich in die Küche. Die Wohnung war geisterhaft still ohne Jin-mo und seine Bücher. Als ich begriff, dass ich ihn nie wiedersehen, nie wieder neben ihm liegen oder mit ihm über seine Ideen sprechen würde, weinte ich. Ich fragte mich, was mit ihm geschah. Hatten sie ihn gefoltert oder schlicht und einfach sofort umgebracht?

Ich hasste sie. Die Kommunisten hatten meinen geliebten Jin-mo getötet, und sie würden auch Korea töten. Sie verlangten alles von einem. Es war, wie Jin-mo prophezeit hatte: Erst nehmen sie einem den Geist, dann die Seele und anschließend das Leben. Ich musste an das denken, was Mutter am Abend, ehe ich ging, über die Japaner gesagt hatte: dass sie ihnen nicht noch mehr geben würde. Endlich verstand ich, was sie damit gemeint hatte. Auch ich würde den Kommunisten nicht noch mehr geben.

Ich nahm mein Frühstück ein, das aus Dduk und starkem Boricha bestand. Ich überlegte, ob ich noch mehr Reiskuchen machen sollte, um genügend Proviant zu haben, doch dann besann ich mich eines Besseren. In Jin-mos Brief hatte gestanden, dass Herr Gah sich um mich kümmern würde. Ich musste darauf vertrauen, dass er es tat.

Ich zog meinen Mantel an und schlüpfte durch die Tür. Die Sonne ließ alles wieder hell erstrahlen, und ihr Licht drang durch die Blätter der Weiden wie durch ein Spitzengeflecht. Es war fast warm. Ich ging zum Regierungsgebäude und achtete darauf, nicht über die Schulter zu blicken oder mich anderweitig auffällig zu benehmen. Dort angekommen schaute ich zur riesigen neuen Statue von Kim Il-sung hinauf. Mit ausgestreckten Armen grinste er auf mich hinab. Im Stillen verfluchte ich ihn.

Ich ging hinein und stieg die breite Treppe zum Bildungsministerium hinauf. Zur Begrüßung verbeugte ich mich vor meiner Vorgesetzten mit den dicken Knöcheln und setzte mich an meinen Schreibtisch. Dort begann ich mit der Übersetzung eines Textes, der verkündete, dass Kim Il-sung bis in alle Ewigkeit Koreas großer Führer sein würde.

Als meine Vorgesetzte den Raum verließ, eilte ich über die Dienstbotentreppe nach ganz unten. Von dort aus betrat ich eine schmale Straße, die von Militärlastwagen und Autos von Regierungsangehörigen überfüllt war. Ich bahnte mir meinen Weg bis zu einer Seitenstraße und lief nach Süden zum Taedong-Fluss.

KAPITEL 29

»Ich möchte die Welt sehen«, sagte ich zu Herrn Gah, der in einem Hinterzimmer des schäbigen Hotels Gimhae grünen Tee schlürfte. Er war dünn, bekam eine Glatze, und seine Unterlippe hing herab, doch seine Augen waren sehr wachsam.

Er fragte, ob ich Probleme mit den Behörden hätte. Er stieß die Worte hervor, wodurch er sich betrunken anhörte. Ich verneinte und sagte, dass ich nicht in Schwierigkeiten steckte, sondern den Norden verlassen wollte, weil ich hier niemanden hatte.

»Haben Sie denn jemanden im Süden?«, fragte er.

»Nein, Herr«, erklärte ich. »Ich habe niemanden.«

Herr Gah schaute mich kritisch an. »Sie möchten also hier weg, weil Sie hier niemanden haben. Aber dort haben Sie auch niemanden? Sind Sie sicher, dass Sie gehen möchten?«

»Herr«, meinte ich. »Ich glaube, dass sie mich hier töten werden.«

»Und Sie glauben, dass es für Sie im Süden besser sein wird?«

Ich hielt Herrn Gahs Blick stand und dachte einen Moment lang über seine Frage nach. Dann antwortete ich: »Ehrlich gesagt, ich weiß es nicht.«

Herr Gah verzog sein Gesicht zu einem schmutzigen Grinsen. Dann stieß er ein kehliges Kichern aus.

Ein paar Sekunden später wurde er wieder ernst.

»Es gibt eine Gebühr, um die Welt zu sehen«, erklärte er in professionellem Tonfall.

»Ich verstehe. Wie viel?«

»Eintausend Won.«

Eintausend Won war fast alles, was mir Jin-mo hinterlassen hatte. Ich zählte das Geld ab und legte es vor Herrn Gah auf den Tisch. Seine herabhängende Lippe kräuselte sich zu einem ungleichmäßigen Lächeln. Er nippte an seinem Tee und wischte sich die Lippen mit einem Taschentuch ab, das er in der Hand hielt. »Wann möchten Sie gehen?«, fragte er mich.

»Ich muss sofort los«, lautete meine Antwort. »Ich kann nicht zurück.«

Herr Gah nahm das Geld, faltete es und steckte es ein. »Sie haben Glück. Heute Nacht fährt ein Lastwagen ab. Hinter dem Hotel ist ein Schuppen. Warten Sie darin!«

Der Schuppen war ein alter Verschlag mit einem Blechdach, der an die Rückseite des Hotels gebaut worden war. Ich zog die Tür auf und schlüpfte hinein. Drinnen war es dunkel. Aber ich spürte, dass noch andere Menschen im Schuppen waren, die sich dicht aneinanderdrängten. Ich setzte mich auf den Boden neben einen Sack Reis und konnte die Feuchte des Taedong-Flusses in wenigen Häuserblöcken Entfernung riechen. Vor dem Schuppen rollten Lastwagen über die Straße.

Nach ein paar Minuten konnte ich die Gesichter der anderen erkennen. Es waren ein Mann, eine Frau und ein kleiner Junge.

In ihren Augen sah ich Angst. Der Kiefer des Mannes war angespannt. Die Frau hing an seinem Arm und drückte den Jungen fest an sich.

Ich lächelte den Jungen an. »Wie heißt du?«, fragte ich.

Er schaute kurz zu mir und dann zu seiner Mutter.

»Keine Angst«, versuchte ich, ihn zu beruhigen. »Ich mache eine Reise, genau wie du.«

Der Junge entspannte sich ein wenig. »Ich heiße Sang-dong.«

»Pst!«, schalt ihn sein Vater. »Kinder sollen nicht mit Fremden reden.«

Ich fühlte mit dem Jungen, als er sein Gesicht im Gewand seiner Mutter vergrub. Er erinnerte mich an Suk-ju, den ich nicht mehr gesehen hatte, seit Ki-soo ihn mitgenommen hatte, und den ich furchtbar vermisste.

Sang-dongs Vater betrachtete mich misstrauisch. »Warum verlassen Sie den Norden?«, fragte er.

»Sie haben den Mann getötet, den ich geliebt habe«, antwortete ich ihm.

Der Mann nickte. »Es wird bald zu einem Bürgerkrieg kommen, und mit Amerikas Hilfe wird der Süden gewinnen. Vielleicht kann Korea dann endlich vereint werden.«

»Ja«, meinte ich. »Obwohl ich hoffe, dass es ohne einen Bürgerkrieg gehen wird.«

Der Mann erzählte: »Ich habe einen Bruder in Taejon. Er heißt Yaeng Il-dak und arbeitet dort für ein amerikanisches Unternehmen. Ich habe seit zwei Jahren nichts mehr von ihm gehört. Ich hoffe, er kann mir helfen, eine Arbeit zu finden. Was werden Sie dort machen?«, fragte er.

Darüber hatte ich nicht nachgedacht. In Jin-mos Brief hatte nur gestanden, wie ich fliehen sollte, nicht, was ich danach tun sollte. Ich hatte nur wenig Geld und nichts außer den Kleidern am Leib, dem Kamm mit dem zweiköpfigen Drachen und einem Baby im Bauch.

»Ich weiß nicht, was ich im Süden tun werde«, gestand ich. »Alles, was ich weiß, ist, dass ich hier nicht bleiben werde.«

Wir sprachen weiterhin nichts mehr und warteten den ganzen Tag im Schuppen. Meine Blase war voll, und ich hatte Durst. Meine Muskeln schmerzten vom Sitzen, aber mein Schwangerschaftsbauch verhielt sich ruhig. Endlich wurde die Tür geöffnet. Am Einfallswinkel des Sonnenlichts sah ich, dass es bald dunkel würde.

Herr Gah beugte sich herein. »Geht nach drinnen auf die Toilette«, sagte er. »Beeilung, der Lastwagen kommt gleich.«

Ich folgte den anderen ins Hotel. Dort wartete ich, bis sie fertig waren, und ging dann selbst auf die Toilette. Ich trank einen großen Schluck aus dem Wasserhahn. Eigentlich wollte ich mich vor der Abfahrt waschen, aber mir war bewusst, dass wir nicht genug Zeit hatten. Als wir zum Schuppen zurückgingen, wartete ein Versorgungslastwagen des Militärs auf uns. An der Hecktür stand Herr Gah und beobachtete die Straße. »Hier rein«, rief er. »Schnell!« Er hob die Plane hoch und half uns hinein. Im Inneren waren Säcke mit Lebensmitteln und Kisten mit Militärbedarf. Der Lastwagen erinnerte mich an den, der Soo-hee und mich nach Dongfeng gebracht hatte. Plötzlich befürchtete ich, einen schrecklichen Fehler zu begehen.

Herr Gah hielt die Ecke der Plane hoch. »Hört gut zu«, instruierte er uns. »In vier Stunden wird der Fahrer anhalten und dreimal gegen die Kabine klopfen. Das ist für euch das Zeichen auszusteigen. Sucht einen Reifen, der am Straßenrand liegt. Nehmt den Pfad neben ihm, bis ihr zu einem Zaun kommt. Verlasst den Pfad nicht! Wenn ihr zum Zaun kommt, geht fünfzig Meter nach rechts. Da ist eine Öffnung. Ihr müsst gründlich danach Ausschau halten, sie ist nicht leicht zu finden. Geht da durch, und folgt dem Pfad auf der anderen Seite der Straße. Haltet den nächsten Lastwagen an, den ihr seht. Das werden die Südkoreaner sein.«

Dann fügte Herr Gah noch hinzu: »Verhaltet euch still, bleibt geduckt und lauft schnell. Achtet darauf, auf beiden

Seiten des Zauns auf dem Pfad zu bleiben. Verstanden? Bleibt auf dem Pfad! Wir haben abnehmenden Mond, eure Chancen stehen also gut. Solltet ihr gefangen werden, verratet nichts über mich, sonst kann ich nie wieder jemandem helfen.« Er ließ die Plane los und schlug auf die Seite des Lastwagens.

Der Lastwagen setzte sich in Bewegung und rollte durch die Stadt. Nach einer Weile war die Fahrt weniger holprig, und wir schienen auf einer asphaltierten Straße zu fahren. Sang-dongs Mutter zog ihn nah an sich heran, und irgendwann schlief der Junge ein. Als der Abend zur Nacht wurde, wurde es hinten im Lastwagen kalt und dunkel. Ich zog meinen Mantel fest um mich. Ich machte mir Gedanken, was mich im Süden erwarten würde. In den Schilderungen der Kommunisten wurde der Süden als böse beschrieben. Doch aus eigener Erfahrung wusste ich, dass der Norden böse war, und mit ihm wollte ich nichts mehr zu tun haben. Ich hatte keine andere Wahl, ich musste es in den Süden schaffen und darauf vertrauen, dass es mir und meinem Baby dort besser gehen würde.

Einige Stunden später hielt der Lastwagen an. Aus dem Führerhaus war ein dreimaliges Klopfen zu hören. Sang-dongs Vater sprang auf und kletterte hinaus, dann half er seiner Frau und seinem Sohn heraus. Als ich aufstand, setzte sich der Lastwagen schon wieder in Bewegung. Ich legte eine Hand auf die Hecktür und sprang. Bei der Landung verdrehte ich mir den Knöchel und fiel hin. Ein spitzer Schmerz schoss mir ins Bein. Ich unterdrückte einen Schrei und zwang mich auf die Füße. Vorsichtig überprüfte ich meinen Knöchel. Der Schmerz war fast unerträglich. Ich humpelte zu den anderen, die tief gebückt im Straßengraben hockten.

Der Lastwagen verschwand hinter einer Anhöhe, und wir waren allein in der Dunkelheit. Neben uns befand sich ein großes, offenes Feld mit abgestorbenem, hüfthohem Gras. Es war sehr dunkel und still.

»Wir müssen den Pfad finden«, flüsterte der Mann. »Seht ihr den Reifen?«

Er schaute erst in die eine Richtung des Straßengrabens, dann in die andere. »Es ist zu dunkel. Ich werde ihn suchen«, meinte er. Er krabbelte durch den Graben und kam wenige Sekunden später zurück. »Hier entlang!«, raunte er uns zu. »Folgt mir!« Er hob seinen Sohn hoch und nahm seine Frau an die Hand. Sie verschwanden in der Dunkelheit.

Ich versuchte, ihnen so schnell ich konnte zu folgen, doch bei jedem Schritt schmerzte mein Knöchel höllisch. In ein paar Metern Entfernung sah ich, wie die Familie neben einem alten Lastwagenreifen hockte. Zusammen kletterten wir aus dem Straßengraben zu einem Pfad zwischen den Gräsern.

Die Straße hinab, auf der anderen Seite der Anhöhe, erblickten wir einen schwachen Lichtschein. Dann durchbrach das Geräusch eines Lastwagenmotors die Stille der Nacht. »Schnell!«, rief der Mann und stürzte vorwärts. Ich folgte ihnen, doch durch den Schmerz im Knöchel fiel ich zurück. Ich blickte gerade rechtzeitig über meine Schulter, um zu sehen, wie ein Lastwagen über die Anhöhe und langsam auf uns zukam. Auf dem Lastwagen war ein Suchscheinwerfer angebracht, der über das Feld leuchtete.

Ich biss die Zähne zusammen und beschleunigte meine Schritte. Bald hatte ich die anderen eingeholt. Der Lastwagen kam näher.

Der Suchscheinwerfer warf sein Licht auf das Feld zu unserer Linken. Der Mann hielt an und hockte sich hin. »Ich kann den Zaun sehen. Es ist nicht weit, wenn wir geradeaus drauf zulaufen.« Er übergab Sang-dong seiner Frau. »Ich gehe voraus. Kommt schnell!«

»Nein!«, flüsterte ich. »Bleiben Sie auf dem Pfad.« Aber der Mann war schon verschwunden. Die Frau hob den Jungen auf ihre Hüfte und lief ihm hinterher.

Ich wollte ihnen gerade folgen, als der Nachthimmel in einem blendenden Licht explodierte, das mich zu Boden warf. Das Echo der Explosion hallte von den Hügeln wider. Ich weiß nicht, wie lange ich dort lag. Vielleicht waren es nur ein paar Sekunden, vielleicht auch länger. Irgendwann stützte ich mich auf Hände und Knie. Ich schüttelte den Kopf, um das Sausen in meinen Ohren zu vertreiben. Ich dachte, ich würde jemanden schreien hören.

Der Suchscheinwerfer glitt über das Gras neben der Stelle, wo die Explosion gewesen war. Vor mir bewegte sich etwas. Die Frau brach mit dem Jungen auf dem Arm durch das Gras. Beide waren von Blut bedeckt. Die Augen der Frau waren wild wie die eines Tieres in der Falle. Sie hielt mir den Jungen hin. »Nimm ihn!«, schluchzte sie. Ich war noch immer benommen und verstand nicht, was sie wollte. Sie drückte mir den Jungen in die Arme. »Nimm ihn!«, zischte sie mit zusammengebissenen Zähnen. Ich hielt ihn fest, und sie rannte zurück ins Gras.

Der Scheinwerfer suchte die Gegend um uns ab. Auf der Straße hinter mir hörte ich Männer rufen. Die Augen des Jungen waren weit aufgerissen. Sein Gesicht war blutverschmiert. Er streckte seine Arme in die Richtung aus, in die seine Mutter verschwunden war. »Ummah!«, weinte er. »Appa!«

Ich legte ihm die Hand auf den Mund, und er wand und wehrte sich. Ich hob meinen Kopf, um über das Gras schauen zu können.

In einiger Entfernung sah ich die Umrisse eines hohen Zauns, der oben mit Stacheldraht bewehrt war. Ich verließ den Pfad und rannte darauf zu. Der Junge wand sich immer noch, aber ich hielt ihn fest an mich gedrückt. Als ich den Zaun erreichte, versuchte ich, mich an Herrn Gahs Anweisungen zu erinnern. Ich wusste nicht mehr, ob er links oder rechts gesagt hatte. Ich lief nach rechts, als die Stimmen hinter mir lauter wurden.

Im Zaun suchte ich nach einer Öffnung, doch in der Dunkelheit konnte ich nichts erkennen. Der Scheinwerfer glitt hinter uns über den Boden. Ich ließ mich ins Gras fallen. Dabei rutschte meine Hand vom Mund des Jungen, und er schrie. Schnell presste ich ihm wieder die Hand auf den Mund. »Scht!«, flüsterte ich. »Bitte sei still.« Der Junge, dessen Augen vor Angst weit aufgerissen waren, hörte zu strampeln auf. Ich nahm meine Hand von seinem Mund, und er blieb still.

Als der Scheinwerfer näher kam, tastete ich in meiner Tasche nach dem Kamm mit dem zweiköpfigen Drachen.

Er war nicht da. Hektisch suchte ich den Boden zwischen dem Gras ab, konnte ihn aber nicht finden. Das Scheinwerferlicht glitt über uns hinweg, sodass ich ein paar Schritte von mir entfernt etwas glitzern sah. Es war der Kamm. Mit meinen Augen folgte ich dem Scheinwerferlicht. Für den Bruchteil einer Sekunde beleuchtete es den Zaun und neben einem Pfosten konnte ich eine Öffnung erkennen. Sie war klein, gerade mal groß genug, damit sich eine Person hindurchzwängen konnte. Ich schnappte mir den Kamm, und mit dem Jungen auf der Hüfte krabbelte ich zu der Öffnung.

Die Stimmen hinter mir wurden lauter. »Feldwebel, da drüben!«, rief ein Mann. Das Geräusch rennender Stiefel war zu hören. Die Schritte hielten an der Stelle an, an der die Explosion gewesen war.

»Ihr habt ihn getötet!«, schrie die Frau. »Ihr Schweine, ihr habt ihn getötet!«

Bei der Stimme seiner Mutter schoss der Kopf des Jungen in die Höhe. »Ummah!«, rief er.

»Da drüben ist noch jemand!«, brüllte ein Soldat.

Mit dem Kamm in der Hand und dem Jungen auf dem Arm rannte ich zum Zaun. Der Junge zappelte und schrie nach seiner Mutter. »Ummah!«, rief er wieder. »Ummah!« Ich erreichte den Zaun und hob den Draht hoch. Ich schob den

Jungen hindurch und krabbelte unter dem Zaun hindurch, dann schnappte ich mir wieder den Jungen und rannte.

»Bleibt auf beiden Seiten des Zauns auf dem Pfad«, hatte Herr Gah gesagt. Ich schaute auf meine Füße und bemerkte, dass ich nicht auf dem Pfad war. Ich hatte Angst, wie der Vater des Jungen auf eine Mine zu treten, doch ich rannte weiter. Die Gräser schlugen gegen meine Beine, und der Schmerz in meinem Knöchel durchzuckte mich. Ein Schuss war zu hören und fuhr durch die Gräser neben mir. Dann hatte mich der Suchscheinwerfer entdeckt. Noch ein Schuss erklang, aber diesmal kam er von vorne. »Halt! Bleiben Sie stehen!«, rief eine Stimme. Ich hielt an und hockte mich zwischen die Gräser. Mein Atem ging schnell, und mein Herz pochte laut. Das Scheinwerferlicht war auf mich gerichtet.

Ich hörte Schritte, die sich näherten. Plötzlich war ich von drei Stiefelpaaren, schwarz und sauber poliert, umringt. Ich schaute hoch. Soldaten zeigten mit Gewehren auf den Zaun hinter mir.

Der Scheinwerfer ging aus. Ein Soldat bückte sich und nahm den Jungen. Ein anderer half mir auf die Beine.

»Achten Sie darauf, Ihre Füße genau dorthin zu setzen, wo ich hintrete«, sagte er. »Willkommen in der Republik Südkorea.«

KAPITEL 30

August 2008. Seoul, Südkorea

Frau Hong scheint mich nicht zu bemerken, während sie aus dem Fenster ihrer Wohnung blickt und ihre Geschichte erzählt, als hörte ihr die ganze Welt zu. Die Sonne ist gewandert und scheint nun auf sie. In ihrem Hanbok sieht sie fast wie ein Engel aus. Sie hält ihre Hände hinter dem Rücken verschränkt und schwankt leicht hin und her. Mir fällt auf, dass die Falten in ihrem Gesicht jetzt tiefer sind als zuvor, so als ob ihre Geschichte sie altern ließe.

»Ich konnte den kleinen Sang-dong eine Woche nach unserer Flucht aus dem Norden zu seinem Onkel in Taejon bringen«, erzählt sie. »Der Onkel freute sich nicht über ein weiteres hungriges Maul, das er stopfen musste. Als Belohnung dafür, dass ich seinen Neffen gerettet hatte, gab er mir ein paar Reiskörner zu essen. Dann sagte er mir, ich sollte wieder gehen.« Sie seufzt. »Ich stand auf der Straße in Taejon und hatte nichts als die Kleider am Leib, den Kamm und ein Baby im Bauch.«

Sie schweigt eine Weile und dreht sich dann vom Fenster weg. »Ich konnte für Essen arbeiten, aber ein paar Monate

245

später brachte ich ein Mädchen zur Welt. Das war am 15. September 1950, auf den Tag genau drei Monate, nachdem der Norden in den Süden eingefallen war und den koreanischen Bürgerkrieg angefangen hatte. Es war auch der Tag, an dem General MacArthur bei Incheon landete, um die Invasion zu zerschlagen.«

»Das Mädchen«, frage ich. »Das war meine leibliche Mutter?«

Frau Hong nickt. »Ja. Ich nannte sie Soo nach meiner Schwester, Soo-hee, und Bo nach meiner Mutter, Bo-sun. In Korea gilt es als verpönt, einem Kind den Namen eines älteren Familienmitglieds zu geben, aber ich tat es dennoch, um ein wenig von dem zurückzubekommen, was ich verloren hatte. Das war egoistisch, schätze ich.« Sie wirft mir ein verschmitztes Lächeln zu. »Aber wer würde es erfahren? Möchtest du noch etwas Boricha?«

»Ja, gern«, antworte ich. Langsam finde ich Gefallen an dem bitteren Tee.

Sie geht zum Herd, um unsere Tassen zu füllen. Dann reicht sie mir meine und setzt sich mir gegenüber aufrecht an den Tisch. Ihre Hände hat sie um die Tasse gelegt. Ständig nickt sie leicht mit dem Kopf. Ich frage mich, ob das am Alter liegt oder ob sie sich damit psychisch darauf vorbereitet, weiterzuerzählen.

»Soo-bo wurde zu früh geboren«, fährt sie fort. »Es war eine schwere Geburt. Ich lag achtzehn Stunden während der Schlacht um den Busan-Perimeter in den Wehen. Der Norden hatte den Krieg schon fast für sich entschieden. Ich hatte furchtbare Angst, dass die nordkoreanischen Truppen, sollten sie tatsächlich gewinnen, mich finden und töten würden. Darum ging ich mit der sich zurückziehenden Armee Südkoreas nach Busan.«

»Bei Busan war die entscheidende Schlacht«, fährt sie fort. »Die amerikanische Luftwaffe wendete den Krieg zugunsten des Südens. Tag und Nacht explodierten Bomben. Tausende starben. Während dieser Schlacht gab es auch in meinem Inneren einen heftigen Kampf. Doch endlich wurde Soo-bo geboren. Lange Zeit war sie krank. Ein amerikanischer Arzt kümmerte sich um sie. Sein Name war Captain Charles Keegan. Er war jung, nicht einmal dreißig. Er konnte eine Baumwolldecke für Soo-bo auftreiben, und er brachte mir Essen aus der Kantine der Amerikaner, damit ich stillen konnte. Wie ich hörte, starb er ein paar Monate später durch einen Granatwerfer.«

Ich trinke einen Schluck Boricha und versuche mir vorzustellen, wie es damals war. »Der Krieg muss furchtbar gewesen sein«, stelle ich fest.

Sie guckt in ihre Teetasse und schüttelt den Kopf. »Er hätte nicht passieren sollen. Die Amerikaner und Russen hätten nach dem Zweiten Weltkrieg gehen sollen. Vielleicht hätten wir dann unsere Meinungsverschiedenheiten beilegen können.«

Ich rücke an die Kante des Stuhls. »Als wir Panmunjeom besichtigten, hat man uns erzählt, dass die Russen den Nordkoreanern Waffen gaben und sie dazu drängten, in den Süden einzufallen. Die Amerikaner kamen erst später dazu. Um eine Übernahme durch die Kommunisten zu verhindern.«

Sie schaut mich an. »Das stimmt«, meint sie. »Aber dann fuhr eure Armee den ganzen Weg bis zur chinesischen Grenze. General MacArthurs Anmaßung und Respektlosigkeit den Chinesen gegenüber ließ sie glauben, dass die Amerikaner nun auch in ihr Land einmarschieren würden. Darum traten sie auf Seiten des Nordens in den Krieg ein. Mit dem Ergebnis, dass der Krieg in meinem Heimatland noch drei weitere verfluchte Jahre dauerte.«

»Sie finden also, wir hätten die Kommunisten gewinnen lassen sollen?«

»Ich finde, die Amerikaner hätten vorsichtiger mit meinem Land umgehen sollen«, lautet ihre Antwort. »Versteh doch, Ja-young, Millionen sind in dem Krieg gestorben. Millionen! Sie sind nicht nur eine Zahl in einem Geschichtsbuch. Es waren Familien, ganze Dörfer, Menschen, die ich kannte, meine Freunde und Landsleute. Und weitere Millionen waren obdachlos und hatten nichts zu essen. Nachdem wir jahrhundertelang zwischen Chinesen, Japanern und Russen hin- und hergezerrt worden waren und nach fünfunddreißig brutalen Jahren der japanischen Besatzung, war alles, was wir wollten, ein Land zu sein und in Ruhe gelassen zu werden. Stattdessen war Korea der Spielball im Tauziehen zwischen den Weltmächten.«

Sie schaut mich an wie eine Lehrerin, die versucht, zu einer sturen Schülerin durchzudringen. Ich muss weggucken. Geschichte hat mich bislang nie groß interessiert, aber jetzt höre ich sie von jemandem, der sie erlebt hat. Langsam verstehe ich, warum Dad immer sagt, ich solle im College ein paar Geschichtsstunden besuchen.

»Um deine Frage zu beantworten, wir sind besser dran, weil verhindert wurde, dass Kim Il-sung ganz Korea regierte. Er wurde zu einem Despoten, genau wie ich es vorhergesagt hatte. Auch wenn die korrupte, amerikanische Marionette Rhee Syngman nicht viel besser war.«

»Was war mit Ihnen während des Krieges?«, frage ich sie.

Sie lehnt sich zurück und guckt wieder in ihren Boricha. »Ich gehörte zu den Obdach- und Mittellosen. Zwar konnte ich fließend Englisch, was geholfen hat, aber trotzdem tat ich mich schwer. Soo-bo und ich standen immer kurz vor dem Verhungern. In einem Krieg ist eine arme, junge Frau mit einem kranken Baby für jeden eine Last.« Sie hebt das Kinn. »Mehr musst du nicht wissen, nur dass wir mit Mühe und Glück überlebt haben.«

Ich denke darüber nach, wie schwer ihr Leben in meinem Alter war, und habe ein schlechtes Gewissen, weil ich mir selbst so leidtue und ich eine solche Angst habe. Ganz ehrlich, verglichen mit dem, was sie durchgemacht hat, welchen Grund habe ich da, mich zu fürchten? »Ihr Leben war hart«, sage ich. »Das tut mir leid.«

»Ja, aber ich habe überlebt«, meint sie. »Und das ist es, was für mich zählt.«

Sie guckt mich ein paar Sekunden lang an, dann fragt sie. »Was ist mit dir, Anna? Was ist dir wichtig?«

Ihre Frage trifft mich unerwartet. »Ich ... ich weiß nicht genau«, stottere ich. »Ich hatte immer gedacht, erfolgreich zu sein, wissen Sie? Gut in der Schule zu sein, so was halt. Aber ich gehe nicht mehr zur Uni«, gestehe ich. »Ich musste aufhören, als Mutter krank wurde.«

»Hast du vor, zurückzugehen?«

Ich schüttele den Kopf. »Ich weiß es echt nicht. Ich habe keine Ahnung, wofür.«

Sie schaut mich weiterhin an, und ich kann erkennen, dass sie eine bessere Antwort erwartet. Unruhig zappele ich herum, dann sage ich: »Früher habe ich mal über ein Medizinstudium nachgedacht. Ich habe die notwendigen Kurse besucht und war gut genug, um zugelassen zu werden, aber ich war mir nicht sicher, ob ich Ärztin werden wollte. Dann dachte ich über ein Jurastudium nach. Für beides habe ich eine Pro- und Kontraliste erstellt, Medizin im Vergleich zu Jura. Am Ende dachte ich, dass ich etwas ganz anderes machen sollte, wissen Sie? Und jetzt weiß ich nicht einmal, ob ich die Uni beenden soll.«

»Du hast eine Pro- und Kontraliste geschrieben?«, fragt sie. »Durchdenkst du die Sachen immer so?«

»Klar! Ich versuche es.«

»Und das funktioniert bei dir?«

»Glaub schon.«

»Du hast einen sehr klugen Kopf, Anna, das merkt man. Aber du bist Koreanerin, und Koreaner treffen ihre Entscheidungen anders. Wir benutzen unsere Herzen genauso wie unsere Köpfe. Wenn wir sagen ›Ich denke‹, dann zeigen wir auf unser Herz. Ich möchte dir sagen, was ich denke«, sagt sie und zeigt auf ihr Herz. »Ich denke, du versuchst herauszufinden, was in deinem Herzen ist. Doch dein Kopf steht dir immer wieder im Weg. Du bist nach Korea gekommen, um etwas über dich selbst herauszufinden, etwas, bei dem dir eine Pro- und Kontraliste nicht hilft. Nachdem ich dir den Kamm gegeben habe, bist du aus dem gleichen Grund zu mir gekommen. Du hast ihn nicht den Regierungsbeamten gegeben, nicht einmal, als sie dir drohten. Wenn du diese Entscheidungen durchdacht hättest, wenn dein Herz nicht zu dir gesprochen hätte, dann hättest du sie nie so getroffen. Also, Anna Carlson, was sagt dir dein Herz über deine Zukunft?«

Das ist eine gute Frage. So hatte ich noch nie darüber nachgedacht. Ich zucke mit den Schultern. »Ich weiß es wirklich nicht.«

Sie lächelt. »Wenn ich mit meiner Geschichte fertig bin, werden wir noch weitersprechen. Bist du bereit, den Rest davon zu hören?«

»Ja, bin ich«, antworte ich ihr.

Sie setzt sich gerade hin und legt die Hände in den Schoß. Sie erzählt mir, dass in Südkorea nach dem Koreakrieg Chaos herrschte und jeder wütend war und versuchte, irgendwelchen Menschen die Schuld zu geben. Sie sagt, dass es Repressalien gegen alle gab, die möglicherweise mit den Kommunisten sympathisiert hatten. »Ich war von diesen Repressalien betroffen«, berichtet sie. »Die Leute wussten, dass ich für den Norden gearbeitet hatte, darum stand ich auf der schwarzen Liste, und niemand gab mir Arbeit. Mir wurde jegliche Unterstützung entzogen. Ich war in ernster Gefahr und musste für eine Weile verschwinden.«

Sie holt Luft, als ob sie mit ihrer Geschichte fortfahren will, zögert dann aber. Sie lächelt verlegen. Ich frage mich, ob sie wohl weitersprechen kann.

Schließlich sagt sie: »Es tut mir leid. Dieser Teil ist sehr schwer.«

»Schon in Ordnung«, sage ich. »Vielleicht sollten wir eine Pause machen.«

Sie schüttelt den Kopf. »Nein. Ich muss das beenden.«

KAPITEL 31

April 1954. US-Militärbasis Camp Humphreys, Südkorea

Ich stand im Hinterzimmer einer Bar und sprach mit dessen Besitzer. Die dreijährige Soo-bo klammerte sich an meiner Seite fest. Durch ihr Kleid konnte ich die Knochen meiner Tochter spüren. Ihre Augen waren eingefallen und ihre Wangen hohl. Sie sah so aus, wie ich mir die armen, hungernden Waisenkinder in *Oliver Twist* vorgestellt hatte. Und sie hatte wieder Fieber.

Seit drei Tagen hatten wir nichts mehr gegessen. In den vergangenen sechs Monaten hatte ich in kleinen Dörfern in Südkorea, deren Bevölkerung durch den Bürgerkrieg dezimiert wurde, nach Essen gesucht. Tausende Menschen waren so verzweifelt wie ich, und Nahrung war knapp. Es gab sehr wenig zu essen, und die Menschen lebten in simplen Hütten aus Holzresten, Steinen und Blech. Viele der Kinder hungerten so wie Soo-bo.

Irgendwann nahm mich ein amerikanischer Sergeant in seinem Jeep mit und setzte mich und Soo-bo in dieser Bar in einem *Kijichon*, einer Barackenstadt außerhalb einer amerikanischen

Militärbasis, ab. Wir warteten, während er hineinging, um mit jemandem zu sprechen. Ein paar Minuten später kam er mit dem Barbesitzer wieder zurück. Dieser musterte mich lange, dann gab er dem Sergeant etwas Geld. Der Sergeant fuhr in seinem Jeep zur Militärbasis weiter, und der Barbesitzer forderte mich auf, ihm zu folgen.

Er führte uns in ein Hinterzimmer. Aus dem Schankraum auf der anderen Seite der Wand dröhnte amerikanischer Jazz. Der Barbesitzer – ein Mann Anfang dreißig mit grünen Augen und einer tiefen Narbe über der Wange – saß vor mir und hatte die Füße auf den Tisch gelegt. Sein blondes Haar war kurz geschoren, so wie es die US-Soldaten trugen. Er sagte, sein Name sei Alan Smith.

Alan lehnte sich zurück und schaute mich mit professionellem Blick an. »Wir verschenken hier kein Essen. Musst du dir verdienen. Nennt man Kapitalismus.«

Ich hatte Jin-mos Bücher von den weltbesten Wirtschaftswissenschaftlern gelesen, die über die Vorteile des Kapitalismus im Vergleich zum Sozialismus schrieben. Ich bezweifelte, dass Alan auch nur ein einziges Wort über das Thema gelesen hatte. »Ich verstehe, Sir«, sagte ich. »Wie läuft das hier ab?«

»Ich gebe dir einen Kredit für die erste und letzte monatliche Miete. Du bekommst außerdem einen Vorschuss für Essen und Kleidung. Das ist der *Kapital*-Teil des Kapitalismus, verstanden? Ich berechne jeden Monat zehn Prozent Zinsen. Die Miete ist Anfang des Monats fällig, keine Ausnahmen. Hundert Kröten. Weitere zwanzig für das Bett und den Stuhl. Alles, was du kaufst, schreiben wir dir an. Außerdem musst du für Essen und die Wäscherei bezahlen.«

Ich wollte das Einstellungsgespräch so schnell wie möglich beenden, um etwas zu essen für Soo-bo zu bekommen. Aber ich wollte auch nicht zu verzweifelt wirken. »Was muss ich tun?«, fragte ich.

Alan schaute mich ununterbrochen an, während er sich einen Zahnstocher zwischen die Zähne steckte. Er erinnerte mich an den Schauspieler James Cagney, den ich in amerikanischen Filmen im Kino in Pjöngjang gesehen hatte. Ich glaube, es lag an seiner Art zu sprechen – schnell und abgehackt – und seinem aggressiven Auftreten. »Also, manche Mädchen fangen damit an, dass sie hier aushelfen«, meinte er. »An der Bar bedienen, putzen, Wäsche waschen, Besorgungen machen und so weiter. Du hast Glück. Ich brauche jemanden dafür.«

»Ich verstehe. Wie viel kann ich verdienen?«

Er zeigte mit dem Zahnstocher auf mich. »Hängt von dir ab. So funktioniert der Kapitalismus, weißt du? Je mehr du tust, desto mehr verdienst du. Ich zahle fünfzig Cent die Stunde.«

»Ich verstehe«, antwortete ich und drückte Soo-bo fest an mich.

Alan guckte Soo-bo ungerührt an. »Natürlich, wenn du nicht genug verdienst, indem du nur aushilfst, kannst du auch noch als Barmädchen arbeiten. Du bist zwar schon älter, aber hübsch. Und sprichst gut Englisch. Könntest viel Geld verdienen. Das funktioniert so: Wenn ein Gast Zeit mit dir allein verbringen möchte, zahlt er mir eine sogenannte Barauslöse, um mit dir nach oben zu gehen. Zusätzlich zur Barauslöse gibt er dir für deine Dienste ein Trinkgeld. Ich bekomme die Hälfte des Trinkgelds. Das gilt für alle gleichermaßen. Das ist in jeder Bar in diesem Kijichon gleich.«

Ich konnte Soo-bos Magen knurren hören. Auch meiner verkrampfte sich. »Nein. Das werde ich nicht machen«, meinte ich. »Ich möchte bitte die andere Stelle. Kann ich sofort anfangen?«

Alan grinste, und die Narbe in seinem Gesicht verzog sich. »Klar. Wenn es das ist, was du machen möchtest.«

Dann führte er mich und Soo-bo über eine Holztreppe zu einem langen, spärlich beleuchteten Flur im zweiten Stock. Am Ende des Flurs öffnete er eine Tür und zeigte hinein. »Dein Zimmer«, erläuterte er.

Ich ging mit Soo-bo an der Hand hinein. Das Zimmer war klein, nur wenig größer als mein Raum in der Troststation. Es stank nach Männerschweiß und Sperma. Der bekannte Geruch ließ meine Erinnerungen an Dongfeng auflodern wie ein Streichholz Benzin. Ich sah die Gesichter der Männer, die mich vergewaltigt hatten, und spürte den brennenden Schmerz zwischen den Beinen.

Ehe ich Soo-bo hochnehmen und zur Tür hinausrennen konnte, streckte mir Alan eine dunkelgrüne Dose und einen Dosenöffner entgegen.

»Und hier ist dein Mittagessen«, sagte er. »Sollte für dich und das Kind reichen.«

Soo-bo griff nach der Dose. »Ummah!«, quengelte sie. »Essen! Ich hab Hunger.« Ihre eingesunkenen Augen flehten mich an.

Ich versuchte, den Gestank in dem Zimmer zu ignorieren, und nahm die Dose und den Öffner entgegen. »Danke«, sagte ich.

Alan Smith steckte sich den Zahnstocher wieder in den Mund. »Ich brauche heute Nachmittag Hilfe in der Bar. Kauf dir bei einem der Schneider in der Straße etwas zum Anziehen. In dem Aufzug kannst du nicht arbeiten. Das hier ist ein Nobelschuppen.« Als er schon durch den Flur lief, rief er mir über die Schulter zu: »Ich brauch den Öffner zurück, wenn du fertig bist.«

Ich schloss die Tür und schob meinen Rucksack unter das Bett. Dann setzte ich mich auf den Boden und zog Soo-bos dürren Körper auf meinen Schoß. Aufgeregt schaute mich Soo-bo an, und ich öffnete die Dose. Darin war eine gallertartige, graugrüne Masse. Ich steckte meinen Finger hinein und probierte. Sie schmeckte salzig und schleimig, aber es war etwas zu essen. Ich holte einen Finger voll heraus und fütterte Soo-bo, die wie ein hungriges Vogeljunges schluckte, ohne zu kauen. In weniger als einer Minute hatten wir die ganze Dose leer gegessen.

Soo-bo, deren hungriger Körper endlich satt war, wurde schläfrig. Ich legte meine Tochter auf das Bett, küsste sie auf den Kopf, und schon bald schlief sie ein.

Von der Mahlzeit wurde auch ich schläfrig, aber als ich die amerikanischen Soldaten hörte, die sich unten in der Bar sammelten, wusste ich, dass ich sofort mit dem Geldverdienen beginnen musste. Ich ließ die schlafende Soo-bo allein im Zimmer zurück und ging runter auf die einzige Straße im Kijichon. Die Straße führte auf eine Asphaltstraße und zum Tor der Militärbasis. Die amerikanische Flagge wehte an einem hohen Fahnenmast. Über dem Eingang prangte ein Schild mit der Aufschrift *Camp Humphreys*. Schäbige Bars säumten die Straße und machten Werbung für Sex mit Koreanerinnen. Auf einem Schild stand: *Die freundlichsten Mädchen im Camp!* Eine andere Bar warb damit, dass ihre Mädchen *die wildesten Fantasien erfüllten*. Ich fragte mich, wie ich hier gelandet war. Ich hatte gedacht, ich hätte das hinter mir gelassen. Doch hier war ich nun und betete, dass ich eines Tages von der Troststation erlöst werden würde.

Ich lief an ein paar Türen vorbei und betrat eine lange, enge Schneiderei. Ein Mann mit beginnender Glatze und Halbbrille arbeitete an einer Nähmaschine. »Brauchst du etwas zum Anziehen?«, fragte er, ohne aufzublicken.

»Ja, Sir.«

»In welcher Bar arbeitest du?«

»Im Hometown Cat Club.«

Der Mann schaute mich über seine Brille hinweg an. »Du brauchst was, worin du jünger aussiehst«, bemerkte er. »Ich empfehle ein kurzes, schwarzes Kleid.«

»Nein«, entgegnete ich. »So was mache ich nicht.«

Er schüttelte den Kopf und lachte. Dann zeigte er auf den hinteren Teil des Raums. »Such dir was von der Kleiderstange aus. Die Preise sind in Dollar. Anpassen kostet extra.« Dann widmete er sich wieder seiner Nähmaschine.

Ich ging zur Kleiderstange. Auf Metallbügeln hing jede erdenkliche Art von aufreizenden Frauenkleidern – lange Kleider mit tiefem Ausschnitt; kurze, paillettenbesetzte Kleider; verschiedene japanische Kimonos und sogar ein amerikanisches Cowgirl-Outfit. Ganz am Ende entdeckte ich einen grünen Yukata mit hübschen weißen und pinken Blumen.

Ich strich über die kühle, grüne Seide des Yukata und überlegte, wie ich hier auf andere Weise Geld verdienen konnte. Mir fiel nichts ein. Ich saß in der Falle und konnte nirgendwohin, genau wie in Dongfeng. Doch wenn ich hierblieb, konnte ich mich eine Weile verstecken und Soo-bo Essen geben. Wir hätten ein Dach über dem Kopf, und wenn ich hart arbeitete, konnte ich vielleicht die Schulden abbezahlen, die ich gerade machte. Dann könnte ich, wenn sich die Lage beruhigte und es für mich sicher war, nach Seoul ziehen.

Ich wandte mich vom Yukata ab und schaute nach etwas Seriöserem. Auf der Stange hing ein einfaches blaues Kleid, das bis zum Knie reichte und ungefähr meine Größe hatte. Es kostete dreißig Dollar – das preiswerteste auf der Stange. Ich nahm es und ging damit zu dem Mann mit dem schütteren Haar. Er schaute von seiner Nähmaschine auf. »Bist du sicher, dass du das billige Kleid willst? Du würdest dich leichter tun mit …«

»Ich will das hier«, unterbrach ich ihn.

Der Mann zuckte mit den Schultern. »Okay. Mach, was du willst. Wie heißt du?«

Ich nannte ihm meinen Namen, den er sich notierte. »Ich werde dein Konto in der Bar belasten«, meinte er und machte sich wieder ans Nähen. »Viel Glück!«

KAPITEL 32

Soo-bo schlief tief und fest, als ich ins Zimmer zurückkam. Ich holte eine Decke aus dem Rucksack und breitete sie in einer Ecke auf dem Boden aus. Dann hob ich Soo-bo vom Bett auf und legte sie auf die Decke. Unter ihrem Kleid stachen spitz ihre Knochen hervor. Sie quengelte kurz, rollte sich dann aber ein und kuschelte sich an die Wand. Erleichtert stellte ich fest, dass sie weiterschlief.

Ich holte einen Lappen aus meinem Rucksack und wischte damit das Fenster und den Boden. Beides war nicht so sauber, wie ich es gern gehabt hätte, aber ich beschloss, später noch einmal gründlicher zu putzen. Das Foto meiner Familie stellte ich neben das Bett. Als ich den Rucksack wieder unter das Bett schieben wollte, öffnete sich seine Klappe, und zum Vorschein kam das Päckchen aus grobem, braunem Stoff mit dem Drachenkamm. Ich zog es heraus, wickelte den Kamm aus und betrachtete ihn. Meine Finger glitten über die winzigen Elfenbeinintarsien, die den zweiköpfigen Drachen bildeten. Ich fragte mich, wie viel er wohl wert war. Vielleicht genug, um nach Seoul zu gehen und dort sparsam zu leben, bis ich eine Arbeit gefunden hatte. Schließlich hatte ich ein Talent für Sprachen, und ich hatte gehört, dass Südkorea mithilfe der

Amerikaner wiederaufgebaut werden sollte. Sicherlich konnte man jemanden wie mich gebrauchen.

Doch ich hatte Soo-hee und Jin-mo versprochen, dass ich weitermachen und ihre Geschichte erzählen würde. Ich hatte versprochen, den Kamm zu behalten. Darum steckte ich ihn in den Rucksack zurück und schob ihn unter das Bett. Dann ging ich in das Badezimmer auf dem Flur und schrubbte mich sauber. Ich kämmte mir die Haare und überlegte, wie ich sie frisieren sollte. Ich wollte keine Aufmerksamkeit auf mich ziehen, darum flocht ich sie nur. Dann zog ich das blaue Kleid sowie meine Tabi und Zori an und ging nach unten in die Bar des Hometown Cat Club.

Der Hometown Cat Club sah aus wie ein Saloon aus einem amerikanischen Western. Bier und Zigarettenrauch hatten den Sperrholzboden braun gefärbt. Hinter einer langen, wackeligen Bar prangte das rot-schwarze Emblem der 8. US-Armee. Grob gezimmerte und schiefe Tische standen vor einem großen, dreckigen Fenster, das auf die Straße des Kijichon ging. Eine Jukebox spielte Jazz, und ein Soldat tanzte Wange an Wange mit einer jungen Koreanerin. Der Raum roch nach schalem Bier.

Als ich eintrat, schauten mich sechzehn Soldaten und sechs arbeitende Mädchen an. Alan Smith – mit dem Zahnstocher im Mundwinkel – stand hinter der Bar und schenkte Getränke aus. Er gab mir ein Zeichen, herüberzukommen. Dann machte er eine Kopfbewegung in Richtung dreier Soldaten an einem Tisch. »Nimm ihre Bestellungen auf«, wies er mich an. »Dein Job ist es, dafür zu sorgen, dass sie immer weitertrinken. Na los.«

Ich ging zum Tisch. Ein junger, schlanker Lieutenant mit dichten, dunklen Haaren und einer Uniform lächelte mich lasziv an. »Hey Baby«, sagte er und legte mir den Arm um die Hüfte. »Du sprechen Englisch?«

Statt mich vor ihm zu verneigen, wie ich es hätte tun sollen, schaute ich ihm direkt in die Augen. »In der Tat ist es so, Lieutenant, dass ich fließend Englisch beherrsche«, entgegnete ich und achtete sorgsam darauf, jedes Wort richtig auszusprechen.

Er schenkte den beiden Soldaten neben ihm ein breites Grinsen. »Heilige Scheiße! Habt ihr das gehört? Sie spricht Englisch wie 'ne verdammte Lehrerin.« Die Soldaten grinsten mich erwartungsvoll an.

»Biste aus Amerika oder so?«, fragte ein stämmiger Sergeant. In der einen Hand hatte er einen Becher mit Bier, in der anderen eine Zigarette. Zwischen seinen Zähnen war eine Lücke wie in einem Lattenzaun.

»Nein, Sergeant. Ich war noch nie in Amerika. Ich habe einfach nur ein gutes Gehör für Sprachen. Mein Name ist Jae-hee. Ich bin hier, um Ihre Getränkebestellungen aufzunehmen.«

»Ja, leck mich doch!«, rief der Sergeant mit seinem Lattenzaunlächeln. »Gutes Gehör für Sprachen, eh? Wir haben uns hier ein richtiges Margaret-Mitchell-Barmädchen geangelt. Schon mal ein Buch geschrieben wie *Vom Winde verweht*?«

Die anderen Soldaten lachten über den Witz des Sergeants. Ein Mann in Zivil, der zuvor allein an einem Tisch am Fenster gesessen hatte, kam herüber und gesellte sich zu der Gruppe. Ihm fehlte der linke Arm. Die anderen hörten zu lachen auf, als er zu ihnen trat, doch ihr lächerliches Grinsen hatten sie noch auf den Lippen. »Was ist los, Männer?«, wollte der Neue wissen. »Wer ist die Kleine?«

»Ihr Name ist Jae-hee, Colonel«, sagte der Lieutenant, der mich noch immer an der Hüfte hielt. »Sagt, sie ist gut in Sprachen. Spricht wie 'ne verdammte Englischlehrerin, obwohl sie nie in Amerika war.«

Ich war überrascht, dass der Mann ein Colonel war. Er wirkte zu jung für den Dienstgrad. Er zwängte sich zwischen mich und den Lieutenant. »Wo hast du Englisch gelernt?«, fragte er. Ich blickte in vier Augenpaare, die begierig auf meine Antwort warteten. Was ich dann tat, war undurchdacht, aber ich wollte, dass sie wussten, dass ich nicht wie die anderen Mädchen hier war. Darum sagte ich: »Ich war vier Jahre lang als Übersetzerin für die Regierung tätig. Ich habe wichtige Verträge, Erklärungen und Reden übersetzt. 1948 habe ich an der Übersetzung der Erklärung, auf deren Grundlage die Republik Südkorea gegründet wurde, also dem Land, das Sie jetzt besetzen, mitgearbeitet. Also, was kann Ihnen zu trinken bringen?«

Die Soldaten schauten einander kurz mit weit aufgerissenen Augen an, dann brachen sie in Lachen aus. Der Sergeant schmiss sein Bier um und ließ die Zigarette auf den Boden fallen. Der Lieutenant fiel fast vom Stuhl. Jeder im Hometown Cat Club starrte uns an.

»Wo hast du die hier her, Al?«, sprudelte der Lieutenant hervor. »Sie ist klasse!«

Der Colonel drängte sich noch weiter zwischen mich und die anderen. »Leiste mir Gesellschaft an meinem Tisch«, sagte er und schaute mich an.

Ich neigte meinen Kopf und sah, dass der Colonel polierte, eng geschnürte Stiefel trug. Mein Instinkt meldete sich zu Wort und warnte mich, vorsichtig zu sein. »Es tut mir leid, Sir«, entgegnete ich. »Ich muss an der Bar helfen.«

Der Colonel sagte: »Keine Sorge, Al hat nichts dagegen. Bring diesen Männern, was sie wollen, und setz es auf meine Rechnung. Und dann komm zu mir.« Er ging an seinen Tisch zurück.

Als die Soldaten sich wieder beruhigt hatten, nahm ich ihre Bestellung entgegen und gab sie an Alan weiter. Ich erzählte ihm, dass der Colonel wollte, dass ich mich zu ihm setzte.

»Tu, was er sagt«, war Alans Antwort.

Ich brachte den Soldaten ihre Getränke und ging dann zum Tisch des Colonels neben dem großen Fenster.

Der Colonel war groß und schlank. Seine Augen waren jadegrün, seine glatten Haare hatten die Farbe von dunkelbraunem, poliertem Palisanderholz, und er war gut gebräunt. Seine Khakihosen und sein weißes Safarihemd waren gebügelt. Der leere Ärmel über dem fehlenden linken Arm war sorgfältig vorne auf dem Hemd festgesteckt. Er erzählte mir, dass sein Name Colonel Frank Crawford war, und ich nahm einen leichten Südstaatenakzent wahr. Dann wollte er meinen Familiennamen wissen, den ich ihm nannte.

»Anyohaseyo, Hong Jae-hee«, sagte er. Auf Koreanisch fügte er hinzu: »Was führt dich in den Hometown Cat Club?«

Wir unterhielten uns weiter auf Koreanisch, auch wenn er die Sprache nicht sehr gut beherrschte. »Ich bin hierhergekommen, um zu arbeiten. Es ist schwer, momentan in Korea Arbeit zu finden.«

»Was wirst du hier machen?«

»Ich helfe Mr Smith an der Bar und bei der Hausarbeit.«

»Du wirst nicht nur die Hausarbeit erledigen«, entgegnete der Colonel, nun wieder auf Englisch. »Du wirst ein Barmädchen sein, genau wie die anderen.«

»Ich kann sehr hart arbeiten«, antwortete ich.

»Das ist egal«, meinte der Colonel kopfschüttelnd. »Der Tag hat nicht genug Stunden, um das zu verdienen, was du benötigst. Alle, die wie du anfangen, sind irgendwann gezwungen, ein Barmädchen zu sein.«

Ich rechnete das schnell im Kopf durch und merkte, dass der Colonel recht hatte. Bei fünfzig Cent die Stunde würde ich weniger als zehn Dollar am Tag verdienen. Ich schuldete Alan Smith bereits die Miete für den ersten Monat, das Geld für mein blaues Kleid und das Essen, das Soo-bo und ich gerade verzehrt hatten. Ich würde das nie abbezahlen können.

Der Colonel schaute mich fragend an. »Stimmt es, was du gesagt hast, dass du vor dem Krieg Übersetzerin warst?«, fragte er. »Dein Englisch ist auf jeden Fall gut genug dafür.«

Ich musste aufpassen, was ich dem Colonel erzählte. Als hochrangiger Militäroffizier würde er die Namen der Leute kennen, mit denen ich gearbeitet hatte. »Nein, Sir«, behauptete ich. »Ich habe nur einen Scherz gemacht.«

Der Colonel sah mich so an, als würde er mir meine Lüge nicht glauben. Doch dann schaute er aus dem Fenster und sagte: »Ich habe in den vergangenen Jahren viel von Korea gesehen. Es ist ein schönes Land, auch wenn man durch dieses schmutzige Fenster kaum etwas erkennen kann. Woher kommst du?«

»Ich bin aus dem Norden. Ich bin nach dem Zweiten Weltkrieg in den Süden geflohen.«

»Hast du Familie dort?«, fragte er mich.

»Nein, Sir. Sie wurde von den Japanern getötet.«

Der Colonel hob sein Glas und nippte daran. Das, was er trank, sah nach Bourbon aus. »Es tut mir leid, das zu hören. Gäbe es die verdammten Kommunisten nicht, hätten wir die ganze Halbinsel wieder auf den rechten Weg bringen können.«

»Sie meinen ...«, warf ich ein. »Wir wären alle von den Kapitalisten unter dem amerikanischen System ausgebeutet worden.« Kaum hatte ich das gesagt, bereute ich es schon. Ich war unverschämt, und es war nicht klug, so mit einem höheren amerikanischen Offizier umzugehen. Aber ich billigte nicht, was die Amerikaner hier in diesem Kijichon machten, und ich wollte, dass der Colonel das wusste.

Ja, ich war also unverschämt dem Colonel gegenüber. Zum Glück gingen seine Mundwinkel nach oben, und seine jadegrünen Augen funkelten bei meiner Bemerkung. »Spüre ich da Zynismus bei dir, Hong Jae-hee?«

»Mit allem gebührenden Respekt, Colonel«, erwiderte ich mit einer leichten Verbeugung und war froh über die

Gelegenheit, ihm ein wenig Achtung zu zollen. »Ich glaube nicht, dass es so einfach ist, wie Sie es darstellen.«

»Ah, du bist eine Philosophin. Interessant.«

Der Colonel stellte sein Glas auf dem Tisch ab. Er betrachtete mich eine Weile, sodass ich mir vorkam wie jemand Besonderes, aber auch wie jemand, den er kaufen könnte. Endlich sagte er: »Würdest du mit mir tanzen? Ich bin ein sehr guter Tänzer, sogar mit nur einem Arm. Meine Mutter bestand darauf, dass ich tanzen lernte. ›Ein Südstaaten-Gentleman sollte wissen, wie man mit einer Lady tanzt‹, hat sie mir immer gepredigt. Und ein Südstaaten-Gentleman enttäuscht seine Mutter nie.« Er lächelte freundlich.

»Ich kann nicht tanzen«, warf ich schnell ein.

Der Colonel stand auf und streckte mir seine Hand hin. »Komm!«, forderte er mich auf. »Ich zeige es dir.«

»Nein, das sollte ich nicht. Das ist nicht richtig. Was ist mit Ihrer Frau?«

»Sie hat sich von mir scheiden lassen, als ich zum dritten Mal freiwillig nach Korea ging.« Der Colonel nahm meine Hand. »Komm mit mir!«

Die Tanzfläche bestand aus einem kleinen Quadrat vor der Jukebox. Als wir sie betraten, gingen der Soldat und das Mädchen, die dort tanzten, an die Bar. Der Colonel beugte sich über die Jukebox und drückte auf ein paar Knöpfe, während ich allein dastand. Ich spürte, dass mich alle anstarrten. Bald endete das Jazzlied, und die Jukebox spielte einen Walzer.

Der Colonel schaute mich an. »Ich habe dafür gesorgt, dass Al ein paar Platten nur für mich reintut. Die Männer mögen meine Musik nicht. Ziehen mich ständig damit auf. Aber ich stehe im Rang höher als sie«, sagte er grinsend. »Also, jetzt zeige ich dir, wie man Wiener Walzer tanzt.«

Er legte seinen einen Arm um mich und zog mich an sich. Es brachte mich in Verlegenheit, einem Mann, den ich nicht kannte, so nah zu sein. Und wir waren in der Öffentlichkeit. Ich wollte ihn schon von mir stoßen, als er mir sagte, ich sollte meine Hände auf seine Schultern legen. Ich schaute zu Alan an der Bar. Der grinste mich an und nickte. Ich beschloss zu tun, was der Colonel sagte. Er erklärte mir, dass es sich beim Walzer um einen Dreivierteltakt handelte, was man in der Musik hören konnte. »Eins, zwei, drei. Eins, zwei, drei«, zählte er im Takt der Musik. »Bewege deine Füße mit meinen.«

Er fing an zu tanzen, setzte seinen rechten Fuß bei eins zurück, schloss die Füße bei zwei und machte mit dem linken Fuß bei drei einen Schritt zur Seite. Ich guckte nach unten und versuchte, seine Schritte spiegelverkehrt mitzumachen. Ich verpasste einen Takt und trat ihm auf die Füße.

Er hielt mich fest. »Du machst das sehr gut«, lobte er. »Versuch es noch einmal.« Er bewegte sich wieder, und ich bewegte mich mit ihm. Nach ein paar Versuchen konnte ich spüren, wie die Musik durch mich hindurchfloss. Meine Schritte folgten ihrem Rhythmus. Machte ich einen Fehler, zog mich der Colonel mit dem sicheren Auftreten eines selbstbewussten, führenden Mannes zurück. »Mach weiter. Gut«, sagte er, wenn ich es richtig machte. Seine Unterstützung brachte meine Befangenheit zum Schmelzen, und ich fing an, mich mit dem Colonel auf der Tanzfläche zu bewegen, als wären wir nur eine einzige Person.

Ich hob meinen Blick von meinen Füßen. Der Raum drehte sich, und mir wurde schwindelig. Meine Schritte wurden immer selbstverständlicher. Ich gab mich dem Moment hin, dem Tanz mit einem Soldaten, der mich mit seinem einen Arm umarmte. Ich fühlte mich frei und lebendig, so wie auf unserem Bauernhof, als ich so tat, als könnte ich fliegen, und so wie in den Armen von Jin-mo.

Und dann sagte der Colonel: »Schau mich an. Schau mir in die Augen.«

Ich sah in seine jadegrünen Augen. Plötzlich tauchte vor mir das Bild von Oberst Matsumoto auf.

»Schau mich an«, hatte er gesagt, während er mich vergewaltigte. »Schau mir in die Augen.« Ich hörte zu tanzen auf und wich zurück.

»Es tut mir leid, Sir«, sagte ich. »Ich kann das nicht.«

»Stimmt etwas nicht?«

»Ja … Ich meine, nein. Ich sollte wieder an die Arbeit gehen.«

Der Colonel nickte höflich. »Vielen Dank, dass du mit mir getanzt hast, Hong Jae-hee«, sagte er mit einer leichten Verbeugung. »Wir werden das wiederholen, hoffe ich.«

Ich verneigte mich ebenfalls vor ihm und ging zu Alan hinter die Bar.

KAPITEL 33

»Ummah, wach auf!«, rief Soo-bo nur Zentimeter von meinem Gesicht entfernt. Ich blinzelte mir den Schlaf aus den Augen. Vor mir stand meine Tochter, bereit, in den Tag zu starten. Die Morgensonne stand noch tief, und ich brauchte noch mehr Schlaf. Mir tat alles weh von den vielen Stunden Arbeit. Aber es störte mich nicht. Ich hatte Soo-bo vor dem Verhungern gerettet.

Meine Tochter hatte zugenommen, seit wir vor zehn Monaten in den Kijichon gekommen waren. Sie war immer noch dünn und litt unter langen Fieberphasen. Doch im Kijichon konnte sie jeden Tag essen, und darüber war ich sehr erleichtert. Ich liebte sie mehr, als ich es jemals für möglich gehalten hätte. Es bereitete mir große Freude, ihr vorzulesen, wie Mutter mir vorgelesen hatte. Ich liebte ihre Verspieltheit und ihr Vierjährigenverhalten, zu sehen, wie sie wuchs und Neues lernte. Trotzdem tat sich Soo-bo mit meinem einfachen Unterricht, den ich ihr erteilte, schwer. Manchmal verfiel sie dabei für längere Zeit in eine düstere Stimmung, und ich machte mir Sorgen um ihre Kraft.

Ich strich Soo-bo über das Haar. »Du bist so früh wach, meine Kleine.«

»Ich habe Hunger«, sagte meine Tochter. »Erzählst du mir heute mehr von unserer Geschichte?«

Ich schwang meine Beine über den Rand des Bettes. »Natürlich«, meinte ich. »Wo waren wir stehen geblieben?«

»Die reiche Yangban ist aus Seoul zurückgekommen und hat ein Geschenk für ihre Tochter. Was ist es, Mutter? Was für ein Geschenk ist es?«

»Du musst dich noch etwas gedulden«, sagte ich. »Lass uns zuerst frühstücken.«

Ich zog ein Hemd und eine lange Hose über, nahm Soo-bo an die Hand und ging mit ihr die Treppe hinunter in die sperrholzgetäfelte Küche hinter der Bar. Darin standen ein neuerer Armeekühlschrank, den Alan bei einem Gast gegen Zeit mit einem Mädchen getauscht hatte, sowie ein Herd, der mit Propangas betrieben wurde. Soo-bo wartete am Tisch, und ich kochte Boricha und schenkte mir selbst eine Tasse ein. Ich schüttete Rice Krispies in ein Schälchen mit Milch und reichte es Soo-bo.

Nachdem ich eine Zeit lang für Alan gearbeitet hatte, riet ich ihm, die Soldaten ihre Zeche auch in Lebensmitteln zahlen zu lassen, sodass wir meistens amerikanische Nahrungsmittel hatten. Rice Krispies waren Soo-bos Lieblingsessen. Sie liebte die Maskottchen Snap, Crackle und Pop auf dem Karton und freute sich über das knusprende Geräusch, das die gerösteten Reiskörner beim Kauen machten. Sie aß nichts anderes zum Frühstück. Während Soo-bo also ihre Krispies zu sich nahm, putzte ich die Küche und spülte Dutzende Becher mit schalem Bier und Zigarettenkippen. Währenddessen schlurfte ein Barmädchen in hellblauen Dessous und mit unordentlichen Haaren in die Küche. Sie hieß Dae-ee, und ich schätzte sie auf nicht viel älter als siebzehn. Sie goss sich etwas Boricha ein und schaute dann zuerst Soo-bo und anschließend mich an, und ich spürte, dass sie reden wollte.

Also schickte ich Soo-bo in unser Zimmer, wo sie auf mich warten sollte, damit ich ihr bei meiner Rückkehr mehr von unserer Geschichte erzählen konnte.

Soo-bo eilte aus der Küche, und Dae-ee ließ sich auf einen Stuhl am Tisch plumpsen. Vor vier Monaten war Dae-ee am Arm eines attraktiven Corporals, der ihr erzählte, dass er sie liebte und mit nach Amerika nehmen und dort heiraten würde, in den Hometown Cat Club spaziert. Voller Abscheu hatte sie auf die Barmädchen herabgeschaut und nur mit mir gesprochen, um die Getränke für ihren Corporal zu bestellen. Ein paar Tage später kehrte der Corporal ohne sie nach Amerika zurück, dafür hatte er zweifelsohne mehrere Hundert Dollar von Alan in der Tasche. Dae-ee war allein, mittellos und verängstigt. Sie musste Alans Angebot, mir hinter der Bar zu helfen, annehmen. Aber wie die meisten Mädchen wurde sie ihre Schulden nicht los, indem sie nur bei der Hausarbeit half. Alan setzte sie unter Druck, ihn zu bezahlen, und einen Monat nach ihrer Ankunft bediente sie als Barmädchen die Männer.

»Ich kann das hier nicht mehr, Onni«, sagte Dae-ee und guckte in ihren Boricha. »Aber ich weiß nicht, was ich stattdessen tun soll.«

Ich legte das Küchentuch hin und setzte mich ihr gegenüber. »Du solltest zu deiner Familie zurückgehen«, sagte ich ihr. »Cheonan ist nicht weit von hier.«

»Das kann ich nicht. Ich habe ihnen Schande bereitet. Und ich schulde Alan zu viel. Ich dachte, wenn ich als Barmädchen arbeiten würde, könnte ich mehr verdienen. Aber jetzt schulde ich ihm mehr als am Anfang.« Sie fing zu weinen an. »Was soll ich machen? Bitte sag mir, was ich machen soll!«

Ich hatte Mitleid mit ihr. Sie erinnerte mich an mich selbst in jungen Jahren – stur und ein bisschen zu stolz. Als Dae-ee im Club zu arbeiten angefangen hatte, hatte ich sie darum unter meine Fittiche genommen und ihr geholfen, zurechtzukommen.

Ich hatte sie davor gewarnt, ein Barmädchen zu werden, aber sie hatte nicht auf mich gehört. Jetzt schuldete sie Alan so viel, dass sie nie von ihrem Schuldenberg herunterkommen würde. Wie die meisten Mädchen war Dae-ee zu einer Sexsklavin für die Amerikaner geworden, genauso, wie ich es für die Japaner gewesen war.

Ich berührte Dae-ee an der Hand. »Mach dir keine Gedanken darüber, was du Alan schuldest. Geh nach Hause, und stell dich deiner Familie. Du hast die Stärke, das Richtige zu tun.«

Dae-ee hatte Tränen in den Augen. »Ich kann nicht. Ich kann es einfach nicht.«

Ich blickte auf meine Hände. »So habe ich mich oft gefühlt. Ehrlich, manchmal fühle ich mich hier auch so.«

Dae-ees Gesicht spannte sich an. »Du musstest doch nie das tun, was ich tue«, giftete sie.

Ich warf ihr einen so strengen Blick zu, dass es sie überraschte. »Denk niemals, du wüsstest, was andere durchgemacht haben.«

Dae-ee senkte ihren Blick. »Es tut mir leid, Onni.« Sie schob ihren Boricha zur Seite und seufzte laut. »Ich wünschte, ich wäre so stark wie du.« Dann stand sie vom Tisch auf und trottete nach oben.

Donnerstags hatte der Colonel seinen freien Tag, und ich hoffte, ihn an jenem Abend in der Bar zu sehen. Soo-bo gab ich bei Dae-ee ab. Ohne Soo-bo im Schlepptau war ich am frühen Nachmittag mit der Hausarbeit fertig. Ich wusch mein blaues Kleid und hängte es hinter dem Club zum Trocknen auf. Dann nahm ich ein heißes Bad und schrubbte mich sauber. Ich wusch meine Haare und kämmte sie mit dem Drachenkamm.

Am späten Nachmittag zog ich das blaue Kleid an und ging in die Bar runter. Es war noch früh, und nur eine Handvoll

Soldaten und zwei arbeitende Barmädchen waren dort. Fast immer waren Soldaten im Hometown Cat Club, tags und nachts. In einer guten Nacht waren es sechzig oder siebzig Männer, die bei uns tranken und die Mädchen benutzten. Häufig ging es laut und rau zu, und manchmal kam es zu Streitereien darüber, wer als Nächstes bei einem Mädchen dran war. Alan, der, wie ich erfahren hatte, ein Ex-Marine und ausgebildeter Amateurboxer war, schritt dann ein und warf die zwei Streithähne raus. Egal, wie groß oder rauflustig diese waren, Alan gewann immer.

Mein Gefühl sagte mir, es würde eine weitere dieser wilden Nächte werden. Ich ging zur Bar, um alles für die Gäste vorzubereiten. Alan hatte einen Ellbogen auf die Bar gelegt und stützte seinen quadratischen Kopf auf seine dicke Hand. »Wann verdienst du endlich mal richtig Geld, Jae-hee?«, fragte er. »Du bist schon zehn Monate hier und machst keinerlei Fortschritte bei deinen Schulden. Du bist beliebt bei den Männern. Jeder von denen würde viele Dollar dafür zahlen, mit dir zu vögeln.«

»Ich bringe dir Geld ein, Alan. Du bezahlst mich nur nicht dafür. Die Geschäfte laufen viel besser, seit ich hier bin. Ich habe Angebote von anderen Bars bekommen.«

Er zupfte einen Zahnstocher aus einem Schnapsglas und betrachtete ihn. »Als Barmädchen würdest du weitaus mehr Geld verdienen.«

»Und wer würde dann kochen und putzen?«, fragte ich. »Wer würde sich um die Mädchen kümmern? Hier würde alles verkommen.«

»Ich würde schon jemanden finden.«

Nein, würde er nicht. Zumindest keine, die so gut war wie ich. Und das wusste er. Ich lehnte mich gegen die Bar. »Dae-ee möchte aufhören«, verkündete ich. »Lass sie gehen.«

»Kommt nicht infrage. Sie hat Schulden.«

»Sie kann sie nicht abbezahlen, und das weißt du.«

»Weil sie faul ist. Und sie ist nur eins von all den Mädchen.«
Alan hob sein Kinn und schaute mich an. »Du allerdings, du
hast etwas, das die Männer wollen. Du könntest viel Geld
machen. So schlimm wäre es nicht. Du würdest dich daran
gewöhnen.«

Ich schüttelte den Kopf. Die Mädchen im Hometown Cat
Club bedienten pro Nacht vier oder fünf Männer. In Dongfeng
war ich zwei Jahre lang fast jeden Tag zum Sex mit mindestens fünfunddreißig Männern gezwungen worden. Nie hatte
ich mich daran gewöhnt, und ich würde mich auch jetzt mit
Sicherheit nicht daran gewöhnen. Alan schmunzelte. »Scheiße,
ich wette, der Colonel würde fünfhundert Kröten für eine
Nacht mit dir zahlen. Vielleicht sogar mehr. Er mag dich, und
er hat Geld. Kommt aus einer richtig reichen Familie in Atlanta.
Die bauen Häuser oder so.«

»Seine Familie ist im Baugewerbe tätig«, erläuterte ich.

»Was?«

»Seiner Familie gehört das größte Bauunternehmen in
Georgia. Sie bauen Wolkenkratzer. Er hat mir alles darüber
erzählt.«

»Darüber sprecht ihr all die Zeit? Wolkenkratzer?«

»Wir reden über viele Dinge«, sagte ich. »Er gibt mir Bücher
zum Lesen. Darüber diskutieren wir. Du hast gesagt, ich solle
mit ihm so viel Zeit verbringen, wie er will.«

»Du solltest deine Zeit nicht mit deinen verdammten
Büchern verschwenden. Du solltest mit dem Colonel mehr tun
als nur reden. Dann könntest du deine Schulden abbezahlen.«

»Du und deine Schulden«, schnaubte ich. »Das hier ist
nichts weiter als vertraglich festgelegte Sklaverei.«

Alan zeigte mit seinem Zahnstocher auf mich. »Sieh dich
vor, Jae-hee. Ich habe eine Ahnung, warum du hier bist. Ein
paar Anrufe, und ich würde es mit Sicherheit in Erfahrung bringen. Und dann, was würdest du tun?«

Er steckte sich den Zahnstocher zwischen die Zähne und sagte: »Anfang des nächsten Monats schuldest du mir wieder eine Miete. Ich lasse dich hier nicht raus, ehe du deine Schulden bezahlt hast, also solltest du besser mal darüber nachdenken, wie du zu mehr Geld kommst.« Er ging ans andere Ende der Bar und nahm sich eine Zeitschrift.

Natürlich hatte Alan recht. Wie der Colonel schon am Anfang prophezeit hatte, würde ich, genau wie die anderen Mädchen, niemals meine Schulden abbezahlen können. Aber ich hatte ein Dach über dem Kopf und Essen für Soo-bo. Alan hatte außerdem recht, wenn er sagte, als Barmädchen würde ich viel mehr Geld verdienen. Die Soldaten mochten mich und boten erstaunliche Summen für Sex mit mir. Ich machte sehr deutlich, dass ich nicht dazu bereit wäre, doch das hielt sie nicht davon ab. Der Einzige, der niemals danach fragte, war der Colonel.

Ich nahm mir einen Lappen und ging zum großen Fenster, stellte mich auf einen Stuhl und wischte die Scheibe sauber. Das tat ich jeden Tag – an den meisten Tagen von innen und von außen. Mir selbst machte ich vor, ich täte das, weil es meine Aufgabe war, den Club zu putzen. Aber in Wahrheit wusste ich, dass ich es tat, weil der Colonel gern aus dem Fenster schaute.

Langsam füllte sich die Bar mit Soldaten, und die Mädchen kamen aus ihren Räumen, um für sie zu arbeiten. Ich ging von Tisch zu Tisch, wischte die Oberfläche ab und nahm Getränkebestellungen entgegen. Jazzmusik dröhnte aus der Jukebox, und die Mädchen nahmen die ersten Männer mit nach oben. Der Hometown Cat Club lief gut dank mir. Er war sauber, ich sorgte für einen guten Alkoholvorrat in der Bar, das Bier war immer kalt, und die Jukebox spielte die neuesten amerikanischen Platten. Und ich kümmerte mich auch um die Mädchen. Ich wusste, was sie brauchten, um ihren Job zu machen – gute Mahlzeiten, saubere Wäsche, Medizin, Freizeit, emotionale Unterstützung –, und ich sah zu, dass sie all das bekamen.

Alan fand, ich würde sie zu sehr verwöhnen, und darüber stritten wir uns häufig. Aber ich war stur und beharrlich und gewann für gewöhnlich. Schließlich erkannte er, dass durch meine Vorgehensweise die besten Mädchen zum Club kamen, und er ließ mich gewähren. Durch meine Arbeit war der Club das beliebteste Bordell des ganzen Kijichon geworden. Wenn ich darüber nachdachte, schämte ich mich. Ich unterstützte die sexuelle Ausbeutung koreanischer Mädchen.

Es war noch früh, als der Colonel hereinkam. Meist blieb er nur eine Stunde lang, um seinen Bourbon zu trinken, und nie benutzte er die Mädchen. Die Soldaten benahmen sich immer gut, wenn er da war. Ich lächelte, als ich ihn sah. Er trug dieselbe Khakihose und dasselbe Safarihemd wie immer. Den leeren Ärmel hatte er am Hemd festgesteckt. Er setzte sich an seinen Tisch vor dem Fenster.

Vor Monaten hatte er mir erzählt, dass er zu Hause in Georgia immer Old Fitzgerald Kentucky Bourbon trank. »Der wird im Weißen Haus serviert«, sagte er. Deshalb bat ich den Mann, der uns den Alkohol verkaufte, uns eine Kiste zu besorgen, und überzeugte Alan, den höheren Preis zu bezahlen. Der Bourbon war vor drei Tagen angekommen, und ich konnte es nicht erwarten, den Colonel damit zu überraschen. Ich goss ihm etwas Old Fitzgerald in ein makelloses Glas und brachte es ihm.

Mit seinem weichen Südstaatenakzent wünschte er mir einen schönen Abend und fragte mich, wie die Geschäfte im Hometown Cat Club liefen. Ich sagte ihm, es würde heute Nacht viel los sein, und setzte mich ihm gegenüber.

»Ja«, meinte er. »Beste Bar im Kijichon.«

Er hob sein Glas und nippte am Bourbon. Dann schaute er fragend ins Glas und trank noch einen Schluck. Seine jade-grünen Augen wurden groß. »Jae-hee, wie hast du den denn beschafft? Ich will meinen, dass das hier Old Fitz ist!«, rief er erfreut.

Ich grinste und nickte. »Alan regte sich über den Preis auf, und ich musste ihn überreden, ihn zu kaufen. Er berechnet dir das Doppelte.«

»Das ist er wert, das ist er wert. Das Getränk der Präsidenten. Es heißt, General Ulysses Simpson Grant hätte jeden Tag ein Glas getrunken. Er war ein großer Feldherr, aber du weißt ja, dass ich Robert Edward Lee am meisten verehre.«

»Ja. Das haben Sie mir oft gesagt«, stimmte ich zu.

Der Colonel trank noch mehr Bourbon und warf mir einen langen Blick zu. »Ich danke dir«, sagte er. »Du behandelst mich immer gut.«

»Sie sind ein guter Kunde.«

»Ein guter Kunde? Ist es das, was ich bin?«

»Ein besonderer Kunde«, versicherte ich.

»Warum tanzt du dann nie mit mir? Du hast das nur dieses eine Mal getan.«

»Ich kann nicht.«

»Warum nicht?«, fragte er. »Wir haben viel Zeit miteinander verbracht, Jae-hee. Wir haben über vieles gesprochen. Zumindest habe ich über vieles gesprochen. Ich finde, ich habe einen Tanz verdient, meinst du nicht? Wenn ich mich recht erinnere, hast du den Wiener Walzer sehr schnell gelernt.«

Ich schaute dem Colonel in die Augen. Er war ein anständiger Mann. Er war höflich, immer ein Südstaaten-Gentleman. Er war in vielen Themen sehr belesen. Wir redeten stundenlang über seine Familie und Freunde in seiner geliebten Heimat Georgia. Immer wieder sprach er über »General Robert Edward Lee von der Südstaaten-Konföderation«, wie er ihn nannte. Wir debattierten über Politik, den Zweiten Weltkrieg und den Koreakrieg. Er gab mir Bücher zu lesen – sein Lieblingsbuch war *Der Ursprung* von Ayn Rand, über das wir einen Monat lang jeden Donnerstagabend an seinem Tisch diskutierten. Ich genoss unsere Gespräche. Sie erinnerten mich an die langen Diskussionen, die ich mit Jin-mo über seine Bücher und Ideen geführt hatte. Aber genauso wie bei den Barmädchen und ihren Kunden gab es für den Colonel und mich keine Zukunft. Ich wusste, dass er eines Tages nach Hause zurückkehren würde, und ich wäre hier im Kijichon mit meinen Gedanken an ihn gefangen und würde mir wünschen, ich hätte mich nicht auf den attraktiven Südstaaten-Gentleman eingelassen.

»Es gehört sich für eine Koreanerin nicht, mit einem Mann zu tanzen, der nicht ihr Ehemann ist«, erklärte ich. »Es tut mir leid.«

»Wir sind in einem Kijichon. Hier passieren alle möglichen Dinge, die sich nicht gehören. Tanzen ist ziemlich harmlos, findest du nicht?«

»Das hängt von Ihren hintergründigen Motiven ab.«

»Meinen hintergründigen Motiven?«, rief er aus. »Dich betreffend?«

»Ja.«

Er schüttelte den Kopf. »Ich möchte nur tanzen.«

»Und dann?«

»Es muss kein ›und dann‹ geben. Wir können tanzen um des Tanzens willen.« Er stellte sein Glas auf den Tisch. »Warum vertraust du mir nicht? Liegt es an mir oder misstraust du allen Fremden?«

»Ich misstraue Menschen, die ihre Soldaten in meinem Land stationiert haben«, lautete meine Antwort. »Ich misstraue einem Militär, das den Handel mit Frauen für Sex unterstützt.«

»Wir unterstützen ihn nicht.«

»Ah ja? Und was machen diese Männer dann hier?«

»Wir sind nicht die Japaner, Jae-hee«, argumentierte der Colonel.

»Wo ist der Unterschied?« Mit meinem Kinn wies ich auf die Mädchen im Raum. »Für sie, für die Mädchen, wo ist der Unterschied zwischen Ihren Männern und den Japanern?«

Er sah verärgert aus. »Was sollen wir deiner Meinung nach tun? Gehen? Die Kommunisten übernehmen lassen? Entweder sie oder wir, Jae-hee. Such dir was aus.«

»Da haben wir es also: ein geteiltes Volk«, meinte ich.

Der Colonel zuckte die Schultern. »Wie gesagt, such dir was aus.«

Der Hometown Cat Club füllte sich langsam. Soldaten kamen durch die Tür und bestellten an der Bar ihre Getränke. Der Rauch ihrer Zigaretten hing schwer in der Luft. Die Mädchen flirteten mit den Männern und versuchten, sie nach oben zu locken. Die Männer blickten immer wieder zum Colonel, als könnten sie sich erst dann hemmungslos benehmen, wenn er gegangen war.

Der Colonel trank einen weiteren Schluck Old Fitz und starrte mich dann lange an. »Wenn du so denkst, was machst du dann hier, und warum servierst du amerikanischen Soldaten Getränke?«

»Ich versuche, bei Alan meine Schulden abzubezahlen.«

Der Colonel seufzte. Nach einer langen Pause lächelte er mich an. »Du solltest etwas Old Fitz probieren«, meinte er.

Ich wollte Nein sagen, aber er war schon unterwegs zur Bar. Mit der Flasche und einem weiteren Glas kam er an den Tisch zurück. Erst füllte er mein Glas, dann seins.

»Na los, probier. Guter Kentucky Bourbon, nicht so wie das Gesöff, das es hier gibt.«

Ich lehnte ab. Der Colonel schaute mich an, als wäre ich einer seiner Männer. Er meinte: »Wenn du schon nicht tanzt, dann trink wenigstens einen Drink mit mir.«

Ich beschloss, dass ich ihm den Gefallen tun könnte, und trank einen Schluck. Der Bourbon brannte auf der Zunge und in der Kehle.

Der Colonel hob sein Glas und bewunderte die Flüssigkeit darin. »Guter Kentucky Bourbon. Ein solches Getränk sollte nur mit jemand Besonderem getrunken werden. Und das bist du, Jae-hee! Trink noch einen Schluck.«

Ich trank noch einen Schluck. Diesmal brannte der Whiskey nicht so stark, und langsam stieg ein warmes Gefühl in mir auf.

»Irgendwann solltest du mal nach Amerika reisen«, sagte der Colonel und zeigte mit seinem Glas auf mich. »Es ist ein wunderschönes Land. Es hat schneebedeckte Berge, blaue Meere, moderne Städte voller Menschen und Autos. Wir sind das tollste Land der Welt.«

Er lächelte vor sich hin und hob sein Glas. »Lass uns einen Toast ausbringen. Ich trinke auf Korea und du auf Amerika.«

Ich blickte in sein attraktives Gesicht und musste an die Nacht denken, in der ich Sake mit Oberst Matsumoto getrunken hatte.

Plötzlich widerte mich alles hier an – die Soldaten, die die Koreanerinnen ausnutzten, das Emblem der 8. US-Armee über der Bar, Alan und seine Bücher, in denen er die Schulden der Mädchen festhielt, alles. Ich stellte mein Glas hin und verneigte mich. »Vielen Dank für den Drink, Colonel, aber ich sollte nicht mehr von Ihrem Bourbon trinken. Und ich muss wieder an die Arbeit.«

Ich ging zu einem Tisch mit Soldaten und nahm ihre Bestellung entgegen. Auf dem Weg zur Bar blickte ich zum Colonel. Er saß allein, trank seinen Old Fitzgerald Kentucky Bourbon, das Getränk der Präsidenten, und schaute aus dem Fenster, das ich für ihn geputzt hatte.

KAPITEL 34

Es war spät in der Nacht, als ich einen Sack voller schmutziger Bettwäsche zur Wäscherei am anderen Ende des Kijichon schleppte. Die Wäsche war eine der vielen Arbeiten, die ich zu erledigen hatte, damit der Hometown Cat Club gut lief. Ich war erschöpft und dankbar, dass dies meine letzte Aufgabe war, ehe ich ein paar Stunden Schlaf bekommen konnte und am nächsten Tag alles wieder von vorne anfing. Als ich die Straße entlanglief, brannte nur noch in einer Bar Licht. Hier und da torkelten betrunkene Soldaten Richtung Camp Humphreys oder sackten im Rausch an einer Wand zusammen.

Auf der anderen Straßenseite schob der Barkeeper der letzten geöffneten Bar drei Soldaten hinaus auf die Straße. Einer taumelte und fiel zu Boden. Seine Kameraden zeigten auf ihn und lachten, während der Barkeeper die Tür schloss und die Lichter ausschaltete.

»Was zum Teufel …?«, meinte der Soldat, der hingefallen war. Er hielt eine Flasche in der einen Hand und streckte die andere nach seinen Kameraden aus. »Hat denn hier an diesem gottverdammten Ort gar nichts mehr offen?«

»Alles zu, kann man nix machen«, lallte sein Kamerad und zog seinen Freund auf die Beine. Ich ging weiter in Richtung

Wäscherei und hoffte, sie würden mich nicht sehen. Doch dann entdeckte mich der dritte Soldat.

»Oh, schaut mal da«, meinte er. »Ein Barmädchen.«

Einer rief: »Hey du, willst du dir was verdienen?«

Ich beschleunigte trotz der schweren Last meine Schritte. Die drei stolperten hinter mir her.

»Geh nicht weg!«, rief einer. »Ich spreche mit dir.« Sie holten mich ein und umringten mich. Ich ließ den Wäschesack fallen und schaute sie an. Sie waren typische amerikanische Soldaten – groß, etwas blass und ohne richtige Manieren.

»Ich fass es nicht«, meinte ein anderer. »Es ist Jae-hee aus dem Cat Club. Sie vögelt mit keinem. Nicht mal mit Crawford.« Er kam einen Schritt näher. »Warum fickst du nicht, Mädchen? Biste zu gut für einen Amerikaner?«

»Lasst mich in Frieden!«, herrschte ich ihn an. Ich war wütend, dass diese vulgären Kerle mich anpöbelten. Sie benahmen sich genauso wie die Japaner in Dongfeng.

»Scheiße, du sprichst wie 'ne Amerikanerin. Solltest also auch einen Amerikaner vögeln wollen.«

»Yeah«, meinte ein anderer. »Ich brauch 'ne Neue.«

Die drei drängten sich dichter um mich, und ich konnte den Biergeruch in ihrem Atem riechen.

»Ich bin mit Colonel Crawford befreundet«, sagte ich schnell. »Ihr möchtet bestimmt keine Schwierigkeiten bekommen. Und jetzt lasst mich allein!«

Einer der Soldaten lachte. »Colonel Crawford? Der ist hier nicht mehr der Colonel. Der ist abgereist.«

»Ja«, meinte ein anderer. »Ist dir jetzt keine große Hilfe.«

Ein Soldat grabschte mich an, und ich verpasste ihm einen Schlag.

Er rieb sich die Nase und schnaubte: »Du Nutte!« Und dann stürzten sich alle drei auf mich. Ich wehrte mich so gut ich konnte – das tat ich wirklich –, aber sie waren zu dritt, und ich hatte keine Chance. Ich wollte um Hilfe rufen, aber sie hielten mir den Mund zu. Einer von ihnen setzte sich rittlings auf mich und öffnete seine Hose. Ein anderer machte sich an meiner Unterhose zu schaffen. Es passierte mir wieder. Sie vergewaltigten mich. Die Straße war der Innenhof der Troststation. Die Gebäude waren die Baracken, in denen die Koreanerinnen lebten. Die Männer waren die japanischen Soldaten, wie Korporal Kaori. Und dort, auf der Straße des Kijichon, war ich wieder eine Trostfrau.

Plötzlich ertönte eine Stimme hinter den Soldaten. »Runter von ihr!«, brüllte ein Mann. Ich sah, wie sich eine Hand den Soldaten auf mir schnappte und ihn zu Boden warf. Der Soldat, der mir die Unterhose herunterzuziehen versuchte, wirbelte herum und eine Faust landete in seinem Magen. Nach Luft schnappend sank er auf die Knie.

Der dritte Soldat drehte sich um. »Was machst du da?«, rief er.

»Verdammt noch mal, lasst sie in Ruhe!«

»Mensch, Alan!«, meinte der dritte Soldat und wich zurück. »Schlag mich nicht.«

Alan Smith stand wenige Schritte entfernt; seine Fäuste waren geballt und in seinen Augen lag blanke Wut.

»Schnapp dir diese beiden Arschlöcher und geh mit ihnen in eure Baracken zurück!«, befahl Alan. »Und wenn ihr Schweine sie noch einmal anfasst, werde ich euch eure verdammten Köpfe abreißen und euch in den Hals scheißen. Verstanden?«

»Wir haben hier nur ein bisschen Spaß«, meinte der Soldat, während er seinen Freunden auf die Beine half.

»Haut ab!«, brüllte Alan. Die drei eilten in Richtung Camp Humphreys davon, wobei sie sich immer wieder ängstlich nach Alan umsahen.

Alan half mir auf. »Geht's dir gut?«

»Ja, ich denke schon«, antwortete ich. »Sie wollten mich vergewaltigen.«

»Ach, die sind nur betrunken«, meinte Alan. »Wahrscheinlich hätten sie es eh nicht geschafft, wenn du sie gelassen hättest.«

Ich schaute Alan kurz an. »Was machst du eigentlich hier?«

»Wollte dich holen. Der Colonel will mit dir reden. Sitzt in einem Auto vor dem Club.«

»Der Colonel?«

»Ja. Wollte mir nicht sagen, worum es geht. Ich nehm die Wäsche. Du gehst zurück.«

»Alan«, meinte ich. »Danke.«

»Beeil dich besser«, antwortete Alan und lud sich den Wäschesack auf den Rücken. »Meinte, er hätte nicht viel Zeit.«

Ein großer, schwarzer Cadillac parkte unter einer einsamen Straßenlaterne vor dem Hometown Cat Club. Die Sterne standen am Himmel, und im Kijichon war es still. Am Auto lehnte ein Sergeant und rauchte eine Zigarette. »Sind Sie Hong Jae-hee?«, fragte er, als ich näher kam.

»Ja, Sir«, antwortete ich.

Der Sergeant warf seine Zigarette auf den Boden und drückte sie mit der Stiefelspitze aus. Dann öffnete er die Autotür. »Steigen Sie ein!«, sagte er.

»Wohin bringen Sie mich?«, wollte ich wissen.

»Nirgendwohin. Der General möchte mit Ihnen sprechen.«

Ich kletterte hinein, und auf dem Rücksitz saß Colonel Crawford. Trotz der Dunkelheit konnte ich erkennen, dass er eine Reiseuniform mit mehreren Dienstzeitstreifen und Medaillen über der Brusttasche trug. Seine Mütze hielt er im Schoß.

»Hallo Jae-hee«, begrüßte er mich. Bei seinem weichen Südstaatenakzent klopfte mein Herz ein bisschen schneller.

»Der Fahrer meinte, dass ein General mit mir sprechen möchte«, sagte ich.

»Ein General *spricht* mit dir. Sie haben mich befördert, Jae-hee. Ich werde einer der jüngsten Generäle der Army sein. Ich mache mich jetzt auf den Weg ins Pentagon. Ich habe nicht viel Zeit.«

»Ich verstehe«, erwiderte ich.

»Ich wollte es dir gestern Abend sagen, aber du hast unser Gespräch abgebrochen.«

»Ja, das habe ich. Es tut mir leid.«

Das Licht der Straßenlaterne fiel durch das Autofenster und auf sein Gesicht, während er mich betrachtete. »Hong Jae-hee«, meinte er. »Es steckt mehr in dir, als du den Menschen zeigst. Ich habe ein paar Nachforschungen angestellt.«

»Nachforschungen?« Ich fragte mich, was er über mich herausgefunden hatte. Ich drückte mich in den Autositz und betete, dass seine Nachforschungen nicht zu viel ergeben hatten.

»Du bist auf dem Hof deiner Familie außerhalb von Sinuiju aufgewachsen«, sagte er. »Du hattest eine Schwester namens Soo-hee, die im Zweiten Weltkrieg in China war. Ich habe nicht herausgefunden, was sie dort machte, aber ich kann es mir schon vorstellen. Ich habe auch nicht herausgefunden, was du gemacht hast.«

»Ich habe auf dem Hof meiner Familie gearbeitet«, log ich schnell.

»Nein, hast du nicht«, widersprach er. »Du warst auch in China.«

Es war nicht mehr zu leugnen. Er wusste von Dongfeng. Ich wollte aus dem Auto springen und ihn mitsamt meinem Geheimnis nach Washington fahren lassen. Aber aus irgendeinem Grund blieb ich bei ihm. Ich starrte auf meine Füße.

Er sah aus dem Fenster. »Die verdammten Japaner. Es war eine Schande, was sie mit Korea gemacht haben. Und ich fürchte, dass wir sie damit davonkommen lassen.«

Er drehte sich wieder zu mir. »Du solltest dir selbst keine Vorwürfe machen.«

»Ich versuche es«, sagte ich.

»Gut«, meinte er. »Ich habe noch ein paar andere Dinge über dich herausgefunden. Nach dem Zweiten Weltkrieg hast du als Übersetzerin im Norden gearbeitet und bist dann schließlich in den Süden geflohen. Ein paar Monate nach dem Koreakrieg bist du dann hier aufgetaucht. Ich schätze, du hast im Norden für die Kommunisten gearbeitet.«

»Soo-bo war am Verhungern«, erklärte ich.

»Ja«, sagte er kopfschüttelnd. »Krieg ist grausam.«

»Für manche mehr als für andere«, antwortete ich.

Es entstand eine unangenehme Stille zwischen uns. Dann fragte er mich: »Meinst du, wir hätten uns ineinander verlieben können, du und ich?«

Seine Unverblümtheit überraschte mich. Er war immer ein solcher Gentleman. »Ich … ich weiß es nicht«, antwortete ich.

»Ich wäre ein verdammter Lügner, wenn ich behaupten würde, dass ich nicht dran gedacht habe. Du bist eine wunderschöne Frau. Intelligent. Anmutig. Du hast etwas … etwas Besonderes. Vielleicht zu einer anderen Zeit und an einem anderen Ort.«

Ich hielt meinen Blick gesenkt. »Zu einer anderen Zeit und an einem anderen Ort«, wiederholte ich.

»Es tut mir leid«, sagte er mit einer abwinkenden Handbewegung. »Ich wollte dich nicht in Verlegenheit bringen. Ich glaube, ich möchte einfach nur sagen, dass ich unsere Gespräche vermissen werde.« Er lächelte sanftmütig, und mir wurde bewusst, dass er mir auch fehlen würde.

»Übrigens«, sagte er. »Ich habe mit Alan über deine Schulden gesprochen. Ich habe ihm gesagt, dass er sie dir erlassen und dich gehen lassen soll. Er war einverstanden.«

»War er?«

»Ich habe ihm keine Wahl gelassen«, sagte er, und seine Augen blitzten.

»Das hätten Sie nicht tun müssen«, meinte ich.

»Zu spät. Oh, und ich habe etwas für dich.« Aus einer Aktentasche zu seinen Füßen holte er einen Umschlag, den er mir überreichte. »Darin ist der Name und die Adresse des leitenden Anwalts eines Bauunternehmens in Seoul. Sie brauchen einen Übersetzer. Sag ihnen, dass du von mir kommst.« Er zeigte auf den Umschlag. »Außerdem sind darin ein paar Hundert Dollar, für den Anfang. Das ist alles, was ich so kurzfristig bekommen konnte.«

»Ich kann das nicht annehmen«, entgegnete ich.

»Lass dich nicht von deinem Stolz behindern, Jae-hee. Für mich ist das Geld nichts. Nimm es einfach, und geh von hier fort. Du gehörst hier nicht hin.«

Ich schaute auf den Umschlag. Er hatte recht, ich war immer zu stolz gewesen. Ich steckte den Umschlag in meine Tasche. »Danke«, sagte ich.

Er seufzte. »Ich wünschte, wir hätten noch ein einziges Mal miteinander tanzen können. Ich fürchte, bei meinen neuen Verantwortungsbereichen werde ich nicht oft dazu kommen.«

Ich blickte in sein attraktives Gesicht und seine jadegrünen Augen. Ich weiß nicht, warum ich das tat, was ich als Nächstes tat. Es war instinktiv, etwas, das sich einfach richtig anfühlte. Ich nahm seine Hand und sagte: »Kommen Sie mit.« Dann öffnete ich die Autotür, und wir stiegen aus. Ich führte ihn unter die Straßenlaterne, schaute ihn an und legte meine Hände auf seine Schultern. »Zeigen Sie es mir noch einmal«, sagte ich.

Er lächelte und legte seinen Arm um meine Hüfte. »Es ist ein Dreivierteltakt, erinnerst du dich? Eins, zwei, drei. Eins, zwei, drei.« Er bewegte seine Füße, und ich bewegte mich mit ihm, so wie damals, als wir uns das erste Mal gesehen hatten. Schnell erinnerte ich mich an die Schritte, und schon bald bewegten wir uns wieder wie eine Person. Er zog mich an sich und schwang mich herum. Der Sergeant, der rauchend gegen das Auto lehnte, grinste.

General Frank Crawford strahlte. »Gut«, sagte er. »Das ist gut.«

Und es war gut. Es fühlte sich fast so an wie damals, als ich für meinen Vater so tat, als ob ich fliegen könnte, oder als ich in den Armen von Jin-mo lag. Ich blickte in die Augen von General Frank Crawford, und diesmal sah ich darin nicht Oberst Matsumoto. Ich sah nur diesen guten Mann mit einem Arm, der sein Land, General Robert Edward Lee von der Konföderation und Old Fitzgerald Kentucky Bourbon liebte. Und ich sah jemanden, der mich hätte lieben können und den ich hätte lieben können – zu einer anderen Zeit und an einem anderen Ort.

Unter der Straßenlaterne tanzten wir Wiener Walzer, und dann meinte er: »Ich muss gehen.« Wir hörten zu tanzen auf, hielten einander aber noch einen Moment lang fest. »Vielen Dank«, sagte er und machte einen Schritt zurück. Er verbeugte sich vor mir wie ein Südstaaten-Gentleman. »Auf Wiedersehen, Jae-hee«, sagte er und stieg ins Auto.

Der Fahrer schnipste seine Zigarette weg und nahm seinen Platz hinter dem Steuer ein. Der Cadillac fuhr auf die Straße neben dem Kijichon. Als die Rücklichter des Autos in der Dunkelheit verschwanden, flüsterte ich: »Auf Wiedersehen, Frank.«

»Du gehst?«, fragte mich Alan Smith, der am nächsten Morgen bei mir im Türrahmen stand. Soo-bo hing an meiner Seite, als ich meine Habseligkeiten in den Rucksack packte. Es war morgens, und der Barraum unten war still. »Aber wir haben viel Geld gemacht, du und ich«, sagte er.

»Nein, Alan. *Du* hast viel Geld gemacht. Ich habe die ganze Arbeit erledigt, und du hast nichts dazu beigetragen. Es ist, wie es Karl Marx in seinem *Kommunistischen Manifest* beschreibt: Dank der Verhüllung durch politische Illusionen kontrolliert die Bourgeoisie die Produktionsmittel und beutet das Proletariat instinktiv und brutal aus.«

Alan legte den Kopf schief. »Wovon zum Teufel sprichst du?«

Ich schüttelte den Kopf. »Du solltest mehr lesen, Alan.«

»Hör mal«, meinte er. »Ich verdoppele dein Gehalt. Und du musst nie als Barmädchen arbeiten. Du bist eine richtige Kapitalistin, Jae-hee.«

»Ich möchte, dass du auch Dae-ee gehen lässt«, sagte ich.

»Warum zur Hölle sollte ich das tun?«, fragte Alan, und die Narbe auf seiner Stirn legte sich schief.

»Weil ich es dir sage.«

»Du spinnst«, meinte Alan.

Ich stopfte den Rest meiner Sachen in den Rucksack. »Ich lasse mein Kleid hier. Gib es deinem nächsten Mädchen.«

Ich nahm Soo-bo an die Hand und wandte mich zum Gehen.

»Warte! Okay, hör mal. Du kannst hier umsonst wohnen«, versuchte es Alan noch mal. »Ich gebe dir sogar ein Prozent des Gewinns. Du hast recht. Ich brauche dich.«

Ich zog Soo-bo hinter mir her und ging an Alan vorbei in den Flur. »Bitte bleib, Jae-hee«, bettelte er.

Ich klopfte an Dae-ees Tür. Nach ein paar Sekunden antwortete sie. Ihre schwarzen Haare waren unordentlich, und sie hatte dunkle Ringe um die Augen. »Soll ich mich um Soo-bo kümmern?«, fragte sie verschlafen.

»Ich verlasse den Kijichon«, sagte ich.

Dae-ee fuhr sich mit der Hand durch die Haare. »Was? Du kannst nicht einfach gehen.«

»Doch, kann ich. Und du solltest das auch tun. Mach dir keine Gedanken über deine Schulden bei Alan. Geh einfach. Heute.« Ich hielt ihr einen Zwanzig-Dollar-Schein hin. »Hier, das ist genug für das Busticket nach Cheonan. Heute Nachmittag fährt ein Bus.«

Dae-ee war verwirrt. »Aber ich kann dir das nicht zurückzahlen.«

»Das musst du nicht. Geh zu deiner Familie zurück, Dae-ee. Es wird schwer, aber sie werden dich zurücknehmen. Geh nach Hause und verlieb dich nie wieder in einen Amerikaner. Hast du das verstanden? Nie wieder. Jetzt nimm das Geld.«

Dae-ee stand in der Tür und blickte vom Zwanzig-Dollar-Schein zu mir und wieder zurück. Endlich nahm sie das Geld. »Danke dir, Onni.«

»Geh nach Hause«, wiederholte ich.

Ich nahm Soo-bo an die Hand und ging nach unten. Ich verließ den Hometown Cat Club und trat in das Licht der Morgensonne. Ohne zurückzuschauen, lief ich über die Schotterstraße zum Bus, der am Tor der Militärbasis von Camp Humphreys stand.

KAPITEL 35

Seoul. Zum ersten Mal war ich in Südkoreas Hauptstadt. Ich war begeistert, die Stadt zu sehen, hatte aber auch Angst. Als sich der Bus, ein wackeliges, altes Fahrzeug voll von armen Bauern und amerikanischen Soldaten auf Diensturlaub, in der Aprilsonne durch die Stadt schlängelte, sah ich, dass Seoul viel größer als Pjöngjang und ganz anders war. In den riesigen Slums mit behelfsmäßigen Häusern blickten Obdachlose aus den Schatten hervor. Es gab weniger Autos und Lastwagen als in Pjöngjang. An manchen Stellen hatte der Wiederaufbau nach dem Krieg begonnen. Eine Gruppe Bauarbeiter errichtete ein Bambusgerüst, woanders warfen Männer Geröll in eine Rikscha. Trotz ihrer angestrengten Bemühungen schien es nicht so, als würden sie Fortschritte machen.

Während ich aus dem Busfenster starrte, fragte ich mich, worauf ich mich eingelassen hatte. Ich hatte gehört, dass unzählige verzweifelte Menschen während des Kriegs Seoul überschwemmt hatten. Es herrschte eine sehr hohe Arbeitslosigkeit, und viele verhungerten. Wenn das mit der Arbeit bei dem Bauunternehmen nicht klappte, würden Soo-bo und ich schon bald bei den anderen Hungernden auf der Straße landen.

Es war später Nachmittag, als der Bus vor der US-Militärbasis Yongsan im Stadtteil Itaewon in Seoul anhielt. Erleichtert stellte ich fest, dass diese Gegend weniger arm wirkte als die Slums, durch die wir gefahren waren. Hier gab es einen lebhaften Markt, und Menschen kauften Nahrungsmittel und Kleidung von Straßenhändlern und in Geschäften. Lastwagen und Autos fuhren die Straße hinauf und hinab. Ich setzte Soo-bo auf meine Hüfte und schulterte meinen Rucksack. Dann folgte ich den Soldaten aus dem Bus. Eine Schar verdreckter Kinder und Frauen in Lumpen kam auf uns zu. Sie streckten ihre schmutzigen Hände aus und bettelten um Kleingeld.

Ich schob mich durch die Menschenansammlung. Die Bettler warfen einen Blick auf Soo-bo auf meiner Hüfte und ließen mich durch. Ein halbes Dutzend Taxis und Rikschas wartete auf der Straße. Ich ging zu einem Taxifahrer, der mich fragte, was ich wollte. Ich holte die Adresse des Bauunternehmens aus meiner Tasche, las sie ihm vor und erkundigte mich, ob er uns dorthin bringen könne. Doch er schaute an mir vorbei auf die amerikanischen Soldaten, die den Bettlern zu entkommen versuchten. »Hau ab!«, meinte er.

Ich stellte Soo-bo auf den Boden und holte aus meinem Rucksack einen Fünf-Dollar-Schein. Ich hielt ihn dem Taxifahrer hin und meinte mit dem Kopf Richtung Soldaten weisend: »Ich kann genauso bezahlen wie die da.«

Der Fahrer guckte erst auf das Geld, dann auf mich. Mit einem Grinsen sagte er, ich solle einsteigen.

Weniger als zehn Minuten später hielten wir vor einem zweigeschossigen Betongebäude an einem breiten Boulevard nicht weit von Itaewon entfernt. Über der Tür hing ein Schild mit der Aufschrift *Gongson Bauunternehmen*. Soo-bo und ich stiegen aus, und ich fragte den Fahrer, wie viel ich ihm schuldete.

»Fünf amerikanische Dollar«, antwortete er.

»Das ist zu viel«, widersprach ich.

»Das ist der Fahrpreis«, entgegnete er bestimmt.

Seufzend gab ich ihm den Fünf-Dollar-Schein. Dann nahm ich Soo-bo an die Hand, und wir betraten das Gebäude.

Innen standen Maler auf Stehleitern aus Bambus und strichen die Wände an. Der chemische Geruch nach Farbe hing in der Luft. Eine Handvoll Arbeiter eilte von Schreibtisch zu Schreibtisch. Ich ging auf eine Frau im mittleren Alter zu, die hinter einer behelfsmäßigen Rezeption saß, und sagte ihr, zu wem ich wollte.

»Herr Han ist im zweiten Stock«, meinte sie. Sie zeigte auf Soo-bo. »Sie sollten Ihr Kind nicht mit raufnehmen. Können Sie sie bei jemandem lassen und dann wiederkommen?«

»Nein«, antwortete ich. »Ich bin zum ersten Mal in Seoul. Ich kenne hier niemanden.«

Die Frau schaute sich im Büro um. »Also, ich habe gerade nicht so viel zu tun. Ich kann eine Zeit lang auf sie aufpassen.« Sie zeigte auf meinen Rucksack. »Den Rucksack sollten Sie auch bei mir abstellen. Sie können sich im Badezimmer waschen, ehe Sie zu Herrn Han gehen.«

Ich wusste nicht, ob ich der Frau trauen konnte. Seoul war eine große Stadt, und im Hometown Cat Club hatte ich Gerüchte darüber gehört, dass die Kriminalitätsrate hier hoch sei. Aber ich hatte keine andere Wahl. Ich musste ihr vertrauen.

»Vielen Dank«, sagte ich.

Die Frau kam hinter der Rezeption hervor. »Ich bin Frau Min. Wie heißt Ihre Tochter?«

»Ihr Name ist Soo-bo. Ich bin Hong Jae-hee.«

»Schön, Sie kennenzulernen. Komm mit mir, Soo-bo«, sagte Frau Min und streckte die Hand aus.

»Anyohaseyo«, grüßte Soo-bo, als sie Frau Mins Hand nahm.

Ich schwang meinen Rucksack von der Schulter und stellte ihn hinter der Rezeption auf den Boden. Darin war alles, was ich besaß – meine Kleidung, das Geld, das mir General Crawford gegeben hatte, und der Kamm mit dem zweiköpfigen Drachen. Frau Min setzte Soo-bo an einen Tisch hinter ihr und gab ihr Papier und Stift. Soo-bo fing an, etwas zu malen. Frau Min beobachtete sie sichtlich erfreut, und ich sah, dass Soo-bo in guten Händen war. Also ging ich ins Badezimmer und wusch mich. Dann stieg ich in den zweiten Stock hinauf, um Herrn Han aufzusuchen.

Ich ging auf einen Mann an einem Schreibtisch zu, der dicke Brillengläser, ein weißes Hemd und eine abgewetzte Anzugjacke trug. Ich sagte ihm, dass ich mich für den Posten einer Übersetzerin bewerben wollte. Er schaute mich an, als würde ich versuchen, ihm etwas zu verkaufen, was er nicht haben wollte. »Sie möchten als Übersetzerin für unsere Firma arbeiten?«, fragte er.

»Ja, Herr«, sagte ich. »Ich lese, schreibe und spreche mehrere Sprachen. Ich wurde von General Crawford von der US-Armee geschickt.«

Erst legte er den Kopf schief, dann schüttelte er ihn. »Ich kenne ihn nicht.«

»Sind Sie nicht Herr Han?«, fragte ich.

»Nein, ich bin Herr Park, sein Assistent«, erklärte er. Er warf mir einen blasierten Blick zu. »Sie meinen also, Sie könnten als Übersetzerin für unser Unternehmen arbeiten? Welche Sprachen können Sie?«

»Englisch, Chinesisch und Japanisch. Japanisch und Chinesisch hat mir meine Mutter schon als kleines Mädchen beigebracht, und als die Amerikaner kamen, habe ich auch Englisch gelernt. Ich kann auch ein wenig Russisch.«

Herr Park hob kritisch die Augenbrauen. »Die alle?«

»Ja, Herr.«

»Fließend?«

»Englisch und Japanisch ja. General Crawford meinte, ich solle mit Herrn Han sprechen.«

Herr Park lehnte sich grinsend zurück. »Herr Han ist nicht da«, sagte er auf Englisch. »Wo haben Sie vorher gearbeitet?«

Herr Parks Englisch war grauenhaft. Seine Grammatik war falsch, und sein Akzent so stark, dass ich ihn kaum verstehen konnte. »Ich habe als Übersetzerin für die Regierung gearbeitet«, antwortete ich in meinem besten Englisch. »Ich habe bei den Gesprächen zwischen dem Norden und dem Süden für einen Verhandlungsführer gearbeitet.«

Ich merkte, dass mein hervorragendes Englisch Herrn Park einschüchterte. Das Grinsen verschwand aus seinem Gesicht, und er wechselte wieder ins Koreanische. »Haben Sie für den Norden oder den Süden gearbeitet?«, fragte er mich.

»Den Süden natürlich«, war meine Antwort.

»Gut. Vor allem für Englisch brauchen wir einen Übersetzer, also sollten wir herausfinden, wie gut Sie die Sprache tatsächlich beherrschen.« Aus seinem Schreibtisch holte er ein paar Blätter Papier und einen Bleistift und überreichte mir beides zusammen mit einem Vertrag. Er zeigte auf einen Holztisch in einer Ecke und sagte, ich solle den Vertrag so gut ich könnte ins Englische übersetzen. »Sie haben eine Stunde«, fügte er hinzu.

Ich dankte ihm und setzte mich mit den Papieren an den Tisch. Die Sprache des Vertrags ähnelte der der Erklärungen und Dekrete, die ich für die nordkoreanische Regierung übersetzt hatte. Es gab nur wenige Wörter, die ich nicht kannte, und ich brannte sie mir ins Gedächtnis, sodass ich sie niemals vergessen würde. Dreißig Minuten später gab ich Herrn Park die Übersetzung.

»Schon fertig?«, fragte er.

»Ja, Herr.«

»Und Japanisch können Sie auch?«

»Ja, Herr. Sogar besser als Englisch.«

Herr Park starrte auf meine Übersetzung und kratzte sich am Kopf. »Wir werden uns das anschauen. Kommen Sie in einer Woche wieder, dann geben wir Ihnen Bescheid.«

»Vielen Dank. Werde ich dann Herrn Han sehen können?«

»Das hängt davon ab, wie gut Ihre Übersetzung ist.«

Wenn ich bedachte, wie Herr Park Englisch gesprochen hatte, war ich mir sicher, dass ich seinen Test bestanden hatte. Ich verneigte mich wieder und ging nach unten, um Soo-bo zu holen. Als ich zur Rezeption kam, malte Soo-bo noch immer Bilder, und Frau Min saß über Papiere gebeugt an ihrem Tisch.

»Sie sind schnell zurück«, sagte Frau Min, ohne aufzuschauen.

»Ja. Vielen Dank, dass Sie auf meine Tochter aufgepasst haben.«

Frau Min starrte weiter auf ihre Arbeit.

Soo-bo zeigte mir eins ihrer Bilder. »Guck, Ummah«, sagte sie. »Hier haben wir gelebt.«

Das Gekrakel und Gekritzel war ein Bild von einer Bar und mir in meinem blauen Kleid. Darüber hatte Soo-bo *Cat Club* geschrieben.

Schnell stopfte ich die Bilder in meinen Rucksack und nahm Soo-bo hoch. Ich dankte Frau Min noch einmal.

Sie schaute nicht auf, und ich konnte nicht sagen, ob sie gesehen hatte, was Soo-bo gemalt hatte.

Schnell trat ich nach draußen. Ich blickte in die eine Richtung, den Boulevard hinunter, dann in die andere. Es war später Nachmittag. Ich war müde und hungrig und wusste nicht, wo ich die Nacht verbringen sollte. Soo-bo, so dünn sie auch war, wog schwer auf meiner Hüfte. Ich wusste, dass auch sie müde und hungrig war. Ich lief los. Der Boulevard war voll von Menschen, die auf dem Weg von der Arbeit nach Hause waren. Ich merkte, dass die ärmeren Arbeiter in die eine Richtung gingen, während die gut gekleideten Büroangestellten die andere einschlugen. Ich setzte Soo-bo auf dem Bürgersteig ab, und wir reihten uns in die Schar der ärmeren Arbeiter ein.

Nach vielen Häuserblöcken wurde die Reihe immer lichter. Wir kamen in ein Viertel mit billig aussehenden Pensionen. Ich suchte die Fenster und Türeingänge nach Schildern ab, die anzeigten, dass Zimmer zu vermieten wären. Ich sah keine.

Soo-bo zerrte an meiner Hand. »Ich habe Hunger«, quengelte sie.

»Ich weiß, meine Kleine«, sagte ich. »Ich auch. Wir finden bald etwas.« Wir liefen weiter. Ich fühlte mich wie in den Monaten nach dem Koreakrieg, als ich mir Essen und Unterkunft erbetteln musste. Ich dachte daran, nach Itaewon zu gehen und dort in einen Bus zurück zum Kijichon zu steigen. Doch General Crawford hatte recht: Ich gehörte dort nicht hin. Aber ich war mir auch nicht sicher, ob ich hier hingehörte. Es gab so viele arme Menschen, und Verzweiflung hing in der Luft. Meine einzige Hoffnung war, dass ich den Posten als Übersetzerin bekam. Ich musste nur eine Woche lang warten.

Wir gingen noch mehrere Häuserblöcke entlang, wo die Stadt sich langsam in einen Slum verwandelte. Hoffnungslos dreinblickende Menschen beobachteten uns von ihren Fenstern aus. Ich beschleunigte meine Schritte. Endlich stand auf der Türschwelle einer schmutzigen, zweigeschossigen Pension ein Schild *Zimmer zu vermieten*. Ich klopfte an die Tür. Eine alte Frau, der einige Zähne fehlten, öffnete.

»Fünfundvierzig Dollar im Monat, amerikanische«, sagte die Frau, ohne sich vorzustellen. »Erster Monat jetzt und noch mal fünfundvierzig Dollar als Anzahlung. Wenn Sie nur Won haben, ist der Preis höher und ändert sich jeden Monat, wegen der Inflation. Nehmen Sie das Zimmer, oder gehen Sie.«

Ich rechnete schnell im Kopf nach. Neunzig Dollar war fast die Hälfte dessen, was General Crawford mir gegeben hatte. Ich würde Kleider, Essen und eine Schlafmatte für Soo-bo und mich brauchen. Wenn ich die Übersetzerstelle bei Gongson nicht bekam, wäre ich innerhalb weniger Monate pleite.

Ich blickte die Straße hinab auf die schäbigen Gebäude und die verzweifelten Menschen. Dann schaute ich wieder auf die schmuddelige, heruntergekommene Pension und die unfreundliche Frau mit den schlechten Zähnen, die meine Vermieterin wäre. Mein Magen knurrte. Soo-bo lehnte sich gegen mein Bein.

»Ich nehme es«, sagte ich.

Kapitel 36

»Die Ergebnisse liegen noch nicht vor«, sagte Frau Min hinter der frisch renovierten Rezeption des Bauunternehmens Gongson. Der Geruch nach frischer Farbe war verschwunden, und in der Lobby standen neue Polstermöbel. Der komplette Boden war mit Teppich ausgelegt – etwas, was ich noch nie zuvor gesehen hatte –, und in die Decke war eine aufwendige Lichtkonstruktion eingebaut. Der Ort verströmte ein Gefühl von Hoffnung.

Doch die schicke Lobby sollte mich nur täuschen. Es war zwei Monate her, dass ich mich um die Stelle als Übersetzerin beworben und den Test absolviert hatte. Seitdem war ich jede Woche wiedergekommen, und jedes Mal hatte mir Frau Min dieselbe Antwort gegeben: dass sie sich die Übersetzung noch nicht angesehen hätten.

»Warum dauert es so lange?«, fragte ich flehend. »Herr Park sagte mir, dass Sie es heute wissen würden.«

Frau Min presste die Lippen zusammen und nahm einen Stapel Papiere hoch. Ich sah, dass sie nur so tat, als würde sie sie lesen. »Es tut mir leid«, meinte sie. »Ich muss jetzt arbeiten.«

Seufzend trat ich aus der Tür. Seouls Sommerregen hatte eingesetzt und mit ihm die Luftfeuchtigkeit. Die Luft war schwer und der Himmel nahtlos grau. Es roch, als würde es bald wieder regnen. Ich bog auf den Boulevard in Richtung Itaewon-Markt ab. Soo-bo hatte ich bei einer Nachbarin gelassen, einer jungen Frau namens Kim Yon-lee, die für vier Won am Tag auf Soo-bo aufpasste. Ich brachte Soo-bo zu ihr, wenn ich zum Markt ging oder Arbeit suchte. Bislang hatte ich keine gefunden.

Ich war wieder verzweifelt, so wie während der schrecklichen Monate nach dem Koreakrieg. Essen, Kleidung und eine Matte kosteten in Seoul viel mehr, als ich erwartet hatte. Meine Vermieterin verlangte die Miete am Ersten jeden Monats. Die Miete für diesen Monat war längst fällig, doch ich hatte das Geld dafür nicht. Ich war sogar fast pleite. Ich hatte Angst, dass, sollte ich nicht bald Arbeit finden, Soo-bo und ich auf der Straße landen würden, wie die Menschen in Lumpen, die mich um Kleingeld anbettelten.

Ich ging zum Markt. Die Verkäufer hatten sich auf die Straße gesetzt und musterten erwartungsvoll die Vorübergehenden, ob ein Käufer darunter war. An mir schauten sie vorbei. Die Wolken verdunkelten sich, und eine Brise setzte ein. Ich suchte in Geschäften, Restaurants und Schneidereien, die amerikanische Soldaten belieferten, nach Schildern, auf denen *Aushilfe gesucht* stand. Ich konnte keine entdecken.

Ich ging in den schäbigeren Teil von Itaewon, wo Bars und billige Restaurants ihre Waren in schlechtem Englisch auf Hinweistafeln anboten. Bei einer Bar namens *Die Königin der Herzen* war neben der Tür ein Schild mit der Aufschrift *Mädchen gesucht* angebracht. Ich blieb auf dem gegenüberliegenden Bordstein stehen. Im zweiten Stock schaute eine junge Frau, die zu viel Make-up trug, teilnahmslos aus dem Fenster.

Neben der Bar befand sich ein Pfandleihhaus. Hinter den gelben Fenstern lagen gebrauchte Uhren, Schmuck,

Lederwaren, Radios und Antiquitäten. Ein Schild im Fenster verkündete: *Wir kaufen alles.*

Der Wind wurde stärker, und die dunklen Wolken brachen auf. Regen fiel herab, zuerst sachte, dann laut prasselnd. Die Menschen auf der Straße rannten, um sich unterzustellen, und schon bald war ich die Einzige auf dem Bürgersteig. Der Regen durchnässte mich, doch es kümmerte mich nicht. Ich stand vor der Bar und dem Pfandleihhaus und ließ den Regen auf mich herabprasseln. Meine Haare waren klitschnass, und mein Kleid klebte mir am Körper. Nach ein paar Minuten ging ich einen Schritt nach vorne.

Ich drückte die Tür des Pfandleihhauses auf. Inmitten von Glaskästen mit Gegenständen saß ein kleiner, energiegeladener Mann. »Guten Morgen, hübsche Frau. Möchten Sie eine Uhr für Ihren Mann kaufen? Ein Radio? Schmuck? Ich mache Ihnen einen besonderen Preis.«

Ich ging zur Ladentheke aus Glas. Darin lagen verschiedene Antiquitäten. Aus meinen Haaren tropfte Regenwasser auf das Glas. »Suchen Sie etwas für Ihr Zuhause?«, fragte der Mann und eilte hinter den Ladentisch. »Ich habe wertvolle Antiquitäten und mache Ihnen einen guten Preis.«

»Auf Ihrem Schild steht, Sie würden alles kaufen«, sagte ich.

Der Händler ließ die Schultern sinken. »Was haben Sie?«, fragte er.

»Ich habe einen antiken Kamm.«

»Einen Kamm? Das ist alles?«

»Ja.«

»Ich habe kein Interesse an einem alten Kamm«, meinte er.

»Er hat einen massiven Goldrücken und Elfenbeinintarsien in Form eines zweiköpfigen Drachens.«

Der Mann erstarrte kurz, und ich konnte erkennen, dass meine Beschreibung des Kamms ihn sehr überraschte. »Sind Sie sicher, dass der Drache zwei Köpfe hat?«, fragte er.

»Ja, ich bin mir sicher. Und er hat fünf Zehen.«

Der Mann sog die Luft ein, als hätte ich ihm gerade gesagt, dass ich ihm die Kronjuwelen verkaufen wollte. »Der Drache hat fünf Zehen?«, flüsterte er. Er machte einen Schritt zurück und strich sich durch das Haar. Dann setzte er ein professionelles Lächeln auf. »Möglicherweise habe ich doch Interesse an einem Kamm. Haben Sie ihn dabei?«

Ich schaute den Mann fragend an: »Er ist wertvoll, oder?«

Der Mann zuckte mit den Achseln, als ob er es nicht wüsste, aber ich merkte, dass er mir etwas vorspielte. »Kann sein«, erwiderte er.

Ich beugte mich über den Ladentisch und stützte mich mit beiden Händen auf die Glasplatte. Mein ganzer Frust der vergangenen zwei Monate brach aus mir hervor. »Sagen Sie es mir!«, fuhr ich ihn an. »Es handelt sich um einen antiken Kamm mit einem zweiköpfigen Drachen, dessen Pfoten fünf Zehen haben. Er ist wertvoll, oder?«

Der Mann nickte langsam. »Ja«, gab er endlich zu. »Wenn er so aussieht, wie Sie ihn beschrieben haben, dann ist der Kamm sehr wertvoll. Haben Sie einen solchen Kamm zu verkaufen? Ich gebe Ihnen viel dafür.«

»Was bedeutet das?«, wollte ich wissen. »Ein zweiköpfiger Drache mit fünf Zehen. Was hat das zu bedeuten?«

Der Mann antwortete: »Der Drache … beschützt Korea und die Person, die ihn besitzt, damit sie Korea dienen kann.«

Ich stand noch immer mit den Händen auf den Ladentisch gestützt, während der Händler mich anstarrte. Dass meine Haare und mein Kleid vom Regen immer noch tropfnass waren, kümmerte mich nicht. Also war das, was mir Jin-mo vor Jahren erzählt hatte, wahr. Der Drache, dessen einer Kopf nach Osten und dessen anderer nach Westen zeigte, beschützte Korea. Und ich konnte viel Geld für ihn bekommen – sicherlich ausreichend zum Überleben, bis ich eine richtige Arbeit gefunden hatte, und vielleicht genug für eine lange, lange Zeit.

Ich wusste, was ich zu tun hatte. Ich stürzte zur Tür.

»Warten Sie!«, rief mir der Händler flehend hinterher. »Sie bekommen von mir gutes Geld dafür!« Er lief mir nach draußen in den strömenden Regen hinterher. »Bringen Sie mir den Kamm«, rief er. »Ich gebe Ihnen viel dafür. Mehr als Sie sich vorstellen können!«

Im Regen rannte ich den ganzen Weg bis zur Pension. Als ich eintrat, schlurfte die Vermieterin auf mich zu. »Die Miete ist überfällig«, zischte die alte Frau durch ihre Zahnlücken. »Fünfundvierzig Dollar. Ich hab andere, die zahlen können. Wenn Sie mir das Geld nicht geben, muss ich Sie rausschmeißen.«

»Ja. Ich verstehe.«

»Ich gehe mit Ihnen in Ihr Zimmer. Dann können Sie mich sofort bezahlen.«

Ich fauchte die Frau an: »Ich muss meine Tochter abholen. Und ich muss mich umziehen. Ich bezahle später.«

Die alte Frau machte verärgert kehrt. »Die Miete ist überfällig«, kreischte sie im Weggehen. »Zahlen Sie morgen, ansonsten werfe ich Sie raus.«

Ich ging zu Yon-lees Zimmer und klopfte. Soo-bo öffnete mir die Tür. »Ummah!«, kreischte sie freudig. Sie schlang ihre Ärmchen um mein Bein, ließ dann aber schnell wieder los. »Du bist nass!«, sagte sie.

Ich machte eine dankende Handbewegung in Richtung Yon-lee.

»Du schuldest mir noch das Geld von letzter Woche«, rief sie mir hinterher.

Ich ging mit Soo-bo den Flur zu unserem winzigen Zimmer entlang. Es unterschied sich nicht sehr von dem, das ich im Kijichon bewohnt hatte. Statt nach Sperma und Schweiß roch es nach Schimmel und Fäulnis. Es gab kein Fenster und nur schlechtes Licht. Und obwohl ich mich bemühte, das Zimmer sauber zu halten, fühlte es sich für mich ständig schmutzig an.

Während ich in trockene Kleidung schlüpfte, fragte ich Soo-bo über ihren Tag aus.

»Ich lese Bücher auf Englisch«, erzählte sie stolz. »Frau Kim versucht es zu lernen, und ich habe ihr dabei geholfen.«

Ich lächelte meine Tochter an. »Schon bald, meine Kleine, werde ich dir Bücher kaufen und viele englische Wörter beibringen. Und auch andere Sprachen.« Soo-bo strahlte.

Ich holte meinen Rucksack aus dem Schrank. Daraus zog ich den Umschlag hervor, in dem ich mein Geld aufbewahrte. Es waren nur noch vierzehn Dollar darin. Ich steckte das Geld wieder in den Rucksack. Das braune Päckchen mit dem Kamm mit dem zweiköpfigen Drachen lag in der Ecke. Ich holte es hervor und hielt es in der Hand.

Den Rucksack schob ich wieder in den Schrank und setzte mich auf meine Matte. Soo-bo schlich sich neben mich. »Was ist das, Mutter?«, fragte sie mit einem Blick auf das Päckchen.

»Es ist ein Kamm, meine Kleine.«

»Darf ich ihn sehen?«, bettelte Soo-bo.

Ich zog an der Kordel und öffnete das Päckchen. Soo-bo machte große Augen, als sie den Kamm sah. »Ist das der Kamm, um den sich unsere Geschichte dreht?«

»Ja, das ist er.«

»Er ist schön. Kann ich mir damit die Haare kämmen?«

Ich strich Soo-bo über das Haar. »Nein, meine Kleine. Der Kamm ist zu wertvoll, um sich damit ohne einen besonderen Anlass die Haare zu kämmen.«

»Ist die Geschichte wahr? Die über die Yangban und ihre Tochter?«, fragte Soo-bo.

Sorgsam faltete ich den Stoff wieder um den Kamm und zog die Kordel stramm. »Nein«, sagte ich sanft. »Es ist nur eine Geschichte.«

Soo-bo ging in eine Ecke und ließ einen roten Ball springen. In letzter Zeit klammerte sie sehr, wenn ich sie von Yonlee abholte. Es machte mir Sorgen, dass sie weniger aß, dünner wurde und Fragen über Geld stellte. So gut es ging, versuchte ich meine Verzweiflung vor ihr zu verbergen, aber ich wusste, dass sie sie spürte. Wenn wir kein Geld mehr hätten und auf der Straße leben müssten, würde es Soo-bo aufgrund ihrer schlechten Gesundheit schlimm ergehen, vielleicht würde sie sogar sterben.

Ich guckte auf das Päckchen mit dem Kamm. Wenn ich ihn an den Pfandleiher verkaufte, würden Soo-bo und ich nicht auf der Straße leben müssen. Und wenn der Kamm das war, was Jin-mo gesagt hatte, warum beschützte er mich dann nicht? Warum musste ich so sehr leiden, um zu überleben?

Soo-bo hörte auf, den Ball springen zu lassen, und wurde ruhig. Ich konnte sehen, wie sie wieder in düstere Stimmung verfiel. Ich nahm den Kamm aus dem braunen Tuch und ließ ihn in die Tasche meines Kleides gleiten. Dann streckte ich meine Hand nach Soo-bo aus. »Komm, meine Kleine«, sagte ich. »Wir müssen etwas erledigen.«

Draußen hatte der Regen aufgehört. Ölige Pfützen glitzerten auf den Straßen. Die Menschen kamen langsam wieder aus ihren beengten Räumen, um die vom Regen gereinigte Luft zu atmen. Soo-bo und ich machten uns auf den Weg nach Itaewon. Wir liefen mehrere Häuserblöcke in das Viertel, wo die Pensionen nicht ganz so heruntergekommen waren. Ein paar Blöcke weiter lag das Geschäftsviertel und dahinter der Itaewon-Markt. Ich lief mit geradem Rücken und hatte meine Augen geradeaus gerichtet. Soo-bo musste rennen, um mit mir Schritt zu halten.

Dann kam ich an eine Ecke. In der einen Richtung lag das Bauunternehmen Gongson, in der anderen das Pfandleihhaus.

Ich steckte meine Hand in die Tasche, um nach dem Kamm zu tasten. Er war glatt und kalt. Ich dachte daran, wie er sich im Weizenfeld in Dongfeng in meiner Hand angefühlt hatte, als Schütze Ishida mich am Leben ließ. Mir fiel ein, wie ich ihn verloren hatte, als ich in den Süden floh, und wie er mir, als ich ihn wiedergefunden hatte, den Weg durch den Zaun gewiesen hatte.

Ich schlug den Weg zum Bauunternehmen Gongson ein. Ich drückte die Tür auf und betrat die Lobby. Ich ging auf Frau Min zu und sagte ihr, ich wolle Herrn Han sehen.

»Sie … das können Sie nicht«, entgegnete Frau Min. »Er ist beschäftigt. Außerdem habe ich Ihnen heute Morgen gesagt, dass wir das Ergebnis noch nicht haben.«

»Ich glaube Ihnen nicht«, erwiderte ich. Ich hob Soo-bo auf und setzte sie auf meine Hüfte, dann marschierte ich auf die Treppe zu.

»Warten Sie!«, rief Frau Min. »Sie können da nicht rauf. Halt!« Sie schwang sich um die Rezeption und lief mir hinterher.

Aber ich war schon oben auf der Treppe, ehe Frau Min mich einholen konnte. Herr Park saß hinter seinem Schreibtisch. Mit Soo-bo noch immer auf meiner Hüfte ging ich auf ihn zu und verbeugte mich, als Frau Min hinter mir auftauchte.

»Herr Park, ich möchte Herrn Han sehen«, sagte ich.

»Es tut mir leid, Herr Park«, sagte Frau Min keuchend. »Sie ist ohne Erlaubnis hinaufgegangen.«

Herr Park blickte finster drein. »Sie können nicht einfach so hier hereinplatzen. Sie müssen …«

Die Bürotür öffnete sich, und ein großer, leicht ergrauter Mann in einem schicken, blauen Anzug trat heraus. Herr Park stand auf und verbeugte sich. »Was ist hier los?«, fragte der Mann.

»Diese Frau ist ohne Erlaubnis hergekommen«, sagte Herr Park.

Der groß gewachsene Mann schaute mich an. »Was möchten Sie?«

Ich setzte Soo-bo ab und verneigte mich. Mit der Hand in der Tasche hielt ich den Kamm fest. »Vor mehreren Wochen gab mir Herr Park einen Vertrag, den ich als Test für eine Übersetzerstelle übersetzen sollte. Ich habe auf das Ergebnis gewartet. General Crawford von der US-Armee hat mir gesagt, ich solle ihn als Referenz nennen.«

»Ich kenne Mr Crawford gut«, antwortete der Mann. »Erzählen Sie mir, was Sie über ihn wissen, damit ich weiß, ob Sie die Wahrheit sagen.«

»Er trinkt gern Old Fitzgerald Kentucky Bourbon, und sein Held ist General Robert Edward Lee von der Südstaaten-Konföderation.«

Der Mann lächelte, wie es Menschen tun, die einen alten Freund begrüßen. Dann guckte er zu Herrn Park. »Wir brauchen noch immer einen Übersetzer. Warum haben Sie ihre Arbeit nicht überprüft?«

»Herr«, meinte Herr Park. »Frau Min hat mir gesagt, dass diese Frau kein Interesse an der Stelle mehr hätte.«

Der Mann warf Frau Min einen Blick zu. »Anscheinend hat Frau Min sich geirrt.« Frau Min machte eine tiefe Verbeugung und eilte davon.

»Haben Sie ihre Übersetzung noch?«, fragte der Mann an Herrn Park gewandt.

»Ja, natürlich«, antwortete Herr Park.

»Kontrollieren Sie sie sofort«, sagte der grauhaarige Mann über die Schulter hinweg, während er in sein Büro zurückging.

Furchtbar nervös saß ich in einem Ledersessel in dem erst kürzlich mit Teppich ausgelegten Büro des leitenden Anwalts, während Soo-bo draußen wartete. Ein gewaltiges Bücherregal hinter seinem Schreibtisch aus Palisanderholz dominierte das

Büro. Darin standen Hunderte wissenschaftliche Bücher. Am Schreibtisch las Herr Han meine Übersetzung, die ich, wie Herr Park wenige Minuten zuvor erklärt hatte, perfekt gemacht hatte.

»Ich sollte Sie fragen, wie Sie General Crawford kennengelernt haben«, meinte Herr Han über seine Lesebrille hinweg. »Aber wahrscheinlich möchte ich es nicht wissen.«

»Herr«, sagte ich. »Ich werde gute Arbeit für Sie leisten.«

»Das glaube ich.« Er legte die Übersetzung auf den Tisch und nahm seine Brille ab. »Jae-hee, ein Unternehmen lebt vom ehrenhaften Verhalten seiner Angestellten. Ich werde Sie aufgrund der Empfehlung von General Crawford anstellen. Möglicherweise haben Sie in der Vergangenheit Dinge getan, die wir auf sich beruhen lassen sollten. Aber von jetzt an müssen Sie die Ehre dieses Unternehmens wahren.«

»Ich verstehe. Das werde ich. Ich danke Ihnen.«

»Gut«, sagte der Anwalt. »Willkommen im Bauunternehmen Gongson.«

KAPITEL 37

Zehn Jahre später. November 1964. Seoul, Südkorea

Ich saß an einem niedrigen Tisch in meinem neuen Apartment im sechsten Stock des Wohnhauses 315 und beobachtete voller Stolz, wie Soo-bo sich ihre Büchertasche schnappte, den Mantel anzog und zur Tür eilte. Bald wurde Soo-bo fünfzehn, und obwohl sie noch immer dünn war, hatte sie die Figur einer Frau bekommen. Sie würde nie so stark sein wie ich oder so brillant wie Jin-mo, aber jeden Tag lernte sie fleißig für die Schule und hatte schon große Fortschritte gemacht.

Es war nicht leicht gewesen, sie in der Schule unterzubringen. Da Soo-bo keinen Vater hatte, konnte ich kein Familienstammbuch bekommen. Ich hatte bei der örtlichen Grundschule ein Bestechungsgeld gezahlt, damit sie aufgenommen wurde. Für die Aufnahmeprüfung zur Mittelschule hatte ich Soo-bo sehr viel lernen lassen, und sie hatte bestanden. Der Leiter der Mittelschule hatte einfach angenommen, dass Soo-bo ein Familienstammbuch hatte, sodass er sie zuließ. Bald würde sie die Aufnahmeprüfung für die Oberschule absolvieren, und ich hoffte, dass sie wieder bestehen würde. Allerdings würde diese Prüfung schwerer werden. Außerdem würden die

Beamten der Oberschule genauer auf das Familienstammbuch achten. Ohne würden sie Soo-bo nicht nehmen, womit ihre offizielle Ausbildung vorbei wäre.

»Soo-bo«, rief ich, als meine Tochter die Wohnungstür öffnete. »Du solltest deiner Mutter auf Wiedersehen sagen.«

»Oh«, meinte Soo-bo. »Es tut mir leid.« Sie verneigte sich. »Auf Wiedersehen, Ummah. Ich gehe jetzt zur Schule.« Sie eilte durch die Tür.

Ich schaute der weggehenden Soo-bo hinterher und lächelte. Ich liebte meine Tochter mehr, als ich jemals jemanden geliebt hatte. Seit vierzehn Jahren gab es nur Soo-bo und mich. Zusammen hatten wir großes Elend überstanden. Es hatte Zeiten gegeben, in denen ich gedacht hatte, ich würde sie nicht retten können. Doch ich tat, was ich tun musste, und irgendwie schafften wir es. Ich war sehr stolz auf sie und auch auf mich. Ich war eine gute Mutter und wusste das.

Ich dachte über ihr Leben im Vergleich zu meinem nach. In Soo-bos Alter war die einzige Bildung, die ich genossen hatte, die, die ich durch meine Mutter erhalten hatte, die mir in Hangul, Chinesisch und Japanisch lesen und schreiben beigebracht hatte. Hätte ich kein Sprachtalent, wäre ich arm geblieben, obwohl das Land seit dem Putsch von General Park Chung-hee florierte. Südkorea war bestrebt, eine moderne Nation aufzubauen. In ein paar Jahren würde Soo-bo eine Erwachsene in einem Land mit unendlichen Möglichkeiten sein – wenn sie ihre Prüfungen bestünde, und wenn ich dafür sorgte, dass sie zur Oberschule zugelassen wurde.

Ich stopfte die Übersetzungen, an denen ich am Vorabend gearbeitet hatte, in meine Tasche. Ich war dankbar, dass ich eine gute Stelle beim Bauunternehmen Gongson hatte. Ich arbeitete hart dafür. Jedes Wochenende ging ich in die Bücherei, um mithilfe von Nachschlagewerken Unklarheiten in Übersetzungen zu überprüfen. Jeden Abend nach der Arbeit las ich Bücher in

Japanisch, Chinesisch oder Englisch, genau wie ich es bei meiner ersten Übersetzerstelle in Pjöngjang getan hatte. Wann immer ich konnte, sah ich mir fremdsprachige Filme an. Mit meinen sprachlichen Fertigkeiten war ich eine wichtige Mitarbeiterin bei Gongson. Und ich betrachtete mich selbst nicht mehr als Trostfrau. Ja, ich hatte zugelassen, dass die Japaner mich zwei Jahre lang ausgenutzt und verroht hatten, aber ich war nicht mehr diese Person. Ich war jetzt eine von Millionen stolzen Südkoreanern, die halfen, eine tolle Nation aufzubauen.

Heute wollte ich früh bei der Arbeit sein. Gongson expandierte genauso wie der Rest von Südkorea, und ich hatte viel Arbeit zu erledigen. Ehe ich ging, nahm ich das Schwarz-Weiß-Foto meiner Familie hoch, das in einem neuen Rahmen auf dem Tisch stand. »Mutter, Vater, Soo-hee«, sagte ich zu dem Bild, wie jeden Tag, ehe ich zur Arbeit ging. »Ich danke euch, dass ihr mir eure Geister schickt, um mir zu helfen. Ich werde immer mein Bestes geben, um euch zu ehren.« Dann stellte ich das Foto wieder auf den Tisch, verließ mein Apartment und ging zur Arbeit.

Zwei Jahre zuvor war Gongson in ein viergeschossiges Glas- und Stahlgebäude in Itaewon gezogen. Durch den Bauboom in Seoul wuchs Gongson schnell. Das Unternehmen beschäftigte mittlerweile mehrere Hundert Menschen und stellte jede Woche neue Mitarbeiter ein. Die Firma florierte, und ich war stolz darauf, meinen Teil dazu beizutragen.

In der Lobby grüßte ich Frau Min. »Guten Morgen, Frau Min. Ist heute nicht ein schöner Tag?« So wie an jedem Tag seit zehn Jahren tat sie so, als hätte sie mich nicht bemerkt.

Als ich zu meinem Schreibtisch kam, stand Herr Han, der leitende Anwalt von Gongson, bereits vor seinem Büro und wartete auf mich. Der grauhaarige Mann trug seinen üblichen schicken blauen Anzug. Sein Blick drückte Besorgnis aus. Er streckte mir einen Stapel Dokumente entgegen und meinte, ich müsse sie heute zu Ende übersetzen. »Das ist der wichtigste Handel, den unsere Firma jemals eingegangen ist«, sagte er. »Wenn wir den Kredit zu günstigen Konditionen bekommen, können wir in andere Industriezweige expandieren und ein Konglomerat werden, ein richtiger Jaebol!«

»Ja, Herr«, sagte ich mit einer respektvollen Verbeugung. Ich nahm die Dokumente mit an meinen Schreibtisch. »Übersetzen wir sie auch ins Englische, wenn wir mit Japanisch fertig sind?«

»Nein, wir brauchen sie nicht auf Englisch. Wir verhandeln diesmal nur mit den Japanern. Die Amerikaner möchten wir da raushalten.« Verschlagen fügte er hinzu: »Auf jeden Fall möchte die Diashi-Bank unbedingt mit uns ins Geschäft kommen. Ich hoffe, die Konditionen werden gut sein.«

»Ich bekomme sie heute fertig«, sagte ich.

»Gut«, meinte Herr Han und nickte mit dem Kopf. »Ach, da fällt mir ein, die Verhandlungsführer der Bank werden morgen früh hier sein. Wir brauchen Sie als Dolmetscherin. Sie verstehen es, mit japanischen Männern umzugehen.«

Herr Han ging in sein Büro und schloss die Tür, während ich mich an meinen Tisch setzte und innerlich schäumte. Ja, ich wusste alles über die Japaner. Sie waren rücksichtslos und brutal und eingebildet und borniert. Nicht einmal die Atombomben auf Hiroshima und Nagasaki und eine siebenjährige Besatzung durch die Amerikaner hatten ihrer Arroganz etwas anhaben können. Und nachdem General Park gegen die südkoreanische Regierung geputscht hatte, hatte er sich von den Amerikanern distanziert und die Beziehungen zu Japan normalisiert. Südkoreanische Unternehmen wandten sich nun den Japanern zu, um deren Industrie mit aufzubauen. Warum machen wir mit diesen Menschen Geschäfte, ärgerte ich mich. Habt ihr vergessen, was sie uns angetan haben? Wisst ihr denn nicht, was sie mir angetan haben?

Ich schloss die Augen, und in meinem Innern tauchten die Bilder des Maschinengewehrs auf, das die koreanischen Mädchen im Innenhof der Troststation erschoss. Mir drehte sich der Magen um. Ich wollte die Verträge auf den Boden werfen und zur Tür hinausstürmen. Ich wollte ins südkoreanische Außenamt marschieren und denen sagen, was die Japaner mir angetan hatten. Ich wollte von Tausenden anderer Frauen berichten, die, wie ich gehört hatte, ebenfalls von den Japanern als Trostfrauen vergewaltigt und gequält worden waren.

Aber dann dachte ich an Soo-bo und die vielen Stunden, die sie lernte, um ihre Prüfungen zu bestehen. Ich dachte daran, dass ich meinen Vorfahren versprochen hatte, sie zu ehren. Und ich dachte an meine neue Wohnung und daran, dass ich nicht mehr um das nackte Überleben kämpfen musste. Also begann ich, den Vertrag zu übersetzen. Ich nahm mir die Zeit, schaute in meinen Wörterbüchern nach und achtete darauf, dass ich alles genau richtig übersetzt hatte. An den Rändern machte ich Notizen, wo die Sprache mehrdeutig war und wo Herr Han vorsichtig sein sollte.

Am späten Nachmittag war ich fertig und gab Herrn Han den Vertrag. »Gute Arbeit, Jae-hee«, lobte er. »Denken Sie daran, dass wir Sie morgen zum Dolmetschen brauchen. Tragen Sie etwas, was die japanischen Männer mögen. Sie wissen ja, wie sie sind.«

»Ja, Herr«, antwortete ich und bemühte mich, meinen Abscheu zu verbergen.

Als Herr Han wieder in sein Büro gegangen war, klingelte das Telefon auf meinem Schreibtisch, und ich nahm ab.

»Jae-hee«, sagte eine Stimme. »Ich möchte dich nach der Arbeit sehen. Können wir uns treffen?« Der Anrufer war Choi Chul-sun, ein leitender Angestellter bei Gongson, von dem ich mir sicher war, dass er sich in mich verliebt hatte. Er war ein Freund des Sohnes des Firmengründers. Wir trafen uns seit fast zwei Jahren, gingen am Wochenende essen oder ins Kino. Er war immer furchtbar höflich. In letzter Zeit hatte er Andeutungen gemacht, dass er bei unserer Beziehung einen Schritt weitergehen wollte.

»Chul-sun, wir können uns heute Abend nicht sehen. Ich habe morgen einen wichtigen Termin.«

»Ja, ich weiß von dem Treffen mit der Diashi-Bank. Aber das hier ist auch wichtig.«

»Außerdem muss ich nach Hause zu Soo-bo«, meinte ich.

»Ich bezahle dir ein Taxi. Du bist zur normalen Zeit zu Hause.«

»Okay, gut«, sagte ich. »Aber nur kurz. Wo sollen wir uns treffen?«

Er schlug vor, dass wir uns in zwanzig Minuten draußen an der Ecke sehen. Ich sagte, ich würde da sein, und legte auf. In den nächsten zwanzig Minuten übersetzte ich einen Brief an einen amerikanischen Subunternehmer und legte ihn in meinen Postausgangskorb. Dann zog ich meinen Mantel über und ging zur Lobby.

Auf dem Weg nach draußen blieb ich bei den Stenografinnen stehen. Moon-kum, eine dicke Frau mittleren Alters, schaute auf. »Hast du heute wieder eine Verabredung mit Choi Chul-sun, Jae-hee?«, neckte sie mich. »Wann wirst du ihn heiraten und zu einem richtigen Mann machen?«

Die anderen Frauen blickten grinsend von ihren Schreibmaschinen auf. »Er ist nicht so attraktiv«, fuhr Moon-kum fort. »Aber er verdient gutes Geld. Eines Tages wird er Vizepräsident sein. Was willst du mehr?« Die anderen Frauen hielten sich die Hand vor den Mund und kicherten.

»Wofür brauche ich einen Mann?«, meinte ich und warf meine Haare zur Seite. »Ich habe alles, was ich brauche. Männer sind für Frauen nur eine Last. Und ...«, fügte ich halblaut hinzu, »... sie haben einen unangenehmen Körpergeruch.«

Die Frauen lachten, wobei sie sorgsam darauf achteten, dass man ihren Mund nicht sah. Ich lächelte sie an und stieg die Treppe zur Lobby hinab.

Draußen an der Ecke wartete Chul-sun bereits auf mich. Als leitender Angestellter in der Buchhaltung war Choi Chul-sun gut gekleidet, wodurch er aber nicht besser aussah. Sein teurer Anzug, das weiße Hemd und die rote Krawatte hingen merkwürdig an seinem knochigen Körper. Seine Haut war pockennarbig, und sein dünnes Haar ergraute frühzeitig.

Er wurde rot, als ich auf ihn zuging. »Jae-hee«, sagte er. »Dich zu sehen, ist eine große Freude.« Er wies die Straße hinunter. Der Bürgersteig war voller Menschen, die nach Hause eilten. Die Novemberluft war trocken, aber nicht zu kalt. Chul-sun nahm meinen Arm. »Ich dachte, wir könnten in den Namsan-Park gehen«, sagte er. »Dir ist nicht zu kalt, oder?«

»Nein, es ist angenehm.«

Wir liefen sechs Häuserblöcke weiter zum Namsan-Park. In der ganzen Stadt wurde gebaut. Überall sprießten Bürogebäude, Wohnungen, Einkaufszentren und Restaurants aus dem Boden. Zahlreiche Baukräne dominierten die Skyline von Seoul. Arbeiter errichteten Straßenfundamente und verlegten elektrische Leitungen. Hunderte Autos, Lastwagen und Busse bretterten über die neuen Straßen. Es hieß, man wolle eine U-Bahn bauen. Seoul wuchs und wuchs.

Chul-sun und ich plauderten über Belangloses. Ich merkte, dass er nervös war, und tat mein Bestes, damit er sich entspannte. So war es immer gewesen, seit wir vor zwei Jahren das erste Mal miteinander ausgegangen waren. An jenem Tag hatte er mich mit dem Taxi abgeholt, und wir waren in ein teures, neues Restaurant in der Nähe des Han-Flusses gefahren. Am Anfang war er furchtbar aufgeregt gewesen und häufig rot geworden. Doch ich nutzte meine Fähigkeiten im Gespräch mit Männern, damit er lockerer wurde. Seitdem waren wir fast jedes Wochenende verabredet gewesen, und Chul-sun hatte angefangen, sich in meiner Gegenwart wohler zu fühlen. Er erzählte mir, dass er aus einer wohlhabenden Kaufmannsfamilie aus Seoul stammte und nach dem Zweiten Weltkrieg auf eine Buchhalterschule gegangen war. Während des Koreakriegs war er im Beschaffungswesen der südkoreanischen Armee gewesen, und in den letzten neun Jahren hatte er für Gongson gearbeitet. Er war ein stolzer, angesehener leitender Angestellter mit einer rosigen Zukunft.

Ich hatte ihm vom Bauernhof meiner Familie außerhalb von Sinuiju erzählt und dass die Japaner meinen Vater und meine Schwester weggeschickt hatten und wie meine Mutter gestorben war. Er kannte die Geschichte von Soo-bos Vater und von meiner Flucht in den Süden. Auch wusste er, wie ich die Stelle bei Gongson bekommen hatte. Doch ich hatte ihm nie von den zwei Jahren in Dongfeng erzählt oder dass ich für die Kommunisten gearbeitet hatte oder über das Jahr, das ich im Kijichon gearbeitet hatte. Ich betete, dass er das niemals herausfinden würde.

Wir betraten den westlichen Teil des Namsan-Parks. Im Osten erhob sich der Berg Namsan anmutig in der Novembersonne. Junge Paare gingen Seite an Seite über die Kieselwege. Auf einem freien Feld machte ein Mann in Weiß mit langsamen, anmutigen Bewegungen Taekkyeon.

Auf einer Parkbank saß zusammengesunken ein Obdachloser in einem schäbigen Mantel. Als wir vorübergingen, streckte er die Hand aus und bettelte um Kleingeld. Chul-sun trat mit Kieselsteinen nach ihm und spottete über ihn. »Warum lassen sie solche Leute in den Park?«, fragte er.

»Er hat keinen anderen Ort, an den er kann«, antwortete ich.

»Das wirft kein gutes Licht auf Korea«, meinte Chul-sun. »Man sollte sie loswerden.« Ich wollte Chul-sun etwas darüber sagen, wie es war, arm zu sein, aber in Korea gehörte es sich für Frauen nicht, einem Mann in der Öffentlichkeit zu widersprechen. Außerdem wollte ich nicht zu viel von meiner Vergangenheit preisgeben. Darum entgegnete ich nichts.

Wir spazierten weiter. Schließlich ließ Chul-sun meinen Arm los. »Jae-hee«, begann er, und sein schlaksiger Körper kippte nach vorne. »Ähm … wie war die Arbeit heute?«

»Es war sehr viel zu tun. Ich habe an den Diashi-Verträgen gearbeitet.«

»Gut. Gut«, sagte Chul-sun. »Das ist ein wichtiges Treffen morgen.«

Wir gingen weiter. Eine Weile sprachen wir kein Wort, und ich merkte, dass Chul-sun sehr nervös war. Endlich fragte ich: »Was ist los, Chul-sun? Du hast mich doch nicht hierherge-führt, nur um spazieren zu gehen?«

Er nickte. »Ja, da gibt es etwas. Etwas sehr Wichtiges, das ich dich fragen möchte.«

»Ich verstehe«, antwortete ich. »Was denn?«

Chul-sun fuhr sich mit der Hand über den kahler werden-den Kopf und wurde rot. Er schaute auf den Weg vor ihm, als ob er die Frage, die er stellen wollte, im Kies verloren hätte.

Ich fasste ihn am Arm und drehte ihn zu mir. »Chul-sun, stell deine Frage!«

Er schüttelte den Kopf. »Ich möchte das ordentlich machen, so wie ein richtiger koreanischer Mann es machen sollte, aber du hast keinen Vater mehr, den ich zuerst fragen kann, also muss ich dich direkt fragen, was nicht die Art und Weise ist, wie man es machen sollte, und jetzt weiß ich nicht mehr, was ich sagen wollte.«

Sanft berührte ich ihn am Arm. »Ich verstehe dich. Frag einfach.«

Er holte tief Luft und platzte dann heraus: »Jae-hee, es wäre mir eine große Ehre, wenn du mich heiraten würdest. Ich wäre ein guter Ehemann.« Er schaute mich mit großen Augen an, so als ob meine Antwort für ihn über Leben und Tod entscheiden würde.

Ich erwiderte Chul-suns Blick und lächelte. Ich liebte ihn nicht, so wie ich Jin-mo geliebt hatte. Aber er war ein guter Mann, und er wollte mich sehr. Mit ihm als Ehemann wäre ich eine angesehene Bürgerin im neuen, florierenden Südkorea. Soo-bo würde ein Familienstammbuch haben und könnte auf die Oberschule gehen. Mit etwas Glück könnte sie eines Tages vielleicht sogar die Universität besuchen.

Wenn man meine Vergangenheit bedachte, war ein erfolgreicher Mann wie Chul-sun mehr, als ich jemals hätte erwarten können.

Ich senkte meinen Blick. »Ja, Chul-sun«, sagte ich mit einer Verbeugung. »Es ist mir eine Ehre, deine Frau zu werden.«

KAPITEL 38

Am nächsten Morgen zog ich das Kleid an, das meine schlanken Beine am besten hervorhob. Ich trug mehr Make-up auf als sonst, bürstete mir ausgiebig die Haare und sorgte mit einer Handgelenksdrehung dafür, dass sie sich am Ende wellten. Dann betrachtete ich mein Spiegelbild. Mit vierunddreißig drehten sich noch immer die Männer nach mir um. Aber es widerte mich an, mich für die japanischen Männer so herauszuputzen.

Ich verließ zusammen mit Soo-bo das Wohnhaus 315. Auf der Straße verabschiedeten wir uns, und ich sah meiner Tochter hinterher, wie sie zur Schule lief. Ich zog meinen Mantel eng um die Schultern, um mich gegen die Novemberkälte zu schützen, und ging zum Bus. Beim Laufen schob ich meinen Ärger darüber, mit den Japanern verhandeln zu müssen, beiseite. Schließlich würde ich zum ersten Mal seit Dongfeng eine respektable Person für sie sein. Am Vorabend hatte ich eingewilligt, Chul-sun zu heiraten.

Einen Häuserblock von meiner Bushaltestelle entfernt war ein Bekleidungsgeschäft. Vor dem Fenster blieb ich stehen und schaute hinein. Hinten hingen farbenprächtige Hochzeits-Hanboks mit langen Chima-Röcken und Jeogori-Oberteilen. Mein Blick fiel auf einen roten. Rot stand mir gut. An der Seite hingen aufwendiger, festlicher Kopfschmuck und Brautgürtel mit prächtigen, gestickten Blüten. Ich drückte meine Nase gegen das Fenster, um besser sehen zu können. Mein Herz schlug etwas schneller, als ich mir vorstellte, wie ich im roten Hanbok am Arm eines stolzen Chul-sun vor seiner Familie und unseren Freunden von Gongson stand. Ich lächelte, als ich mir die aufgeregte Soo-bo im blauen Hanbok vorstellte und die jungen Männer auf der Hochzeit, die sie anstarrten, wenn sie dachten, sie wären unbeobachtet.

Ich hörte, wie einen Viertelblock entfernt der Bus nach Itaewon anhielt. Schnell rannte ich los und konnte gerade noch einsteigen, als er schon losfahren wollte. Ich dankte dem Fahrer, dass er auf mich gewartet hatte, und setzte mich dann recht weit nach hinten. Ich lachte still über mich selbst, dass ich fast den Bus verpasst hätte, weil ich mir Brautkleider angeschaut hatte.

Während sich der Bus durch das belebte Yeongdeungpo-gu-Viertel schlängelte und eine weitere neue Brücke über dem Han-Fluss in Richtung Itaewon überquerte, bereitete ich mich auf den bevorstehenden Termin vor. Treffen mit den Japanern waren schwierig. Sie versuchten, sich durch irreführende Wortspielereien und Täuschungsmanöver einen Vorteil zu verschaffen. Auch wenn Herr Han und Gongsons Führungskräfte Japanisch sprachen, verließen sie sich doch darauf, dass ich die Körpersprache ihrer Gesprächspartner interpretierte und die Nuancen dessen, was sie sagten, wahrnahm. Darin war ich gut, und heute sollte ich den Japanern nichts durchgehen lassen.

Das Bauunternehmen Gongson wollte mit seinem Konferenzraum im vierten Stock die Besucher beeindrucken. Die Wände waren mit Mahagoni vertäfelt, den Boden zierte ein riesiger chinesischer Teppich, darauf stand ein westlicher Tisch, an dem zwölf Menschen sitzen konnten und ausreichend Platz hatten, um ihre Papiere auszubreiten. Die große Fensterfront bot einen Ausblick auf den Boulevard vier Stockwerke tiefer. Sonnenlicht fiel herein und erhellte den Raum. Ich stand in der Ecke, während die leitenden Angestellten ihre Plätze am Tisch einnahmen. Herr Han warf mir einen strengen Blick zu, der mich daran erinnern sollte, wie wichtig das Treffen war. Ich neigte den Kopf, um ihm zu zeigen, dass mir das bewusst war.

Drei japanische Führungskräfte von der Diashi-Bank betraten den Raum. Als die Führungskräfte sich untereinander begrüßten und mit vielen Respektsbekundungen ihre Visitenkarten austauschten, hielt ich den Kopf gesenkt. Sorgsam achtete ich auf die Schuhe der japanischen Banker. Die Schuhe des einen waren nicht richtig zugeknotet, und ich wusste, dass er bei den Verhandlungen schluderig sein würde. Ein anderer trug Schuhe, die schmutzig und nicht poliert waren – ein Zeichen dafür, dass das, was er sagte, unwichtig sein würde. Die Schuhe des Dritten waren perfekt poliert und fest zugeschnürt. Er war es, vor dem man auf der Hut sein musste.

Die Führungskräfte setzten sich an den Tisch – die Japaner mit dem Rücken zum Fenster und die Koreaner auf die andere Seite. Sie blätterten durch Papiere und machten sich am Rand Notizen. Prüfend schauten sie ihr Gegenüber auf der anderen Seite des Tisches an. Ich stand hinter den Koreanern, den Blick hielt ich auf den chinesischen Teppich gesenkt. Dann stand der Präsident von Gongson auf und räusperte sich, woraufhin es im Raum still wurde. Er hielt eine kurze Rede auf Japanisch darüber, wie geehrt sie sich fühlten, die Gelegenheit zu haben, mit einem so angesehenen Unternehmen wie der Diashi-Bank Geschäfte zu machen. Ich zuckte zusammen, als er sagte, Korea hätte Glück, so gute Freunde wie die Japaner zu haben.

Als Nächstes stand der Japaner mit den verschmutzten Schuhen auf, um ihren leitenden Verhandlungsführer vorzustellen. Ich musste über ihre Effekthascherei lächeln. Während der Präsident von Gongson einfach eine Rede gehalten hatte, musste bei den Japanern der Kopf ihres Teams erst vorgestellt werden. Ich musste zugeben, sie verstanden es, sich gut in Szene zu setzen.

Ich trat vor, um zu dolmetschen. »Werte Herren«, sagte die Nachwuchsführungskraft schwülstig. »Sie haben das große Glück, dass sich heute eine der besten Führungskräfte der Diashi-Bank mit Ihnen trifft. Normalerweise würde er sich mit einer so unbedeutenden Transaktion gar nicht beschäftigen. Doch da Sie ein neuer Kunde sind, hat er gnädigerweise zugestimmt, heute hier zu sein. Er ist ein wichtiger Mann mit hohem Intellekt. Ich freue mich, Ihnen den stellvertretenden Generaldirektor der Diashi-Bank vorzustellen, Herrn Tanaka.«

Jede Faser meines Körpers spannte sich an. Hatte ich richtig gehört? Hatte der Mann Tanaka gesagt? Langsam hob ich meinen Blick und sah, wie der stellvertretende Generaldirektor aufstand, um seine Rede zu halten. Als ich ihn eingehend betrachtete, blieb mir das Herz stehen. Er trug einen teuren schwarzen Anzug und eine Krawatte im gleichen Rot wie die japanische Flagge. Er hatte in den vergangenen zwanzig Jahren etwas zugenommen, und sein Haar war grau und weniger geworden. Doch er besaß noch immer die gleiche spitze Nase und den kalten, durchdringenden Blick und war von einer Aura der Autorität umgeben. Es war mein Kempei, Leutnant Tanaka. Immer noch hatte ich vor Augen, wie er sich mit seinem Shinai gegen die schwarzen Stiefel schlug.

Ich stand mit gesenktem Blick im Konferenzraum von Gongson und fing zu zittern an. Das Atmen fiel mir schwer, und es kam mir vor, als kämen die Wände immer näher. Meine Beine schmerzten an den Stellen, auf die er mich in der letzten Woche in Dongfeng geschlagen hatte. Ich kniff meine Augen zusammen und zwang mich, tief Luft zu holen.

Am Kopf des Tisches lief Leutnant Tanaka auf und ab und hielt seine Rede im gleichen herablassenden Tonfall, mit dem er vor den koreanischen Mädchen in Dongfeng gesprochen hatte. Ich hörte nur ein paar Wörter seiner Rede: »Sich glücklich schätzen … Disziplin … gehorchen.« Die Worte des Kempeis versetzten mich wieder in die Troststation zurück. Ich sah die Panik in Jin-sooks Augen, als er sie an unserem ersten Tag an den Pfahl band. Ich hörte das Schluchzen der Mädchen, wenn sie nachts in ihren winzigen Räumen lagen. Ich sah Soo-hees aschfahles Gesicht, als sie sterbend auf dem Boden der Krankenstation lag. Und plötzlich, im luxuriösen Konferenzraum von Gongson, war ich wieder eine Trostfrau.

Ich blickte wieder zum Kempei, der vor seinem Publikum herumstolzierte und posierte, und eine andere Angst packte mich. Ich hatte niemandem außer Jin-mo von den zwei Jahren in der Troststation erzählt. Leutnant Tanaka könnte mein furchtbares Geheimnis preisgeben oder in diesen Verhandlungen zu unserem Nachteil benutzen. Doch in Dongfeng war ich noch ein Mädchen gewesen, jetzt war ich eine reife Frau. Vielleicht erkannte er mich nicht. Ich bemühte mich, Haltung zu wahren, und hielt meinen Kopf tief gesenkt.

Leutnant Tanaka beendete seine Rede und nahm Platz. Als die Verhandlung begann, blieb ich außerhalb seiner Blickrichtung. Sorgfältig beantworteten die Japaner Fragen zum Kreditvertrag und stellten selbst Fragen, zum Beispiel, wie Gongson das Geld verwenden und zurückzahlen würde. Mehrfach bat mich Herr Han zu erklären, was genau die Japaner mit einem Begriff oder einer Aussage meinten. Immer wenn ich vortrat und antwortete, schaute ich zum Kempei. Er sah mich nie an.

Ich dachte daran, wie sehr sich sein Leben von meinem seit Dongfeng unterschied. Da war er, ein leitender Angestellter einer großen japanischen Bank. Im Gegensatz zu mir hatte er nie erfahren, wie es sich anfühlte, kein Essen für sein hungerndes Kind zu haben. Er hatte sich nie darüber Gedanken machen müssen, wo er nachts schlafen oder wie er sich im Winter wärmen sollte. Er hatte nie das Gefühl von Verzweiflung kennengelernt, das so erdrückend ist, dass es alle Kraft kostet, nicht aufzugeben.

Und im Gegensatz zu mir wurde er, trotz dessen, was er verbrochen hatte, respektiert. Es war ohne Bedeutung, dass er Mädchen geschlagen und ihre systematische Vergewaltigung beaufsichtigt hatte. Es war ohne Bedeutung, dass er sie hatte ermorden lassen. Und es war ohne Bedeutung, dass ich unschuldig war und er schuldig. Er wurde respektiert und ich nicht. Am liebsten wollte ich ob der Ungerechtigkeit schreien. Ich wollte jedem in diesem Raum sagen, welche Gräueltaten dieser Mann begangen hatte. Aber ich traute mich nicht, denn wenn ich es täte, würde herauskommen, dass ich eine Trostfrau gewesen war. Also stand ich nur wenige Schritte von meinem Kempei entfernt und erledigte meine Arbeit.

Das Treffen ging voran, und jede Seite versuchte, einen Vorteil zu erhaschen, bekam jedoch keinen. Nach zwei Stunden stimmten beide Parteien dem endgültigen Wortlaut des Vertrags zu. Sie beschlossen, sich später am Abend wiederzutreffen und bei einem Abendessen und Drinks in Seouls teuerstem Restaurant zu feiern. Als sie aufstanden und sich voreinander verneigten, machte Herr Han, der neben Leutnant Tanaka stand, mir ein Zeichen, herüberzukommen. Mit gesenktem Kopf ging ich zu ihm. Leutnant Tanaka sprach mit dem Präsidenten von Gongson. Sein Kinn war erhoben und seine Brust herausgedrückt, genauso wie damals, wenn er mit den Mädchen in Dongfeng gesprochen hatte.

»Ja, Herr?«, sagte ich schwach.

»Ich möchte sichergehen, dass wir uns über die Fälligkeitsdaten einig sind. Bitte überprüfen Sie sie in beiden Sprachen. Das ist alles, Jae-hee.«

Ich erstarrte. Herr Han hatte laut meinen Namen gesagt. Ich schaute zu Leutnant Tanaka, und für den Bruchteil einer Sekunde trafen sich unsere Blicke. Ein kurzes Zeichen des Wiedererkennens blitzte in seinen Augen auf. Schnell nahm ich wieder meinen Platz hinter den Führungskräften ein. Kurz darauf gingen alle Männer, sodass ich allein im mahagonigetäfelten Konferenzraum war.

Ich setzte mich an den Tisch, um mich zu sammeln. Ich war mir sicher, dass Leutnant Tanaka mich erkannt hatte. Ich hatte es an seinen Augen gesehen. Nur für einen kurzen Moment hatte statt kalter Arroganz Überraschung in seinen Augen gelegen. Und … was hatte ich noch gesehen? War es Angst gewesen? Konnte es sein, dass er, genauso wie ich, nicht wollte, dass jemand wusste, was vor zwanzig Jahren in Dongfeng geschehen war?

Schnell raffte ich meine Papiere zusammen. Als ich gerade gehen wollte, öffnete sich die Tür zum Konferenzraum, und Leutnant Tanaka trat ein. Er schloss hinter sich die Tür. Ich senkte den Blick, als er sich an den Tisch setzte und die Beine ausstreckte. Das Sonnenlicht fiel durch die Fenster des Konferenzraums auf ihn, und im hellen Licht sah er aus wie ein Geist – oder ein Gott.

»Namiko Iwata«, sagte er, wobei er jede Silbe betonte. »Ich schätze, ich sollte dich Jae-hee nennen. Ich war überrascht, dich hier anzutreffen.« Er nickte in Richtung der Tür. »Ich habe Herrn Han gesagt, dass ich mit dir allein über die Verträge sprechen wollte. Wahrscheinlich denken sie, ich würde versuchen, dich zum Sex rumzukriegen. Welch Ironie!«

Ich hielt den Kopf gesenkt und versuchte, keinerlei Emotionen zu zeigen, doch unter meinem Kleid zitterten meine Knie.

»Keine Sorge«, sagte der Kempei. »Es ist in unser beider Interesse, dass niemand erfährt, was in Dongfeng passiert ist.«

»Ja, Kempei«, hörte ich mich selbst sagen.

»Gut. Solange du dich an deinen Teil der Abmachung hältst, werde ich dafür sorgen, dass das Unternehmen bei diesem Vertrag gute Konditionen bekommt. Ich werde ihnen sogar sagen, dass ich von deiner Arbeit beeindruckt bin.«

»Vielen Dank, Kempei.«

Langsam zog er mit seinem Finger Kreise auf der Tischplatte. »Ich habe jetzt eine Frau. Und eine Tochter. Sie heißt Miwa.«

»Wie alt ist sie, Herr?«, fragte ich.

»Sie ist vierzehn.«

»Dann ist sie genauso alt wie ich damals, als ... als wir uns zum ersten Mal begegneten.«

Er hörte auf, mit dem Finger Kreise zu ziehen, und schaute mich von oben herab an, so wie er es unzählige Male zuvor getan hatte. »Es herrschte Krieg, Jae-hee«, sagte er. »Wir mussten unsere Pflicht erfüllen. Ich hatte meine und du deine.«

Ich schaute auf. »Meine Pflicht, Kempei?«

»Ja, natürlich! Die Trostfrauen hatten eine Pflicht gegenüber den Männern und Japan.« Er zeigte mit dem Kinn auf mich, als ob ich ihm selbstverständlich zustimmen sollte.

Ich hielt seinem Blick stand. »Warum haben Sie sie dann getötet, Herr?«

Plötzlich wurde sein Blick leer. Er blinzelte ein paar Mal, dann erwiderte er nur: »Ich kann mich nicht daran erinnern, das getan zu haben.«

Es dauerte einen Moment, bis sich die Leere in seinen Augen verflüchtigte. Dann stand er auf, um zu gehen. »Hast du noch diesen Kamm mit dem zweiköpfigen Drachen?«, wollte er wissen. »Oberst Matsumoto meinte, er hätte ihn dir zurückgegeben.«

Ich dachte an den Kamm, den ich in meiner Wohnung unter der Fensterbank versteckt hatte. »Nein, Kempei. Ich musste ihn verkaufen, um meine Tochter zu ernähren.«

»Wie bedauerlich. Ich kann mich noch erinnern, dass der Drache fünf Zehen hatte. Damals wusste ich nicht, was das bedeutete. Aber das ist jetzt nicht mehr wichtig. Ich hoffe, du hast einen guten Preis dafür bekommen.«

»Habe ich, Kempei.«

»Gut. Ich sollte besser zurückgehen. Sie fragen sich sonst, was wir hier drin machen.« Er wollte schon den Raum verlassen, drehte sich dann aber noch einmal um und sagte: »Noch eins. Grüß deine Schwester von mir. Ich mochte sie immer. Ich nehme an, dass es ihr gut geht.«

Mein Kopf schnellte in die Höhe. »Herr«, sagte ich. »Soohee starb in Dongfeng. Oder nicht?« Meine Knie hörten zu zittern auf.

Ein dünnes Lächeln erschien auf Leutnant Tanakas Gesicht. Er schüttelte den Kopf. »Du weißt es nicht, oder?«

»Was weiß ich nicht, Kempei? Bitte sagen Sie es mir, Herr.«

Leutnant Tanaka lachte still in sich hinein und stützte sich auf die Stuhllehne. »Tja«, sagte er. »Als die Japaner Dongfeng verließen, bestand Doktor Watanabe darauf, dass sie alle Patienten nach Pushun brachten, einschließlich deiner Schwester, Okimi Iwata. Niemand dachte, dass sie es schaffen würde, aber in Pushun wurde sie operiert und erholte sich schließlich vollständig. Als ich ein paar Monate später nach Japan zurückkehrte, versuchte sie gerade, wieder nach Korea zu kommen. Sag mir nicht, dass du das all die Jahre lang nicht gewusst hast.«

»Nein, Kempei, das wusste ich nicht.«

»Ich schätze, sie ist irgendwo im Norden. Na bitte! Dein alter Kempei hat dir wertvolle Informationen gegeben, um dich für gute geleistete Dienste zu belohnen.«

»Vielen Dank, Kempei.«

Leutnant Tanaka schaute mich einen Moment lang an. »Denk an unser Abkommen«, meinte er. »Niemand darf das von Dongfeng erfahren.«

»Ja, Kempei«, antwortete ich.

Leutnant Tanaka klopfte zweimal auf die Stuhllehne, dann ging er hinaus.

Ich ließ mich auf einen Stuhl sinken und starrte auf die Tür. War es möglich, dass Soo-hee noch am Leben war? Oder war das ein brutaler Witz des brutalsten Mannes, den ich je kennengelernt hatte?

Nach einiger Zeit nahm ich meine Papiere und verließ den Konferenzraum. Es war möglich, dass Soo-hee noch am Leben war. Ich hatte sie nicht mehr gesehen, nachdem ich vor Schütze Ishida geflohen war. Und als ich zur Krankenstation zurückkam, war sie weg. Es konnte sein, dass Leutnant Tanaka die Wahrheit erzählte. Ich musste es herausfinden. Aber wie? Der Norden und der Süden waren erbitterte Feinde mit einer unüberwindbaren Grenze dazwischen. Doch es gab Gerüchte über geheime Netzwerke, die von Familien genutzt wurden, um Briefe auszutauschen.

Als ich an meinen Schreibtisch zurückkehrte, beschloss ich, meine Schwester zu finden, die ich seit zwanzig Jahren nicht gesehen hatte.

KAPITEL 39

»Was haben Sie und Ihre Schwester in Dongfeng gemacht?«, fragte mich Herr Lee, der hinter seinem Metallschreibtisch im Familienregisteramt saß. Das Schild auf Herrn Lees Tisch besagte, dass er Verwaltungsbeamter für Familienunterlagen sei. Er hatte einen leichten Bauch, und sein weißes Hemd war vom vielen Waschen grau. Sein Büro lag im zweiten Stock in einem von Südkoreas neuen Regierungsgebäuden in Seouls Jongno-Viertel, rund zwanzig Minuten mit dem Bus von Itaewon in Richtung Norden entfernt. Die Bauweise des Gebäudes war modern und die schöne Konstruktion eine der vielen Demonstrationen der Regierung von General Park, dass Südkorea zu einer großartigen, modernen Nation aufsteigen würde.

In den vergangenen fünfzehn Minuten hatte mir Herr Lee Fragen gestellt, um sein Formular auszufüllen. Er hatte nicht aufgeschaut, bis ich Dongfeng erwähnte. Ich erzählte ihm, dass wir dort für die Japaner gearbeitet hatten, und hoffte, er würde meine Antwort einfach akzeptieren und zur nächsten Frage übergehen, doch er bat mich, präziser zu sein.

Er wartete mit dem Stift über dem Formular, und ich fragte mich, was ich ihm über die Troststation erzählen sollte. Was die

Menschen während der japanischen Besatzungszeit getan hatten, war kein Thema, über das anständige Koreaner sprachen. Doch ich war hierhergekommen, um zu erfahren, ob Leutnant Tanaka mir die Wahrheit über Soo-hee erzählt hatte und ob es hier Informationen über sie gab. Darum musste ich Herrn Lee von Dongfeng erzählen.

»Meine Schwester und ich erhielten Befehle vom japanischen Militärkommando, uns für die Arbeit in einer Stiefelfabrik in Sinuiju zu melden«, erläuterte ich. »Die Befehle waren eine Falle. Sie steckten uns in einen Lastwagen und brachten uns nach Dongfeng. Dort zwangen sie uns dazu, Trostfrauen zu werden. Das haben wir dort gemacht.«

Herr Lee schaute mich ein paar Sekunden lang an, dann schob er die Papiere beiseite, ohne etwas aufzuschreiben. »Ich kann Ihnen nicht helfen«, sagte er schlichtweg.

»Warum nicht?«

»Weil wir keine Aufzeichnungen darüber haben, dass so etwas passiert ist.«

»Es ist aber passiert«, entgegnete ich mit leiser Stimme. »Ich habe zwei Jahre dort verbracht. Wenn wir uns geweigert hätten, wären wir erschossen worden.«

Herr Lee blickte sich um, als hätte er Angst, dass jemand zuhörte. »Sie sollten nicht darüber sprechen«, meinte er. »Die Japaner sind jetzt unsere Verbündeten. Sie helfen uns. Es gibt keinen Grund, das, was vor zwanzig Jahren passiert ist, wieder zur Sprache zu bringen. Ich werde das nicht in den Unterlagen festhalten.«

»Das ist in Ordnung, aber bitte sehen Sie nach, ob Sie irgendetwas über meine Schwester haben. Sie heißt Hong Soo-hee. Sie stammt aus Sinuiju.«

»Schauen Sie«, meinte Herr Lee, nahm seine Brille ab und beugte sich vor, als würde er sich auf einen Kampf vorbereiten. »Familien wurden nach dem Zweiten Weltkrieg auseinandergerissen, und dann wieder nach dem Koreakrieg. Millionen sind gestorben. Die Chancen, dass Ihre Schwester noch am Leben ist, sind gering. Die Chancen, sie zu finden, sollte sie noch am Leben sein, sind sogar noch geringer. Ich verschwende meine Zeit nicht damit, nach jemandem zu suchen, der wahrscheinlich tot ist.«

Wenn dieser Mann dachte, er könnte mich einschüchtern, lag er falsch. In meinem Leben hatte ich weitaus einschüchterndere Männer gesehen als einen Regierungsangestellten. Darum rutschte ich vor an die Kante meines Stuhls und blickte ihm direkt in die Augen. »Herr Lee«, sagte ich geradeheraus. »Ist das nicht das, wofür dieses Amt da ist? Familienmitgliedern zu helfen, einander zu finden? Sie haben hier Tausende Akten. Sie können zumindest nachgucken. Nur weil die Japaner mich gezwungen haben, eine Trostfrau zu sein, bedeutet das nicht, dass Sie mich nicht bei der Suche nach meiner Schwester unterstützen müssen. Warum lassen Sie mich für das leiden, was die Japaner mir angetan haben? Jetzt machen Sie Ihre Arbeit und helfen Sie mir!«

Herr Lee wich zurück, und ich war mir sicher, dass ich die Oberhand gewonnen hatte. Er seufzte. »Okay, ich werde nachschauen, wenn Sie dann gehen. Ich bezweifle, dass ich etwas finden werde. Wie war noch mal der Name Ihrer Schwester?«

Ich nannte ihn ihm erneut, und diesmal notierte er ihn sich. Er sagte, es würde etwas dauern, und ich meinte, ich würde warten.

Herr Lee verschwand im Labyrinth einer riesigen Freifläche voller hoher, beigefarbener Aktenschränke und langen Regalreihen mit Kisten. Ich schaute auf das Formular auf seinem Schreibtisch. Ich war froh, dass er nicht aufgeschrieben hatte, was Soo-hee und ich in Dongfeng gemacht hatten. Doch während ich auf ihn wartete, fragte ich mich, warum das so sein musste. Seit Jahren wurde in ganz Korea nur mit Flüsterstimme darüber gesprochen, dass Zehntausende Frauen von den Japanern gezwungen worden waren, als Trostfrauen zu arbeiten. Anscheinend gab es noch viele Frauen wie mich, die von den Japanern vergewaltigt und gequält worden waren. Jetzt waren die Koreaner und die Japaner Verbündete, und wir wischten die Gräuel ihrer brutalen Besatzung einfach beiseite. Niemand wollte von unserem Leid hören. Ich wusste, warum. Genau wie ich wollten alle Koreaner nicht zugeben, was die Japaner uns angetan hatten. Wir schämten uns.

Zehn Minuten später kam Herr Lee zurück. Er kratzte sich am Kopf und hielt einen zerknitterten Umschlag in der Hand. »Ich habe etwas gefunden«, meinte er. »Vor dem Koreakrieg – im Mai 1950 genau gesagt – wurde bei diesem Amt ein Brief abgegeben von einem Herrn Park Seung-yo aus Sinuiju, der in den Süden geflohen war. Anscheinend hat Herr Park mal mit Ihnen zusammengelebt. Er hat diesen Brief abgegeben.« Herr Lee schaute mich über seine Brille hinweg an und gab mir den Umschlag.

Der Brief hatte Wasserflecken und war mit den Jahren vergilbt. Auf der Rückseite war ein Regierungsaufkleber mit der Aufschrift *Hong Soo-hee: Sinuiju* und einer Aktennummer. Auf der Vorderseite stand handschriftlich und in verschmierter Tinte: *Für Hong Jae-hee, geboren dreißig Kilometer östlich von Sinuiju, zuletzt gesehen in Sinuiju, Oktober 1945.*

Ich drückte den Umschlag gegen meine Brust. Mein Herz schlug wie wild, weil ich wusste, dass meine Onni am Leben war. Leutnant Tanaka hatte nicht gelogen. Soo-hee hatte sich von der verpfuschten Abtreibung erholt und lebte irgendwo in Nordkorea.

Ich riss den Umschlag auf. Darin war ein Brief vom April 1949.

Jae-hee,

wenn du diesen Brief liest, weißt du, dass ich meine Krankheit in Dongfeng überlebt habe. Nach mehreren Jahren in China bin ich nach Sinuiju zurückgekehrt, um nach dir zu suchen. Ich habe Nachforschungen angestellt und diesen einbeinigen Mann gefunden, Park Seung-yo, der sagt, er würde dich kennen. Darum schicke ich ihm diesen Brief, in der Hoffnung, dass du ihn eines Tages erhältst.

Ich habe gehört, dass Mutter und Vater tot sind. Du und ich sind die Einzigen unserer Familie, die noch übrig sind. Bitte schreib mir nach Sinuiju. Vielleicht können wir eines Tages wieder zusammen sein.

Pass auf dich auf, kleine Schwester,

deine Onni Soo-hee

Ich las den Brief zweimal. Dann fragte ich Herrn Lee, wie ich meiner Schwester im Norden eine Nachricht zukommen lassen konnte.

Er schüttelte den Kopf. »Das ist unmöglich. Mit den Menschen im Norden zu kommunizieren, ist verboten.«

»Aber meine Schwester ist am Leben«, meinte ich. »Ich muss ihr einen Brief schicken. Ich habe gehört, dass das geht. Helfen Sie mir. Bitte.«

Herr Lee beobachtete mich genau. Dann machte er mir ein Zeichen, mich vorzubeugen. »Ich dürfte Ihnen das eigentlich nicht sagen, aber … es gibt ein geheimes Netzwerk. Es ist nicht billig, und wenn Sie geschnappt werden, kommen Sie ins Gefängnis.«

»Ich verstehe. Wie mache ich das?«

Er erzählte mir von einem Chinesen namens Doktor Wu, der in einer Lagerhalle in Songdong zu finden war. Dann schrieb er mir die Adresse auf und sagte, ich solle Doktor Wu sagen, dass er mich geschickt hatte. »Lassen Sie sich nicht erwischen«, meinte er. »Und verraten Sie niemandem, woher Sie diese Informationen haben.«

Ich dankte ihm und versicherte ihm, dass ich vorsichtig sein würde. Mit der Adresse und dem Brief verließ ich das Regierungsgebäude, um in ein Taxi nach Songdong zu steigen.

Die Adresse war die des Daegu-Kühlhauses, und der Taxifahrer fuhr mich direkt durch den Spätnachmittagsverkehr dorthin. Ich ließ das Taxi auf mich warten und betrat die Lagerhalle durch ein offen stehendes Ladetor. Geräuschvoll luden Arbeiter Kisten mit Gemüse von den Lastwagen und brachten sie in die Kühlräume. In der Lagerhalle hing der beißende Geruch von Zwiebeln, was mich an unseren Bauernhof erinnerte. Ich stieg eine Holztreppe zu einem Büro im zweiten Stock hinauf, in dem Aktenschränke und Pappkartons standen. Ein dünner Mann saß an dem einzigen Schreibtisch des Büros. Als er mich sah, fragte er mich, wer ich sei.

»Ich heiße Hong Jae-hee. Ich suche Doktor Wu. Herr Lee hat mich geschickt.«

»Was möchten Sie von Doktor Wu?«, wollte der Mann wissen.

»Man hat mir gesagt, dass er mir helfen könnte, einen Brief an jemanden aus meiner Familie im Norden zu schicken.«

»Es ist gegen das Gesetz, Kontakt zu Menschen im Norden zu haben. Verschwinden Sie!«

Ich wollte schon gehen, drehte jedoch um, ehe ich die Tür erreichte. »Ich habe Geld«, sagte ich.

Der dünne Mann reagierte nicht, und ich wandte mich ab. Doch als ich die Tür öffnete, meinte er: »Das kostet viel Geld.«

»Ich werde zahlen, was immer es kostet«, antwortete ich.

Endlich guckte mich der Mann an. »Wie kann ich wissen, dass Sie nicht von der Polizei sind?«

Ich dachte kurz nach. Dann schüttelte ich den Kopf und erwiderte: »Das können Sie nicht. Aber ich versichere Ihnen, dass ich nur meine Schwester finden möchte. Ich habe gerade erfahren, dass sie am Leben ist. Ich habe sie seit zwanzig Jahren nicht mehr gesehen.«

Der Mann fuhr sich mit der Zunge über die Lippen. Er sagte, ich solle warten, und verschwand durch eine Tür. Eine Minute später kam er wieder heraus und deutete auf die Tür, durch die er gerade gekommen war. »Doktor Wu erwartet Sie da drinnen«, sagte er.

Ich ging durch die Tür. Drinnen war es dunkel, und es roch süßlich nach Räucherstäbchen. Als sich meine Augen an die Dunkelheit gewöhnt hatten, kam es mir vor, als hätte ich eine andere Welt betreten. Persische Teppiche lagen auf dem Boden, und an den Wänden hingen chinesische Gobelins, auf denen Kraniche und schneebedeckte Berge abgebildet waren. In der Mitte des Raums stand ein schwerer Schreibtisch aus Palisanderholz mit dicken, geschnitzten Beinen. Vor dem Schreibtisch standen dazu passende Stühle mit bestickten Kissen. Hinter dem Schreibtisch saß im Dunkeln ein wohlbeleibter Mann in einem rotbraunen Hausrock. Zwischen seinen dicken Fingern hielt er eine lange Zigarettenspitze, in der eine dünne Zigarette steckte, von der Rauch aufstieg.

Ich ging zum Tisch und verbeugte mich. Der Mann wies auf den Stuhl vor seinem Schreibtisch. »Wie heißen Sie, Frau?«, fragte er mit heiserer Stimme. Er hatte keinerlei chinesischen Akzent.

»Hong Jae-hee«, antwortete ich.

Der Mann nickte in der Dunkelheit. »Der Hong-Clan. Aus dem Norden. Größtenteils Bauern, wenn ich mich nicht irre.« Er zog an seiner Zigarette, und die Glut leuchtete orange auf.

»Ja, meine Familie hatte einen Bauernhof außerhalb von Sinuiju.«

»Sinuiju. Ich könnte nicht behaupten, dass ich den Ort mag.« Er legte den Kopf zurück und blies den Zigarettenrauch an die Decke. »Ich bevorzuge die chinesische Stadt Dandong auf der anderen Seite des Yalu-Flusses. Da fängt die Große Mauer an, und es gibt den wunderschönen Park auf der Insel Wihwa. Ich habe gehört, Sie möchten Ihre Schwester finden.«

»Ja, Herr«, sagte ich. »Das Familienregisteramt hatte einen Brief im Archiv. Ich glaube, meine Schwester ist möglicherweise in Sinuiju. Ich möchte ihr einen Brief schicken.«

Doktor Wu lehnte seinen gewichtigen Körper über den Palisanderholztisch, sodass sein rundes Gesicht aus dem Schatten hervorkam. Seine Augen waren weiß und leblos. »Es kostet viel Geld, jemandem im Norden einen Brief zukommen zu lassen. Wir wissen nicht, wo Ihre Schwester ist oder ob sie überhaupt noch am Leben ist. Und wir können uns auf beiden Seiten der Grenze nicht an die Behörden wenden. Es ist alles ziemlich … kompliziert.«

»Ich verstehe.«

Er lehnte sich wieder in die Dunkelheit zurück und nahm einen langen Zug von seiner Zigarette. Er winkelte den Kopf so an, wie Menschen es tun, die ihr Leben lang blind waren. »Wenn ich einwillige, das für Sie zu tun, kostet Sie das zweihunderttausend Won oder eintausend amerikanische Dollar, wenn Ihnen das lieber ist. Und ich kann nichts garantieren. Gut möglich, dass Ihre Schwester tot ist. So viele Ihrer Landsleute sind im Bürgerkrieg gestorben. Sind Sie sicher, dass Sie dazu bereit sind?«

»Ja, bin ich. Ich glaube, ich kann das Geld auftreiben.«

Er zog wieder an seiner Zigarette. »Woher wollen Sie so viel Geld nehmen, Frau?«

»Ich arbeite für das Bauunternehmen Gongson.«

»Was machen Sie da?«

»Ich bin Dolmetscherin.«

»Welche Sprachen?«

»Japanisch und Englisch. Ich spreche auch Chinesisch.«

»Beeindruckend!«, meinte Doktor Wu. »Wann wurden Sie von Ihrer Schwester getrennt?«

Ich blickte in die Dunkelheit auf die massige Gestalt von Doktor Wu. Ich zögerte nur kurz, dann antwortete ich: »Wir waren Trostfrauen in Dongfeng. Die Japaner hatten uns ausgetrickst, damit wir für sie arbeiteten. Ich dachte, sie hätten meine Schwester getötet, aber wie gesagt, ich habe heute erfahren, dass sie am Leben ist.«

Doktor Wu zeigte mit seiner Zigarette in meine Richtung. »Ich bezweifle, dass Sie als Dolmetscherin bei Gongson genug verdienen, aber wenn Sie das Geld auftreiben, werde ich Ihnen helfen. Kommen Sie, wenn Sie es haben, mit dem Geld und dem Brief und allen Informationen über Ihre Schwester zurück. Wir melden uns bei Ihnen, falls wir sie finden.«

»Wie lange kann das dauern?«, fragte ich.

Doktor Wu lehnte sich vor, sodass ich wieder seine leblosen Augen sehen konnte. »Monate«, sagte er mit einem leichten Grinsen.

»Vielen Dank.« Ich verneigte mich und eilte hinaus.

Ich kletterte ins Taxi und nannte dem Fahrer die Adresse meiner Wohnung. Ich dachte über mein merkwürdiges Treffen mit Doktor Wu nach, dem blinden Chinesen, der mir helfen würde, Soo-hee zu finden. Zweihunderttausend Won. So viel Geld hatte ich nicht. Aber ich kannte jemanden, der es mir geben könnte.

KAPITEL 40

Chul-sun und ich planten unsere Hochzeit, während wir in einem der neuen, teuren Restaurants in Itaewon zu Abend aßen. Die Glasfront des Restaurants gab den Blick auf die Straße Gyeongnidan frei, an der zahlreiche amerikanisch beeinflusste Geschäfte und Lokale lagen. Trotz der Kälte war die schmale Straße überfüllt von jungen Menschen in Mänteln und Schuhen im amerikanischen Stil, die einen Schaufensterbummel machten. Viele Paare gingen Arm in Arm, um sich warm zu halten, was traditionsbewusste Koreaner niemals in der Öffentlichkeit täten. Südkorea wurde ein modernes Land, und auch die Menschen veränderten sich. Ich wusste, dass es unvermeidbar war, aber ich bedauerte, dass wir unser koreanisches Erbe verloren.

Nachdem wir zu unseren Plätzen im Restaurant geführt worden waren, hatte Chul-sun eine Flasche Pflaumenwein und ein aufwendiges Mahl aus Gemüsebeilagen mit Reis bestellt. Der Kellner hatte viele verschiedene Schälchen dieser *Banchan* vor uns auf den niedrigen Tisch gestellt. Wir saßen nebeneinander auf Matten. Seit ich in die Hochzeit eingewilligt hatte, lief Chul-sun mit geradem Rücken und erhobenem Kinn umher. Die Pockennarben in seinem Gesicht fielen nicht mehr so sehr auf, und seine Kleidung schien ihm besser zu passen. Er wurde nicht mehr rot, aber stattdessen im Umgang mit mir immer selbstbewusster.

Chul-sun nippte am Wein. »Ich möchte eine traditionelle Hochzeit«, sagte er und hielt sein Glas hoch. »Es ist egal, was sie kostet. Ich möchte, dass wir beide neue Hanboks tragen. Ich will eine *Moja* für meinen Kopf so wie die Yangban. Wir werden eine formelle Teezeremonie und ein Hochzeitsfest in einem Hotel haben. Zu essen gibt es *Bulgogi* und *Galbi* als Fleischgerichte, *Mandu*-Teigtaschen, *Bibimbap*-Reis, *Gamjatang*-Suppe und *Jajangmyeon*-Nudeln und natürlich Banchan. Wir werden meine Familie einladen und unsere Freunde und Leute von Gongson. Das wird eine tolle Hochzeit.«

Ich stocherte in meinem Gemüse. »Das könnte teuer werden«, meinte ich. »Vielleicht sollten wir nicht so viel ausgeben.«

»Es wird teuer werden«, erwiderte er.

Ich nahm Chul-suns Hand und drückte sie. Aufregung blitzte in seinen Augen auf. »Wir werden noch andere Ausgaben haben«, erklärte ich. »Wir werden Geld brauchen, um Soo-bo zur Schule zu schicken, und … für andere Sachen.«

»Jaja, ich weiß. Mach dir keine Sorgen. Wir werden genug haben.«

Nach einer langen Stille sagte Chul-sun: »Jae-hee, jetzt, wo wir verlobt sind, wäre es nicht mehr falsch, wenn du heute Abend mit zu mir nach Hause kämest.«

Ich senkte meinen Blick. »Ich muss nach Hause zu Soo-bo«, entgegnete ich.

Er schaute mich mit erhobenem Kinn an. »Es ist noch früh. Ich bezahle dir ein Taxi, das dich nach Hause bringt. Du wirst rechtzeitig bei Soo-bo sein. Komm mit mir nach Hause, Jae-hee, nur ganz kurz.«

An seinem Gesicht konnte ich sehen, wie sehr er mich wollte. Doch ich fragte mich, ob er mich noch wollte, wenn er über meine Vergangenheit Bescheid wusste. Würde er mich immer noch mit nach Hause nehmen, mit mir Liebe machen, die aufwendige Hochzeit planen und mich zur Frau nehmen wollen? Und was sagte es über mich, wenn ich mein Geheimnis vor ihm versteckte? Unsere Ehe würde auf einer Lüge basieren.

Ich schaute auf meine Hände. »Chul-sun«, sagte ich mit weicher Stimme. »Ich muss dir erzählen, wo ich gestern war. Ich bin zum Familienregisteramt gegangen und habe herausgefunden, dass meine Schwester am Leben ist und im Norden wohnt. Ich möchte ihr einen Brief zukommen lassen, aber das kostet viel Geld.«

»Du hast gesagt, deine Schwester wäre gestorben, als du in Sinuiju lebtest.«

»Ja, Chul-sun, das habe ich dir erzählt.«

»Ich verstehe«, meinte er.

Ich legte meine Stäbchen hin. »Lass uns spazieren gehen.«

Als wir das Restaurant verließen, wehte aus dem Norden ein kalter Wind. Ich hakte mich bei Chul-sun ein und drückte mich eng an ihn, wie ich es bei den anderen Paaren auf der Straße gesehen hatte. Er hatte seinen Blick auf den Bürgersteig gerichtet. Ich wies in eine Seitenstraße abseits der Menge. Ich sagte ihm, dass ich ihn heiraten und eine große Hochzeit mit Empfang, Teezeremonie und einem großen Essen mit all unseren Freunden haben wollte, genauso, wie er es sich wünschte.

»Aber es gibt etwas, das du mir vorher sagen musst«, meinte er.

»Ja, gibt es«, antwortete ich.

»Okay, erzähl es mir.«

Ich hätte ihm eine Lüge auftischen können, darüber, wie Soo-hee mitgenommen worden war, um in einer Troststation zu arbeiten, während ich auf dem Hof meiner Familie blieb. Aber ich musste wissen, ob Chul-sun mich wirklich um meinetwillen liebte, genauso, wie Jin-mo es getan hatte. Wenn das der Fall war, konnte ich ihn vielleicht auch lieben. Während wir die Straßen entlanggingen, erzählte ich Chul-sun alles, was ich so lange vor ihm geheim gehalten hatte. Alles – von der Troststation, meiner Arbeit für die Kommunisten, dem Kijichon. Zum ersten Mal, seit ich in den Süden geflohen war, gab ich mein wahres Ich preis, meine hässliche Geschichte. Ich wusste, dass ich das Richtige tat, und betete, dass Chul-sun mich verstand.

Am Ende sagte ich: »Wenn du mich nach dem, was ich dir anvertraut habe, noch immer heiraten möchtest, werde ich heute Nacht mit dir nach Hause gehen.«

Ich wartete auf seine Antwort. Nach einer Zeit sagte er. »Du hättest Nein sagen sollen.«

»Wie meinst du das?«

Er hielt an und drehte sich zu mir hin. Sein Kiefer war angespannt, als ob ich ihn beleidigt hätte. »Du hättest Nein sagen sollen, Jae-hee. Als du gemerkt hast, dass die Japaner dich reingelegt hatten, hättest du dich von ihnen erschießen lassen sollen. Du hättest nicht für die Kommunisten arbeiten sollen, und du hättest niemals in den Kijichon gehen sollen.«

»Ich hätte mich von ihnen erschießen lassen sollen? Chul-sun, ist dir klar, was du da sagst?«

»Ich weiß, was ich sage«, fauchte er wütend. »Das einzig Ehrenwerte wäre gewesen, Nein zu sagen und den Tod zu wählen!«

Als wir dort auf dem Bürgersteig standen, verschwammen die Straßen und Gebäude von Seoul immer mehr, und an ihrer Stelle sah ich die Troststation, die riesige Bronzestatue von Kim Il-sung und den Hometown Cat Club. Die Menschen auf dem Bürgersteig wurden zu den japanischen Soldaten, die mich vergewaltigt hatten, zu den nordkoreanischen Soldaten, die Jin-mo ins Gefängnis gebracht hatten, und zu den amerikanischen Soldaten im Kijichon. Sie alle hielten mich fest gepackt. Verzweifelt sehnte ich mich danach, dass Chul-sun, der Mann, der mich heiraten wollte, seine Hände ausstreckte und mich ihrem Griff entriss.

»Chul-sun«, bettelte ich. »Bitte versteh doch. Hätte ich mich auch nur ein einziges Mal geweigert, wäre ich gestorben. Ich war erst vierzehn Jahre alt in Dongfeng. Ich war zu jung, um es zu wissen. In Pjöngjang war alles so … so verwirrend. Und im Kijichon war Soo-bo kurz davor zu verhungern. Ich konnte sie doch nicht sterben lassen. Bitte, bitte akzeptiere mein Geständnis. Liebe mich um meinetwillen, und ich werde dich auch lieben. Dann werden wir heiraten und eine große Hochzeit feiern.«

Ich suchte in Chul-suns Gesicht nach einer Antwort. Er wischte sich die Nase am Ärmel ab. »Ich habe meiner Familie von unserer Verlobung erzählt«, erwiderte er. Seine Stimme klang schroff und hart. »Ich habe eine große Sache daraus gemacht! Und jetzt habe ich mein Gesicht verloren. Sie werden mich für einen Narren halten! Nie wieder werde ich ihnen in die Augen schauen können.«

»Wir müssen es ihnen nicht sagen«, meinte ich. »Nur du weißt es. Aber du musstest es erfahren. Verstehst du nicht? Nur so kann ich sicher sein, dass du mich liebst, so wie ich bin. Nur so kann ich dich heiraten.«

Chul-sun schüttelte den Kopf. »Die Rezeptionistin, Frau Min, weiß es auch. Sie hat mir gesagt, du hättest in einem Kijichon gearbeitet. Ich habe ihr nicht geglaubt. Ich hielt das für unmöglich, aber sie hatte recht. Sie weiß es!«

Mein Kopf fing an sich zu drehen. Chul-sun packte mich und drückte mich gegen eine Wand. Er presste seine Finger in meine Arme. Seine Augen waren weit aufgerissen, genauso wie die von Korporal Kaori, als er mich vergewaltigte. »Wie kann ich dich lieben, nach dem, was du getan hast?«, schrie er. »Du hast mich entehrt.« Er drückte meine Arme noch fester, und ich hatte Angst, dass er mir wehtun würde. Dann, plötzlich, stieß er mich von sich und machte einen Schritt zurück. Er blickte die Straße hinunter. »Ich kann dich nicht heiraten. Du bist nicht die, für die ich dich gehalten habe.«

Die Gesichter aus meiner Vergangenheit in der Troststation wirbelten um mich herum. Ich schloss die Augen, in der Hoffnung, sie dadurch vertreiben zu können. Doch Chul-sun hatte recht. Ich war nicht die, für die er mich gehalten hatte. Ich hatte versucht, alles zu vertuschen, aber meine Vergangenheit würde immer ein Teil von mir sein. Ich wünschte, ich könnte die Zeit zurückdrehen und mich weigern, dem Befehl zu folgen, in der Stiefelfabrik zu arbeiten, so wie ich es hatte tun wollen. Ich war in eine Falle geraten, der ich auch nach Jahrzehnten ehrbaren Lebens nicht entkommen konnte. »Chul-sun«, flehte ich noch immer mit geschlossenen Augen. »Wie hätte ich wissen können, was das Richtige gewesen wäre? Wie?«

»Du hättest Nein sagen sollen!«, rief er wieder. »Und du hättest auch zu mir Nein sagen sollen.« Er warf mir einen langen, schmerzerfüllten Blick zu, dann ging er davon.

Irgendwann wurden die Menschen und Gebäude auf der Straße wieder normal und ich machte mich auf den Heimweg. Während ich langsam durch die geschäftigen Straßen von Itaewon und dann über die lange Mapo-Brücke ging, dachte ich über mein Leben und das, was ich getan hatte, nach. Ich fragte mich, ob ich die richtigen Entscheidungen getroffen hatte.

In der Mitte der Brücke hielt ich an und blickte zurück auf die Stadt. Die Lichter von Seoul funkelten überall um mich herum. Unter mir floss der Han-Fluss langsam ins Meer. Dort und in dem Moment befand ich, dass Chul-sun unrecht hatte. Ja, ich brauchte sein Geld, um Soo-hee einen Brief zukommen zu lassen. Ich wollte ihn heiraten, damit Soo-bo zur Oberschule gehen konnte. Ich wollte ihn sogar um meinetwillen heiraten. Aber wenn ich leugnete, eine Trostfrau gewesen zu sein, würde ich all meine Schwestern, die in der Troststation umgekommen waren, betrügen. Nein, ich hatte eine größere Aufgabe zu erfüllen, als den Ruf Koreas zu wahren. Schließlich leisteten wichtige Männer wie Chul-sun und jene, die die Gräueltaten der Japaner totschweigen wollten, um ihre Nation aufzubauen, schon gute Arbeit diesbezüglich. Doch an die Öffentlichkeit zu bringen, was uns geschehen war – wie sehr wir gelitten und wie wir es geschafft hatten, am Leben zu bleiben –, war der einzige Weg, aus Korea eine großartige Nation zu machen.

Endlich begriff ich, wie ich Korea dienen konnte. Der zweiköpfige Drache hatte mich beschützt, damit ich meine Geschichte erzählen konnte, so wie Soo-hee und Jin-mo es mir gesagt hatten. Sie hatten immer recht gehabt. Es war eine große Verantwortung, und ich wusste nicht, wie ich ihr nachkommen sollte. Doch als ich den restlichen Weg nach Hause lief, schwor ich, dass ich eine Möglichkeit finden würde.

Am nächsten Tag wurde der endgültige Kreditvertrag mit der Diashi-Bank geschickt, und die Konditionen waren günstiger, als alle bei Gongson erhofft hatten. Das ganze Unternehmen war außer sich vor Begeisterung. Gongson würde bald zu Südkoreas Jaebols gehören, und jeder, vom leitenden Angestellten bis hin zum Laufburschen, würde seine Arbeit mit stolzgeschwellter Brust und hoch erhobenem Kinn erledigen.

Ein Grund für die hervorragenden Konditionen von Diashi war, dass ihr leitender Verhandlungsführer von mir beeindruckt gewesen war. Einen Tag lang behandelten die Stenografinnen mich wie eine Heldin. »Bald wirst du zur Managerin befördert«, neckte mich Moon-kum im Vorübergehen. »Dann wirst du nicht mehr mit uns sprechen.«

»Ja«, antwortete ich und benahm mich so, als sei ich bereits Managerin. »Eines Tages werde ich die Firma übernehmen. Und dann werde ich alle Männer feuern.« Die Frauen lachten über meinen Scherz und bedeckten dabei ihren Mund.

Den ganzen Tag über lächelte mich Herr Han offen an, wie ein stolzer Vater seinen Sohn. Mein Mittagessen nahm ich auf einer Bank im Namsan-Park ein, in der Nähe der Stelle, an der mir Chul-sun den Antrag gemacht hatte. Ich hatte an dem Tag noch nichts von ihm gehört. Am Nachmittag sagte mir Herr Han, ich könne früher nach Hause gehen, also verließ ich das Gongson-Gebäude und nahm statt dem Bus ein Taxi. Am Abend half ich Soo-bo bei den Hausaufgaben und ging früh zu Bett.

Als ich am nächsten Morgen an den Stenografinnen vorbeikam, starrten Moon-kum und die anderen Frauen auf ihre Schreibmaschinen. Ich sagte Hallo, doch niemand erwiderte meine Begrüßung. Als ich zu meinem Schreibtisch kam, lagen dort keine Verträge, die ich bearbeiten sollte.

Herr Han schaute aus seinem Büro heraus. Sein Gesicht war düster, und ich ahnte, dass etwas Schlimmes passieren würde. Er bat mich in sein Büro und schloss hinter uns die Tür.

Die Entlassung war schnell und oberflächlich. Herr Han nannte mir keinen Grund, doch ich wusste, warum. Chul-sun hatte seinen Freunden im Führungsstab klargemacht, dass ich keine ehrbare Mitarbeiterin war. Ich bekam keine Abfindung für meine zehnjährige Diensttätigkeit. Ich bekam keine Rente. Am Ende hielt mir Herr Han einen Umschlag hin. »Hier ist Ihr ausstehender Lohn«, sagte er. »Sie müssen sofort gehen.«

Ich nahm den Umschlag entgegen und schaute Herrn Han an. Ich konnte sehen, dass es ihm, auch wenn er es zu verstecken versuchte, schwerfiel, mich zu entlassen. Fast hatte ich mit ihm mehr Mitleid als mit mir selbst. Ich schaute auf den Umschlag. »Ich habe immer mein Bestes gegeben«, sagte ich. »Seit ich vierzehn war, habe ich immer versucht, das Richtige zu tun.«

Die Augen des grauhaarigen Anwalts wurden weich, und er nickte. »Die Taten, welche die Gesellschaft für respektabel erachtet – von Konfuzius als Li bezeichnet –, sind nicht immer die gerechtesten Dinge. Wir müssen zuallererst unsere Familie, unsere Vorfahren und unser Land ehren – unser Yi –, und nur Sie selbst können bestimmen, was Ihr Yi ist.«

Er lächelte traurig. »Vielen Dank für Ihre gute Arbeit, Jaehee. Mir persönlich tut es sehr leid, dass Sie gehen müssen.«

In dem Moment wusste ich, dass Herr Han ein großartiger Mann war, so wie Jin-mo und General Crawford und vielleicht sogar Schütze Ishida. Es machte mich traurig, dass ich ihn nie wiedersehen würde. Ich verbeugte mich tief vor ihm. Dann nahm ich meinen Mantel und ging nach Hause. Und als ich durch die Lobby des Bauunternehmens Gongson an Frau Min vorbeiging, hielt ich meinen Kopf hoch.

KAPITEL 41

Zehn Jahre später

Ich verteilte gelbe Pamphlete vor dem Institut für Geschichte auf dem neuen Campus der staatlichen Universität Seouls. Die Universität war Koreas führende akademische Einrichtung und gerade in das Gwanak-Viertel im Süden Seouls umgezogen. Die Gebäude waren neu und beeindruckend, und der ganze Campus strotzte nur so vor Möglichkeiten. Eine Frühlingsbrise wehte über den Campus, und ich drückte die Pamphlete fest gegen meine Brust, damit sie nicht wegwehten. Die Akebien standen in voller Blüte, und ihr Schokoladengeruch hing schwer in der Luft. Überall um mich herum schützten sich intelligent aussehende Studenten mit Büchern auf den Armen vor der Kälte, während sie zu ihrem Unterricht eilten. Im Vorbeilaufen hielt ich ihnen die Pamphlete entgegen. Gelegentlich nahm ein Student eins. Es war der dritte Tag, an dem ich an der Universität Pamphlete verteilte, und ich hatte nur noch einen kleinen Stapel übrig.

Ich hatte die vierseitigen Pamphlete in einem Laden unweit meiner Wohnung drucken lassen. Als der Ladenbesitzer den Text überflogen hatte, hatte er sich geweigert, den Auftrag anzunehmen. Ich beteuerte, niemandem zu sagen, wo ich sie hatte drucken lassen, und gab ihm hundert Won zusätzlich. Schnell druckte er sie und reichte sie mir in einer schlichten Papiertüte.

Mit gefiel, was ich geschrieben hatte. Der Titel hieß *Japanische Sexsklavinnen. Wir waren keine Freiwilligen.* Das Pamphlet erklärte, wie das japanische Militär mich und Tausende andere gezwungen hatte, als Trostfrauen zu arbeiten. Darin stand, dass die koreanische Regierung von Tokio verlangen sollte, die Verbrechen an koreanischen Frauen anzuerkennen und Reparationszahlungen zu leisten. Bislang hatte allerdings niemand auf mein Gesuch reagiert.

Ich drückte einer Studentin mit kurzem, schwarzem Haar ein Pamphlet in die Hand. Als sie es ohne es zu lesen in die Tasche stopfte, wollte ich schon mit ihr schimpfen, aber ich ließ es bleiben und schaute ihr nur hinterher. Sie war Teil der neuen Pop-Generation und trug lange Schlaghosen und eine dazu passende Jacke über einer Bluse sowie einen langen Schal um den Hals. Sie wirkte strahlend, glücklich und zuversichtlich. Natürlich tat sie das. Schließlich hatte sie ihr ganzes Leben vor sich. Ihre Aussichten in der modernen Republik Korea waren gut.

Als die Studentin im Gebäude der historischen Fakultät verschwand, dachte ich darüber nach, wie anders mein Leben in ihrem Alter gewesen war. Ich war klug und hatte ein außergewöhnliches Talent für Sprachen. Was alles aus mir an einer so tollen Universität wie dieser hätte werden können! Vielleicht wäre ich Anwältin geworden oder Verhandlungsführerin oder Diplomatin. Doch das Schicksal hatte andere Pläne mit mir.

Und das Schicksal hatte auch andere Pläne für meine Tochter Soo-bo. Ich hätte alles dafür gegeben, Soo-bo in einer Universität wie dieser unterzubringen. Doch weil sie keinen Vater hatte, durch den sie ein Familienstammbuch bekommen konnte, musste sie ihre schulische Laufbahn beenden, nachdem Chul-sun unsere Verlobung gelöst hatte. Und ohne Ausbildung musste Soo-bo niedere Tätigkeiten annehmen, um meinen Scheck von der Sozialhilfe aufzustocken. Sogar mit ihrem Einkommen konnten wir kaum die Miete zahlen und mussten manchmal am Ende des Monats Mahlzeiten auslassen. Unser Leben war nicht einmal so gut wie das, was ich in den harten Jahren auf unserem Hof in Sinuiju geführt hatte.

Der Wind frischte auf, und ich hielt meine Pamphlete fest. Ein Mann mittleren Alters in einem Anzug kam die Betontreppe der historischen Fakultät herunter und ging auf mich zu. In der Hand hielt er eins meiner Pamphlete. Er fragte mich, was ich da täte.

»Ich erzähle die Wahrheit«, sagte ich.

Die Haare des Mannes waren dick und grau, und er trug eine Gelehrtenbrille. »Ich will nicht, dass Sie Probleme bekommen«, meinte er. »Darum fordere ich Sie auf zu gehen.«

»Warum?«, fragte ich. »Das ist der ideale Ort, um meine Pamphlete zu verteilen. Darin geht es um einen wichtigen Teil von Koreas Geschichte. Diese Studenten sollten es erfahren. Ganz Korea sollte es erfahren.«

Der Mann starrte mich an. »Sagen Sie mir nicht, was diese Studenten wissen sollten. Ich bin der Leiter der historischen Fakultät hier.«

Meine Muskeln spannten sich an. »Sind Sie?«, fragte ich. »Dann verstehen Sie bestimmt, wie wichtig es ist aufzudecken, was die Japaner mir und Tausenden anderen koreanischen Mädchen angetan haben. Es ist auch Ihre Geschichte, Professor.«

»Was unsere Geschichte ist oder nicht, ist das, was Geschichtswissenschaftler, wie ich einer bin, sagen«, meinte der Professor und stieß mit dem Finger gegen meine Brust. »Und ich sage, dass das nicht passiert ist. Und jetzt gehen Sie!«

Eine gute Koreanerin hätte sich vor einem Mann mit Autorität verneigt und getan, was der Professor gesagt hatte. Doch seine Arroganz machte mich wütend. Es hatte genug arrogante Männer in meinem Leben gegeben, und diesmal würde ich mich nicht fügen. »Aber es *ist* passiert«, hielt ich dagegen. »Es ist mir und meiner Schwester passiert. Warum leugnen Sie es? Warum?«

Ich konnte sehen, dass der Professor es nicht gewohnt war, dass ihm jemand widersprach. Er sah sowohl verwirrt als auch beleidigt aus. Nach einem kurzen Moment beugte er sich vor und sagte: »Hören Sie, wir sind jetzt eine moderne Nation. Wenn uns der Rest der Welt nicht respektiert, werden wir nie eine Weltmacht werden. Nehmen Sie also bitte Ihre Pamphlete und verschwinden Sie! Ansonsten muss ich die Polizei rufen.«

»Das werde ich nicht«, entgegnete ich. »Ich werde nicht verschwinden. Und ich werde nicht aufhören. Ich weigere mich, eine anständige Koreanerin zu sein und den Rest meines Lebens stillschweigend zu leiden. Als Nation sind wir ein bisschen zu gut darin, das Opfer zu sein, Professor. Korea wird niemals groß sein, wenn wir nicht aufhören, uns von anderen benutzen zu lassen. Und es fängt damit an, dass wir dafür sorgen, dass die, die uns vergewaltigt haben, das zugeben.«

Der Professor wich einen Schritt zurück und zuckte mit den Achseln. »Na gut«, meinte er. »Es tut mir leid.« Er drehte sich um und eilte wieder die Treppe hinauf. Ich sah, wie der Leiter der historischen Fakultät von Koreas angesehenster Universität im Gebäude verschwand, und kochte innerlich. Respekt? Für meine koreanischen Mitbürger war Respekt wichtiger als die Wahrheit. Doch wir würden nie Respekt bekommen, wenn wir diesen auf einer Lüge aufbauten. Und außerdem, was tat ich, das so respektlos war?

Ich drehte mich um, ob da noch mehr Studenten waren, denen ich mein Pamphlet geben konnte. In einigen Schritten

Entfernung stand eine attraktive Frau mittleren Alters, die eindeutig keine Studentin war. Sie schaute nach links und rechts, dann kam sie auf mich zu. Unsere Augen trafen sich kurz, und dann gab sie mir einhundert Won. Ohne etwas zu sagen, ging sie wieder davon.

Ich lief ihr hinterher. »Warten Sie!«, rief ich und hielt das Geld hoch. »Warum haben Sie mir das gegeben?«

Die Frau beschleunigte ihre Schritte. Ich rannte und holte sie ein. »Warten Sie!«, flehte ich. »Bitte. Ich möchte nur mit Ihnen reden.«

Ich legte der Frau eine Hand auf den Arm. Sie zuckte zusammen, sodass ich meine Hand wieder wegnahm. »Lassen Sie mich in Ruhe!«, meinte sie. »Ich habe Ihnen das Geld gegeben, das ist alles, was ich tun kann.«

Ich hielt noch ein paar Meter mit ihr Schritt, dann blieb ich stehen. Einen Moment lang wehte kein Wind, und die Luft stand still. Und dann sagte ich laut genug, dass die Frau es hören konnte: »Sie haben mir gesagt, ich sollte in einer Stiefelfabrik arbeiten. Wie haben sie Sie gekriegt?«

Die Frau blieb mit dem Rücken zu mir stehen. Mehrere Sekunden verharrte sie so, dann ließ sie den Kopf sinken. Sie drehte sich um und sagte: »Sie holten mich mitten in der Nacht. Mein Großvater versuchte, sie aufzuhalten, aber sie schlugen ihn mit ihren Gewehren, bis er bewusstlos war. Dann brachten sie mich auf die Philippinen, wo sie mich drei Jahre lang vergewaltigten. Ich war erst fünfzehn Jahre alt.«

Ich ging zu der Frau und legte ihr die Hand auf den Arm. »Ich habe gehört, es gibt Tausende von uns«, sagte ich. »Vielleicht sogar Hunderttausende.«

»Ja«, bestätigte die Frau. »Ich habe das Gleiche gehört.«

»Wenn wir zusammenarbeiten, können wir dafür sorgen, dass die Japaner zugeben, was sie getan haben.«

Die Frau schüttelte den Kopf. »Ich habe einen Ehemann«, erwiderte sie lediglich. Um Verständnis flehend, sah sie mich an. Dann drehte sie sich um und ging fort.

Zähneknirschend ging ich wieder an meinen Platz vor der Fakultät für Geschichte und hielt den Studenten meine gelben Pamphlete hin. Ein Student schaute mich missbilligend an. Ich drückte ihm ein Pamphlet in die Hand. »Du musst etwas darüber erfahren«, sagte ich wütend. »Wenn nicht, könnte es deiner Frau oder deiner Tochter passieren.« Kopfschüttelnd lief der Student weiter.

Eine Studentin kam auf mich zu und schaute mich fragend an. »Korea wird niemals groß sein, ehe wir das, was geschehen ist, zugeben«, sagte ich zu ihr. »Nimm das und lies.« Sie nahm ein Pamphlet und las die Überschrift.

»Ich habe Gerüchte darüber gehört. Ist das wirklich passiert?«

»Ja«, sagte ich. »Es ist mir passiert.«

»Warum sollen wir nichts darüber erfahren?«, fragte die junge Frau.

Ehe ich eine Rede über Wahrheit und Respekt halten konnte, brüllte mich ein Mann von der Treppe der historischen Fakultät aus an: »Sie da mit den Pamphleten! Hören Sie auf damit!« Zwei Polizisten kamen die Treppe hinunter auf mich zugerannt. Die junge Frau drückte mir das Pamphlet wieder in die Hand und eilte davon.

Die Polizisten rissen mir die Pamphlete aus der Hand. »Was machen Sie da?«, protestierte ich. »Ich tue nichts Verbotenes.«

Sie packten mich am Arm und führten mich die Straße hinunter. »Da möchte jemand mit Ihnen reden«, sagte einer.

Als wir an einem Mülleimer vorbeikamen, warfen sie meine Pamphlete hinein, und ich konnte sehen, dass darin bereits Dutzende lagen.

Ich befand mich in einem kleinen, fensterlosen Raum im Gebäude der Zentralregierung. Mir gegenüber saß ein durchschnittlich aussehender Mann in einem schlichten Anzug, der sich selbst als Herr Cho, Agent der Nationalpolizei in der Abteilung für nationale Sicherheit, vorstellte. Er sagte mir, ich dürfe keine Pamphlete mehr verteilen. »Sie dürfen sich auch der Universität nie wieder nähern. Haben Sie mich verstanden?«, fragte er.

Ich rutschte an den Rand des Stuhls. Dieser Mann jagte mir keine Angst ein, und ich hatte nicht vor zu tun, was er mir sagte. »Ich erzähle nur die Wahrheit über das, was mir passiert ist. Ich werde nicht damit aufhören.«

Herr Cho tippte mit dem Finger auf den Tisch und sagte: »Frau Hong, Sie haben eine interessante Akte. Es scheint, als hätten Sie eine unehrenhafte Vergangenheit.«

»Ich habe nichts Unehrenhaftes getan. Das ist es, was ich zu erklären versuche.«

»Ich verstehe. Und wie denkt Ihre Familie über das, was Sie tun?«

»Meine Familie?«

»In unseren Akten steht, dass Sie eine Schwester im Norden haben«, sagte Herr Cho. »Sie ist wahrscheinlich Kommunistin, genau wie Sie. Haben Sie Kontakt zu ihr?«

»Ich bin keine Kommunistin. Und ich habe meine Schwester seit siebenundzwanzig Jahren nicht mehr gesehen. Wahrscheinlich ist sie gar nicht mehr am Leben.«

Herr Cho zog die Augenbrauen hoch. »Und dann gibt es noch Ihre Tochter, Soo-bo.«

Ich zögerte kurz und starrte Herrn Cho an. »Was ist mit ihr?«

»Laut unseren Akten wurde sie fünf Monate nach Ihrer Flucht in den Süden geboren. Ihr Vater muss Ihr Liebhaber im

Norden sein, Pak Jin-mo. Und das bedeutet, dass sie die Tochter eines bekannten Kommunisten ist.«

»Halten Sie Soo-bo da raus«, sagte ich schnell.

Herr Cho nickte. »Das werden wir gern tun. Dafür müssen Sie nur aufhören, Unruhe zu stiften. Wenn Sie das befolgen, wird niemand erfahren, wer der Vater Ihrer Tochter ist.«

Ich hasste sie für das, was sie mir antaten. Ich wollte zurückschlagen, vor der Universität von Seoul aufmarschieren und meine Geschichte oben von der Treppe der historischen Fakultät herabrufen, sodass jeder mich hören konnte. Es war mir egal, was die Leute von mir hielten. Es war mir egal, was sie mit mir machen würden. Doch ich musste an Soo-bo denken. Wenn ich weitermachte, würden alle wissen, dass sie die Tochter einer Trostfrau war, und ihr Leben wäre noch schwieriger, als es jetzt schon war. Das konnte ich ihr nicht antun. Sie hatte genug gelitten.

Ich blickte Herrn Cho noch eine Zeit lang an. Dann nickte ich zustimmend.

»Gut«, sagte Herr Cho. »Und jetzt, Frau Hong, dürfen Sie gehen.«

KAPITEL 42

Vierzehn Jahre später

Meine arme Soo-bo hatte kein gutes Leben. Bald würde sie das mittlere Lebensalter erreichen und ihr ganzes Leben lang von mir abhängig gewesen sein. Ihre Haare waren dünn, und sie war schlaksig, unbeholfen und blass. Sie war nie über die Mittelschule hinausgekommen und bekam nur niedere Arbeiten mit geringem Lohn. Sie las nicht viel, und im Gegensatz zu den meisten ihrer Altersgenossen ging sie abends oder am Wochenende nie aus. Sie war ein schlichter, einfacher und armer Mensch. Aber ich liebte sie, wie nur eine Mutter sie lieben konnte.

Ich hätte einen Ehemann für sie finden sollen. Ich habe es versucht, aber niemand wollte sie. Folglich war es meine Schuld, dass sie schließlich von einem Mann auf der Arbeit geschwängert wurde. Ich hätte ihn kennenlernen sollen. Aber Soo-bo sprach nie über ihn, und ich wusste nicht, dass sie sich mit ihm traf, bis es zu spät war. Sie sah ihn nie wieder, nachdem sie ihm gesagt hatte, dass sie schwanger war.

Als wir zur Vorsorgeuntersuchung ins Krankenhaus gingen, rieten die Ärzte Soo-bo zu einer Abtreibung. Sie habe ein schwaches Herz, sagten sie und warnten sie, dass eine schwierige Geburt sie möglicherweise umbringen könnte.

Ich fürchtete, Soo-bo könne eine Abtreibung in Erwägung ziehen, weshalb ich beschloss, mit ihr zum Gyeongbokgung-Palast zu fahren. Ich musste tief in meiner Tasche nach dem Geld suchen, das ich für Essen gespart hatte, bis mein Scheck von der Regierung ankommen würde. Ich zählte es durch. Es würde gerade für die Taxifahrt reichen. Der Bus würde deutlich weniger kosten, aber dafür müssten wir umsteigen, und der Weg würde über eine Stunde dauern. Das wäre für Soo-bo in ihrem Zustand zu viel.

Es war ein klarer Frühlingstag, und das Taxi setzte uns am Gwanghwamun-Tor ab. Hinter dem graubraunen Betoneingang lag das wuchtige japanische Regierungsgebäude, das die Japaner während ihrer Besatzungszeit errichtet hatten. Die alles überragende Kupferkuppel und die massiven Steinwände versperrten den Blick auf den dahinterliegenden Platz. Die Japaner hatten das Gebäude dort direkt vor dem Kaiserlichen Palast errichtet, damit alle Koreaner wussten, wer das Sagen hatte. Wie die meisten meiner Landsleute hasste ich das Gebäude. Es war hässlich, geschmacklos und eine Beleidigung für alle Koreaner.

Wir gingen um das Gebäude herum in den Innenhof des Palastes. Dort waren das Gras und die Bäume grün, und die Blumen standen in voller Blüte. Vor uns lagen mehrere Gebäude, manche von ihnen alt, ein paar wenige im Bau befindlich.

Die Ziegeldächer der Gebäude waren anmutig nach oben geschwungen, so wie die Flügel eines riesigen Reihers, der sich in die Lüfte erhob. Die Gehwege und Innenhöfe waren aus Kopfsteinpflaster. Hinter dem Palastgelände ragte der Berg Bukhansan wie ein gigantischer Palastwächter hervor. Ich blickte mich an Koreas bedeutsamstem Ort um, und in diesem Moment war ich im Einklang mit mir selbst. Hier spürte ich den Geist meiner Vorfahren. Hier wusste ich, was es bedeutete, Koreanerin zu sein.

»Warum hast du mich hierhergebracht, Ummah?«, fragte Soo-bo, während wir umherspazierten.

»Ich wollte, dass du diesen Ort siehst«, antwortete ich. »Hier war fünfhundert Jahre lang die Heimat der Joseon-Dynastie.«

»Ich weiß. Hier wurde Kaiserin Myeongseong von den Japanern ermordet.«

»Am 8. Oktober 1895«, fügte ich hinzu. »Sag mir, wenn es dir zu anstrengend wird.«

»Im Moment geht es.«

Langsam schlenderten wir an einem Pavillon mit langem Vordach vorbei. Hier und da machten Touristen Schnappschüsse von sich oder bewunderten die farbenprächtigen Gebäude.

Schließlich sagte ich: »Ich möchte mit dir über etwas sprechen.«

»Oh? Was denn?«

»Du darfst nicht abtreiben.«

»Aber der Arzt meinte, ich könnte sterben, wenn ich das Baby bekomme.«

Ich blickte auf den Kiesweg. »Ja, ich weiß«, erwiderte ich.

Dann zeigte ich auf das Palastgelände. »Siehst du diesen Palast? Vor hundert Jahren gab es hier noch viel mehr Gebäude. Hunderte mehr. Ich habe Bilder und eine Karte von früher gesehen. Hier standen wunderschöne, majestätische Gebäude für den Kaiser, die Kaiserin und die kaiserliche Familie. Es heißt, es hätte keinen vergleichbaren Ort in ganz Korea gegeben.«

»Hunderte Gebäude?«, fragte Soo-bo erstaunt. »Das kann ich mir gar nicht vorstellen. Was ist mit ihnen passiert?«

»Bis auf zehn Gebäude wurden sie alle von den Japanern während der Besatzung zerstört. Angeblich möchte man alle wiederaufbauen. Und sie wollen auch das japanische Regierungsgebäude abreißen und das Gwanghwamun-Tor neu bauen. Ich hoffe, dass sie das tun werden.«

»Was hat das mit mir und einer Abtreibung zu tun?«

Ich blickte zum Berg Bukhansan hinauf, während wir weitergingen. »Erinnerst du dich an den Kamm mit dem zweiköpfigen Drachen?«, fragte ich.

»Ja, natürlich.«

»Erinnerst du dich an die Geschichte, die ich dir dazu erzählt habe?«

»Ja. Die über die reiche Yangban, die ihre Tochter wegschickte und ihr vorher den Kamm gab.«

Ich nahm Soo-bo am Arm. »Komm, ich möchte dir etwas zeigen.«

Wir gingen auf eine Reihe miteinander verbundener Häuser zu. Ihren Mittelpunkt bildete ein hoher Turm mit fünf Pagodendächern, die eins über dem anderen wie die Zweige einer großen Pinie aufragten. Wir betraten eins der Gebäude. Darin befand sich das Koreanische Nationalmuseum. Glasvitrinen mit Ausstellungsstücken säumten die Flure, und Volkskunst hing an den Wänden. Neben jedem Gegenstand war eine Plakette angebracht, die seine Geschichte beschrieb.

»Ich komme immer dienstags hierher«, erklärte ich. »Dann ist der Eintritt frei, und ich kann so lange bleiben, wie ich will. Hier drin sind Dinge, die mich an meine Kindheit erinnern.«

Ich führte Soo-bo in einen Flur, in dem Koreas Schätze und Waffen ausgestellt wurden. Vor einer Vitrine mit einem Schwert mit detailreichen Eingravierungen und einem Goldrand an der Schwertscheide blieben wir stehen. »Siehst du das Schwert?«, fragte ich. »Schau dir an, was darin eingraviert wurde.«

Soo-bo schaute prüfend auf die Schwertscheide. »Das ist der gleiche Drache wie auf deinem Kamm!«

Ich nickte. »Das stimmt. Lies die Plakette. Lies laut vor.«

Soo-bo beugte sich vor und las: »1967 wurde dieses Schwert gefunden, das in einer Wand des ehemaligen Hauses eines reichen Kaufmanns versteckt gewesen war. Historiker gehen davon aus, dass der zweiköpfige Drache, dessen einer Kopf nach Osten und dessen anderer Kopf nach Westen blickt, Korea beschützt sowie diejenigen, die unserem Land dienen. Manche sind der Meinung, es sei Kaiserin Myeongseong gewesen, die das Symbol des zweiköpfigen Drachen erschaffen hat, obwohl es dafür keine Beweise gibt. Während der Besatzung durch die Japaner zerstörten diese alle Gegenstände mit dem zweiköpfigen Drachen, die sie finden konnten. Dieses Schwert ist der einzige Gegenstand dieser Art, der noch existiert.«

Soo-bo machte einen Schritt zurück. »Was hat das zu bedeuten, Mutter?«

»Bevor du geboren wurdest, hat mir dein Vater erzählt, wofür der Drache steht. Ich wusste nicht, ob es stimmte, aber ich habe den Kamm jahrelang behalten. Als ich das Schwert hier entdeckte, wusste ich, dass er die Wahrheit gesagt hatte.«

Ich zeigte auf das Schwert. »Schau dir noch etwas an. Wie viele Zehen hat der Drache?«

Soo-bo drückte ihre Nase gegen die Vitrine. »Vier. Er hat vier Zehen.«

»Richtig«, sagte ich. Ich strich ihr die Haare glatt und gestikulierte in Richtung Ausgang. »Komm. Du siehst müde aus. Lass uns irgendwo ausruhen.«

Wir gingen in den Innenhof hinaus und setzten uns auf die Stufen des hohen Gebäudes mit den fünf Dächern. Wir blickten über Seoul und die riesigen neuen Bürogebäude und

Apartmenthäuser. Ein Dunstschleier lag über der Stadt. Vor uns schlenderten die Menschen über das Gelände.

Ich ließ ein paar vorbeiziehen, dann griff ich in die Tasche meines Kleides und holte ein Päckchen heraus. Ich löste die Kordel und faltete den braunen Stoff auseinander. Darin lag der Kamm mit dem zweiköpfigen Drachen.

»Du hast ihn noch!«, rief Soo-bo. »Ich dachte, du hättest ihn vor Jahren verkauft.«

»Die Geschichte über die Yangban aus Seoul …«, erklärte ich. »Ich habe sie nicht erfunden. Meine Mutter gab den Kamm mir und meiner Schwester. Sie selbst hatte ihn von ihrer Großmutter bekommen, und ihre Großmutter wiederum von ihrer Mutter. Die Urgroßmutter meiner Mutter hatte den Kamm machen lassen.«

»Wer war sie?«

»Schau dir den Drachen an«, meinte ich. »Wie viele Zehen hat er?«

Soo-bo besah sich den Kamm. »Fünf«, meinte sie.

»Das stimmt«, sagte ich. »Ein Drache mit fünf Zehen.« Ich guckte Soo-bo an. »Ich wusste nicht, was das bedeutet, ehe ich eines Tages eine Museumsführerin fragte, warum der Drache auf dem Schwert vier Zehen hat. Sie erklärte mir, dass die meisten Drachen auf Kunstgegenständen nur drei Zehen haben. Man wüsste, dass der Kaufmann, dem das Schwert gehört hatte, ein sehr wichtiger Mann gewesen sein musste, weil der Drache vier Zehen hat. Ich fragte sie: ›Und was ist, wenn ein Drache fünf Zehen hat?‹ Sie antwortete, dass Drachen mit fünf Zehen nur auf Gegenständen verwendet wurden, die dem Kaiser oder der Kaiserin gehörten.«

Soo-bo legte den Kopf schief. »Bedeutet das also …?«

»Ja, Soo-bo. Der Kamm ist der Beweis, dass Kaiserin Myeongseong das Symbol des zweiköpfigen Drachens erschaffen hat und wir ihre Nachkommen sind. Durch diesen Kamm hat sie uns die Verpflichtung übertragen, Korea zu dienen.«

Soo-bo brauchte ein paar Minuten, um zu begreifen, was sie gerade erfahren hatte. Dann fragte sie: »Aber wie kann ich Korea dienen, Mutter?«

Ich ergriff die Hand meiner Tochter. »Soo-bo, du bist meine Freude. Seit ich ein kleines Kind war, bist du das Einzige, das mir langfristig Glück beschert hat. Ich liebe dich und mir würde das Herz brechen, wenn ich dich verlieren würde. Aber wir sind von kaiserlichem Blut, meine Tochter, und es ist deine oberste Pflicht, unserem Land zu dienen. Ich glaube, es soll so sein, dass du dieses Baby bekommst. Der Drache wird dich beschützen.«

Ich schlug den Stoff wieder um den Kamm und gab ihn Soo-bo.

Sie nahm das Päckchen entgegen und schaute es an. »Glaubst du wirklich an den Drachen, Mutter? Glaubst du, dass er mich beschützen wird?«

Das war die Frage, die vierzig Jahre lang mein Leben bestimmt hatte. Glaubte ich, dass der Kamm mit dem zweiköpfigen Drachen, der von Koreas größter Kaiserin weitergegeben worden war, die Macht hatte, diejenigen zu beschützen, die ihn besaßen? Glaubte ich, dass ich ein Glied in der kaiserlichen Kette war und dass es meine Pflicht war, den Kamm an meine Tochter weiterzugeben? Ich kannte die Antwort. Mit dem Kamm hatte ich überlebt, während andere umgekommen waren, genau wie Mutter, Soo-hee und Jin-mo gesagt hatten. Der Drache musste mich beschützt haben, und ich musste daran glauben, dass er Soo-bo ebenfalls beschützen würde. »Ja«, antwortete ich. »Ich glaube an den Kamm mit dem zweiköpfigen Drachen.«

Soo-bo nickte. »Dann werde ich das Baby bekommen«, sagte sie.

Lange saßen wir schweigend da, umgeben von der Pracht des Gyeongbokgung-Palasts. Um uns herum waren die Geister Koreas. Ich betete zu ihnen, dass sie meine Tochter verschonten.

Schließlich stand ich auf und streckte Soo-bo die Hand hin. Wir mussten nach Hause, damit sie ausruhen konnte. Arm in Arm schritten wir durch das Gwanghwamun-Tor zurück in das Zentrum von Seoul.

KAPITEL 43

Ich erschrak darüber, wie schwach Soo-bo wurde, als ihr Schwangerschaftsbauch wuchs. Es war, als würde der Fötus ihr das Leben aussaugen, und ich fragte mich, ob ich das Richtige getan hatte, als ich sie überredete, nicht abzutreiben. Auch die Ärzte waren immer besorgter und bestanden darauf, dass Soo-bo die Schwangerschaft abbrach, doch sie weigerte sich. Sie schlief viel und zwang sich zum Essen, selbst wenn sie keinen Hunger hatte. Jeden Morgen und Abend machte sie in unserer Wohnung im Wohnhaus 315 die Atemübungen, welche die Krankenschwestern ihr gezeigt hatten. Sie las Bücher darüber, wie man ein gesundes Baby zur Welt brachte. Ich war so stolz auf sie. Aber ich machte mir auch Sorgen um sie.

Eines Abends, nachdem wir Reis mit Gemüse gegessen hatten, setzten bei Soo-bo die Wehen ein. Sie hielt sich den Bauch und versuchte so wie in den Übungen zu atmen, und ich rannte zum Telefon in der Eingangshalle und rief ein Taxi. Es war in weniger als fünf Minuten da.

Am Nachmittag hatte es geregnet, und als ich Soo-bo in das Taxi half, spiegelten sich die Lichter der Stadt in den tiefschwarzen Pfützen. Der Regen hatte kühle Luft mit sich gebracht, und alles roch sauber. Ich betete, dass dies ein gutes

Zeichen für Soo-bo war. Als sich das Taxi durch den Verkehr zum Krankenhaus schlängelte, verzog Soo-bo bei einer Wehe vor Schmerz das Gesicht. Ich hielt ihre Hand. »Der Arzt wird dir etwas gegen die Schmerzen geben«, meinte ich.

»Es ist schon in Ordnung, Mutter«, antwortete Soo-bo. »Das sind gute Schmerzen.«

Als das Taxi vor der Tür der Notaufnahme anhielt, platzte Soo-bos Fruchtblase. Dabei kam auch viel Blut mit heraus. Eine Krankenschwester half ihr in einen Rollstuhl. Als sie sah, wie schwach Soo-bo war, rief die Schwester sofort nach dem Arzt. Sie nahm mich beiseite und fragte mich, wie lange Soo-bo schon Wehen hatte.

Das besorgte Gesicht der Schwester machte mir Angst. »Weniger als eine Stunde«, meinte ich. »Wir sind sofort gekommen, als es anfing.«

»Sie sollte keine so starken Schmerzen haben«, meinte die Krankenschwester beunruhigt. »Und sie sollte auch nicht so stark bluten.«

Sie schoben Soo-bo in einen blau gekachelten Kreißsaal mit einer großen OP-Leuchte. Die Krankenschwester zog Soo-bo aus, kleidete sie in ein Krankenhaushemd und legte sie in ein Bett mit Haltebügeln für die Füße. Anschließend gab sie Soo-bo eine Spritze gegen die Schmerzen und breitete ein blaues Laken über sie. Ich stand neben meiner Tochter und hielt ihre Hand.

Als sich eine weitere Wehe ankündigte, betrat der Arzt den Raum. Er fragte nach Soo-bos Zustand.

»Sie hat starke Schmerzen«, antwortete die Krankenschwester. »Und sie hat noch nicht einmal seit einer Stunde Wehen. Ihr Blutdruck und der Puls sind sehr hoch.«

Der Arzt nahm Soo-bos Handgelenk und fühlte ihren Puls. »Was können Sie mir über sie erzählen?«, fragte er mich.

»Sie hat ein schwaches Herz«, antwortete ich.

Der Arzt ließ Soo-bos Arm sinken. »Ja, es ist tatsächlich sehr schwach«, sagte er ernst. Er wies die Krankenschwester an, einen Herzmonitor und weitere Unterstützung zu holen. »Jetzt!«, rief er. Als die Schwester hinausrannte, hob er das blaue Laken an und schaute zwischen Soo-bos dürre Beine.

»Das Baby liegt in Steißlage«, stellte er fest. »Und für einen Kaiserschnitt hat die Mutter zu viel Blut verloren.«

Bei einer neuen Wehe krümmte Soo-bo ihren Rücken, und ihr ganzer Körper wurde durchgeschüttelt. Als ich in ihr vor Schmerz verzerrtes Gesicht blickte, hasste ich mich selbst, weil ich ihr geraten hatte, das Baby zu bekommen.

»Atmen!«, befahl der Arzt unter dem Laken. »Bringen Sie sie dazu, dass sie richtig atmet!«, sagte er zu mir.

Ich beugte mich über meine Tochter. »Soo-bo, du musst atmen. Tief einatmen, so wie es im Buch stand.«

Soo-bo schloss die Augen und versuchte, tief einzuatmen, aber sie konnte nur nach Luft schnappen. Mit beiden Händen krallte sie sich am Bett fest und richtete sich auf. Schweißperlen bildeten sich auf ihrer Stirn.

»Schwester!«, brüllte der Arzt in Richtung der Tür. »Bringen Sie endlich den Herzmonitor!«

Ich drückte Soo-bos Arm. »Atme, Soo-bo«, flehte ich. »Bitte atme.«

Nach ein paar Minuten ließ die Wehe nach, und Soo-bo sank auf das Bett zurück. Ihr Gesicht war aschfahl, und ihre Haare klebten vor Schweiß. Der Arzt setzte ihr sein Stethoskop auf das Herz. »Wir müssen das Baby drehen«, meinte er. »Aber die Mutter hat Arrhythmien. Wir müssen unsere Vorgehensweise vor der nächsten Wehe ändern. Ich bin gleich zurück.«

Der Arzt rannte aus dem Raum und rief den Krankenschwestern draußen wütend Befehle zu. Soo-bo öffnete blinzelnd die Augen und schaute mich an.

»Mache ich es richtig, Mutter?«, fragte sie.

Ich strich ihr über das schweißnasse Haar. »Ja, meine Tochter. Du machst es genau richtig.«

»Gut«, sagte sie. »Wie soll ich mein Baby nennen?«

»Sie sollte Ja-young heißen.«

»Warum sollte sie Ja-young heißen, Mutter?«

Ich beugte mich dicht über sie und tupfte meiner Tochter den Schweiß von den Augenbrauen. »Weil das ein königlicher Name ist. Sie sollte einen königlichen Namen haben.«

Soo-bo lächelte und nickte. »Ja-young. Ja, das ist ein guter Name. Ich werde mein Baby Ja-young nennen.«

Auf einmal fragte Soo-bo: »Hast du den Kamm dabei? Ich sollte ihn in der Hand haben, damit der Drache mich beschützen kann.«

Mir blieb das Herz stehen. In der Panik, schnell ins Krankenhaus zu kommen, hatte ich vergessen, den Kamm aus seinem Versteck unter der Fensterbank unserer Wohnung zu holen. Ich konnte ihn Soo-bo nicht geben.

Plötzlich schwang die Tür zum Kreißsaal auf, und der Arzt und die Krankenschwester stürzten hinein.

Die nächste Wehe kündigte sich an. Soo-bo schloss die Augen und biss die Zähne zusammen. Vor Schmerzen bäumte sie sich auf.

»Wir sind zu spät«, sagte der Arzt mit dem Kopf zwischen Soo-bos Beinen. »Wir haben keine Zeit für etwas anderes. Wie ist ihr Puls?«

Die Krankenschwester hielt Soo-bos Handgelenk und antwortete: »Ich kann keinen spüren.«

Entsetzt sah ich, wie Soo-bos Körper zuckte, als ob sie von einem unsichtbaren Geist besessen wäre. Sie krallte sich ans Bett, verdrehte die Augen und öffnete den Mund. Sie atmete nicht – und ich auch nicht. Ich stand da im blau gekachelten Kreißsaal und sah, wie meine Tochter sich vor Schmerzen wand. Ich betete zu meinen Vorfahren, dass sie sie beschützen mochten. Ich betete zu Myeongseong, Koreas großer Kaiserin. Und ich betete, dass der zweiköpfige Drachen die Zauberkraft besaß, Soo-bo zu beschützen, obwohl sie ihn nicht in der Hand halten konnte.

»Ihr Herz schlägt nicht mehr!«, rief die Krankenschwester.

Ich starrte auf meine wundervolle Tochter. »Soo-bo«, flüsterte ich.

Ein zweiter Arzt und zwei Krankenschwestern platzten mit einem Herzmonitor und Sauerstoff in den Kreißsaal. Der Arzt stellte sich an Soo-bos Seite und schloss den Monitor an, während eine der Krankenschwestern Soo-bo die Sauerstoffmaske über das Gesicht zog. Die andere Schwester nahm mich beim Arm. »Sie müssen jetzt rausgehen«, verlangte sie. »Schnell.«

Als die Krankenschwester mich zur Tür drängte, schaute ich noch einmal zu Soo-bo. »Mein Baby«, sagte ich. »Ye deulah.«

Wie betäubt starrte ich auf die Tür des Kreißsaals. Ich weiß nicht, wie lange ich dort saß. Auf der anderen Seite kümmerten sich die Ärzte und Krankenschwestern um Soo-bo. Medizinisches Personal eilte hinein und hinaus. Die Zeit schien stillzustehen, und ich fürchtete, dass ich einen tragischen Fehler gemacht hatte, als ich meine Tochter dazu überredete, ihr Kind zu behalten. Ich hatte ihr gesagt, der Drache würde sie beschützen, aber jetzt wusste ich nicht, ob er es wirklich tat. In solchen Momenten fiel es mir schwer zu glauben, dass Soo-bo und ich direkte Nachfahren der Kaiserin Myeongseong und dafür verantwortlich waren, das Vermächtnis des zweiköpfigen Drachens zu erfüllen. Zweifellos glaubte ich an die Geister meiner Vorfahren. Ich konnte sie in meinem Inneren spüren und in meinem Volk und unserem Land sehen. Aber wenn Soo-bo und ich Teil ihres großen Plans waren, warum halfen sie uns dann nicht? Warum mussten wir für Korea leiden und sterben?

Irgendwann kam der Arzt durch die Tür und auf mich zu. Sein Arztkittel war blutverschmiert und seine Augen eingefallen. Er verneigte sich vor mir. »Wir haben alles getan, was wir konnten«, sagte er. »Ihr Herz war einfach nicht stark genug. Wir konnten sie nicht retten.«

Ich konnte mich weder bewegen noch atmen noch den Sinn seiner Worte begreifen. Meine süße, süße Soo-bo. Das Kind, das ich in meinem Bauch getragen hatte, das an meiner Brust genuckelt und geschlafen hatte, das Kind, dem ich laufen und lesen beigebracht hatte, das ich so sehr liebte, dass mir diese Liebe innerliche Schmerzen bereitete. Meine Tochter war tot, und ich hatte sie wegen des verfluchten Kamms und meiner Pflicht Korea gegenüber umgebracht. Ich wünschte, ich könnte die Zeit zurückdrehen und den Kamm verweigern, als Soo-hee ihn mir in der Troststation gab. Doch ich hatte ihn angenommen, und nun hatte er mir alles geraubt, was ich liebte.

Ich hörte mich selbst fragen: »Was ist mit dem Baby?«

»Ihm geht es gut«, antwortete der Arzt. »Es ist sogar sehr stark. Ein wunderschönes Mädchen. Möchten Sie es in den Arm nehmen?«

Der Arzt trat beiseite, und in den Armen einer Krankenschwester sah ich ein Bündel in einer gelben Decke. Langsam stand ich auf. Die Schwester kam auf mich zu und legte mir das Baby in die Arme. Ich presste es an meine Brust. Unter der Decke spürte ich seinen Atem. Sanft ließ ich meine Hand über den weichen, warmen Kopf gleiten. Mit einem Finger fuhr ich über seine hohen Wangenknochen und die filigrane Nase. Ich legte einen Finger in seine Hand, und das Baby umklammerte ihn. Stark spürte ich den Geist Koreas in dem winzigen Geschöpf.

»Es ist eine Kaiserin«, flüsterte ich. »Es heißt Ja-young.« Ich schaute zu der Krankenschwester auf. »Sorgen Sie dafür, dass das Kind diesen Namen bekommt!«

Ich schaute wieder auf das Baby und suchte tief in meiner Seele nach einem letzten bisschen Stärke. »Und eine Kaiserin braucht eine Familie, in der sie stark werden kann, um zu tun, was sie tun muss.« Dann unterdrückte ich einen letzten Schluchzer und hielt der Krankenschwester das Baby hin. »Bitte«, sagte ich und hatte Mühe, die Worte hervorzubringen. »Ich möchte meine Enkeltochter zur Adoption freigeben.«

KAPITEL 44

August 2008. Seoul, Südkorea

Der Kamm mit dem zweiköpfigen Drachen liegt auf dem Tisch zwischen Frau Hong und mir. Der prunkvolle Kamm mit dem goldenen Rücken und dem Elfenbeindrachen glänzt im Abendlicht. Daneben stehen die Mugunghwa-Blüte und die Fotos der Familie meiner Großmutter. Und die Fotos ihrer Tochter – meiner leiblichen Mutter, Soo-bo.

»Verstehst du, warum ich die Entscheidung traf, dich adoptieren zu lassen?«, fragt Frau Hong. »Ich hatte nichts mehr zu geben. Ich bin an dem Tag gestorben, an dem Soo-bo starb, genau wie meine Mutter starb, als Soo-hee und ich von zu Hause fortgingen. Ich wusste nicht, ob ich dich jemals wiedersehen würde. Doch ich war davon überzeugt, wenn das mit dem Drachen stimmte, wenn alles, was ich durchlitten hatte, Teil eines großen Vorhabens war, um Korea wieder groß zu machen, dann würden die Geister meiner Vorfahren dich eines Tages zurückbringen. Und hier bist du, meine Enkeltochter, hier bist du. Ich glaube an den zweiköpfigen Drachen, und ich glaube, dass es deine Bestimmung ist, den Kamm zu haben.«

Ich schüttele den Kopf. »Ich weiß nicht.«

Frau Hong seufzt und schaut mich an. »Warum bist du nach Korea gekommen?«, fragt sie.

»Um zu sehen, wo ich geboren wurde. Um meine leibliche Mutter kennenzulernen. Um herauszufinden, was es für mich bedeutet, Koreanerin zu sein.«

»Und was hast du herausgefunden?«

Ich denke an Frau Hongs Geschichte und all die Dinge, die ich während unserer Reise erlebt habe. Doch trotzdem habe ich keine richtige Antwort. »Ich weiß es nicht genau«, sage ich deshalb.

»Du solltest etwas über die Kaiserin Myeongseong erfahren«, meint Frau Hong. Sie faltet ihre Hände auf dem Schoß. »Sie hieß Min Ja-young. Sie wurde 1851 in eine arme Familie aus Seoul hineingeboren. Sie war sehr hübsch und ziemlich intelligent. Als sie fünfzehn war, arrangierte ihre Familie ihre Ehe mit Yi Myeongbok, dem noch jugendlichen König aus dem Hause Yi. Der König war faul und unfähig, weshalb sich Ja-young selbst Wissen in Geschichte, Naturwissenschaften, Politik und Religion aneignete. Sie hatte ein Talent für Sprachen und lernte Japanisch, Chinesisch, Englisch und Russisch. Schließlich bekam sie große Macht und förderte die Bildung, Modernisierung, Pressefreiheit, die Kunst und die Gleichberechtigung der Frauen. Es heißt, ihr Vorbild sei Königin Victoria von England gewesen.«

Frau Hong legt ihre Hände um die Schale mit der Mugunghwa-Blüte und bewundert die lilafarbene Blüte. »Die Kaiserin übernahm die Macht während einer Zeit, in der die Chinesen und Japaner um Korea stritten. Sie war eine geschickte Diplomatin und konnte beide Mächte in Schach halten. Doch die Japaner waren mächtig und drohten, Korea für sich einzunehmen. Daraufhin gründete sie den Geheimbund des zweiköpfigen Drachens. Sie engagierte geschickte Kunsthandwerker, die für die Mitglieder des Geheimbundes und ihre Familie die Gegenstände mit dem Drachen herstellten. Anschließend ließ sie den Gegenständen von Schamanen magische Kräfte einhauchen.«

Frau Hong nimmt die Hände von der Schale und hebt den Kamm auf. »Ist es nicht interessant, dass die Kaiserin für sich selbst einen Kamm herstellen ließ statt eines Schwerts oder einer anderen Waffe? Schau ihn dir an. Es ist der Kamm einer Frau. Das kann man an den langen Zinken erkennen. Die Kaiserin wusste, wenn ihr Geheimnis herauskam, würden die Japaner sie töten und ihren Sohn verfolgen. Darum gab sie den Kamm ihrer Tochter.«

»Im Geschichtsmuseum wurde uns erzählt, dass sie nur einen Sohn hatte«, sage ich.

»Du hast sehr gut aufgepasst. Gut. Ja, in den Geschichtsbüchern heißt es, sie hätte nur einen Sohn gehabt. Aber das stimmt nicht. Weißt du, damals war es in der kaiserlichen Familie üblich zu behaupten, das erste Kind sei gestorben, wenn es ein Mädchen war. Und dann lebte das Mädchen abgeschottet im Palast. Das stellte sich als ihr Glück heraus. Als die Kaiserin erfuhr, dass die Japaner sie töten wollten, brachte sie ihre Tochter zum Hof unserer Familie und gab ihr den Kamm mit dem zweiköpfigen Drachen.«

Frau Hong legt den Kamm auf den Tisch. Mit zusammengekniffenen Augen erzählt sie weiter: »Am 8. Oktober 1895 ermordeten die schändlichen Japaner meine Ururgroßmutter, deine Ahnin. Attentäter schlichen sich in den Gyeongbokgung-Palast, wo die Kaiserin schlief. Sie zerrten sie aus dem Bett und töteten sie. Das Attentat stellte den Beginn der japanischen Herrschaft in Korea und unsere dunkelste Stunde dar.«

»Als Sie das über den zweiköpfigen Drachen erfahren haben, warum haben Sie den Kamm nicht einfach der Regierung gegeben?«, möchte ich wissen.

»Weil es so war, wie Herr Han sagte, als er mir bei Gongson kündigte. Mein Yi war das Wichtigste. Ich habe eine Pflicht Korea und meinen Vorfahren und Nachkommen gegenüber.«

Sie zeigt auf den Kamm. »Schau dir den Drachen an. Die Köpfe schauen nicht einfach nur nach Osten und Westen. Sie schauen auch vor und zurück. Dieses Symbol wird im Museum nicht erklärt. Weißt du, wenn wir in Korea zurückschauen, sehen wir all unsere Vorfahren bis hin zu den drei Reichen und bis hin zu Dangun, dem Gründer Koreas, der vor viertausendfünfhundert Jahren regiert hat. Jeder unserer Vorfahren hat uns eine Pflicht auferlegt, die wir erfüllen müssen. Und wenn wir nach vorne schauen, sehen wir die Generationen unserer Nachkommen. Wir lieben sie, erwarten aber, dass sie ihre Pflicht uns gegenüber genauso erfüllen, wie wir unsere Pflicht gegenüber unseren Vorfahren erfüllt haben. Es ist eine einzige, ununterbrochene Kette. Hätte ich den Kamm weggegeben, hätte ich die Kette unterbrochen und meine Pflicht gegenüber Korea nicht erfüllt.«

»Und Sie meinen, ich habe auch eine Pflicht Korea gegenüber? Aber ich bin Amerikanerin, keine Koreanerin.«

Frau Hong tippt mich leicht mit dem Finger an. »Glaubst du, nur weil du in Amerika aufgewachsen bist, bist du keine Koreanerin? Warum bist du dann hierhergereist? Und warum bist du in meine Wohnung gekommen, um meine Geschichte zu hören? Genau wie ich wurdest du im Jahr des Drachen geboren. Die Geister deiner Ahnen sind stark in dir. Du hast eine Pflicht ihnen gegenüber – eine Pflicht Korea gegenüber. Du musst meine Geschichte erzählen, für Soo-hee, für Jin-mo, für Korea. Und für mich. Solange du Korea dienst, wird der Drache dich beschützen.«

Ich fahre mir mit den Händen durch die Haare und starre auf den Kamm. Der Drache starrt zurück. Ich weiß es nicht. Ihre Geschichte wirkt auf mich ein bisschen zu dick aufgetragen.

Aber wenn ich mir die Falten in ihrem Gesicht und den Schmerz in ihren Augen ansehe, glaube ich, dass sie stimmen muss.

»Ja-young«, sagt sie. »Jetzt, wo du meine Geschichte gehört hast, musst du entscheiden, was du tun wirst. Du musst dich entscheiden, bevor du nach Amerika zurückfliegst.«

Zurück nach Amerika. Ich schaue auf die Uhr. Es ist 16.30 Uhr. »Oh nein!«, rufe ich und springe auf.

»Entschuldigen Sie. Der Bus zum Flughafen ist schon losgefahren. Herr Kwan hat gesagt, dass er mich verhaftet, wenn ich den Flug verpasse.« Ich schnappe mir meine Tasche.

Frau Hong schaut mich flehend an. »Ich habe alles für Korea geopfert«, sagt sie. »Nimm den Kamm. Erzähl unsere Geschichte.«

Ich schüttele den Kopf. »Ich weiß es einfach nicht.«

Sie legt sich die Hand auf die Brust. »Ja-young ... Anna, was sagt dein Herz?«

Ich versuche zu hören, was mein Herz sagt, aber ich fühle mich hin- und hergerissen, unsicher und ängstlich, so wie ich es seit Mutters Tod bin. Ich schaue den Kamm an. Es ist ein koreanischer Kamm, hergestellt im Auftrag von Koreas wichtigster Kaiserin. Aber ich bin Amerikanerin, und zwar seit ich ein Baby war. Ich kenne nichts anderes. Aber im Spiegel sehe ich eine Koreanerin. In ihrem Blick liegt eine Sehnsucht. Ihr Herz sehnt sich nach etwas, das ich nicht erklären kann.

Ich hebe den Kamm hoch und wiege ihn in der Hand. Ich habe den Eindruck, dass er zu der Frau im Spiegel spricht. Ich glaube, sie möchte, dass ich ihn nehme. Langsam nicke ich. »Okay. Ich nehme ihn. Vielleicht sollten Sie ihn mir schicken.«

»Ich fürchte, das geht nicht mehr. Jetzt, wo die Regierung weiß, wer ich bin, werden sie mich im Auge behalten. Du musst einen anderen Weg finden.«

»Mich beobachten sie auch«, sage ich. »Aber ich habe eine Idee.« Ich kann nicht glauben, was ich da vorhabe. Ich bin nervös, aber auch aufgeregt. Zum ersten Mal seit Langem kümmere ich mich um etwas. Und das gefällt mir.

Frau Hong nimmt mir den Kamm aus der Hand und schaut ihn ein letztes Mal an. Dann wickelt sie ihn in den braunen Stoff und wendet sich mir wieder zu. »Ich habe dir gesagt, dass es zwei Dinge gibt, die du für mich tun sollst. Die eine Sache war, dir meine Geschichte anzuhören. Aber da gibt es noch etwas anderes.«

»Ach ja. Sie haben nie erwähnt, was.«

»Ich möchte, dass du mir dabei hilfst, meine Onni zu finden, bevor ich sterbe.«

Natürlich. Frau Hong hat Soo-hee nach Dongfeng nie mehr getroffen, und jetzt, wo sie mir den Kamm gegeben hat, ist ihr einziger Wunsch, noch einmal ihre Schwester wiederzusehen. »Ich bin mir nicht sicher, ob ich Ihnen dabei helfen kann«, sage ich.

»Ich glaube, dass du es kannst«, meint sie. Ja, so wie ich mich plötzlich fühle, habe ich auch den Eindruck, dass ich das kann.

Mit dem Kamm in der Hand stehe ich vor ihr. Unsere Blicke treffen sich ein letztes Mal, und ich verneige mich tief vor ihr.

Ich renne nach draußen, und Gott sei Dank wartet mein Taxifahrer auf mich. Er beschwert sich, dass er eineinhalb Stunden gewartet hat. Ich werfe ihm einhundert Dollar zu und erkläre ihm, dass er mich zum Kosney in der Nähe unseres Hotels fahren soll. »Beeilung«, sage ich.

Wir rasen durch die Straßen von Seoul, und als wir beim Kosney ankommen, bitte ich den Fahrer wieder, auf mich zu warten. Das riesige Kaufhaus ähnelt stark einem Macy's, nur dass alle Schilder in Hangul und die Preise in Won sind. Als ich einen Gang entlanglaufe, sagt eine Mitarbeiterin etwas auf Koreanisch zu mir.

»Wie bitte?«, frage ich.

»Es tut mir leid«, antwortet sie auf Englisch. »Wie schließen gleich.«

Ich frage sie, wo ich die Seladon-Vasen finden kann. Sie erklärt, dass sie im zweiten Stock sind, und zeigt auf eine Rolltreppe. Ich nehme bei der Rolltreppe zwei Stufen auf einmal und finde die blaugrünen Vasen. Ich renne zur Kasse, und eine Verkäuferin begrüßt mich auf Koreanisch. Ich erkläre ihr, dass ich zwei Vasen kaufen möchte.

»Zwei?«, fragt sie auf Englisch.

»Ja. Eine große und eine kleine.«

Sie nimmt meine Bestellung und meinen Sonderwunsch entgegen und händigt mir schließlich die große Vase in einem Karton aus. Ich zahle beide Vasen mit dem Bargeld, das Dad mir gegeben hat. Dann schnappe ich mir den Karton mit der großen Seladon-Vase und renne zum Taxi zurück. Dem Fahrer sage ich, dass er mich zum Sejong-Hotel bringen soll. Als wir vor dem Hotel vorfahren, wartet Dad schon mit unseren Koffern an der Tür auf mich. Er sieht angsterfüllt aus.

»Anna, Gott sei Dank«, sagt er. »Wo bist du gewesen? Der Bus ist vor über einer Stunde abgefahren. Wir verpassen unseren Flug!«

»Steig ein«, sage ich und winke ihn zum Taxi heran. »Wir können es immer noch schaffen.«

Dad hievt unsere Koffer hinten in das Taxi, und wir quetschen uns auf die Rückbank. Den Karton mit der Seladon-Vase stelle ich zwischen uns. »Flughafen Incheon«, sagt Dad. »So schnell Sie können.«

Der Fahrer legt den Gang ein, und wir rasen auf die Straße. Obwohl es Stoßzeit ist, bewegt sich der Verkehr. Der Fahrer schwenkt von einer Spur auf die andere, um Zeit aufzuholen.

Über den Karton hinweg fragt mich Dad: »Du hast den Kamm zurückgegeben, oder?«

»Nein«, antworte ich.

Er runzelt die Stirn. »Irgendwelche Regierungsbeamten waren deswegen im Hotel. Sie haben unser Zimmer durchsucht und viele Fragen gestellt. Sie warten vielleicht am Flughafen auf uns. Anna, du wirst Probleme bekommen, wenn du ihn dabeihast.«

»Keine Sorge«, sage ich und versuche, überzeugend zu klingen.

Zwanzig Minuten später erreichen wir die Haltezone vor der riesigen, gläsernen und stählernen Halbkugel des Flughafens Incheon. Der Flug geht in dreißig Minuten, und wir hätten vor über einer Stunde einchecken sollen. Dad zerrt die Koffer aus dem Kofferraum und gibt dem Taxifahrer hundert Dollar. Ich nehme meine Seladon-Vase, und wir sprinten zum Abfertigungsschalter. Dort angekommen, erstarre ich. Auf uns warten Herr Kwan, Bruce Willis und mehrere Flughafensicherheitsbeamte.

KAPITEL 45

Herr Kwan sieht mich, bevor ich mich umdrehen kann. Er kommt auf uns zu. »Wir haben auf Sie gewartet«, sagt er mit seinem diplomatischen Lächeln. »Wären Sie auch nur ein bisschen später gekommen, hätten wir das Flugzeug ohne Sie fliegen lassen und Sie verhaftet. Ich werde der Airline Bescheid geben, dass das Flugzeug auf Sie warten soll, und wenn Sie den Kamm nicht dabeihaben, werde ich Sie nach Amerika zurückreisen lassen. Zuerst sollten Sie einchecken«, sagt er und weist auf den Abfertigungsschalter.

Andere Reisende glotzen uns an, als zwei Sicherheitsbeamte unser Gepäck und den Karton mit der Seladon-Vase nehmen. Dad und ich gehen zum Schalter und reichen dem Beamten unsere Pässe und Tickets. Herr Kwan tritt vor und sagt etwas zu einem offiziell wirkenden Mann. Dieser verneigt sich vor Herrn Kwan und wirft uns dann einen wütenden Blick zu. Dann verschwindet er hinter einer Glasscheibe hinter dem Abfertigungsschalter.

Nachdem der Abfertigungsbeamte uns unsere Boarding-Pässe gegeben hat, sagt uns Herr Kwan, dass wir ihm folgen sollen. Wir durchqueren den modernen Terminal und passieren einen Duty-Free-Laden und ein Louis-Vuitton-Geschäft.

Es gibt auch den obligatorischen McDonald's. Dann kommen wir zu einer Tür direkt neben dem Eingang zur Wartehalle. Ein Flughafensicherheitsbeamter schließt sie mit einem Schlüssel auf, der an seinem Gürtel hängt, und Herr Kwan bedeutet uns hineinzugehen.

Das Licht im Raum ist grell und schmerzt in meinen Augen. In dem Zimmer stehen ein langer Metalltisch, ein Gepäckscanner und ein Personenscanner, der zu einer Außentür führt. Ich versuche, nicht den Sicherheitsbeamten anzustarren, der den Karton mit der Seladon-Vase aufmacht. Ein anderer hievt unsere Koffer auf den Tisch und öffnet die Reißverschlüsse. Sie durchsuchen die Kleidung, deren Taschen, unsere Schuhe, Dads Rasierzeug, unsere Toilettenartikel – alles, wo wir den Kamm versteckt haben könnten. Einer nach dem anderen wird jeder Gegenstand durch den Scanner geschoben, während ein dritter Sicherheitsbeamter auf einen Monitor starrt. Bruce Willis steht mit dem Rücken zur Tür und beobachtet alles.

Während die Sicherheitsbeamten unser Gepäck durchwühlen, erklärt uns Herr Kwan, dass wir ebenfalls durchsucht werden müssen und anschließend durch den Personenscanner gehen sollen. Neben ihm steht ein Wachmann mit einem Metalldetektor.

Herr Kwan erklärt, dass die *Überprüfung*, wie er es nennt, nötig ist, um sicherzugehen, dass wir den Kamm nicht außer Landes bringen. »Ich versichere Ihnen, wenn Sie ihn haben, werden wir ihn finden«, sagt er.

»Das geht so nicht«, beschwert sich Dad.

Daraufhin meint Herr Kwan: »Wenn einer von Ihnen den Kamm hat, dann können Sie ihn mir natürlich auch jetzt gleich aushändigen, und wir können uns diese Unannehmlichkeiten sparen.«

Dad schaut zu mir, aber ich schweige. Ein paar Sekunden später sagt Herr Kwan Dad, dass er seine Schuhe ausziehen und die Arme heben soll. Der Sicherheitsbeamte fährt mit dem Metalldetektor Dads Körper rauf und runter. Als er fertig ist, sagt Herr Kwan meinem Vater, dass er nun durch den Scanner gehen soll. Als Dad durchgeht, schaltet das Licht oben auf dem Scanner auf grün. Herr Kwan weist zur Tür. »Warten Sie draußen in der Halle auf Ihre Tochter!«, sagt er.

Dad wirft mir einen besorgten Blick zu. »Schon in Ordnung«, sage ich. »Ich bin in einer Minute da.« Stirnrunzelnd geht Dad durch die Tür.

Nun befiehlt mir Herr Kwan, dass ich die Schuhe ausziehen soll. Ich reiche sie dem Wachmann, der sie durch den Scanner schiebt. Der Sicherheitsbeamte mit dem Metalldetektor kommt zu mir und bewegt das Gerät über mir hin und her, wie er es bei Dad und auch schon in Frau Hongs Wohnung getan hat. Dieses Mal bin ich erstaunlich ruhig, fast so, als würde dies jemand anderem passieren. Es ist mir weder peinlich noch habe ich auch nur eine Spur von Angst. Ich habe das Gefühl, als würde mich jemand, den ich nicht kenne, kontrollieren.

Ich gucke Herrn Kwan an. »Es stimmt also, oder?«, frage ich ihn. »Der zweiköpfige Drache ist ein mächtiges Symbol für Korea.«

»Er ist einfach nur ein wertvoller Gegenstand«, meint er, während der Sicherheitsbeamte mit dem Metalldetektor über meine Beine fährt.

»Nein, er ist viel mehr als das«, höre ich mich selbst sagen. »Ein Drache mit fünf Zehen und zwei Köpfen. Das ist ein Symbol der Kaiserin Myeongseong.«

Der Sicherheitsbeamte ist mit seiner Durchsuchung fertig und gibt mir meine Schuhe zurück. »Das hat Ihnen Ihre Großmutter erzählt?«, fragt Herr Kwan.

»Ja, hat sie«, erwidere ich und ziehe meine Schuhe wieder an. »Sie hat gesagt, dass der Kamm seit Generationen in unserer

Familie ist. Sie hat gesagt, dass ich eine Nachfahrin der Kaiserin Myeongseong bin.«

Herr Kwan schüttelt den Kopf. »Ich habe Ihre Adoptionspapiere gelesen, Frau Carlson. Nur weil Ihre Großmutter Ihnen den Namen der Kaiserin gegeben hat, sind Sie noch lange nicht mit Myeongseong verwandt. Viele Koreaner behaupten, Nachfahren der kaiserlichen Familie zu sein.«

»Ja«, erwidere ich. »Aber meine Großmutter hatte den Kamm mit dem Drachen mit den fünf Zehen, den Sie unbedingt haben wollen, oder?«

Herr Kwan nickt fast unmerklich. »Ja, hatte sie.«

Ich stelle mich vor den Personenscanner und schaue Herrn Kwan unentwegt an. Er hebt den Kopf. »Wie ich sehe, haben Sie eine Seladon-Vase gekauft«, sagt er.

Meine Mundwinkel gehen nach oben. »Habe ich im Kosney gekauft«, sage ich ihm. »Ich habe gehört, die Qualität ist da viel besser als bei denen, die man auf der Straße kaufen kann.«

Zum ersten Mal seit unserer ersten Begegnung schenkt er mir ein aufrichtiges Lächeln. Und dann sagt er: »Passen Sie auf sich auf, Ja-young.«

Ich bin vollkommen ruhig, als ich durch den Scanner gehe und das Licht grün leuchtet.

Dad und ich sprinten mit unseren Koffern und der Seladon-Vase zu unserem Gate. An der Gangway wartet jemand von der Gepäckabfertigung auf uns und nimmt uns unsere Taschen ab, ehe wir an Bord gehen. Als wir unsere Plätze suchen, starren uns die anderen Passagiere missbilligend an, weil der Flug unseretwegen verspätet ist.

Nachdem wir uns hingesetzt haben, flüstert Dad mir zu: »Was war los? Wo warst du den ganzen Tag? Und was ist mit … dem Gepäck passiert?«

»Das ist in Sicherheit«, antworte ich ihm. »Ich erzähle dir alles zu Hause.« Dad wirft mir einen dieser typischen besorgten Vaterblicke zu, sagt aber nichts weiter dazu.

Wir haben zwei Sitze über dem Tragflügel. Dad sitzt am Gang und ich am Fenster. Das Flugzeug verlässt das Gate und braust dann über die Rollbahn. Schon bald überqueren wir die Koreanische Halbinsel in Richtung Japanisches Meer. Auf einem Monitor über der Trennwand wird mit einer gelben Linie über einer Karte des Nordpazifiks die zurückgelegte Strecke angezeigt. Ich bin erleichtert, dass ich nach Hause fliege.

Nach einer Flugstunde liegt die japanische Insel Hokkaido hinter uns. Der Monitor verrät mir, dass wir in einer Flughöhe von elftausendfünfhundert Metern auf die Aleuten zusteuern. Das Flugzeug brummt leise, und nur ein paar Oberlichter sind an. Dad schläft und sieht endlich friedlich aus.

Ich bin völlig geschafft. Ich kann noch gar nicht begreifen, was alles auf dieser Reise geschehen ist. Da ich weiß, dass ich zu Hause genug Zeit zum Nachdenken habe, wische ich die Gedanken erst einmal beiseite und schaue aus dem Fenster auf eine Milliarde Sterne.

Meine Lider werden schwer, darum schalte ich das Licht aus und ziehe mir die Decke bis zum Kinn. Ich kuschele mich in meinen Sitz und bin kurz darauf eingeschlafen. Während wir heimwärts fliegen, träume ich von den Menschen und Orten aus der Lebensgeschichte meiner koreanischen Großmutter.

KAPITEL 46

In meiner Kindheit und Jugend hatte meine Familie weder ein großes Haus noch tolle Autos noch eine Hütte an einem See »oben im Norden«. Wir gaben kein Geld für Boote oder Schneemobile oder Geländefahrzeuge aus, wie viele meiner Freunde. Wir kauften uns auch nicht die neuesten Modeartikel. Doch das störte mich nie. Denn stattdessen reisten wir viel.

Dad sagte immer, um die Welt zu verstehen, müsste man sie riechen. Als ich mit der Highschool fertig war, hatte ich also schon Europa und Kanada jeweils dreimal, Mexiko und die Karibik je zweimal sowie Mittelamerika, Kenia, Australien und Neuseeland gerochen. Ich war in einundvierzig Staaten gewesen (Flughäfen nicht mitgerechnet), und mein US-Nationalpark-Pass war neunundzwanzig Mal gestempelt worden.

Und jetzt hatte ich Korea gerochen, das Land, in dem ich geboren worden war.

Als ich nach Hause komme, fühlt es sich so an, als würde ich ein Paralleluniversum betreten. Alles wirkt intensiver und lebendiger. Die Autos glänzen mehr, die Gebäude sind größer, der Himmel blauer, und in der Sommerluft hängt ein lebensbejahender Duft. Und doch erscheint gleichzeitig alles besser kontrollierbar zu sein, so wie wenn man mitten auf dem Spielfeld steht und einer Sportart mit bestimmten Regeln nachgeht. Ich kann nicht recht erklären, warum das so ist. Ich schätze, es liegt daran, dass ich jetzt alles in einem ganz anderen Zusammenhang sehe – nachdem ich die erstaunliche Geschichte meiner leiblichen Großmutter gehört und etwas von Korea kennengelernt habe. Zum ersten Mal seit Mutters Tod freue ich mich auf das nächste Kapitel meines Lebens.

Am Tag nach unserer Rückkehr erzähle ich Dad, dass die Frau, die mir den Kamm gegeben hat, meine leibliche Großmutter ist. Ich erzähle ihm ihre unglaubliche Geschichte und von meinem Versprechen, ihr dabei zu helfen, eines Tages ihre Schwester wiederzutreffen. Ich beschließe, ihm nicht zu sagen, dass ich eine Nachfahrin der Kaiserin Myeongseong bin oder dass Frau Hong meint, ich sollte irgendwie Korea dienen. Ich habe ein schlechtes Gewissen, weil ich das vor ihm geheim halte, aber ganz ehrlich, ich weiß wirklich nicht, ob das überhaupt stimmt.

Dad hört genau zu und stellt mir Fragen, die ich ihm, so gut ich kann, beantworte. Und dann fragt er nach dem Kamm. Ich erzähle ihm, dass er nur ein Familienerbstück sei, von dem Frau Hong möchte, dass ich es besitze, um mich an mein koreanisches Erbe zu erinnern. »Und warum waren diese Regierungsbeamten so besessen davon?«, will er wissen.

»Es ist nur ein Erbstück, Dad«, wiederhole ich. Er runzelt die Stirn, stellt aber keine weiteren Fragen mehr.

An dem Abend denke ich darüber nach, wieder ans College zurückzugehen, um das Abschlussjahr zu beenden. Als ich das Studium abgebrochen habe, hieß es vonseiten der Northwestern, dass ich wiederkommen könnte. Dad meint, ich solle das tun, aber ich entschließe mich dennoch, zu Hause zu bleiben und mich stattdessen an der University of Minnesota einzuschreiben. Ich logge mich auf der Webseite der Uni ein und schaue, welche Kurse ich belegen kann. Noch immer bin ich mir nicht sicher, was ich studieren soll, und die Einschreibungsfrist endet schon in ein paar Tagen. Ich mache mir eine Pro- und Kontraliste für Medizin und Jura. Das Medizinstudium und die Facharztausbildung wären eine teure, zehnjährige Plackerei. Aber am Ende hätte ich einen angesehenen Beruf und ein gutes Einkommen. Im Vergleich dazu wäre Jura ein Zuckerschlecken. Das wären drei Jahre Studium und ein paar Jahre als Partner in einer Kanzlei. Aber eine Karriere als Juristin ist keine so sichere Sache wie Medizin.

Oder ich könnte etwas ganz anderes machen. Ich weiß es nicht.

Meine Möglichkeiten auf dem Computermonitor starren mich an. Ich frage mein Herz nach der richtigen Antwort, so wie Frau Hong es mir erklärt hat. Es sagt mir rein gar nichts. Also logge ich mich aus. Ich habe immer noch ein paar Tage Zeit.

Es macht mich traurig, dass Dad wieder in seine triste Routine zurückverfällt. Jeden Tag geht er früh zur Arbeit und kommt frühzeitig nach Hause, um bei geschlossenen Jalousien im Wohnzimmer zu sitzen. Wenn er seine Grillschürze anzieht, um das Abendessen zu kochen, folgt er jede Woche dem gleichen Speiseplan. Montags gibt es Mutters Gulasch. Dienstags Mutters überbackenen Viktoriabarsch. Mittwochs ihr Parmesanhähnchen … und so weiter. Als ich anbiete, etwas anderes zu kochen, entgegnet Dad: »Nein. Ich mache das.«

Eines Tages suche ich im Internet nach der koreanischen Botschaft und finde heraus, dass es ein Konsulat in Minneapolis gibt. Es liegt an der Park Avenue, wo die Herrenhäuser aus dem neunzehnten Jahrhundert zu schicken Anwaltsbüros oder Psychologenpraxen umgebaut worden waren. Ich springe in Mutters Corolla, der jetzt mein Auto ist, und fahre dorthin. Das Konsulat befindet sich im obersten Stock eines dreistöckigen Herrenhauses. Ich laufe die Treppen hinauf zu einem Empfangsbereich, in dem die Flagge Südkoreas in einer Ecke steht. Hinter einem Glastisch sitzt eine Koreanerin mit einem roten Brillengestell, die mich höflich anlächelt. »Kann ich Ihnen helfen?«, fragt sie.

»Ich möchte ein Treffen mit jemandem in Nordkorea arrangieren«, lautet meine Antwort.

»Ah!«, sagt sie. »Da müssen Sie mit Herrn Han sprechen.«

Sie weist auf eine Couch und fragt mich, ob ich Kaffee haben möchte, was ich aber ablehne. Dann geht sie nach hinten, und ich warte. An der Wand hängen Poster mit Motiven aus Südkorea. Es ist ein wirklich schönes Land. Hügellandschaften, zerklüftete Granitgipfel, zwei Küsten, die aufregende Hauptstadt Seoul, in der ich geboren wurde.

Schließlich betritt ein Mann in einem marineblauen Anzug und einem weißen Hemd mit roter Krawatte den Empfangsbereich und begrüßt mich mit Handschlag. Er trägt eine Reversnadel mit der koreanischen Flagge. »Ich bin Herr Han«, sagt er. »Ich habe gehört, Sie möchten Kontakt zu jemandem im Norden aufnehmen?« Sein Englisch ist fast akzentfrei. Er ist schlank und sieht intelligent aus. Ich schätze ihn auf Mitte dreißig.

»Ja«, antworte ich. »Das ist eine lange Geschichte.«

»Ich würde sie gern hören«, erklärt Herr Han. Er bittet mich mitzukommen, und wir gehen durch die Halle zu einem großen Büro, das einst wahrscheinlich das Schlafzimmer des Besitzers des Herrenhauses war. Bestickte Teppiche liegen auf dem Hartholzboden, die Wände sind holzvertäfelt, und ein Dachfenster geht auf die Straße hinaus. Leise brummt ein Fensterklimagerät. Ich setze mich auf ein Sofa neben seinem Schreibtisch. Er nimmt auf einem Stuhl daneben Platz.

Mit gefalteten Händen fragt er mich nach meinem Namen. Ich sage ihm, wie ich heiße, und erzähle, dass ich als Baby adoptiert wurde. Dann bittet er mich, ihm genauer zu erklären, was ich möchte. Ich berichte ihm von meiner Reise nach Korea und dass ich meine koreanische Großmutter getroffen habe. In Kurzform erzähle ich ihm ihre Geschichte. Ich passe auf, dass ich ihm nichts von dem Kamm mit dem zweiköpfigen Drachen verrate oder dass Kaiserin Myeongseong meine Vorfahrin ist. Schließlich erzähle ich ihm, dass ich Frau Hong versprochen habe, ihr zu helfen, ihre Schwester wiederzusehen.

Als ich fertig bin, nickt Herr Han. »Sehr interessant«, meint er. »Woher wissen Sie, ob die Geschichte Ihrer Großmutter stimmt?«

Ich denke kurz nach, dann gebe ich zu: »Das kann ich nicht mit Sicherheit wissen.«

Er lächelt. »Okay, wir werden sehen, was wir tun können.«

Ich rutsche an den Rand des Sofas. »Glauben Sie also, dass Sie ein Treffen arrangieren können?«

Herr Han zuckt mit den Schultern. »Zu manchen Zeiten kann man das. Aber ich fürchte, jetzt ist gerade keine solche Zeit.«

»Warum nicht?«

Er lehnt sich vor. »Sie wissen wahrscheinlich, dass sich Nord- und Südkorea im Grunde noch immer im Krieg befinden. Es wurde nie ein offizieller Friedensvertrag unterzeichnet, nachdem die Kampfhandlungen 1953 eingestellt wurden. Beide Seiten haben nur einen Waffenstillstand vereinbart, und momentan sind die Spannungen wieder sehr stark – insbesondere jetzt, wo der Norden Atomwaffen testet.«

»Ja, weiß ich. Aber ich habe gelesen, dass sich Familien manchmal treffen können.«

Er nickt. »Das hängt immer von der aktuellen Lage zwischen den beiden Ländern ab. Manchmal werden diese Treffen für Jahre ausgesetzt. Und wenn sie dann wieder stattfinden können, dann muss das über … inoffizielle Kanäle laufen.«

»Was meinen Sie mit ›inoffiziellen Kanälen‹?«

Er wirft mir einen verschlagenen, aber immer noch diplomatischen Blick zu. »Das, was Sie wahrscheinlich als Bestechungsgeld bezeichnen würden, Frau Carlson, für beide Seiten. Es kostet viel Geld.«

Ich sage: »Okay. Und wie viel ist viel Geld?«

Er nennt einen Betrag, der weitaus höher ist als meine Studiengebühren für ein Jahr. »Ich weiß nicht, ob ich das bezahlen kann«, gebe ich zu.

»Es ist unerheblich, ob Sie das können«, entgegnet Herr Han. »Wie gesagt, momentan erlauben die beiden Länder keinerlei Kontakt.«

»Wann, glauben Sie, werden sie das wieder?«

»Das kann man unmöglich vorhersagen, tut mir leid.«

Ich nicke. »Okay, können Sie mir Bescheid geben? Ich habe es meiner Großmutter versprochen.«

»Das werde ich gern machen. Hinterlassen Sie Ihre Kontaktdaten bei Ja-sook am Empfang. In der Zwischenzeit werden wir schauen, was wir über die Schwester Ihrer Großmutter herausfinden können. Möglicherweise ist sie gar nicht mehr am Leben. Aber falls doch und sich die Situation wieder lockert, dann werden wir helfen, dass das Treffen zustande kommt. Das heißt, sofern Sie die Gebühr bezahlen können.«

Damit steht Herr Han auf und streckt mir die Hand hin. Als wir uns die Hände schütteln, sagt er: »Es hat mich gefreut, Sie kennenzulernen.«

Ich verneige mich und frage ihn nach seiner Visitenkarte. Als er sie mir hinhält, denke ich daran, sie mit beiden Händen zu nehmen, und ich betrachte sie respektvoll. Ich danke ihm und füge hinzu, dass ich hoffe, bald von ihm zu hören.

Zu Hause stelle ich erleichtert fest, dass die kleine Seladon-Vase, die ich aus dem Kosney verschicken ließ, per Federal Express geliefert wurde. Ich öffne die Schachtel und strecke unter dem Packpapier meine Hand in die Vase, in die ich den Kamm mit dem zweiköpfigen Drachen habe gleiten lassen, als die Verkäuferin gerade nicht hinguckte. Er ist noch da. Irgendwie hatte ich gewusst, dass es so sein würde.

Mit dem Kamm gehe ich zu unserer Bank und eröffne ein Schließfach. Die alte Bankangestellte gibt mir meinen Schlüssel und zeigt mir dann einen Raum, in dem ich ungestört bin. Ich schließe die Tür und hole den Kamm aus meiner Handtasche. Ehe ich ihn in das Schließfach lege, falte ich den braunen Stoff auseinander und betrachte ihn noch einmal.

Hier, in der Stille dieses Raums, habe ich endlich die Gelegenheit, ihn mir richtig anzuschauen. Ich staune darüber, wie der Kunsthandwerker aus den winzig kleinen Elfenbeinstücken einen so realistisch aussehenden zweiköpfigen Drachen geformt hat. Ich betrachte den Goldrand. Er ist perfekt an die Kurve des dunkelgrünen Schildpatts angepasst. Der Kamm ist wirklich fantastisch, ein Gegenstand, der einer Kaiserin würdig ist.

Während ich den Kamm in der Hand halte, muss ich an all das denken, das er mit meiner leiblichen Großmutter erlebt hat, und daran, wie sie ihn ihr ganzes Leben lang behalten und beschützt hat. Jeder der langen, filigranen Zinken ist noch vorhanden. Nirgendwo ist ein Kratzer zu sehen. Vielleicht ist der Kamm tatsächlich magisch. Und jetzt hat er seinen Weg zu mir gefunden. Jetzt bin ich für ihn verantwortlich. Als ich ihn wieder einwickele und in das Tresorfach lege, frage – und sorge – ich mich, was er für mich bedeuten wird.

KAPITEL 47

Es ist Donnerstag – Schmorbratentag –, und ich gehe im eisigen Dezemberwind von der Universität nach Hause. Es hat in diesem Winter noch nicht geschneit, aber der Boden ist gefroren, und aus dem Norden weht ein kräftiger Wind. Die niedrig hängenden Wolken kündigen den ersten Schnee der Saison an. Die Nachrichtenmedien hyperventilieren sozusagen schon und empfehlen den Leuten, zu Hause zu bleiben, um dem diesjährigen *Sturm des Jahrhunderts* zu entkommen. Na gut. Vor Wochen habe ich meinen Wintermantel aus dem Keller geholt und wickele ihn jetzt fest um mich. Gegen den Wind laufe ich die drei Häuserblöcke zum Parkplatz.

Es ist eine Woche vor Herbstende, und es war das tollste Collegesemester, das ich je hatte. Ich hatte mich für einen Kurs in Weltgeschichte und zwei Kurse in Politikwissenschaften entschieden. In allen Kursen habe ich ein A bekommen, und ich werde als eine der besten meines Jahrgangs abschließen. Außerdem studiere ich noch Koreanisch. Ich lerne die Sprache so schnell, dass mein Dozent meinte, ich sollte im nächsten Semester zwei Intensivkurse besuchen. Ich habe beschlossen, das zu tun.

Letzten Monat habe ich den Zulassungstest für das Jurastudium gemacht. Ich war wirklich nervös deswegen. Schließlich haben manche von den Prüfungsteilnehmern jahrelang für den Test gelernt. Darum war ich richtig erschrocken, dass ich unter den oberen fünf Prozent war. Ich war immer gut in Tests, aber unter den oberen fünf Prozent? Ich bekomme bereits Briefe von den besten Unis des Landes, dass ich mich bei ihnen bewerben soll. Natürlich mache ich eine Pro- und Kontraliste. Allerdings versuche ich auch, auf mein Herz zu hören.

Bevor ich bei meinem Auto ankomme, klingelt mein Handy. Es ist Herr Han vom koreanischen Konsulat. Er sagt, dass er Neuigkeiten hat und sich mit mir treffen möchte. In den vergangenen Monaten habe ich Herrn Han alle paar Wochen angerufen, um zu hören, wie die Lage ist. Er hat mir immer das Gleiche geantwortet: »Wir wissen noch nichts. Bitte haben Sie Geduld. Diese Dinge brauchen Zeit.«

Das ist das erste Mal, dass er mich anruft, weshalb ich ihm sage, dass ich sofort komme. Ich springe in mein Auto und fahre zum Herrenhaus an der Park Avenue. Drinnen führt mich Ja-sook in Herrn Hans Büro. Kurz darauf kommt er mit einem Ordner herein. Er trägt auch dieses Mal die Reversnadel mit der koreanischen Flagge. Er entschuldigt sich bei mir, dass es so lange gedauert hat, bis er sich gemeldet hat. Dann erklärt er mir, dass es in den letzten Monaten unmöglich war, die Kontaktpersonen im Norden zu erreichen, weil Pjöngjang Atomwaffen getestet und die beiden Länder jeglichen Kontakt abgebrochen hatten.

Allerdings haben sich die Beziehungen jetzt wieder verbessert, sodass man herausgefunden hat, dass Hong Soo-hee am Leben ist und in Pjöngjang lebt. Kopfschüttelnd sagt er: »Ich muss zugeben, als Sie mir die Geschichte Ihrer Großmutter erzählten, war ich skeptisch. Ich dachte, Sie wären vielleicht in einen Betrug verwickelt. Also habe ich Nachforschungen über Ihre Großmutter angestellt. Ich freue mich, Ihnen sagen zu können, dass alles, was sie Ihnen erzählt hat, stimmt.«

Ich schaue aus dem Fenster. Es fängt zu schneien an. So sieht es also aus, die Geschichte meiner leiblichen Großmutter stimmt. Ich glaube, tief in meinem Herzen wusste ich das. »Okay«, sage ich. »Wenn das so ist, möchte ich, dass Sie das Treffen zwischen Frau Hong und ihrer Schwester so schnell wie möglich arrangieren.«

»Natürlich. Trotzdem kann es noch Monate dauern. Und dann gibt es da noch die Sache mit dem Geld.«

»Ich glaube, ich kann es bekommen.«

Herr Han runzelt die Stirn. »Ich muss Ihnen leider sagen, dass die Kosten sich geändert haben. Wissen Sie, es ist teurer geworden.«

»Oh?«, mache ich. »Wie viel teurer?«

»Also, es gibt einen großen Rückstand. Einen jahrelangen, leider. Und das hat dazu geführt, dass sich die Kosten verdoppelt haben.«

»Ist das Ihr Ernst?«, frage ich nach Luft schnappend. Ich rechne das schnell im Kopf durch. »Das kann ich mir nicht leisten.«

»Hm, Sie können auch warten, bis es keinen Rückstand mehr gibt. Aber man weiß nie, wie lange das Fenster offen bleibt. Und da gibt es noch etwas«, sagt Herr Han. »Sie werden persönlich nach Korea reisen müssen, um Ihre Großmutter zu betreuen. Es ist alles sehr kompliziert und wäre für eine ältere Frau allein sehr schwierig.«

»Ja, das verstehe ich. Dann kommen auch noch die Reisekosten auf mich zu. Ich gebe Ihnen Bescheid.«

Er lächelt höflich und streckt mir die Hand hin. Respektvoll ergreife ich sie mit beiden Händen und neige meinen Kopf, so wie es richtige Koreaner tun sollen.

Auf dem Heimweg sind die Straßen glatt, aber ich beeile mich trotzdem, vor dem Berufsverkehr nach Hause zu kommen. Die ganze Fahrt über denke ich an Frau Hong und ihre Schwester und daran, dass die beiden sich seit über sechzig Jahren nicht gesehen haben. Ich bin hin- und hergerissen. Ich denke an das Jurastudium, die Studiengebühren, Bücher und an Unterkunft und Verpflegung. Die einzige Möglichkeit, Herrn Hans gesalzene Gebühren zu bezahlen, ist, einen Job anzunehmen und das Jurastudium um ein paar Jahre zu verschieben. Und bis dann, wer weiß? Vielleicht ist das Jurastudium bis dahin schon an mir vorbeigezogen.

Als ich unser Haus betrete, erwarte ich den Geruch von Schmorbraten im Ofen und einen gedeckten Tisch. Doch ich rieche nichts, und auf dem Tisch stehen auch keine Teller.

Ich rufe laut »Hallo«, damit Dad weiß, dass ich zu Hause bin, und er erwidert den Gruß von oben. Ich lasse meinen Rucksack auf dem Küchentisch liegen und gehe hinauf zu ihm ins Schlafzimmer. Er steht vor dem Spiegel und zieht ein sauberes Hemd an.

»Es ist Schmorbratenabend«, sage ich. »Es ist keiner im Ofen. Was ist los?«

»Ich dachte, wir könnten vielleicht ausgehen«, erwidert er und steckt sich das Hemd in die Hose.

Mir fällt die Kinnlade herunter. »Ehrlich? An einem Donnerstagabend?«

Er dreht sich zu mir um. »Ich habe Schuldgefühle, dass ich das über den Schmorbraten deiner Mutter sage, aber ich bin es langsam leid, ihn jede Woche zu essen. Ich dachte, wir könnten stattdessen ins Ho Ban gehen. Wir waren schon lange nicht mehr dort. Was meinst du?«

Als ich meine Sprache wiedergefunden habe, gebe ich ihm recht, dass koreanisches Essen eine tolle Abwechslung ist.

Ich sage ihm, dass ich etwas Zeit brauche, und düse in mein Zimmer. Ich ziehe mich um, bürste mir die Haare und frage mich, was in meinen Vater gefahren ist. Er saß in letzter Zeit nicht mehr so viel im abgedunkelten Wohnzimmer. Im letzten Monat ist er zweimal spät von der Arbeit nach Hause gekommen, und ich musste das Abendessen machen. Und gerade erst letzte Woche war ich völlig perplex, als ich bemerkte, dass er seinen Ehering nicht mehr trägt.

Kurz darauf schlängeln wir uns durch das letzte Stück des Berufsverkehrs zu dem Restaurant in einer vorstädtischen Einkaufsmeile. Das Restaurant ist das einzige anständige Geschäft in der schäbigen Meile. Es ist fast vollständig besetzt, und die meisten Gäste sind Koreaner. Wir bekommen einen Tisch in der Nähe der Küche zugewiesen. Mir fällt auf, dass man versucht hat, das Restaurant zu renovieren, seit ich das letzte Mal hier war. Es gibt einen neuen Empfangsbereich an der Vordertür, und auf eine Wand wurde eine koreanische Landschaft gemalt.

Trotzdem hat sich nichts großartig verbessert. Die Beleuchtung ist schlecht, und die Tische und Stühle sind billig und stehen zu dicht beieinander. Es stört trotzdem niemanden. Die Menschen kommen wegen des Essens hierher – richtiges koreanisches Essen, genau wie wir es in Korea hatten: Eintöpfe, Reisschüsseln, koreanische Nudeln, *Katsu*-Hühnchen, Bibimbap, Bulgogi, koreanischer Seeteufel. Ein Dutzend Teller mit Banchan-Vorspeisen füllen jeden Tisch. Und natürlich gibt es Kimchi. Die Aromen sind unglaublich, genau wie ich sie aus Korea in Erinnerung habe. Ich frage mich, warum ich so lange nicht mehr hier war.

Wir wählen aus, und als der Kellner kommt, bestellt Dad noch mehr, damit wir die Reste am nächsten Tag statt der üblichen Freitagabend-Spaghetti essen können. Die Banchan werden gebracht, und wir langen zu. Das Kimchi ist würzig und wunderbar.

»Das erinnert mich an unsere Reise«, sagt Dad, der mit seinen Stäbchen rumhantiert.

»Ja, mich auch«, sage ich und nehme mir noch mehr Kimchi.

Wir plaudern, und als unsere Hauptgerichte kommen, machen wir uns darüber her. Dad schlägt sich den Bauch voll, als hätte er seit einer Woche nichts mehr bekommen. Er isst sein Gericht auf und stibitzt noch ein wenig von meinem Teller. Mir fällt auf, dass er in den letzten Monaten ein bisschen zugenommen hat. Seine Wangenknochen stehen nicht mehr so hervor, und seine Gesichtsfarbe ist besser. Und er lächelt öfter.

»Ich habe nach der Uni Herrn Han vom Konsulat getroffen«, erzähle ich. »Sie haben herausgefunden, dass Frau Hongs Schwester noch lebt, und zwar in Pjöngjang. Scheinbar haben die Spannungen zwischen dem Norden und dem Süden nachgelassen, und sie können jetzt ein Treffen arrangieren.«

»Hm, verstehe«, sagt Dad. »Und du hast dein Versprechen gegeben.«

»Ich weiß nicht, ob ich es halten kann. Die Kosten sind extrem in die Höhe gestiegen. Ich müsste das Jurastudium verschieben und mir einen Job suchen.«

»Nein«, entgegnet Dad kopfschüttelnd. »Du solltest das Studium nicht verschieben.«

»Ich weiß nicht, wie ich es sonst schaffen kann«, gestehe ich.

Dad wird still, und wir beenden unsere Mahlzeit. Als wir keinen weiteren Bissen mehr zu uns nehmen können, packt der Kellner die Reste in einen Karton, und wir machen uns auf den Heimweg. Es schneit heftig, als wir Richtung Norden über den Minnesota River fahren. Vielleicht hatten die in den Nachrichten doch recht. Das fühlt sich wie ein größerer Sturm an. Auf den Straßen ist nicht viel Verkehr, und Dad fährt langsam. Wir schweigen. Die Mahlzeit hat uns überwältigt.

Auf halbem Weg nach Hause sagt Dad: »Anna, ich möchte mit dir über etwas sprechen.«

»Oh?« Ich bin erstaunt. »Worüber?«

»Ich habe eine Idee«, sagt er. »Lass uns um die Seen herumfahren. Deine Mutter und ich haben es genossen, beim ersten Schnee draußen zu sein. Die meisten Menschen trauen sich dann nicht auf die Straße, aber ich finde es wunderschön.«

Wir verlassen die Schnellstraße und fahren auf die Straße, welche die Seen von Minneapolis miteinander verbindet. Durch den Schnee wirkt alles sauber und ruhig. Ich frage Dad, worüber er mit mir reden möchte. Er erzählt mir, dass er über meinen Kamm und den zweiköpfigen Drachen recherchiert hat.

»Ich dachte, ich sollte das mal tun«, fügt er entschuldigend hinzu.

»Was hast du herausgefunden?«, frage ich.

»Ein zweiköpfiger Drache mit fünf Zehen«, sagt er. »Er beschützt Korea und diejenigen, die ihn besitzen, damit sie Korea dienen können.« Und dann fügt er hinzu: »Fünf Zehen bei einem Drachen. Das bedeutet ...«

»Ja, ich weiß, was es bedeutet«, unterbreche ich ihn. »Es bedeutet, dass er der Kaiserin Myeongseong gehörte. Es bedeutet, dass ich eine direkte Nachfahrin von ihr bin.«

»Sofern Frau Hongs Geschichte stimmt«, meint er.

»Sie stimmt, Dad«, entgegne ich. »Das Konsulat hat es überprüft. Ihre Geschichte ist wahr.«

Dad sagt nichts zu dieser Information. Er hat seine Augen auf die Straße gerichtet, als wir auf den Boulevard biegen, der um den Lake Harriet herumführt. Die am See gelegenen Herrenhäuser haben die Weihnachtsbeleuchtung eingeschaltet. Der frische Schnee auf den spitzen Dächern des Lake Harriet Bandshell glitzert und lässt den Veranstaltungsort wie die Kulisse eines Wintermärchens aussehen. Es fühlt sich wie Weihnachten an, und ich verstehe, warum Mom und Dad gern im Schnee umhergefahren sind.

»Liebling«, sagt Dad schließlich. »Ich fühle mich bei all dem unwohl. Aber ich habe in letzter Zeit viel nachgedacht. Ich habe über deine Mutter nachgedacht und darüber, wie sie gestorben ist. Es war furchtbar, wie der verdammte Krebs sie umgebracht hat. Aber sie ließ sich weder vom Krebs noch vom Tod beeindrucken, sondern machte beides einfach zu einem Teil ihres Lebens. Und dadurch begriff ich, dass man sterben kann, obwohl man noch am Leben ist, verkrochen im Haus, im Wohnzimmer, bei geschlossenen Jalousien.« Schuldbewusst schaut er mich an.

»Und ich habe auch über dich nachgedacht«, fährt er fort. »Deine Mutter und ich spürten, dass an dir etwas besonders ist, schon als du ein kleines Kind warst. Du warst klug, natürlich, aber es war etwas an der Art, wie du dich benommen hast. Ich habe nie in Worte fassen können, was genau es war. Aber jetzt hast du den Kamm mit dem zweiköpfigen Drachen. Ich weiß nicht, wie du Korea dienen sollst, aber ich denke, du musst es herausfinden. Und ich kann dir dabei helfen. Ich möchte die Gebühr für Herrn Han bezahlen.«

Ich will protestieren, doch Dad unterbricht mich mit einer Handbewegung.

»Ich tue das nicht nur für dich«, entgegnet er. »Es wird nicht einfach. Aber vielleicht komme ich so aus dem dunklen Wohnzimmer heraus.«

»Danke«, sage ich, und Dad lächelt.

»Doch es gibt eine Bedingung«, verlangt er. »Versprich mir, vorsichtig zu sein.«

»Ich verspreche es«, sage ich ihm.

»Ich liebe dich, meine Kleine.«

»Ich dich auch, Dad«, antworte ich.

Wir haben den See einmal umrundet, und Dad verlässt den Boulevard, um nach Hause zu fahren. Zum ersten Mal seit Jahren spüre ich Frieden in meinem Inneren. Ich fühle, wie die zwei Teile, die mich ausmachen – der koreanische und der amerikanische Teil – miteinander verschmelzen.

Genau wie Dad weiß ich nicht, wie ich Korea dienen soll, aber ich verspüre keine Angst mehr. Wie Frau Hong gesagt hat, ist der mutige kleine Samen aufgebrochen, und eines Tages wird eine Blume erblühen. Ich kann es kaum erwarten, sie zu sehen.

KAPITEL 48

Nachdem Dad eine zweite Hypothek auf unser Haus abgeschlossen hat, rufe ich Herrn Han an und teile ihm mit, dass ich das Geld für die Gebühren habe. Zwei Monate später ruft er mich zurück und erzählt mir, dass ein Treffen zwischen den Schwestern jederzeit organisiert werden kann. Ich muss ihm nur sagen, wann ich fliegen kann.

Ich treffe die Reisevorbereitungen für Juli, nach den Prüfungen und der Abschlussfeier. Ich möchte, dass Dad mitkommt, aber er lehnt ab. Er meint, er würde zwar sehr gern meine Großmutter kennenlernen, sagt aber: »Das hier ist dein Ding, du solltest allein fliegen.« Also kaufe ich mir ein Flugticket und erstelle, wie ich es immer tue, einen detaillierten Reiseplan für meine Zeit in Korea. Auf der Liste steht auch ein ganzer Tag im Gyeongbokgung-Palast.

Zwei Monate, bevor ich mein Studium an der Columbia Law School beginne, schicke ich Frau Hong einen Brief, in dem steht, dass ich in Seoul sein werde und sie treffen möchte. Ich verrate ihr nicht den Grund. Eine Woche später besteige ich eine Boeing 747 nach Seoul, um das Versprechen zu erfüllen, das ich ihr gegeben habe. Nach der Landung auf dem Flughafen Incheon passiere ich die Zollabfertigung und nehme draußen, nach der Gepäckabfertigung, ein Taxi. Ich nenne dem Fahrer die Adresse, an der ich die Kontaktperson treffen soll, die mir dann die Einzelheiten zu dem Treffen nennen wird. Auf der Fahrt durch Seoul halte ich nach den Plätzen Ausschau, die mir im Gedächtnis geblieben sind. Merkwürdigerweise fühlt sich Seoul jetzt wie eine zweite Heimat an. Der riesige Seoul Tower auf dem Gipfel des Berges Namsan dominiert noch immer die Stadt. Überall ragen Apartmentgebäude in den Himmel. Die ganze Stadt pulsiert vor Aufregung.

Ich habe Herzklopfen, weil ich wieder hier bin. Ich möchte dieses Land genauer erkunden, jetzt, wo ich mehr über seine Geschichte, Kultur und Menschen weiß. Diesmal werde ich keine Touristin sein, sondern jemand, der die Sorgen dieses Landes und seine Hoffnungen für die Zukunft teilt. Langsam verstehe ich, wer diese Menschen sind und wer ich bin.

Ich habe viel über den Kamm und die mit ihm einhergehenden Verpflichtungen nachgedacht. Ich habe beschlossen, dass meine Verantwortung Korea gegenüber sowohl mich als Nachfahrin der Kaiserin Myeongseong als auch als Amerikanerin betrifft. Amerika hat diesem Land geholfen, das ist klar. Aber wir waren auch selbstsüchtig. Schließlich hängen wir noch immer in der Mentalität des Kalten Krieges aus den 1950ern fest. Es macht mich wütend, dass wir Nordkorea als *böse* bezeichnen, so als ob wir das Recht hätten, ihnen unsere Wertvorstellungen überzustülpen. Wie arrogant! Trotzdem möchte ich nicht, dass sie Atomwaffen entwickeln, und außerdem sollen sie gute Weltbürger sein. Ja, okay, ich habe verstanden – es ist kompliziert. Trotzdem bin ich der Ansicht, dass Amerika weitaus mehr tun kann, um den Frieden zu fördern. Und die Wiedervereinigung.

Als Koreanerin bin ich bereit, alles mir Mögliche für das Land zu tun, in dem ich geboren wurde. Als Amerikanerin möchte ich natürlich dabei helfen, dass mein Land groß bleibt.

Ich denke, ich möchte damit sagen, dass ich versuchen werde, beide Länder auf mich stolz zu machen – das, welches mir das Leben geschenkt hat, und das, welches mir eine Familie gegeben hat –, denn ich bin stolz, ein Kind beider Länder zu sein.

Das Taxi fährt durch die belebten Straßen von Itaewon, und ich taste in meinem Rucksack nach den Umschlägen, die ich mit mir trage, seit ich von zu Hause aufgebrochen bin. In einem sind zwanzigtausend Dollar in bar. Im anderen zehntausend Dollar.

Ich kann das Treffen der beiden Schwestern kaum erwarten. Trotz des vierzehnstündigen Fluges bin ich nicht müde. Ich freue mich darauf, Frau Hong zu sehen und ihr zu sagen, dass ich gekommen bin, um mein Versprechen ihr gegenüber einzulösen. Aber ich muss zugeben, dass diese Geheimniskrämerei über das Treffen mich mehr als nervös gemacht hat.

Das Taxi fährt vor einem Glasgebäude vor. Ich kann die freie Fläche über dem Han-Fluss in einigen Häuserblöcken Entfernung sehen. Ich bezahle den Taxifahrer und rolle meinen Koffer in die Lobby. Dort nenne ich der jungen Rezeptionistin den Namen des Mannes, den ich treffen soll. Sie bittet mich zu warten. Ich nehme in einem der Le-Corbusier-Sessel in der Lobby Platz und beobachte die Menschen, die mit Aktentaschen und entschlossenem Blick vorbeieilen. Das, was die Koreaner selbst *Das Wunder vom Han-Fluss* nennen, ist überall zu erkennen – der Aufstieg von einer extrem armen Nation zu einer der modernsten der Welt in kurzen vierzig Jahren. Ich bewundere diese fleißigen, intelligenten Menschen. Und ich bin stolz, eine von ihnen zu sein.

Bald begrüßt mich ein kleiner Mann im dunklen Anzug, dessen Augen genau den gleichen Farbton haben. »Ich bin Herr Choi«, sagt er mit einer leichten Verbeugung auf Englisch. Seine Hand streckt er mir nicht entgegen.

Ich verneige mich respektvoll und stelle mich auf Koreanisch vor.

Herr Choi setzt die Unterhaltung auf Koreanisch fort. »Sollen wir einen Spaziergang machen?«, fragt er.

Ich hatte angenommen, wir würden uns in Herrn Chois Büro treffen. Doch dann fällt mir ein, dass Herr Han sagte, die Treffen zwischen dem Norden und dem Süden könnten nicht offiziell stattfinden. Daher lasse ich meinen Koffer an der Rezeption und gehe mit Herrn Choi hinaus. Beim Laufen hat er die Hände hinter dem Rücken verschränkt. Ich fange zu reden an, aber er unterbricht mich schnell mit einer Handbewegung.

»Lassen Sie uns erst ein Stück gehen, ehe wir sprechen«, sagt er.

Wir laufen zum Han-Fluss. Weiße Wolken ziehen am Himmel vorbei. Es liegt nur wenig Feuchtigkeit in der Luft, und die Temperaturen sind angenehm warm. In einem kleinen Park setzen wir uns auf eine Bank und blicken auf den Fluss. Herr Choi faltet seine Hände vor dem Bauch und hebt eine Augenbraue. »Das ist sehr großzügig, was Sie für Frau Hong machen«, findet er.

»Sie ist meine Großmutter. Ich habe es ihr versprochen.«

»Ja, wir wissen einiges über Frau Hong. Sie war eine Ianfu der Japaner und hat mit den Kommunisten sympathisiert. Sie hat sogar für sie gearbeitet. Und nach dem Koreakrieg in einem Kijichon gearbeitet. Sie hat eine ziemlich dicke Akte. Und eine – wie soll ich sagen? – fragwürdige Vergangenheit.«

Entschuldigung? Fragwürdige Vergangenheit? Ich drehe mich zu Herrn Choi, um ihm zu sagen, was meine koreanische Großmutter für ihr Land getan hat. Doch ich beherrsche mich noch rechtzeitig. Vielleicht weiß er das. Doch wie ein typischer Koreaner macht er sich mehr Gedanken über die Ehre seines Landes als über die Rechte eines Einzelnen.

Ich schaue auf den Fluss und nicke. »Ja, Herr Choi, ich weiß das alles über Frau Hong. Sie hatte ein hartes Leben.«

»Warum, Frau Carlson? Warum geben Sie dafür so viel Geld aus?«

Ich schaue ihm in die Augen. »Weil sie meine Großmutter ist«, sage ich, nun wieder auf Koreanisch. »Ich habe eine Pflicht ihr gegenüber.«

Herr Choi hat ein halbes Lächeln auf den Lippen. »Ihr Koreanisch ist sehr gut. Koreanisch-amerikanische Adoptivkinder lernen selten unsere Sprache. Haben Sie das Geld?«

Ich greife in meine Tasche und ziehe den Umschlag mit den zwanzigtausend Dollar hervor. Er zählt die Scheine mit dem Daumen ab und ist zufrieden, dass alles Geld da ist.

»Es ist für morgen organisiert«, sagt er und steckt den Umschlag in seinen Mantel. »Sie brauchen weitere zehntausend Dollar für die Nordkoreaner.«

»Habe ich«, antworte ich. »Wie geht das nun vonstatten?«

Er gibt mir einen Zettel mit der Adresse eines Busbahnhofs im Sinchon-Viertel von Seoul. Dann erklärt er mir, ich solle mit Frau Hong morgen früh vor 8.30 Uhr dorthin kommen, und wir sollten in den Bus nach Munsan steigen. Es sei kein offizieller Bus, weswegen wir kein Ticket bräuchten. Dort würden wir auf einen Mann namens Herr Ryu treffen, der die Gebühr für die Nordkoreaner einsammeln würde. Der Bus würde uns dann zu der amerikanischen Militärbasis außerhalb der entmilitarisierten Zone bringen. Die Amerikaner würden dann eine Kontrolle vornehmen und uns nach Panmunjeom bringen, wo das Treffen stattfinden würde.

Zum Schluss fügt er mit ernsthaftem Gesichtsausdruck hinzu: »Frau Carlson, tun Sie genau das, was Ihnen gesagt wird. Panmunjeom ist ein gefährlicher Ort.«

»Ich verstehe«, sage ich.

Herr Choi steht von der Bank auf und geht zurück zum Regierungsgebäude, als ob ich gar nicht da wäre. Schweigend laufe ich hinter ihm her. Dort angekommen, betritt er sein Büro, ohne sich zu verabschieden. Ich hole meinen Koffer, gehe nach draußen und halte ein Taxi an. Dem Fahrer nenne ich die Adresse von Frau Hongs Wohnung.

Es ist später Nachmittag, als wir vor dem achtgeschossigen Apartmenthaus vorfahren. Es sieht noch genauso aus wie vor einem Jahr, so als ob es nicht noch mehr verfallen könnte. Ich nehme meinen Rucksack und meinen Koffer und klettere aus dem Taxi. Auf dem Weg zum Gebäude, in dem Frau Hong lebt, bin ich überrascht, wie nervös ich bin.

Ich drücke bei der Gegensprechanlage auf die 627 und warte. Keine Antwort. Ich drücke die Zahl erneut. Endlich vernehme ich eine Stimme, die etwas auf Koreanisch sagt. Ich bin mir nicht sicher, ob es Frau Hong ist.

»Hier ist Anna Carlson. Ich möchte zu Frau Hong.«

Es folgt eine Pause, dann höre ich: »Ja-young. Wie schön, dass du mir einen Besuch abstattest. Du darfst hochkommen.« Ich lächele, als ich das perfekte Englisch meiner Großmutter wieder höre. Die Sicherheitstür summt, und ich gehe hinein. Mit dem Aufzug fahre ich in den sechsten Stock zu Frau Hongs Wohnung. Als ich klopfe, öffnet sich die Tür.

Es ist erst ein Jahr her, dass ich sie das letzte Mal gesehen habe, aber sie scheint um Jahre gealtert zu sein. Ihre Haare sind grauer, und die Falten in ihrem Gesicht sind tiefer als bei unserer ersten Begegnung. Ihr Kopf wackelt leicht hin und her, was die ersten Anzeichen von Parkinson zu sein scheinen. Sie steht nicht mehr so aufrecht wie früher, aber ihre Augen strahlen noch immer.

»Anyohaseyo«, sage ich mit einer tiefen Verbeugung.

»Anyohaseyo, Ja-young«, antwortet sie.

»Es ist schön, Sie zu sehen«, sage ich auf Koreanisch.

»Dein Koreanisch ist sehr gut«, meint sie und führt die Unterhaltung auf Koreanisch fort. »Du hast kaum einen Akzent.«

»Man hat mir gesagt, ich hätte ein gutes Gehör für Sprachen«, sage ich.

Meine koreanische Großmutter lächelt und bittet mich herein. Ich ziehe meine Schuhe aus und folge ihr zu dem niedrigen Tisch vor dem Fenster. In der Schale auf dem Fensterbrett schwimmt eine frische Mugunghwa-Blüte. Der Bilderrahmen mit den Fotos von Frau Hongs Familie und meiner leiblichen Mutter steht noch immer auf dem Tisch. Und natürlich riecht das Zimmer nach Kimchi. Ich kann es kaum glauben, dass ich wieder in Frau Hongs Wohnung bin. Es erscheint mir surreal.

Ich nehme an dem Tisch Platz und lege meinen Rucksack auf den Boden. Frau Hong beugt sich zu mir vor. »Ja-young, hast du den Kamm?«

»Ja«, antworte ich. »Er ist zu Hause in Sicherheit.«

»Und wie fühlst du dich dabei, ihn zu besitzen?«

Ich seufze. »Es ist eine große Verantwortung.«

Frau Hong setzt sich aufrecht hin. »Ja«, erwidert sie. »Ich weiß.«

Nach einem kurzen Moment sage ich: »Ich habe Ihnen etwas mitgebracht.« Aus meinem Rucksack hole ich das Fotoalbum hervor, das ich vor einem Jahr gemacht habe. »Ich dachte, Sie würden das vielleicht gern haben«, erkläre ich. »Ich habe es für meine leibliche Mutter gemacht. Ich habe zusätzlich noch Fotos von meinem letzten Jahr im College eingeklebt. Ich hatte letztes Jahr nicht die Gelegenheit, Ihnen viel über mich zu erzählen.«

Frau Hong beißt sich auf die Unterlippe. »Es ist mir eine Ehre«, sagt sie und hält das Album, als wäre es ein Schatz. »Ich möchte, dass du mir jedes einzelne Foto ausführlich erklärst.«

Seit Mutter gestorben und ich wieder zu Hause eingezogen war, hatte ich niemanden gehabt, der an meinem Leben teilgenommen hatte. Dad hat seine eigenen Probleme. Und außerdem ist er mein Dad! Meine Freundinnen reden nur über Männer und Sex. Und nicht mal meine Freunde, die ebenfalls Adoptivkinder sind, verstehen, wie es mir damit geht, Koreanerin zu sein. Aber jetzt habe ich Frau Hong, meine koreanische Großmutter, die so viel durchgemacht hat. Ich weiß, dass ich mit ihr über alles reden kann.

Darum ziehe ich mir einen Stuhl neben ihren und öffne das Fotoalbum. Wir gehen es gemeinsam durch, Seite für Seite, wie beste Freundinnen, die sich nach langer Zeit wiedersehen und Neuigkeiten austauschen. Wir sprechen auf Englisch und Koreanisch und wechseln zwischen den beiden Sprachen so leicht hin und her, als würden wir den Sender eines Radios verstellen. Sie hört genau zu, als ich zu jedem Foto die Geschichte erzähle. Sie stellt Fragen und nickt nachdenklich bei meinen Antworten. Wir lachen viel.

Zwei Stunden später schlagen wir das Fotoalbum zu, und ich nehme Frau Hongs Fotos vom Tisch und betrachte sie. »Ich hätte gern eine Kopie von den Bildern, wenn es geht. Ich möchte mehr über Ihre Familie erfahren, auch über Ihre Großeltern und Onkel und Tanten.«

»Sehr gern«, antwortet Frau Hong. »Sie ist auch deine Familie, darum ist es wichtig, dass du etwas über ihre Geschichte weißt.«

»Aber nicht mehr heute Abend«, sage ich und lege die Fotos hin. »Ich bin fünf Tage lang in Seoul. Wir haben noch genug Zeit zum Reden. Ich muss jetzt ins Hotel und mich ausruhen. Sie sollten sich auch ausruhen. Wir müssen morgen früh los.«

Frau Hong schaut mich fragend an. »Morgen?«

Ich hebe die Schale mit der Mugunghwa-Blüte hoch und betrachte die lilafarbene Blume mit dem gelben Stempel in der

Mitte. Dann sage ich: »Letztes Jahr habe ich versprochen, Ihnen dabei zu helfen, Ihre Schwester wiederzusehen. Ich bin hier, um mein Versprechen zu erfüllen.«

Ihr Blick wird ganz weich, und ihr Mund öffnet sich leicht. »Soo-hee? Weißt du etwas über meine Onni?«

»Ja. Sie lebt in Pjöngjang. Sie hat nie geheiratet oder Kinder bekommen. Nach dem Koreakrieg wurde sie Krankenschwester.«

»Das passt zu ihr«, meint Frau Hong. »Was weißt du noch?«

Ich stelle die Mugunghwa-Blüte auf den Tisch. »Wissen Sie, das können Sie sie selbst fragen. Sie und ich fahren morgen nach Panmunjeom, wo Sie sie treffen werden. Es wird kein langes Treffen – kürzer als eine Stunde.«

Lange Zeit schweigt sie, und ihr Kopf geht leicht hin und her. Ich kann fast die Bilder ihrer Schwester in ihrem Kopf sehen, die auftauchen, während sie begreift, was ich gerade gesagt habe. Ihre Augen werden feucht. Sie schaut auf die Fotos und sagt: »Seit ich erfahren habe, dass Soo-hee überlebt hat, habe ich immer davon geträumt, sie wiederzusehen. Ich konnte mir nicht vorstellen, dass das tatsächlich passieren würde.«

Sie schaut von den Fotos zu mir und lächelt. »Das wird heute eine sehr lange Nacht.«

Kapitel 49

Am nächsten Morgen stehe ich auf, ehe der Wecker klingelt, und fahre mit einem Taxi zu Frau Hongs Haus. Es ist ein wunderschöner Sommertag, was ich sehr passend finde. Das Taxi wartet, während ich Frau Hong hole. Noch ehe ich die 627 auf der Gegensprechanlage drücken kann, ist das Summen der Sicherheitstür zu hören. Mit dem Aufzug fahre ich in den sechsten Stock und gehe zu Frau Hongs Wohnung. Ihre Tür steht schon offen, also trete ich ein.

Mit dem Gesicht zu mir steht sie mitten im Raum. Sie trägt ihren gelben Hanbok mit den langen, weiten Ärmeln. Das Haar hat sie geflochten und mit einer wunderschönen Binyeo aus Elfenbein hochgesteckt. Das Licht, das durch das Apartmentfenster fällt, umhüllt sie. Sie sieht wie eine Königin aus.

Ich begrüße sie mit einer Verbeugung. »Sind Sie bereit?«, frage ich.

»Das bin ich«, antwortet sie.

Ich nehme ihre Reisetasche, sie hakt sich bei mir unter, und wir gehen zum Taxi. Dort helfe ich ihr hinein, ehe ich selbst auf der anderen Seite einsteige. Nachdem ich dem Taxifahrer die Adresse des Busbahnhofs genannt habe, fährt er los, und schon bald überqueren wir den Han-Fluss zum Sinchon-Viertel. Die Straßen sind steil, und überall sind grüne Hügel, von manchen ragen Granitfelsen empor. In den Ebenen zwischen den Hügeln prangen Apartmenthäuser. Sinchon sprudelt vor Energie.

Wir schlängeln uns durch enge, von winzigen koreanischen Autos überfüllte Straßen und erreichen schließlich den Busbahnhof. Nachdem ich den Fahrer bezahlt und Frau Hong hinausgeholfen habe, hakt sie sich wieder bei mir ein, und wir durchqueren den Busbahnhof, der voller Studenten mit Koffern und Rucksäcken ist. Die Studenten starren Frau Hong in ihrem Hanbok an, doch sie hat die Augen starr nach vorne gerichtet.

Wir finden den Bus nach Munsan, und bevor wir einsteigen, kommt ein kleiner Mann im schwarzen Anzug auf uns zu. »Ich bin Herr Ryu«, erklärt er mit unruhiger Mimik. »Wer sind Sie?«

Ich nenne ihm unsere Namen, und er hakt uns auf einer Liste ab. »Haben Sie das Geld für die Gebühr?«, möchte er wissen.

Ich gebe Herrn Ryu den Umschlag mit den zehntausend Dollar, die Dad durch die zweite Hypothek auftreiben konnte. Er zählt schnell durch, dann dürfen wir in den Bus, wo wir recht weit vorne Platz nehmen. Der Bus ist noch nicht einmal zur Hälfte besetzt, und in seinem Innern herrscht Schweigen.

»Sitzen Sie bequem?«, frage ich Frau Hong.

Ihr Kopf bewegt sich ein wenig, sodass ich denke, dass das Nein bedeutet. Doch sie sagt nur: »Ich bin etwas nervös.«

Ja, nervös bin ich auch. Allerdings aus einem anderen Grund. Ich bin mir nämlich nicht sicher, ob Soo-hee tatsächlich in Panmunjeom sein wird, wenn wir dort ankommen. Die ganze Sache ist irgendwie zu leicht gegangen, und alles hing zu sehr vom Geld ab. Ich habe Angst, dass man mich betrogen hat.

Nach einigen Minuten klettert ein übergewichtiger Fahrer in einem weißen Hemd und mit einer schwarzen Kappe in den

Bus und startet den Motor. Herr Ryu setzt sich in die vorderste Reihe. Der Busfahrer schaltet durch die Gänge, und wir fahren los gen Norden. Bald haben wir die Stadt hinter uns gelassen, und die Hügel sind von Reisfeldern in erstaunlichen geometrischen Mustern bedeckt. Die Morgensonne glitzert im Wasser der Pfützen, und Bauern mit Strohhüten auf dem Kopf beugen sich über Reishalme. Am Ufer eines Wasserreservoirs steht ein Kranich regungslos wie eine Statue.

Frau Hong sitzt kerzengerade, und ihre Hände liegen im Schoß, während sie nach draußen schaut. In ihrem Spiegelbild im Busfenster sind ihre Falten und Narben nicht zu sehen, und sie wirkt wie eine viel jüngere Frau. Ihr Kopf geht wieder hin und her, als würde sie gutheißen, was sie sieht.

Die Landschaft verändert sich, und aus Feldern wird Wald. Wir passieren die Stadt Munsan und überqueren den schlammigen Fluss Imjin. Ich erinnere mich daran, wie wir im Geschichtsunterricht über die Schlacht gesprochen haben, die 1592 dort stattfand. Die japanische Armee besiegte die koreanische Kavallerie, woraufhin sich König Seonjo mit den Chinesen verbündete. Die Schlacht von Imjin führte zu einem geteilten Korea. Und heute, mehr als vierhundert Jahre später, ist das Land noch immer geteilt. Über diese Ironie muss ich den Kopf schütteln.

Einige Kilometer später erreichen wir ein Tor und einen hohen Zaun, der auf beiden Seiten mit Stacheldraht bewehrt ist. Auf dem Schild über dem Tor lese ich: *Camp Bonifas – In Front of Them All*. Hinter dem Zaun stehen grüne Militärgebäude und ein gewaltiger Panzer mit einer Kanone, die auf das Tor gerichtet ist. An einem hohen Fahnenmast weht eine riesige amerikanische Flagge. Ein amerikanischer Soldat mit einer Art Sturmgewehr hebt die Hand. Der Bus stoppt, und der Soldat stellt sich mit dem Gewehr vor der Brust davor. Ein anderer

Soldat läuft mit einem Gerät um den Bus, mit dem er darunterschauen kann.

Ein amerikanischer Sergeant mit Bürstenschnitt und ein Soldat der Republik Korea in einem weißen Helm schreiten durch das Tor und betreten den Bus. Der amerikanische Sergeant geht durch den Gang und möchte von allen die Papiere sehen. Bei einem Blick auf meinen Ausweis fragt er: »Sie sind Amerikanerin?«

»Ja, Sir«, antworte ich ihm. »Ich bin mit meiner koreanischen Großmutter hier. Sie trifft hier ihre Schwester.« Ich sehe, dass er eine große, schwarze Pistole trägt.

Er zeigt auf Frau Hong. »Warum ist sie so angezogen?«

Ich bin nervös und bringe nur ein Schulterzucken zustande. Der Sergeant schaut mich über meinen Ausweis hinweg an. »Ich mag das nicht«, brummt er. »Dies ist der gefährlichste Ort der Welt. Wir lassen hier nicht jeden durch. Und ich mag es nicht, wie sie angezogen ist. Sie beide müssen umkehren.«

Plötzlich ist es so, als würde jemand in meinem Inneren die Regie übernehmen, und ich bin nicht mehr verwirrt. Ich sage: »Sir, ich bin hier, weil ich meiner Großmutter helfe. Ich werde keine Probleme verursachen und sie auch nicht. Sie ist so angezogen, weil das die Kleidung ist, die Koreanerinnen zu besonderen Anlässen tragen. Ich bin mir sicher, dass Sie und die amerikanische Regierung kein Treffen zwischen zwei Schwestern verhindern werden, die sich seit mehr als sechzig Jahren nicht gesehen haben. Oder wie sehen Sie das, Sergeant?«

Ich halte seinem Blick stand, und nach ein paar Sekunden klappt er meinen Ausweis zu und gibt ihn mir zurück. »Achten Sie darauf, die Regeln zu befolgen«, weist er mich an. Dann geht er wieder nach vorne, und ich sehe zu Frau Hong, die mir zunickt.

Der südkoreanische Soldat tritt vor und spricht auf Koreanisch zu den Passagieren. Er erklärt uns, dass der Bus uns nach Panmunjeom bringen wird, wo nordkoreanische Soldaten sein werden. Weiterhin sagt er, dass wir zusammenbleiben und mit den Soldaten weder gestikulieren noch Blickkontakt aufnehmen sollen. Ein südkoreanischer Soldat würde uns in ein Gebäude führen, in dem die Treffen stattfinden.

Anschließend verlassen der südkoreanische Soldat und der amerikanische Sergeant den Bus. Der Soldat, der mit dem Gewehr vor dem Bus steht, tritt auf die Seite, und wir fahren weiter nach Panmunjeom. Die Straße führt über ein offenes Feld und durch einen weiteren hohen Zaun mit Stacheldraht. Wir passieren ein Sicherheitstor und erreichen eine Reihe blassblauer, eingeschossiger Baracken. Zwischen den Baracken steht jeweils ein südkoreanischer Soldat in Taekwondo-Ausgangsstellung. Am anderen Ende der Baracken sind nordkoreanische Soldaten mit Gewehren vor der Brust postiert. Herr Ryu sagt uns, dass wir aussteigen und in das Gebäude vor uns gehen sollen. »Sagen Sie kein Wort, bis Sie drinnen sind«, beschwört er uns mit Nachdruck.

Wir lassen die anderen Passagiere vorgehen und folgen ihnen dann. Ich muss in der grellen Sonne blinzeln. Als ein südkoreanischer Soldat mich antreibt, schneller zur Tür zu gehen, sehe ich einen nordkoreanischen Soldaten am anderen Ende der Baracken. Er schaut mich mit hasserfülltem Blick an.

Dann betreten wir einen langen, kahlen Raum mit Metalltischen und -stühlen. Überall sind Fenster, und am gegenüberliegenden Ende befindet sich eine Tür. Ich helfe Frau Hong auf einen Stuhl und setze mich neben sie. Während wir warten, schaut uns der nordkoreanische Soldat, den ich draußen schon bemerkt habe, durch das Fenster an. Ich wende mich ab, ehe unsere Blicke sich wieder treffen.

Nacheinander treten am anderen Ende des Raumes Menschen durch die Tür, und Angehörige aus Nord- und Südkorea sind wieder vereint. Sie verbeugen sich, sie umarmen sich, weinen ein bisschen und setzen sich, um einander aus ihrem Leben zu erzählen. Frau Hong und ich warten fünf Minuten, dann zehn Minuten. Ich bin ein Nervenbündel. Da muss ein Fehler passiert sein. Ich schaue zu Frau Hong. Sie sitzt da mit den Händen im Schoß und beobachtet die Tür am anderen Ende. Ihr Kopf geht nicht mehr hin und her.

Wir warten weitere fünf Minuten. Gerade möchte ich Herrn Ryu fragen, wo Soo-hee ist, als sich die Tür am anderen Ende öffnet. Sonnenlicht fällt hindurch, dann tritt eine alte Frau ein. Ihr Rücken ist gebeugt, und sie stützt sich mühsam auf einen Stock. Sie trägt billige, graue Hosen und einen blauen Pullover über einer weißen Bluse. Tiefe Falten zerfurchen ihr Gesicht, und ihr linkes Auge ist vom grauen Star weiß. Mit dem gesunden Auge sucht sie den Raum ab.

Langsam steht Frau Hong auf und geht in die Mitte des Raums. In ihrem Hanbok bewegt sie sich voll Würde und Anmut. Da sieht Soo-hee sie und geht auf sie zu. Ein paar Sekunden lang stehen die beiden voreinander und schauen sich an. Dann hebt Soo-hee eine Hand, und ihre Schwester ergreift sie voll Zärtlichkeit. Ihre Finger umschließen sich zu einer einzigen Faust, dann machen sie das Gleiche mit der anderen Hand. Alle anderen im Raum werden still, und die beiden Schwestern stellen sich ganz nah voreinander und schauen sich in die Augen. Ohne ein Wort zu sagen, drehen sie sich in einem langsamen Tanz umeinander und nicken sich zustimmend zu.

Ich sehe Jae-hee und Soo-hee, wie sie vor ihrem Haus in den Hügeln außerhalb von Sinuiju *Yut* spielen. Durch das Küchenfenster beobachtet ihre Mutter lächelnd, wie sie ihre Stäbe werfen und ihre Spielsteine platzieren. Ihr Vater lehnt draußen an der Tür und betrachtet seine Mädchen mit offensichtlichem Stolz.

Jae-hee wirft die Yut-Stäbe in die Luft, und alle vier landen mit der flachen Seite nach unten. Sie hat einen *mo* geworfen, den höchstmöglichen Wurfwert, und damit das Spiel gewonnen. Sie kichert vergnügt. Soo-hee tut so, als wäre sie erbost darüber, dass sie verloren hat.

Jae-hee rutscht neben ihre Schwester, und Soo-hee legt den Arm um sie. »Du hast Glück beim Yut, kleine Schwester«, sagt Soo-hee. »Du hast Glück bei allem. Ich glaube, eines Tages wirst du eine Kaiserin sein.«

Und zusammen sitzen sie unter dem Kakibaum, Seite an Seite, und beobachten, wie sich die untergehende Sonne blutrot färbt.

ANMERKUNGEN DES AUTORS
DIE SEELE EINER NATION RETTEN

Wer aus der Geschichte nicht lernt, ist dazu verurteilt, sie zu wiederholen.

George Santayana

Jeden Mittwochmittag demonstriert eine Gruppe älterer Frauen vor der japanischen Botschaft in Seoul, Südkorea, und pocht auf eine Entschuldigung der Regierung Japans. Sie demonstrieren im strömenden Regen, in bitterer Kälte und in der erdrückenden Schwüle, wie nur Seoul sie kennt. Seit über dreiundzwanzig Jahren haben sie keinen einzigen Mittwoch ausgelassen. Sie sind die letzten einer kleinen Armee von Trostfrauen – Frauen, die im Zweiten Weltkrieg von japanischen Soldaten vergewaltigt und als Sexsklavinnen gequält wurden. Sie sind heute alle über achtzig Jahre alt. Viele sogar schon über neunzig. Die Koreaner nennen sie *Großmütter*, ein Ausdruck großer Ehre und des Respekts.

Ihre Reihen lichten sich schnell.

Die Schätzungen, wie viele Frauen von den Japanern zur Sexsklaverei gezwungen wurden, variieren, je nachdem, von wem sie stammen. Manche japanische Nationalisten sind der

Ansicht, es seien weniger als zwanzigtausend Frauen gewesen, die außerdem ehemalige Prostituierte oder Freiwillige gewesen seien. Aber die Beweise unterstützen eine weitaus höhere Zahl. Mittlerweile sind sich die meisten Historiker darüber einig, dass über zweihunderttausend Frauen in ganz Asien zur Arbeit als Sexsklavinnen in japanischen Militärbordellen gezwungen wurden. Zweihunderttausend Frauen, die einer Armee von über sieben Millionen Soldaten zu Diensten sein mussten. Das bedeutet, auf eine Frau kamen fünfunddreißig Soldaten. Die Frauen waren von den Philippinen, Chinesinnen, Holländerinnen, doch die große Mehrheit stammte aus Korea. Manche waren gerade mal dreizehn Jahre alt.

Siebzig Jahre später sieht man den demonstrierenden Frauen noch immer ihren Schmerz und die erlittene Erniedrigung an.

Die Japaner vergewaltigten diese Frauen, diese jetzigen Großmütter, bis zu vierzig Mal am Tag. Immer wieder wurden sie geschlagen und gequält. Sie haben sich furchtbare Geschlechtskrankheiten zugezogen, und wenn sie schwanger wurden, zwangen die Japaner sie zu gefährlichen Abtreibungen. Viele wurden umgebracht. Und viele begingen Selbstmord. Formell kapitulierte das Japanische Kaiserreich am 2. September 1945. Seitdem hat Japan einige meistens informelle Entschuldigungen für seine Taten während des Krieges ausgesprochen. Viele der Entschuldigungen waren allenfalls unaufrichtig. Zum Beispiel hieß es am 6. September 1984, neununddreißig Jahre nach Kriegsende, in einer berühmten, unehrlichen »Entschuldigung« von Kaiser Hirohito an den südkoreanischen Präsidenten Chun Doo-hwan:

Es ist wirklich bedauernswert, dass es in diesem Jahrhundert eine unglückliche Periode zwischen uns gegeben hat, und ich finde, dies sollte sich nicht wiederholen.

Nachdem Anfang der 1990er-Jahre eine tapfere Trostfrau den Mut aufbrachte, mit ihrer Geschichte an die Öffentlichkeit zu gehen, brachten die Japaner eine weitere Reihe von informellen Entschuldigungen hervor. Aber genau wie die von Hirohito waren die meisten unaufrichtig. Häufig verwendeten sie das Wort *O-wabi* – ein Ausdruck, der im Japanischen nicht viel bedeutsamer ist als ein lapidares »Oh, Entschuldigung«. Eine *offizielle* Entschuldigung war die Kono-Erklärung des japanischen Chefkabinettsekretärs Yohei Kono im Jahre 1993, die in Japan allerdings schon bald unter Beschuss geriet und noch bis heute diskutiert wird. Doch die weltweite Entrüstung nahm zu, und schließlich gab die japanische Regierung dem Druck nach, und 1995 wurde der Asian Women's Fund eingerichtet. Der Fonds war eine halbstaatliche Organisation, die Spenden von japanischen Bürgern sammelte (es gab keine Gelder vonseiten der Regierung), um diese als Entschädigung an die Trostfrauen auszuzahlen. Er wurde von Freiwilligen betrieben (nicht von der Regierung) und sammelte weniger als fünf Millionen US-Dollar, die auf nur zweihundertfünfundachtzig Trostfrauen verteilt wurden. Die japanische Regierung löste den Fonds im März 2007 auf.

Am 28. Dezember 2015 schlossen Korea und Japan ein Abkommen über die Trostfrauen. Die japanische Regierung stimmte zu, sich offiziell zu entschuldigen und Reparationszahlungen in Höhe von 8,3 Millionen US-Dollar zu leisten, sofern Korea einwilligte, Japan in Zukunft nicht mehr mit diesem Thema zu behelligen. Für die Trostfrauen und viele Koreanerinnen bleibt diese Einigung allerdings weit hinter ihren Forderungen zurück. Beispielsweise wird in Japans Entschuldigung nicht zugegeben, dass die Frauen dazu gezwungen wurden oder dass die Kaiserliche Armee direkt an der Rekrutierung der Frauen und der Durchführung des

Trostfrauen-Programms beteiligt war, was beides aber hinreichend dokumentiert ist.

Außerdem muss Japan in Schulen nicht die Wahrheit über die Gräueltaten an den Trostfrauen unterrichten oder Schulbücher korrigieren, die das Thema beschönigen.

Die überlebenden Großmütter betonen, dass es ihnen bei ihren Protesten nicht um Geld geht. Also demonstrieren sie weiter vor der japanischen Botschaft und bestehen darauf, dass Japan all ihre Forderungen anerkennt. Allerdings ist es unwahrscheinlich, dass Japan das jemals tun wird, insbesondere mit dem Nationalisten Shinzo Abe als Premierminister. Es ist eine Schande – eine wahre Tragödie. Würden diese einfachen Forderungen anerkannt, ehe alle Großmütter tot sind, könnte dadurch ein Bruchteil der Würde wiederhergestellt werden, die ihnen vor mehr als siebzig Jahren geraubt wurde. Doch genauso wichtig ist, dass dadurch Japans eigene Ehre wiederhergestellt und auch seine eigene Seele gerettet würde.

William Andrews

Wenn Sie weitere Informationen haben oder spenden möchten, schreiben Sie bitte an:

E-Mail: info@kaforumca.org

Postadresse:

Korean American Forum of California

701 S. Kingsley Dr. Suite #301

Los Angeles, CA 90005

USA

AUSGEWÄHLTE BIBLIOGRAFIE

Bei diesem Roman handelt es sich um eine erfundene Geschichte, die allerdings auf historischen Fakten basiert. Wenn Sie mehr über die Trostfrauen und Korea erfahren wollen, empfehle ich Ihnen die folgenden Bücher:

Über Trostfrauen

Wallace Edwards. *Comfort Women: A History of Japanese Forced Prostitution During the Second World War*, Amazon Digital Services, 2013.

George Hicks. *The Comfort Women: Japan's Brutal Regime of Enforced Prostitution in the Second World War*, W. W. Norton & Company, 1997.

Dai Sil Kim-Gibson. *Silence Broken: Korean Comfort Women*, Mid-Prairie Books, 1999.

Korean Council for Women Drafted for Military Sexual Slavery by Japan. *True Stories of the Korean Comfort Women*, Cassell, 1996.

Peipei Qiu. *Chinese Comfort Women: Testimonies from Imperial Japan's Sex Slaves*, Oxford University Press, 2014.

Jan Ruff-O'Herne. *Fifty Years of Silence: The Extraordinary Memoir of a War Rape Survivor*, Random House Australia, 2008.

C. Sarah Soh. *The Comfort Women: Sexual Violence and Postcolonial Memory in Korea and Japan*, University of Chicago Press, 2009.

Yuki Tanaka. *Japan's Comfort Women*, Routledge, 2001.

Yuki Tanaka. *Hidden Horrors: Japanese War Crimes in World War II*, Westview Press, 1997.

Yoshimi Yoshiaki. *Comfort Women: Sexual Slavery in the Japanese Military During World War II*, Columbia University Press, 2002.

Über die Geschichte Koreas

Michael Breen. *The Koreans. Who They Are, What They Want, Where Their Future Lies*, St. Martin's Press, 2004.

Bruce Cumings. *Korea's Place in the Sun: A Modern History*, W. W. Norton & Company, 2005.

Don Oberdorfer. *The Two Koreas: A Contemporary History*, Basic Books, 2001.

Keith Pratt. *Everlasting Flower: A History of Korea*, Reaktion Books, 2007.

Michael J. Seth. *A Concise History of Modern Korea: From the Late Nineteenth Century to the Present*, Rowman & Littlefield, 2010.

FRAGEN AN DEN AUTOR

Frage: Was hat Sie dazu inspiriert, dieses Buch zu schreiben?
Antwort: Am meisten hat mich wohl meine Tochter dazu inspiriert, die in Korea geboren wurde. Ihretwegen habe ich mich über das Land informiert und fand es faszinierend. Insbesondere, wenn man bedenkt, was im zwanzigsten Jahrhundert passierte.

Frage: Was zum Beispiel?
Antwort: Die drei Regime, die die Halbinsel kontrollierten – die Japaner, die Kommunisten und die Amerikaner. Und die Trostfrauen. Ich bin immer wieder erstaunt, wie wenige Amerikaner wissen, was diesen Frauen widerfahren ist. Ich finde, diese Geschichte muss erzählt werden. Und ich möchte Leser, die es genauso sehen und das Buch mögen, bitten, es weiterzuempfehlen.

Frage: Dieses Buch enthält viele geschichtliche Fakten. Stimmen die?
Antwort: Zuerst möchte ich betonen, dass ich ein Geschichtenerzähler und kein Geschichtsexperte bin. Trotzdem habe ich darauf geachtet, dass das Buch so historisch korrekt wie möglich ist. Ich habe sehr viel recherchiert, und mir haben

verschiedene Geschichtsexperten geholfen. Darum kann ich sagen: Ja, die Fakten stimmen.

Frage: War es schwierig, die brutalen Szenen zu schreiben?
Antwort: Sehr schwierig. Ich habe versucht, sowohl dem Leser als auch den Trostfrauen gegenüber respektvoll zu sein. Ich wollte ihr Schicksal nicht für dieses Buch ausbeuten. Aber ich hatte auch das Gefühl, es sei meine Verantwortung zu zeigen, was diesen Frauen tatsächlich passiert ist. Es muss brutal sein, weil das, was ihnen passiert ist, brutal war. Trotzdem konnte ich manche Dinge nicht schreiben.

Frage: Sie ziehen Parallelen zwischen dem, was die Japaner in den Troststationen machten, und dem, was die Amerikaner in den Kijichons taten. Waren die Amerikaner so schlimm wie die Japaner?
Antwort: Natürlich nicht. Aber das, was ich über die Amerikaner geschrieben habe, stimmt. Bis vor Kurzem hat das US-Militär einige der illegalen und unmoralischen Dinge ignoriert, die unsere Truppen in den Kijichons gemacht haben: Mädchen hereinzulegen und sie in Situationen zu bringen, aus denen sie unmöglich wieder herauskommen konnten. Trotzdem kam das nicht annähernd an das heran, was die Japaner taten. Sie haben die Troststationen ja aktiv gefördert. Aber wie Jae-hee zu Colonel Crawford sagt: *Für die Mädchen, wo ist der Unterschied zwischen Ihren Männern und den Japanern?*

Frage: Wie steht es mit dem zweiköpfigen Drachen mit den fünf Zehen?
Antwort: Den zweiköpfigen Drachen habe ich erfunden. Allerdings war es tatsächlich so, dass nur der Kaiser und die Kaiserin Gegenstände mit Drachen mit fünf Zehen haben durften.

Frage: Sie schreiben viel über die Kaiserin Myeongseong.

Antwort: Ja, sie ist eine faszinierende Person in der koreanischen Geschichte, und die Koreaner verehren sie. Und bitte verzeihen Sie, dass ich das schon verrate, aber ich arbeite an einer Art Fortsetzung von *Das Schicksal der Drachentöchter* mit dem Titel *The Dragon Queen*. Darin geht es um die Geschichte der Kaiserin Myeongseong.

Eine letzte Bitte: Ich würde mich freuen, wenn die Leser auf den Händler-Webseiten eine Kritik hinterlassen würden. Oder schicken Sie mir eine E-Mail an bill@williamandrewsbooks.com. Nur so kann ich ein Feedback von meinen Lesern bekommen!

DANKSAGUNG

Mein Dank gilt meiner Frau Nancy, die mich immer bei diesem Buch und all meinen anderen Anstrengungen unterstützt hat, meiner Tochter Elizabeth, die mich inspirierte, meiner ganzen Familie, meinen Freunden und Kollegen, die dieses Buch gelesen und mir mit wertvollen Ratschlägen zur Seite standen – ich danke euch.

Zeitfracht Medien GmbH
Ferdinand-Jühlke-Straße 7
99095 Erfurt, Deutschland
produktsicherheit@kolibri360.de

Druck:
CPI Druckdienstleistungen GmbH
im Auftrag der
Zeitfracht Medien GmbH
Ein Unternehmen der Zeitfracht - Gruppe
Ferdinand-Jühlke-Str. 7
99095 Erfurt